KEITAI
SHOUSETSU
BUNKO
野いちご SINCE 2009

漆黒の闇に、偽りの華を

ひなたさくら

○ STARTS
スターツ出版株式会社

カバー・本文イラスト/よしのずな

君の笑顔を取りもどすためなら
なんだってできると思ってた。
でもね。
あたしにとっての大切な笑顔は
君だけではなくなってしまったの。

もう嘘なんてつけない。

だってあたしは
彼に恋をした。

「恭……助けて……」

「なにも心配すんな。
茉弘も茉弘の大切なモノも、
全部俺が守る」

あたしはもう……ひとりじゃない。

「漆黒の闇に、偽りの華を」登場人物紹介

葛原 潤（くずはら じゅん）

茉弘の双子の弟で鷹牙の副総長。普段は無表情だが、唯一の家族の茉弘を大切に思っている。

←姉弟→

秋月 茉弘（あきづき まひろ）

気が強く負けず嫌いの高校1年生。生き別れの弟、潤を取り戻そうと、暴走族煌龍に潜入しようとするが…。

潜―？

戸籍上の兄弟

葛原 将生（くずはら まさき）

鷹牙の総長。極悪非道で卑劣な性格。仲間すら心から信じていない。

kouryu 煌龍

栗山 恭(くりやま きょう)

煌龍初代総長。普段は優しいイケメンだが、いざとなるとブラックモードに。頭脳明晰なキレモノ。

← ？ 入

↔ 親友

梶 太一(かじ たいち)

煌龍副総長。自由奔放で裏表のない性格。恭の中学時代からの親友。

↕ 恋人同士

三島 春馬(みしま はるま)

煌龍幹部メンバー。やんちゃなムードメーカーだが、冷静沈着な一面も。

奥平 直(おくだいら なお)

煌龍幹部メンバー。根っからの女好き。顔が広いから情報収集が得意。

篠原 百合(しのはら ゆり)

太一の彼女。つらい過去を背負いながらも、太陽のような笑顔を絶やさない。

1章

必然の出逢(であ)い	10
接近	21
煌龍	31
君はあたしの……	42
おかえり	51
悪魔(あくま)のささやき	61
ミーティング	69
線香(せんこう)花火	91
好きって気持ち	106
もうひとつの顔	123
どうか、いまだけは……	143
忠告	150
幸せの続きと悪夢の続き	168

☆ contents

2章

お披露目	188
謎	214
One and only	223
大暴走	259
聖なる夜と闇	281
時は来たり	319
ヒカリへ	344
希望の光	353
伸ばした手のその先に	365
覚悟	395
君との約束	418
終わりと始まり	443
ふたりならきっと	477
今度は君の番	484
君の笑顔が見たいから	489
あとがき	510

1章

必然の出逢い

君の笑顔を取りもどすためなら、
あたしはなんだってするよ。
さぁ、なんでも言ってみて？
なにをすればいい？

* * * * *

真っ暗って、嫌いじゃない。
たしかに行く道の先が見えなくて不安だ。だけど、行きどまりとは違う。
見えないだけで、必ず道があるでしょ？
だから大丈夫。怖くなんかない。
そう心の中で唱えながら、街灯ひとつない真っ暗な道をひたすら一歩一歩進む。
夏の夜ならではの蒸した空気のせいで、額にはじっとりとした汗が浮かび、着ているTシャツが体に張りついて気持ち悪い。
持っていたスマホで時間を確認すると、ただいま夜中の1時過ぎ。
人っ子ひとり見当たらない。
というより、まったく周囲が見えない。
手に持っているスマホの明かりだけが、頼りだ。

本当にこんなところにあの人がいるわけ!?
　周りに建物の気配すらないじゃないの！
　いやいや、弱音を吐くな茉弘!!
　いてくれなくちゃ困るのよ。
　──ガサササッ!!
「うぎゃあぁ───っ!!!!」
　突然あたしの左前方からなにか黒い影が飛び出してきて、腹の底から悲鳴をあげる。
　辺りが静かすぎるくらい静かなせいで、あたしのなんとも色気のない悲鳴が辺りに響きわたってしまった。
　黒い影の正体は、どうやら野良猫らしい。
　近くで猫同士が喧嘩をする激しいやり取りが聞こえてくる。
「脅かすなっつの。ほかでやれほかで……」
　心臓がバクンバクン脈を打っている。
　しまった。完全に腰が抜けた。
　さっきの衝撃で尻もちをついたまま、腰が持ちあがらない。
　あーもう。自分が本当嫌んなる。
　覚悟してきたのに、全然ダメ。
　その場にごろんとあお向けになって、空をあおぐ。
　真夏の空はそれほど澄んではいない。
　こんなに真っ暗だっていうのに、星だってあんまり見えやしない。
　まぁ、すぐ近くにはここでは一番大きな繁華街。

きっとこれでも空は明るいのだろう。
　　　……君の見ている空には、星が瞬いているのかな？
　　　──ガサササッ！
「あーもう、また？　次はだまされませんよー」
　　そう言葉を発してからはっと息をのむ。
　　違う。猫なんかじゃない。
　　なにかこう、もっと大きなものが近づいてくるような、ザッザッと砂利をこするような足音が聞こえてくる。
　　　人……間……？
「なーにがだまされないって？」
　　あたしの目の前に、突然男の顔が飛び出してきて、思わず悲鳴をあげそうになると、その男の手があたしの口を乱暴にふさいだ。
「悲鳴なんてあげんなよ。ただでさえ、さっきの悲鳴でこっちは警戒されてんだ。黙ってろ」
　　ヤバイ。あたし、絶対にただじゃ済まない。
　　だってこの人……手にナイフを持ってる。
　　それに、"あの人たち"と同じ目をしてる。
「……っ！」
　　誰か……っ!!
「こらこら。乱暴はダメですよ」
　　いきなり辺りが、まぶしいくらい明るくなる。
　　とっさに手で光を遮って、必死に目を開けようとしていると、あたしにナイフを突きつけていた男が、勢いよく蹴り飛ばされ吹っ飛ぶのを見た。

なに!?　なにが起きてるの!?
　あたしはガクガクと震える体を必死に起こし、辺りを確認する。
　でも、まぶしすぎて目を開けることすらままならない。
　これは……ヘッドライト？
「うわっ！　恭の言った通り！　女だ!!」
　ナイフの男を蹴り飛ばした男が、身を屈めてあたしの顔を覗き込んでくる。
　すると、ヘッドライトの明かりが落とされ、男の顔がくっきりと浮かびあがった。
　ツンツン立てた金色の髪。
　ゴツゴツしたたくさんのピアス。
　おまけに眉毛が……薄っ！
　ひと言で言うと、ものすごくガラが悪い。
「怯えてるでしょ、太一。ちょっと離れてあげて」
「あ!?　なんで怯えんだよ！　助けてやったのに！」
　そうすごみを利かせて言われると、思わず体がビクッと跳ねあがる。
「いーから離れて、太一」
　太一と呼ばれた男はもう一度そう言われると、不満そうにあたしから離れていった。
「ビックリしたね？　大丈夫ですか？　立てますか？」
　そう言ってもうひとりの男はあたしにゆっくりと近づいてきて、そっと手を差し出す。
　男の背後から射すバイクのヘッドライトの光が、その男

を妖艶(ようえん)に映し出し、こんなときにも関わらずあたしは思わず見とれてしまった。

　さっきの太一という男とは打って変わって、見た目は決して厳(いか)つくない。

　柔(やわ)らかそうな長めの黒髪を右側だけ耳にかけ、目もとには黒縁(くろぶち)のメガネ。格好も至ってカジュアルだし。

　髪の毛の間から小さなピアスが覗いているけど、ナチュラルな感じで全然チャラくは感じない。

　穏(おだ)やかなオーラ全開の笑顔とルックスで、世に言うイケメンの部類ではあるだろう。

　きっと、好きな人は好きな顔立ち。

　まぁ、あたしにはちょっと頼りなく見えるけどね……。

　とにもかくにも、太一と呼ばれる男よりは怖いという印象がないだけ全然まし。

　この男を無害(むがい)と判断した私は、恐(おそ)る恐るその男の手を取った。

「だ、大丈夫……」

　とは言ったものの、腰が立たない。

　あたしが焦(あせ)って男を見ると、男はふっと目を細めて笑い、

「大丈夫ですよ。ゆっくりでいいから。怖かったね」

　そう言ってあたしの頭を優(やさ)しくなでた。

　なんだコレ。不思議。

　落ち着きを取りもどしていく自分がいる。

　あたしは大丈夫だって思えてくる。

「でたよ！　恭のいいトコ取り!!　こいつ蹴ったの俺なのに

なー」
　さっきのナイフを持った男は、太一の足の下で完全に伸びきっていた。
　太一が足で男を揺するが、まったく意識を取りもどす気配はない。
「太一がガラ悪すぎだからいけないんでしょ。春馬、直。こいつ縛って相手のやつらに返しておいてくれる？　下にも指示を出しといて」
　恭と呼ばれる男がそう言うと、別のふたりの男がゆっくりと歩み出てきた。
「オッケー！　あーぁ。完全に伸びてんね。直は足縛って」
　春馬と呼ばれる、背が小さめの赤い短髪の男が、ナイフ男の頭を人さし指でつつきながらそう言う。
「男縛ってもなんの得にもならない……。気色悪い……」
　直と呼ばれる、ロン毛でイケメン……というよりチャラい感じの男が、ブツブツ言いながらナイフ男の足もとに屈み込んだ。
　恭と呼ばれる男は、またあたしに向き直ると、「ちょっと掴まっててくださいね」と言ってあたしの肩に手を回す。
　すると、体がふわりと宙に浮く。
「わっ！　わっ！　ちょっとなにしてんの!?」
　その男は、優男の見かけからは想像もできないような力で、あたしを軽々と持ちあげた。
「は……離してよ！」
　人生でお姫様抱っこなんてされた記憶のないあたしは、

どうしたらいいのかわからなくて、とりあえずやり場のない手で彼の頭をポカポカと叩く。
「痛っ。痛いですっ。じっとしててください。落としちゃいますよ」
　これだけ叩かれて、まったくびくともしてないくせに。よく言う。
　この人いったい何者？
　まさか、"あの人"なんてことはないわよね。
　こんな優男があの人なわけあるはずがない。
「どこに連れてくのよ？」
　そのままあたしになにも言わずに歩きだすものだから、不安になって叩いてた手を止め尋ねた。
「君みたいな女の子がこんな時間に、こんなところをひとりで歩くなんて無謀ですよ？　ここがどこだか知らないわけじゃないでしょ？　それにほら。足、けがしてる」
　彼は、顎で私に膝を見るよう促してくる。
　いつの間にできたのだろう？　膝には小さな傷ができていた。
「こんなの……かすり傷じゃない」
「女の子の足に傷なんか残すもんじゃないですよ。近くに手当てできる場所があるんです」
　手当てできる場所……だと？
　どっか連れ込む気かこいつ。
　こんな男たちにどこかに連れ込まれるとか、さすがに身の危険を感じるんですけど……。

あたしの思っていることを悟ったのか、
「せっかく助けた人に、なにかしたりしませんよ。安心してください」
　そう言って、彼はふっと笑ってみせた。
　いけ好かないなこの男。
　ヘラヘラしてるくせに、なんでもお見通しって感じ？
　あたしは、こんなところでこんな男に抱っこなんかされてる場合じゃないのよ。
　あの人を見つけ出さなくちゃいけないのに……。
　そうこうしているうちに、「着きましたよ」と彼が言い、あたしはその場に下ろされた。
　あたしはその場所を見て驚愕した。
　ここは……まさか……。
　あたしの目の前にそびえ立つのは、大きな倉庫。
　私の求めている人が、いるはずの場所——。
　この地区には、誰もが知っているうわさがある。
　この周辺の暴走族・不良グループを牛耳っている"煌龍"という名の暴走族。その本拠地となる倉庫が存在するといううわさ。
　その昔この地区は無法地帯。あらゆる暴走族や不良グループが昼夜を問わず抗争を繰りひろげていた。近隣と比べても最も治安の悪いこの地域は、警察すらもお手上げだったという。
　そんな地区に足を踏みいれる者などいるはずもなく、ましてやこの地区を統率するなど何年がかりでも無理だとさ

れていた。
　そんな中、突如として現れた"煌龍"という名の暴走族。たった数ヶ月でこの地区の不良どもをまとめあげ、強大な勢力となっていく。
　誰が想像しただろう、煌龍の指揮下となったこの地区は、驚くほど静かになり、昼間では、普通に一般人が歩けるほどに治安の回復を見せた。それゆえ、警察すら黙認していると言われる伝説の暴走族。
　それが、"煌龍"。
「あなたたち……まさか、煌龍？」
　心底信じられないという顔で彼を見ると、彼は少しばつの悪そうな顔をして頬をポリポリとかいた。
　嘘でしょ!?　こんな男があの有名な暴走族の一味!?
　すると、後ろをついてきていた太一がうれしそうに私のとなりに来て、「おっ！　あんた煌龍知ってんのか!!　へぇ～。一目見ただけで本部ってわかるなんて、なかなか勘がいいじゃねぇか！」そう言って、ポケットに手を突っ込んだままガハハとがさつに笑う。
　でも、意外に笑うと少年のような顔になって、厳つい感じが薄れるのね。
「か、勘がいいもなにも……ここら辺に煌龍の本部があるのなんて、だいたいの人が知ってることでしょ！」
　私は慌ててそうつけくわえた。
「バレてしまったものは仕方ありませんね。中、入るの嫌ですか？　怖いですよね？　暴走族の本部に女の子ひとり

で入るなんて。嫌なら手当てする者をいま呼ぶので、ここで……」
　彼が言い終わらないうちに、私は一歩前へと歩みを進めた。
「なに言ってるの？　怖くなんてないわよ。せっかくここまで連れてきてくれたんでしょ？　ちゃんと中で手当てしてもらう」
　彼は一度驚いたように目を見開くと、「了解（りょうかい）」と微笑（ほほえ）みながら、あたしの肩をポンと叩いて前を歩きだした。
　中に入らない？
　あたしにそんな選択肢（せんたくし）があるわけないじゃない。
　願ってもみないこのチャンス。
　すぐにあなたを見つけてみせる。
　中に入ると、私は圧倒（あっとう）されて思わず足を止めてしまった。
　その場所は、思っていたよりずっと広々としていて、外観とは裏腹にすごく綺麗に整頓（せいとん）され、ゴミひとつ見当たらない。
　いろんな装いをしたバイクというバイクが、綺麗に整列していて、なんだかちょっとした博物館みたいな……。そんな感じ。
　私の知っている"それ"とはまるで違った。
「こっち」
　そう言って恭という男が手招きするので、慌てて小走りでついていく。すると、バイクの整備をしていたちょっとガラの悪い男がこちらに気づくなり手を止めて、

「あ！　総長っ！　おかえりなさいっ!!」
　驚くべき言葉を口にした。
　……はい？
　いま……なんて言った？
　あたしはキョロキョロ辺りを見回す。誰が総長だって？
　さっきまでとなりにいた太一は、入り口で誰かと立ち話をしていて、気づけばこの恭という男とふたりきり。
　というか、あたしたち以外近くに誰もいませんけど。
　え？　てことはつまり？
　あたしは恐る恐る前を歩く彼を見る。
「ただいま、俊太。百合は？」
「幹部室でパソコンいじってましたよ」
「ありがと。整備もほどほどにね」
「うっす」
　嘘……。嘘……。
　まさか……？
　彼はあたしのほうをチラッと振り返り、目が合うと苦笑してみせた。
　こんな優男が、私の求めていた人だっていうの？

接近

「百合、います?」
　幹部室は倉庫の一番奥の階段を上がった２階にあった。
　恭がドアを開けると、ノートパソコンの前に女が座っている。茶色のウェーブがかった髪を、高い位置でひとつにまとめていて、色白のうなじが妙に色っぽい。
　その女はあたしたちに気がつくと、大きな猫目を見開いて口をポカンと開けた。
「恭が……女の子連れてるよ……」
「あ、こ、こんばんはっ」
　女は、恐る恐るあたしに近づいてくると、あたしのすぐ前に立ちどまって、上から下まで舐めまわすように観察してくる。
　ち、近すぎ……。
　近づくと、あたしよりも頭一個分くらい背が高い。
　まぁ、あたしが157センチのチビだってのもあるんだけど、それを抜きにしても背が高い。170センチくらいはあるだろうか?
　スラッとしたモデル体型で、顔も小さくてとても綺麗な人だ。
　すると、そんな彼女にいきなり両手で顔をムギュッと挟まれる。
「ねぇ!　恭なんかのどこがいいわけ!?」

「ふえっ!?」
　両頬挟まれたままのあたしは、うまくしゃべれなくて変な声を出してしまった。
「彼女なの!?　こいつと付き合ってんの!?」
「こらこら百合。お客さんに変なこと言うもんじゃないよ」
「は？　客？　あんたこいつの彼女じゃないの？」
　あたしは彼女の手を払って、ぶんぶん首を横に振ってみせる。
「なんだよー。焦ったわー。恭が彼女でも連れてきたかと思って、ドン引き寸前だったじゃんかー」
「ひどい言い草でしょ？」と言って、恭があたしに肩をすくめてみせる。
「そんなことより、百合。この子を手当てしてあげて。膝にけがしてるんだ」
　彼女は、「あ？」と言いながら、あたしの膝を見るなり、眉間にしわを寄せた。
「だだのかすり傷じゃんか。まー手当てはしてやるけど……これどうした？」
「反乱分子のひとりに襲われたんだよ」
「は？　あんたたちが追ってたんじゃないの？」
「なかなか逃げ足が速くてね。さぁ取っつかまえようとしたときには、この子が巻き込まれてた」
　彼は本当にすまなそうにあたしを見る。
「ここら辺まとめあげたからって、油断してっからこんなことになるんだよ」

「……返す言葉もございません」
　彼は苦笑いを浮かべながら、反省するように肩を落としてみせた。
　頼りない。頼りなさすぎるよ。
　この人が本当にあの伝説と言われた"煌龍"の総長なの？
　想像していたものと、まったく違う。
　私が想像していたのは、こんなに頼りない男なんかじゃなくて……。
　いや、もうなんだっていいや。
　どんな総長だろうが、計画を遂行するまで。
　——すべては君の笑顔のために。
「ほら。手当てするから早くそこ座んなよ！　えっと……」
「茉弘」
　あたしは彼女を見据えて、初めて自分の名前を名乗った。
「……ふーん。茉弘ね。いい目してんじゃん。茉弘、ほら足出して」
　彼女は、あたしを見て一度ニヤッと笑い、棚の上の薬箱を取りに行く。すると、なにかを思い出したかのように「あ！」と叫んで、こちらを振り返った。
「ねぇっ！　恭っ！　太一は!?」
「さっきまで一緒だったよ？」
　彼女は「はぁぁぁ〜!?」と言って、真っ赤になって鬼の形相。
「あいつやっぱりぃ〜〜!!　足のけが完治してないから、まだ前線には出るなっつったのに!!」

「えぇ!?　太一けがしてたの!?　だって普通に……」
　と言いかけて、口をつぐんだ彼はそろっとあたしを見る。
　うん。普通に"足で"蹴り飛ばしてたよね。
「とにかくあいつぶっ殺す!」
　百合さんは憤慨しながら、総長室を出ていこうとする。
「ちょっと百合!　彼女の手当ては!?」
「そんなかすり傷、あんたでも処置できるでしょ!?　甘えんなっ!」
　そう言って、バタバタと総長室を出ていってしまった。
　彼は、行き場のない手を引っ込められずに固まっている。
　あたしと目が合うと、ばつの悪そうな顔をして頭をかきながら、さっき百合さんが取ろうとしていた薬箱に手を伸ばした。
　そして、それをあたしの座っているところまで持ってきて中をあさりだす。
「俺はけがするほう専門なので、処置のほうは慣れてないんですけど……」
「いいよ。適当で」
「そうはいかないでしょ。あ。あった!　消毒液これですよね!」
　彼は青いキャップの小さなボトルを手にして、難解な問題が解けた子どもみたいな顔をあたしに向けてくる。
　ぷ。変な人。
「あ、笑った」
　彼がうれしそうにそう言うから、あたしは急に恥ずかし

くなって視線をそらす。
「笑うぐらいする……」
「あはは！　そりゃそうですね！　でも、やっと笑いました」
　うるさいな。
　なんでそんな無防備な顔で笑うわけ？
　こっちはあんたに会うために、必死でここまで来たんだっつーの。
　気を張ってて、笑ってなんかいられなかったのよ。
　でも、あんたときたら、なにその顔。
　さっきからヘラヘラヘラヘラ。
　気に食わない。
「あなた本当に"煌龍"の総長なの？」
　彼はあたしの傷を不器用に消毒しながら、そう言うあたしに、ちらりと目だけを向ける。
「見えない？」
「…………」
　全然見えないよ。正直ガッカリだよ。
　まさかあたしが求めてた重要人物が、こんな優男だったなんて。あたしの頭の中はプチパニックなんだから。
　彼はまたふっと笑い、「これでよし！」と言ってあたしに向き直る。
「俺は、"煌龍"初代総長、栗山恭。17。恭って呼んでください」
　彼はあたしに右手を差し出すと、にっこりと微笑んでみ

せた。
「……あたしは、秋月茉弘。16。……茉弘でいいよ」
　あたしも右手を差し出し、彼の手を取る。
　仕方ない。ちょっと予定とは違うけどさ、いまはこの手を取るしかないんだ。
「ところで、茉弘はなんでこんな時間にあんなところにいたんですか？　"煌龍"を知っているのなら、この辺りがどんなところかもわかりますよね？　暴走族や不良グループのたまり場なんかに来て、なにかされたって文句は言えないんですよ？」
　恭は屈んだまま、真面目な顔であたしの顔を覗き込む。
　たしかに彼の言う通り。
　でもさ……。
「この時間じゃなきゃ、会えないと思ったから……」
「え？　誰にです？」
　あたしは、ゆっくりと目の前の男を指さす。
「俺？」
「そう。あたしはあなたに会いに来たの」
　恭は、まだどういうことかまったく理解できていないという顔で、きょとんとあたしを見つめていた。
「あたしを"煌龍"の仲間にして」
　恭は驚いたように目を見張る。
「あたしもう行くあてがないの。ひとりぼっちなの。"煌龍"は、仲間は家族同然だって聞いた。あたしを家族にしてくれない？」

言った。もうあと戻りはできないよ？
　数秒沈黙が続いた。
　その間、恭は一秒たりともあたしから目をそらさない。
　そのまっすぐな瞳に、あたしの心の中が見透かされているんじゃないかと不安になってくる。
　でも、絶対に目をそらしちゃダメ。目をそらしたら負けなんだから。
　すると、恭がゆっくりと口を開いた。
「ダメです」
　はぁ!?
「なんで!?　そのためにあたしは危険をおかしてまで会いに来たのにっ……」
「ダメなものはダメなんです。"煌龍"に女性は必要ありません」
　女性は必要ない……？　なんだそれ!!
「百合さんは!?　百合さんだって女じゃん！」
「百合は、太一の彼女なんです。太一はウチの副総長。"煌龍"の核となる幹部。それを支えているのが百合なら、百合はいまの"煌龍"の唯一の弱点でもあるんです。だから、"煌龍"が全力で百合を守っているだけのこと。百合は"煌龍"に属してるわけじゃない」
　はっ。難しいことはよくわかんないけどさ、それって仲間ってのと、どう違うのよ！
　男のくせに、ごちゃごちゃごちゃごちゃ……。
　あーもうなんか頭きたっ!!　遠回しはやめだっ!!

「じゃあ、あたしをあんたの彼女にしてよ!!」
　あたしは思わず立ちあがって彼につめよる。
「な……に……を……気はたしかですか!?　いまの話聞いていましたよね!?　副総長の彼女でも危険なんです!　総長の彼女という立場が、どれだけ危険かわかって言っていますか!?　それこそ、こんなかすり傷じゃ済まないんですよ!?」
　同じように恭も立ちあがると、180はあるだろう彼の背丈から、あたしは見下ろされる形になる。
「あったま硬(かた)いなっ!!　この石頭のマジメメガネ!!　そんなの覚悟の上で言ってるんじゃないっ!!」
　そう言って彼にまた一歩つめよると、彼は驚いて一歩あとずさりする。
「たとえあたしになにがあっても、助けたりしなくていいっ!!　つーか、なにかないように守りきりなさいよっ!!　あんたそれでも伝説の"煌龍"総長!?」
　そう言い終えて、あたしははっと我に返った。
　しまった……。やってしまった……。
　これは完全にやってしまった……。
　誰がこんな自己中で、自分をさんざん罵倒(ばとう)したやつを彼女にするのよ。
　ほら。固まってるよ。完全にこの人引いてるって。
　なにやってんのあたし……。
　計画では気に入られなきゃいけなかったのに。
　この計画は完全に失敗だ。
　──ごめんなさい。ごめんなさい。

また君の力になれなかった……。
　自分のふがいなさに涙が出そうになって、喉の奥にぐっと力を込める。
「ぶはっ！」
　え？　ぶはってこの人……。
「ぶくくくっ……マ、マジメメガネ……ぶふっ」
　笑ってる!?
　あたしの顔がみるみる熱を帯びてくる。
　頭に血が上ってとっさに出た悪口。最低のセンスの自覚あり。埋まりたい！　埋まってしまいたい!!
　一方、目の前の男は笑いをこらえるのに必死で、肩を震わせている。
　こらえるな！　いっそ笑ってくれ!!
　そう思いながら、必死にうつむいて真っ赤な顔を隠していると、恭があたしの頭にポンと優しく手を置いてきた。
　笑われたことが恥ずかしくて仕方なくて、上目遣いでにらみつけると、彼はあたしの頭をなでながら目を細めて微笑んでいた。
「おもしろいですね。茉弘は」
　からかわれてるのかな？　でも、不思議と悪い気はしない。
「負けましたよ。彼女ってわけにも、煌龍の仲間にってわけにもいかないけど……」
　あたしの頭をなでていた手が、するっと髪の毛を伝って下りてきて、すぐに離れる。

すごく綺麗な指使いに不覚にもドキッとしてしまった。
「ほかに茉弘の居場所が見つかるまで、俺たちと一緒にいたらいい」
　そう言って、あまりにも優しく笑うから、なんだか胸の辺りがズキズキして苦しかった。
「……あ、ありがと！」
　それと、ごめんね。
　こんなあたしに彼は相変わらず、優しく笑っていた。

煌龍

「というわけだから、みんなよろしくお願いしますね」

恭はさっそく、煌龍の幹部たちと百合さんを幹部室に召集した。

あたしをみんなに紹介するためだ。

あたしは、そんなことしなくていいって言ったのに、恭は『みんなが知ってたほうが、これから出入りしやすいでしょ』と言って、有無を言わさずスマホで一人ひとりに連絡を取った。

幹部は、恭を含めて4人。

恭は総長。

太一は副総長。

さっきナイフ男を縛っていたふたり、春馬と直が、上への伝達、下への指示。主に現場をまとめているらしい。

「はぁ!? ちょっと待った!! 大丈夫なのか!? それ!」

太一は真っ赤に手形のついた頬をさすりながら眉を寄せた顔でそう言う。

「いや、むしろお前のほうが大丈夫なの? 太一。それだいぶ痛そうだけど」

「……すげー痛い」

そう言うと太一は、百合さんに思いっきりにらみつけられ、両手を挙げて苦笑いした。

百合さんにビンタされたな。

見かけによらず、尻に敷かれてる感じなんだ。
　太一は一度咳払いをして、話を元に戻す。
「いや、俺のことはいいんだよ！　本当にこんな見ず知らずの女をそばに置いていいのかって聞いてんだ！　ただでさえいま、煌龍の傘下で不審な動きがあるんだ。下手に弱点を増やしたってなんの得にもならねーぞ？」
「太一の言う通りだね。でも、すぐに茉弘が狙われることはないよ。俺や幹部の彼女なわけではないから、煌龍の中で大々的に"お披露目"することもない。族の仲間として迎えいれるわけでもないから、下の連中に紹介しなきゃならないわけでもない」
「彼女が公になることは、ないってことだね」
　春馬が幹部室のベッドの上に横になりながら恭の言葉を補足する。
「俺的には、女の子が増えるの大歓迎。どっかの総長さんの計らいで煌龍に全然女っ気がないから、俺……腐っちゃうかと思った……」
　直が目頭を押さえながら、泣きまねをしている。
「なに言ってるんですか。直は煌龍外で女っ気だらけでしょ。ていうか、茉弘に手出しは厳禁ですからね」
「え!?　そうなの!?　こんなかわいい子目の前にして指をくわえてろって!?　なんだよっ！　本当はやっぱりお前の女なんだろ!!　このムッツリ野郎がっ!!」
　直が威嚇しながら恭につめよっていくけど、恭はまるで動じない。

「違いますよ。せっかく茉弘はここを選んで危険を顧みず来てくれたんです。直に傷つけられる女の子たちの中のひとりにしたくないんですよ。安心して、茉弘。俺が手出しはさせませんから」

　あたしが直をけげんな表情で見ていることに気がついて、恭はそうつけくわえる。
「……あのさ。いろいろ変な話になってるけど、大丈夫。あたし直みたいなのタイプじゃないから」
「ギャフーン!!」

　直がベッドの上の春馬のとなりに大げさに倒れ込むと、春馬は腹を抱えながらケラケラ笑ってる。
「それに、太一。あたし、煌龍の弱点なんかになるつもりないから。もし、あたしが足手まといになるようなことがあったら、その場で即切り捨てて。なにがあっても、助けになんてこなくていいから」

　あたしがそう言うと、みんな静まり返り、目を丸くしてあたしを見る。

　だけど恭だけは、そんなあたしを優しい顔で見ていた。
「へぇ。そこまで覚悟してんだ？　じゃあ、いいんじゃねーの？　総長さんが決めたことですしね」

　太一がそう言うと、百合さんがすかさず太一の頭をひっぱたく。
「なにあんたが偉そうに言ってんだ！　茉弘。あたしは大歓迎だよ！　正直、男ばっかでむさ苦しくて仕方なかったんだ！」

百合さんが、まるで太陽みたいにニカッと無邪気に笑うから、ついあたしもつられて笑顔になってしまう。
「ありがとう！　百合さん！」
「ほぁ〜！　茉弘ちゃんが笑ったよ〜‼　ちょーかわいいじゃんよ〜！」
「あきらめなよ直〜。タイプじゃないって言われたんだから……ぷぷっ」
「春馬……殺す！」
　ベッドの上でふたりがもみあい始めると、恭がパンパンと手を叩いた。
「はいはーい！　じゃあ、今日はとりあえず解散します。あ。直と春馬はベッド整えてから行くように」
　恭が解散を促して、みんなが散り散りに幹部室を出ていくと、最後に残るのはあたしと恭のふたり。
　恭は、幹部室の机の前の椅子に座って、なにやら資料を広げだす。
「茉弘は俺が送りますから。ちょっとだけ待っててくださいね」
　恭はそう言うと、机に向かって書き物をし始めた。
　送らなくていいって言おうと思ったけど、ここに来るまでの道のりの暗さを思い出して、言葉をのみ込む。
　こんな人でも一応総長なわけだし、いないよりはいてくれたほうがいいもんね。
　あたしは、幹部室のソファに座って彼を待った。
　とくにすることもないので、ストレッチがてら足を伸ば

すと、さっき恭に手当てしてもらったところに目が止まる。
　絆創膏がゆがんでる。
　下手くそ。
　でも、なぜか胸の奥がジンと熱くなってあたしは喉の奥に力を込めた。
「よし！　オッケー！　茉弘行きましょうか。ってどうしたんですか？」
　ソファの上で膝を抱えているあたしに気がついて、恭は少し慌てた様子。
　あたしはそのままうつむきながら、首を横に振る。
「疲れましたか？」
　恭は心配そうにあたしの前で屈み、首をかしげながらあたしの顔を覗き込んでくる。
「ちょっと……疲れた。どんな人たちかと、ずっと気を張ってここまで来たから……」
　そんなあたしに恭はふっと微笑むと、優しく頭をなでてくれる。
「みんな見た目より気のいいやつらでしょ？」
　そう言う恭の言葉にあたしは素直にうなずくと、"一番意外だったのはあなただけどね"と、心の中でつけくわえた。
「解散したらさ、みんなそれぞれの家に帰るの？」
「そうです。俺と直と春馬は、ひとり暮らし。太一と百合は一緒に住んでます」
「みんな実家じゃないんだ」

「幹部にまともに実家があるやつなんていないですよ」
　恭は、なに食わぬ顔でそう言うと立ちあがる。
「いろいろ事情があるやつらばかりなんですよ。だから、ここにいるみんなが家族みたいなものなんです」
「……あなたも？」
　恭は、どこか寂しげに笑ってうなずいた。
「でも、いいな。家族と呼べる人がいるのは、ちょっとうらやましい」
「さっき茉弘はひとりぼっちだって言ってましたよね？　どうしてか、聞いてもいいですか？」
　恭はあたしのとなりに腰かける。ソファがキシッと音をたてた。
「小さいときに両親が事故で死んだの。それから遠い親戚の家に引き取られたんだけど、うまくいかなくて。16になってすぐに家を出て、ひとり暮らしを始めた」
「うまくいかなかったって……じゃあ、ずっとひとりでいたんですか？」
　あたしは、首を横に振る。
「小さいときから、いつも一緒にいてくれる人がいた。だから、寂しくなんてなかった。でも……」
　あたしは、両足を抱えたままの腕に力を込めた。
「でも、その人もいまはそばにはいないから……いまは、本当にひとりぼっち」
　だからここへ来たの。
　君と、君の笑顔を取りもどすために。

「そうですか。でも、これからはひとりぼっちじゃないですね」
「え？」
「俺たちがいるでしょ？」
　恭と目が合う。
　相変わらず優しく笑っている。
　なにそれ。なに言ってくれちゃってんのよ。
　まだ出逢って間もないのに、そんなこと……。
　あたしのことなんて、なにも知らないくせに。
　あたしがなんでここにいるかなんて……知らないくせに。
　胸の奥がちくんと痛む。
　あたしは、思いが顔に出ないように気をつけて、「うん」と言ってうつむいた。
「さぁ、そろそろ行きますか！　茉弘は明日学校でしょ？　少しくらいは寝(ね)ないとね」
「いまから急いで帰ったって、どのみち大して寝られないから。家ここから結構距離(きょり)あるし、明るくなってから自分で電車で帰るよ？」
「ふ。俺を誰だと思ってるんですか？」
「へ？」

「ぎゃあああ〜〜〜〜〜〜!!!!」
　それから数分後、あたしは奇声(きせい)を発していた。
「振り落とされないように、ちゃんと掴まっててください

よ！」
　言われなくても掴まるわよ!!
　恭のバイクの後ろに乗せられたあたしは、ものすごいスピードで滑走する恭に振り落とされないよう、必死にしがみついていた。
　人生初の男の人とのバイクふたり乗りだっていうのに、ムードの欠片もない。
　景色なんて観てたら絶対酔う！　無理!!
「つ、捕まるよ！　警察！　捕まるよっ！」
「あはは！　そんなヘマはしませんよ。これでも道選んで走ってますから！」
　そっか。こんなのこの人にはお手のものだった！
　こう見えて暴走族の総長だもんね。
　って、納得してる場合か!!
「スピードぉ！　スピード下げてぇぇ〜!!　ぎゃあ〜!!」
　そうこうしているうちに、エンジン音が鳴りやんで、「着きましたよ」と言って恭が振り向いた。
　早い。うん。早いよ。
　たしかに、この距離を10分くらいで着くのはすごいよ？
　いや、でもさ……。
「もう……恭の後ろは乗らない……」
「え!?　なんで!?」
「もうここで大丈夫だから……じゃーね。送ってくれてありがとう」
　あたしはしぶしぶ頭を下げ、フラフラとその場を立ち去

ろうとする。それなのに、腕を捕まれ引きもどされてしまった。
「家の前まで送りますから」
「……え。いいよ」
「ダメです」
「本当にいーから！」
「ダーメーです！」
　違うんだって。
　遠慮してるとか、そういうんじゃなくてさ……。

「ここが……茉弘んちですか……？」
「う、うん。一応……」
　ほら。だから言ったのに。
　あたしは、絶句している恭の顔をにらみつける。
　あたしたちは、さびれたトタン屋根のアパートの前に立っていた。
　表札に書かれた"桜荘"という名前だけは立派なくせに、表札がかけられた塀ですら崩れかかっている相当なぼろアパートだ。
　正直、あたし以外に住んでる人がいるのかどうかもわからない。
「セキュリティもなにもあったもんじゃない……。女の子がひとりでこんなアパート！　だめですよっ!!　すぐに引っ越してくださいっ!!」
　恭があまりに血相を変えてそう言うもんだから、あたし

は思わず噴き出してしまった。
「あはは！　どこのお父さん？」
「笑いごとじゃないですって！　なにかあったらどうするんですか!?」
「なにもないし。なにかあっても恭には関係ないでしょ？　仕方ないのよ。お金ないから。親戚がしぶしぶ出してくれてる少しのお金でやりくりしてるの。贅沢は言えない」

　恭は、あたしを見たまま黙る。
　その表情からはなにも読み取れない。
　それから、ちょっとふてくされたような顔をして、持っていたスマホを取り出した。
「貸してください」
　恭が右手を差し出す。
「なにを？」
「スマホ」
「？」
「俺の連絡先登録しますから、なにかあったらいつでも連絡ください。バイクかっ飛ばしてきますから」
「えー？　いらないよ。10分もかかったらどうせ間に合わないし」
「5分で来れますよ」
　なにそれ。さっきのスピードでも、まだ手加減してたってこと？
　恭と目が合う。真剣なまなざし。
　なぜか急に、心臓が早鐘を打ち始める。

「……事故んないでよ……」
　そのまなざしに負けて、しぶしぶスマホを恭の右手に渡す。
「関係なくなんか……ないですからね」
　恭はあたしのスマホをいじりながら、独り言のようにそうつぶやいた。
　まただ。胸がちくんと音をたてる。

　その後すぐ、恭とは別れた。
　でも、胸の痛みはやまない。
　玄関のドアを開けて、中に入る。
　真っ暗な部屋。古い家のにおい。
　熱帯夜の熱がこもって、むわっと気持ちの悪い暑さがまとわりついてくる。
　玄関にへたり込み、ちくちくと痛む胸の辺りを強く押さえる。
　こんな気持ちなくなれっ！
　そのとき、ポケットの中のスマホが震えだす。
　ディスプレイには《潤》の文字。
　通話のマークをスライドさせる。
「……潤？　うん。うまくいったよ……」
　あたしは、このたしかな胸の痛みに無理やりふたをした。

君はあたしの……

　朝。といっても、睡眠(すいみん)時間２時間。

　布団に入って、すぐに寝つけるわけもなく、寝たというよりも横になってたって感じ。

　それなのに、さっきまで"煌龍"の幹部たちと一緒にいて、そこの総長に家まで送ってもらったなんて……まるで夢の中のことのように思えた。

　カーテンを開けると、初夏のギラギラした太陽がもう照りつけていて、寝不足の目に染みる。

　窓を開けると同時に、もわっと生暖かい空気が入り込んでくる。

　——ミーンミンミンミンミーンミー……。

　——ジージージージー……。

　すでにミンミンゼミとアブラゼミの大合唱が始まっていた。

　この声を聞くと、学校行きたくなくなるんだよな……。そんなことを心の中で独りごちる。

　学校までは、歩いて30分くらいで行ける距離。だけど途中(とちゅう)、急な上り坂がある。

　夏も冬も汗がどっと吹き出す、地獄坂(じごくざか)だ。

　かなり木々の深い場所で、そこでもセミが大合唱を繰りひろげている。

　どうしよう。今日はサボってしまおうか。

このままもう一度横になって、足りない睡眠を満たしたい。
「はぁ……」
　そんなことを考えながらも、窓から離れしぶしぶユニットバスへ向かった。
　サボるなんてできっこない。
　あたしは、親戚に学校に通わせてもらってる身だもん。
　どんなにつらいときも休んだことなんてない。
　うまくいっていない親戚だとしても、少なくともあたしはそのお金に頼らざるを得ない身の上。
　だからこそ、学校だけは休まずに行く。
　それがあたしのプライドだった。
「ひっどい顔……」
　鏡の中のあたしは、目の下のクマのせいで、ゾンビみたいだ。

　支度を終え、家を出る。
　ボロくなった鍵穴は、噛み合わせが悪くてなかなか閉まらない。
　ガチャガチャ雑に回すとようやく閉まり、時計を見るとそれだけでかなりのタイムロス。ロスした時間を埋めようと小走りすると、待ち受けていたのは地獄坂だ。
　登校中の生徒たちが、口々に文句を言いながら登っていく。
　重たい足を引きずるようにそれを登りきると、あたしの

通っている高校が目と鼻の先に見えてきた。
　伝ってきた汗をぬぐっていると、校門の前に小さな人だかりができているのに気がついて、目を凝らした。
　けれども、コンクリートから上る陽炎が邪魔をして、よく見えない。
　それよりも、早く冷房の効いた校内に入ろうと足を早めると、「茉弘」と呼びとめられて、私は慌てて振り返った。
「……潤？」
　あたしが驚いて固まっていると、潤は輪を作っている女子たちをかき分けて、あたしの前までやってくる。
「……ここで……なにしてるの？」
「茉弘を待ってたら、女子たちが寄ってきて……。なんかいろいろ聞かれてた」
「そう言うことじゃなくて！　なんで学校まで来たの!?」
　声を荒らげてはっとする。
　ヤバイ。ここじゃ人目につきすぎる。
　思った通り、潤を囲んでいた女子たちが、こそこそと陰口を言っているのが見えた。
「ちょっと！　こっちに来て！」
　あたしは潤の腕を掴み、引きずるようにその場を離れた。

　汗が止まらない。
　暑さのせいなのか、焦りからなのか、どちらかわからない。
「ハァハァ……」

あたしは、ようやく人目につかないところまで来て安堵(あんど)していた。
「運動不足じゃないの？　茉弘」
　潤は平然とした顔で、膝に手をつくあたし見下ろす。
「う……うるさいなっ。あたしにもいろいろあるのよ！」
　ひとまず息を整えて、キッとにらみつけると、潤は「なに？」と言って、首をかしげてみせた。
「なんであたしの学校になんか来るわけ!?　あんた目立つのわかんない!?」
　そう言ってみても、潤はまったくわかってないといった顔を向けてくる。
　潤が目立つポイントその１。
　見た目。
　潤の顔は特別整っている。そんじょそこらのアイドルよりよっぽど綺麗で中性的な顔立ちをしていて、背も180センチ以上。髪の毛ももともと色素が薄くてふわふわで、女の私から見てもうらやましいと思ってしまう整いぶり。
　ただ歩いているだけで、世の女子たちをとりこにしてしまうのだ。
　そして、潤が目立つポイントその２。
　潤は"鷹牙(おうが)"の副総長だということ。
"鷹牙"は、"煌龍"に並ぶトップクラスの勢力を持つ暴走族。あたしの住んでいる辺りでは、知らない者はいないくらい有名な暴走族だ。
　とくに潤はそのビジュアルのせいもあって、多くの人に

顔を知られている。
　そんな潤が、私を訪ねてくるということは、必然的に私が"鷹牙"とつながりがあることを示すわけで……。
「いま、あたしがしてることわかってるよね!?」
「怒(おこ)ってる……」
「そうじゃなくてっ!!」
　潤は、見た目とは裏腹にとにかくマイペースでこの調子。
　昔から何度ヤキモキさせられたかわからない。
「あたしいま、"煌龍"に潜入(せんにゅう)してるの!!　やっとの思いで潜(もぐ)り込んだの!!　"鷹牙"とのつながりがバレたら、全部水の泡(あわ)!!　わかるっ!?」
「その件で来たんだけどさ」
　いままですっとぼけていた潤の空気が変わる。
　これがあの"鷹牙"の副総長たるゆえんなのか。
　なんとも言えない威圧(いあつ)感に、思わず一歩あとずさる。
「バカなことはやめろ」
「……そのことならもう何度も話したでしょ?」
「俺はまだ納得してない」
　突きささるような潤の視線。
　潤はいつからこんな目をするようになったんだろう?
　あたしは込みあげてくるものを、胸の奥にぐっと押し込めた。
「……潤の意見なんて関係ない。これは、あたしと葛原(くずはら)の契約(けいやく)よ」
「いまなら、俺が将生(まさき)さんを説得できる。まだ取り返しが

つく。いますぐ"煌龍"を離れろ」
「嫌っ!!」
　そう叫ぶと同時に、せっかく押し込めたものがあふれ出してきてしまう。
「言ったでしょ!?　あたしは、絶対に葛原から潤を取りもどすっ!!　それで、潤とまた前みたいに……他愛もないことで笑いながら、一緒に生きていきたいのっ!!」
　あたしは潤の服を両手で握りしめながら、うなだれる。
　あふれる涙が落ちて、アスファルトの色を変えていく。
「わかって、茉弘……。もう前みたいには、戻れないんだよ……」
　ねぇ。なんで？
　なんでそんなこと言うの？
　戻れるよ。戻れないわけないんだよ。
　あたしたちは、血を分けた"きょうだい"なんだから。

　潤とあたしは、ずっと一緒だった。
　それこそ、産まれる前からずっと。
　あたしたちは、二卵性双生児。いわゆる双子だ。
　優しい両親に、愛情たっぷりに育てられたあたしたちに転機が訪れたのは6年前。あたしと潤が10歳のときだった。
　あたしはショックのせいかよく覚えていないけど、家族4人で乗っていた乗用車に、居眠り運転のトラックが突っ込んできたらしい。

奇跡的にあたしと潤は、かすり傷程度で済んだ。

　でも、両親はふたりとも助からなかった。

　あたしと潤は、すぐに遠い親戚の家に引きとられることになる。

　親戚の家は、とても裕福な子どものいない夫婦。

　最初は、自分たちの子として迎えるように、すごく歓迎してくれていた。

　でも、1年くらい経ったある頃にふたりの態度は一変した。

　ふたりはまだ11歳のあたしたちを残して、夜中まで外出することが多くなった。

　たぶんふたりは、あたしたちのことがうっとうしくなったんだと思う。

　あたしたち双子を育てるには、自分たちの時間をたくさん犠牲にしなくちゃいけない。

　子育てというものは、きっとそういうものなんだろう。

　でも、子どもを育てたことのないふたりには、わからなかったんだと思う。

　結局ふたりは、自分たちの時間を犠牲にするなんてことはできなかった。それどころか、あたしたちに自分たちの楽しい時間が奪われていることに、憤りを感じていたんだ。

　どんどん冷たくなっていくふたりの態度。

　それでも、あたしも潤も家に住まわせてもらっているだけで……最低限生かしてもらっているだけで、ふたりには感謝をしていた。

たとえふたりがいなくても、あたしには潤がいるし、"寂しい"とは思ったことがなかったんだ。あたしがそう思うように、潤もきっとそう思ってくれていたんだと思う。

　そして、あたしたちに2回目の転機が訪れたのは、15歳の高校受験を控えていた頃。
　親戚夫婦は、経済的なことを理由に、あたしたちのどちらかを養子に出すと言いだした。
"潤と離ればなれになる"。
　そのときあたしは、恐怖で体が震えたのを覚えている。
　そんなあたしたちを鼻で笑うふたりを見て、初めて恨めしいと思った。
　なんであたしたちだけがこんな目に遭わなきゃならないんだって、自分たちの運命をひどく呪った。
　悲しくって、悔しくって、ごっちゃになった気持ちで唇を血が出るほど噛んでいたあたし。
　次の瞬間、潤の口から出た言葉にがくぜんとする。
『俺がここを出てくよ』
『潤っ！　あんたなに言ってんの!?　養子に出るってことがどういうことかわかってる!?　あたしたち離ればなれになるだけじゃなく、お父さんとお母さんの子でもなくなっちゃうんだよ!』
『わかってるよ』
『わかってないっ!!』
『……茉弘。俺たちに選択の余地はないよ。たとえどうあ

がこうと、確実にどっちかは養子に出ることになる。ふたり一緒にいられる選択肢はないんだよ。だったら、絶対に俺が行く』

　正直ショックだった。

　潤の言いたいことは、よくわかる。

　でも、もっとあがいたっていいじゃない。

　そんなに簡単に、離れることを受けいれるなんて……。

　潤はずっとあたしと同じ気持ちなんだと思ってた。でも、そうじゃなかったの？　潤はあたしと離れても平気なの？

　あたしが絶句していると。

　潤は夫婦に肩を抱かれ、連れていかれてしまう。

『……っ潤!』

　追いかけようとするのに、足に力が入らない。

　このままじゃ、潤を失う。

　そう思うのに、どうしたらいいのかわからない。

　すると、去りかけた潤があたしを振り返る。

『茉弘』

　潤の顔は、優しく微笑んでいた。

『茉弘は、大丈夫だよ』

　大丈夫ってなにが？

　潤がいなくてもってこと？

　ひとりでも大丈夫ってこと？

　そんなの大丈夫なわけないじゃない。

　あたしの頬を涙が伝う。

　これがあたしの見た、潤の最後の笑顔だった。

おかえり

「……待って!!!!」
　──ゴンッ！
「いったぁ……」
「いってぇ……」
　頭のてっぺんに鋭い痛みを感じ、あたしは頭を押さえてうずくまっていた。一方、目の前の男は、鼻を押さえながら背を向けて痛みをこらえてる。
「え？　太一??」
「てめぇっ!!　急に起きあがるんじゃねぇよっ!!」
　鼻を押さえる太一の手からは、鼻血がポタポタと滴っている。
「え？　あれ!?」
　状況がのみ込めなくて辺りを見回すと、あたしは煌龍の倉庫前にいた。
　あ、そっか。あたし潤と別れてから、ショックでなにも考えられなくなって、とりあえずここに向かったんだっけ。
　でも、倉庫自体が開いてなくて、ほかに行くところもなくて、ここにたたずんでたんだ。
　そしたら、いつの間にか寝ちゃったのね。
　あーあ。結局学校さぼっちゃった……。
　あたしのプライドって、意外に大したことないみたい。
「……てか、なんで太一鼻血出してんの？」

太一に向き直り、ポケットティッシュを渡すと、「てめぇのせいだ！　てめぇの!!」と言って、ティッシュを引ったくられた。
　どうやら、太一が倉庫に来てすぐに、膝を抱えてうずくまっていたあたしを見つけたらしい。どうしたのかと顔を覗き込んだら、いきなりあたしが起きあがり、覗き込んでいた太一の顔に頭がクリーンヒット。想像しただけで、痛い。
「覗き込む前に声かけりゃいいのに」
「うるせぇ！　そんな格好してるから、一瞬誰かと思ったんだよ!!」
　太一が、あたしの制服を指さしながら顔をゆがめる。
　あ。そっか。昨夜は私服だったもんね。
「意外に、頭いいとこ行ってんだな」
「"意外"は余計」
　あたしの通ってる高校は、県内で３位くらいの進学校、"颯風高校"だ。
「そういうあんたは……やっぱりって感じね」
「あぁ？」
　太一の制服は、県内でも有名な不良ばかりいる"巣鴎高校"のもの。
　あそこには、有名な暴走族や不良グループに入っている人たちがたくさん通ってるって聞いたことがある。
　でも、巣鴎の生徒をこんな間近で見るのは初めてだ。普段は、なにされるかわからないから近づけないもん。

太一は、鼻につめ物をしながら、倉庫にかけられているいくつもの南京錠(なんきんじょう)を解いていく。
「つーか、有名な進学校の生徒さんがこんな時間にこんなところでなにしてんだよ？　学校さぼっていーわけ？」
　いいわけない。あとで登校中に具合が悪くなったとでも連絡を入れておかないと……。
「あんたこそ。こんな時間になにしてんの？」
「俺はただのサボリ」
　太一は一度ニヤッとして、倉庫のドアを開け放つ。
　そこは昨夜のまま、たくさんのバイクが並んでいる。みんな使わないときは、ここに止めておくのだろうか。
　あぁ。昨夜あったことは、夢ではなかったんだなと、いまさらながら実感がわいてくる。
　あたしは煌龍に潜入したんだ。
「入んのか？　入らねーのか？」
「え？　いいの？」
「うちの総長さんからの言いつけなんでね。お前が来たら無条件で入れてやれって」
　……恭が？
　どれだけあたしのことを信用してるんだろう。
　うれしい気持ちと申し訳ない気持ちが、あたしの中で喧嘩していた。
　その気持ちを振りはらって、中に入っていく太一のあとを追った。
「ここの鍵って、太一が管理してるの？」

歩くのが早い太一に、やっとのこと小走りで追いついて質問する。
「鍵持ってんのは、俺と恭だけ。まぁ、大概(たいがい)は俺が一番に来て開けとくけど」
　学校をサボることが多いから、いつも一番乗りってわけね。
「あの人は、あんたと一緒に学校サボったりしないんだ？　巣鴨にもちゃんと授業受ける人いるんだね」
「あの人って？」
「恭だよ」
　太一はキョトンとしたかと思えば、急に豪快(ごうかい)に笑いだす。
「な、なに急に笑ってんの!?」
「いや……ぷっぷっ。お前、恭が巣鴨だと思ってんの？」
「なによ！　巣鴨じゃないとしたって、そういう系の高校でしょ？」
　暴走族の総長が、普通の高校に通っているイメージなんてない。
　通うならやっぱり、素行の悪そうな人がたくさんいそうな高校でしょ？　これはあたしの先入観だけど……。
　それにしても、太一のこのバカにした顔……むかつくな。
「ま、いっか。あとでわかんべ。ちなみにあいつは、そうそう授業をふけたりしないからな。まだ当分は来ねーよ。幹部室で気長に待ってれば？　俺は下でバイクいじる」
　そう言って、太一はあたしに幹部室の鍵を渡し、さっさと自分のバイクのところに行ってしまった。

さんざん笑っといてなんなの？　気になるんだけど。
　それにあたし別に、恭を待ってるわけじゃないし……。
　そう心の中でぼやきながら鍵を開けて、幹部室へと入った。
　やっぱりここも昨夜のままだ。
　昨日も思ったけど、いろいろと充実してる部屋だよな。
　ベッドやソファ、テレビのほかに、パソコンだったりたくさんの本がある。
　これいつやるわけ？っていうような、ボードゲームだったり、バランスゲームだったり、みんなでやるようなゲームが、部屋の隅にズラリと飾られている。真ん中には、オシャレな長テーブルに、これまたオシャレな椅子。冷蔵庫も流し台も、シャワールームまである。
　あとは、資料がズラリと並んだ机。
「秘密基地って感じで、ちょっとワクワクするな……」
　それにやっぱり清潔感がある。いい香りがするし。
　恭の性格なのかな。
　そんなことを思いながら、きちんと整えられたふかふかなベッドにダイブする。
　気持ちいい……。
　さっきまで居眠りしていたにも関わらず、また眠気が襲ってくる。
　あ。この布団の香り……ホッとするなぁ……。
　まどろむ意識の中、そんなことを思いながら、あたしは意識を手放した。

「……でさぁー! そいつがねー……うわ!! ちょっと!! 幹部室に眠り姫がいるんだけどっ!!」
　ん……。
「また直は、変なＡＶばっか見すぎなんだからぁ～! とうとう幻覚まで見え始めた? ……って! うわっ!! ちょっと!! 恭っ!」
　うるさいなぁ……静かにしてよ。
「なんですか? 春馬まで……っ!!」
　あ……恭の声だ……。
「やばっ! 制服やばっ!! はだけてるしっ!!」
「たしかにこれは超エロいね……」
　……なに? なんの話?
「いてぇ! こら恭なにすんだっ!!」
「ちょっと恭! なんで俺まで!!」
「いーからほら! さっさと出て!! こら直っ!! 写真撮るな!!」
「姫ぇぇぇ———!!!!」
　——バタン。
「ふぅ……まったく……」
　——ぱさっ。
　肌に柔らかな感触があった。ふわふわして気持ちいい。
　それがなんなのか確かめたくて、ゆっくりと瞼を開ける。
「あ。すみません。起こしちゃいましたか?」
「……おかえり」
　ふわふわの正体は、毛布だった。

少し厚手の起毛のやつを恭がかけてくれたらしい。
「……ただいま」
　恭が、あたしから視線をそらす。頬が少し赤くなっている気がする。
「勝手にベッド借りてごめん。なんか眠くて眠くて……」
「昨夜は、ほとんど寝てないですもんね。自由に使っていいんですよ。もともと俺も仮眠で使うために置いたんですから」
　笑顔であたしに微笑みかける恭。相変わらずの優男っぷりだ。
「でも、鍵はかけてください。ここは男の巣窟なんですからね。あんな無防備に寝ていたら、なにかされてもおかしくないんですよ？　残念ですが、俺は男どもの本能の管理までは手が回りません」
「ん。気をつける」
　恭は、あたしの頭をクシャッとなでて、机にカバンを置きにいった。
　ん？　なんだか違和感。
　なんだろ？？　あ。制服姿初めて見たからかな？
　わりと似合ってる。秀才君て感じだ。
　あれ？　制服？　んんん？？
「ええぇ!?」
「な、なに!?」
　恭は、驚いた顔であたしを振り返る。
　気づいちゃった……違和感のわけ。

「き、恭って……緑高なの!?」

「へ？　そうですけど……？」

　嘘でしょ。

　緑ヶ丘高校。通称緑高って言ったら、県下でトップクラスの学校じゃない。常人がいくら頑張ったところで、行けるような学校じゃない。本当に天才クラスの並外れた頭脳がなくちゃ絶対に受からないような高校だ。

　なんかこの人って……本当に計り知れない。

　太一が笑ってた理由はこれだったのか……。

「そう言う茉弘は、颯風ですか。頭がいいんですね」

　あんたに言われたくないっつの！

　あたしの表情を見て、言わんとしてることがわかったのか、恭ははははっと笑いながら制服のネクタイを取って着替えだした。

「な、なにしてんのよ!?」

　上半身裸になって、ズボンまで脱ごうとしている恭に、手で視界を遮り慌てて問えば、

「あ、すみません。部屋着に着替えようかと……」

　そう言って恭は着替えようとしていた手を止める。

「いや、そうじゃなくて！　隠れてやってよ！」

「あぁ、そっか。いつも男ばかりなので、そこまで気が回りませんでした。女の子がいるって勝手がわからないもんですねぇ」

「どーでもいいから、早く服着て!!」

　顔が熱い。

この男、頭いいくせしてデリカシーがない！
　脱衣所で着替えて戻ってきた恭は、黒のTシャツに縦ラインの入ったジャージ姿だった。
　さっきの裸のときも思ったけど、体のラインが意外にたくましい。
　そんな姿に思わずドキッとしてしまうあたし。
　優男のくせに……まちがいなく、"男"なんだ。
「ふぅ～」
　恭はため息をつきながら、なんの躊躇もなくごそごそとあたしのいるベッドに入ってくる。
「ちょっ！　ちょっと!!」
「いつも、ここから２時間くらい仮眠を取るんです。この時間だけは、誰もこの部屋には入ってこない……だから、茉弘もまだ寝てていいですよ……」
　布団に潜り込んだ恭は、もうすでにまどろんでいる様子。
　よく考えたら、この人も寝てないんだよな。
　普段からあの時間に活動してるんでしょ？
　まとまった睡眠ていつ取ってるんだろ？
　まどろむ恭を見ていたら、ベッドから出ていけなんて到底言えない。
　ていうか、もともと恭のベッドなわけだし。
「……メガネ……邪魔だから取りなよ」
　そっと、彼のメガネを外す。
　うわ。やっぱり綺麗な顔してるじゃん。
　メガネをしてるとわからないけど、女の子みたいにまつ

毛長い。
　メガネがないだけで、こんなに印象が変わるんだ。
　恭が寝返りをうつ。ふわっといい香りがしてドキッとする。
　あ。これ、さっきの布団と同じ香り……。
　恭の香りだったんだ。
　あたしは、はっと我に返り、慌ててベッドから出ようと毛布を剥いだ。
　あたしなにドキドキしてんだ!!
　すると、恭に手首を掴まれ、引きもどされてしまった。
　なに？　寝ぼけてるの??
「茉弘……」
「？」
「"おかえり"って……いいね」
　恭は目をつぶったまま微笑んで、そのまま本当に眠りについてしまった。

悪魔のささやき

「あ！ 茉弘ちゃん!! 下りてきた!!」
「あれ？ みんな来てたの？」
　あのまま、恭と一緒に寝られるわけもなく、あたしはすぐに幹部室を出た。
　階段を下りていると、ミーティングスペースにいる幹部のみんなと百合さんが一斉にこちらを向く。
「茉弘ちゃあぁーん!! 恭に変なことされなかったぁ!?」
「は!? 変なことってなに!? てか、なんで直泣いてるの??」
「ほーら。だから言ったじゃん。直は頭の中ハレンチすぎなんだよ。どう考えたって、恭はそういうことするタイプじゃないじゃん」
　百合さんは、直の頭を小突く。
「いやいや、百合っぺ！ ああいうむっつりなのが一番厄介なんだって！」
　いったいなんの話をしているのやら……。
「おい。恭は？」
　百合さんのとなりで黙っていた太一が口を開く。
「え……あぁ、なんか寝ちゃって……」
　あれ？ あたしなに赤くなってるの？
　さっきのことを思い出すと、とたんに鼓動が早くなる。
　みんなにばれないように、うつむいていると。

「恭が……お前の前で寝たのか？」
　なにやら神妙な面持ちの太一。
「え？　そうだけど……」
　なにこの雰囲気。
　みんな驚いたようにこちらを見ている。
「茉弘ちゃん、それ本当？」
　さっきまで、よくわからないことを言っていた直まで真剣な表情だ。
「本当もなにも……あっという間に寝たけど」
「へぇ～！　おもしろいこともあるもんだね！　茉弘、恭はね、寝てる最中は絶対に人を寄せつけないんだよ。あたしや幹部たちだって、こうやって追い出されんだ。まったく何様なんだか！」
　あぁ。だから、恭はさっき誰も入ってこないって言ってたんだ。
「でも、それって単にうるさくされるのが嫌だからなんじゃないの？　とくに直」
「茉弘ちゃん。するどい！」
　春馬が決め顔であたしを指さすと、「茉弘ちゃん。天使の顔して結構ひどいこと言うよね……」と直がうなだれた。
「お前。本当にあいつの彼女になったんじゃねーの？　あいつが寝顔見せるとか、信じられねぇ」
「違うって言ってんじゃん！　きっとすごい疲れてたんでしょ!!」
　なんなの!?　そんなにおおごとなわけ!?

疑うようにあたしを見てくる太一。
　たかが人前で寝たってだけの話じゃないの？
　太一の目は、なんだかあたしのやましい部分をすべて見透かしているようで、ひどく居心地が悪くて……。
「……帰る」
　あたしは、その空気に耐えきれず、倉庫の出口へと急いだ。
「あ！　待って茉弘ちゃん！　今日はね、大事なミーティングがあるんだ!!　悪いけど、茉弘ちゃんも参加して!!」
　春馬があたしを必死に呼びとめるから、仕方なく足を止めて振り返る。
　気分が悪い。太一のそばにいたくない。
　今日は帰りたいんだけどな。
「……ミーティングって？」
「煌龍の活動についてだよ。恭が、茉弘ちゃんにも知っておいてもらいたいって」
　それは……あたしの目的のためにも参加しなくちゃいけない内容ってわけね。
「わかった。何時から？」
「恭が起きてからだから、２時間後くらいからかな？」
「了解。それまで、ちょっと出てくる」
　あたしは、困惑するみんなをよそに、足早に倉庫をあとにした。

　夏の夕暮れどき、この時間帯はまだ十分明るい。

なのに、この付近は昼間とは打って変わって急激に人が減少する。
　カラスの鳴き声が、治安の悪い時間帯への突入の合図かのように、一般人を威嚇しているからなのか。
　昨夜は暗かったし、ヘッドライトの明かりだけではよく見えなかった周りの風景。
　こうやって見てみると、年季の入った治安の悪さがうかがえる。
　崩れかけたコンクリートに描かれたカラフルな絵や奇抜な落書き。そこら辺に転がったゴミや空き缶や吸い殻。
　壊れたバイクとか、タイヤとかもその辺に放置されている。
　よく見ると、ガラの悪そうな男たちがちらほらとたむろい始めていた。
　それでも、どこかで喧嘩が勃発するわけでもなく、まだサラリーマンや女の人がこの道を行き交っていられるのは、治安の悪さが最低レベルだったこの地区を"煌龍"が統率したからなんだろう。
　恭が、この地区を……。
　考えれば考えるほど信じられない。
　恭は頭がいいなんてもんじゃないんだろうけど、喧嘩とかまったくしなそうだし。ってか弱そうだし。
　いったいどうやってこの地区をまとめあげたのか……。
　だいたい、あの人が総長をやってるってこと自体、謎よね。

いや、そもそもなんで暴走族なんかになったんだろ？
　急に頭の中に、白い特攻服(とっこうふく)を着た恭があのヘラヘラした笑顔でバイクにまたがっている姿が浮かんだものだから、つい、こらえきれず噴き出してしまった。似合わないったらない。
「ずいぶん楽しそうじゃん」
　ゾクッと背筋に悪寒が走る。
　身の毛がよだつ声。恐る恐る声のした方に顔を向ける。
「葛原……」
　その男を前にすると、自然と体が身構えてしまう。
　葛原将生。
　"鷹牙"の現総長。
　あたしがこの世で最も憎(にく)んでいる男。
「あんた……なんでここにいるのよ……？」
「えー？　なにがぁー？　ちょうど通りかかっただけだけどー？」
　わざとらしいとぼけ方。
　ニンマリと笑った青白い顔が薄気味悪い。
「とぼけないでよ。ここは煌龍の縄張(なわば)りよ。あんたら"敵"が簡単に通りかかるわけない」
「ひひっ。まぁ、そうにらむなって。別にお前の計画を邪魔しに来たわけじゃない」
　プリンがかった金髪の長髪をかきあげながら、葛原はいやらしい目つきであたしを見てくる。ぞっとして一歩あとずさると、葛原の指が血の気の引いたあたしの頬をなでた。

「俺はただ、お前がちゃんと俺との約束を守ってんのか、この目で確認しに来たんだよ」

　わざとらしく猫なで声を出す葛原。
「触(さわ)らないでよ！」

　反射的にその手を思いきり払う。
「いてぇなぁ」

　──バシ！

　一瞬目の前に火花が散った。その反動でグラリとよろめいてしまう。

　据わった目であたしをにらみつけている葛原を見て、ようやく葛原に頬を叩かれたのだと気づいた。
「てめぇ誰に楯(たて)突(つ)いてんだ？」

　低い声。金縛りにあったかのような威圧感。

　怖い……。
「お前、身のほどをわきまえてねぇな。チャンスをもらってる立場だってことを忘れんなよ？　俺の気分しだいで、こんなチャンスどうにでもできんだぞ？」
「まっ、待って!!!!　……ちゃんとする……ちゃんとするから……」
「ひひっ。まぁ、いいよ。でも、忘れるなよ？　茉弘。俺がお前にやったチャンスはなんだっけ？」

　葛原の手が、あたしの顎をすくいあげる。
「……あたしが……煌龍に潜入し、煌龍総長"栗山恭"に取りいる。そして、煌龍の情報を洗いざらい聞き出し、鷹牙にその情報を流す。鷹牙が煌龍をつぶすために有力な情

報を流すことができたら……」
「潤は自由にしてやるよ」
　さっき叩かれたときに唇の端(はし)が切れたらしい。
　その部分を葛原が、添えてた右手の親指で強くこする。
　あたしは思わず痛みに顔をしかめた。
「もしも失敗すれば、潤は二度と堅気(かたぎ)には戻れないと思え。あと、お前も……」
　葛原の人さし指が、あたしの顎から胸まで線を描く。
「一生俺のものだ」
　触んないでよ。気持ち悪い。
　そう喉まで出かかっているのに、恐怖で声が出ない。
　唇が、震える。一歩も動けない。
　葛原が、そんなあたしの様子を見て、ニヤリとまた気持ちの悪い笑みを浮かべた。
「まぁ、栗山の女にまでなれたら上出来だな。男っつーのはバカだから、ほれた女にはトップシークレットのことまでゲロっちまうんだよな〜。そうなりゃこっちのもんだ。それに……」
　葛原は、さらにあたしに顔を近づける。
「ほれた女に裏切られ、その上、その女が目の前で俺のものだってわかったら……」
　葛原はあたしの喉もとに口づける。
「栗山は崩れる。煌龍は、おしまいだ」
　不気味な笑顔。
　この人……絶対に正気じゃない。

人を痛めつけるのを楽しんでる。
「ま。せいぜい頑張んな〜」
　葛原はあたしから離れ、背中を向けて手を振り、去っていった。
　震えて冷たくなった手を額にあてる。
　口からははっと乾いた笑いがもれる。
　わざわざあたしに忠告をしに来たのか……。
　あたしの決心が鈍っていると踏んで？
　嫌なやつ。本当に最悪だ。
　あたしは、その場にへたりこむ。
　あたしがやらなくちゃ、潤は、潤の笑顔は一生取りもどせなくなってしまう。
　だから、迷っちゃいけない。
　罪悪感なんて捨てなくちゃいけない。
　——すべては君の笑顔のため。

ミーティング

　もうどれくらいこうしているんだろう？
　戻らなくちゃいけないのに、体がまったく動かない。
　ミーティング……始まっちゃってるかな。
　恭が参加してほしいって言ってたのに、いきなりすっぽかすなんて……。
　みんな……怒ってるかな？
　スカートのポケットに入れていたスマホが突然振動(しんどう)する。
　画面を確認すると、《栗原恭》の表示。
　初めて見るその表示に一瞬とまどう。
　そっか。連絡先交換(こうかん)したんだっけ……。
「……はい」
『茉弘!?　いまどこにいるんですか!?』
「あ……ごめん。ミーティング……始まっちゃったよね？」
『そんなことどうでもいいんです！　もうこんなに暗いのにひとりで出歩いて！　いまどこなんですか!?』
「……トンネルの前……落書きいっぱいの……」
『わかりました。すぐに着くからそこにいてください』
　言い終わるか終わらないかのうちに電話が切れる。
　どうしよう。いまは恭に会いたくない。
　この場を離れなきゃ！
　そう思って立ちあがると、後ろから手首を掴まれ引きも

どされる。
「ひっ！」
「そこにいてって言ったのにっ……どこに行くんですか！ はぁはぁ……」
　あたしの手首を掴んだのは、恭だった。
　もう片方の腕で汗をぬぐい、肩で息をしている。
　もしかして、あたしのことを探しまわってた……？
「い、いま電話切ったばっかだよ!?」
「すぐ近くにいたので。よかった……無事で……」
　恭は、大きな安堵のため息をつきながら屈み込んでしまった。
「……大げさだよ。ここはだいぶ治安がよくなったんでしょ？　そう簡単になんか起きるわけないって」
「……だと、いいんですけどね」
「え？」
「ミーティングのときに話すつもりですが、いまこの地区は茉弘が思っているほど安全じゃないんです」
　恭の上がっていた息もようやく落ち着いてきたようで、ずれたメガネを直しながらゆっくりと立ちあがった。
「とにかく、本当に無事でよかった……」
　柔らかい笑顔でふにゃっと笑う恭。
　その顔を見たとたん、胸がじんと熱くなる。
　ヤバイ……どうしよう。あたし、泣きそうだ。
「……ん？」
　突然眉間にシワを寄せた恭があたしの頬に触れるなり、

顔を近づけてくる。
　思っていたより大きな恭の手が触れて、あたしは思わず身をすくめてしまった。
　触れられたところから、じんわりと熱が広がって熱い。
「これ……どうしました？」
「……え？」
「口の端。少し切れてる」
　……あ。さっき、葛原に叩かれたときにできた傷だ。
　頬の腫れは、ぼーっとしてる間にだいぶ引いたはず。
　それに、暗いからわからないだろう。
　でも、口の端のけがまで気が回らなかった……。
「さ、さっき！　転んだの!!」
　うわっ。苦しい言い訳……。転んで口の端を切るとか、いくらなんでも無理やりすぎる。
　恭は、一瞬眉をしかめてなにか言いたそうな顔をした。だけど、すぐに無表情になってなにも言わずにあたしを見つめている。
　依然として、あたしの頬に触れたままの恭の手。
　葛原に触れられたときは、すぐにでも振りはらいたいほど嫌だったのに、いまのあたしはどうしたんだろう。
　恭の触れている部分から伝わる熱が心地いい。
　恭に見つめられると、心臓が大きく脈打つのを感じる。
　あたしの頬に触れている恭の手の親指がそっと動いて、優しくあたしの唇をなぞる。
「恭……？」

突然鳴り響く電子音。
　どうやら恭のスマホの着信音のようだ。
　急に現実に引きもどされたような気持ちになってとまどっていると、恭はあたしから手を離し、頭の後ろをかきながら電話に出た。
　離れてしまった距離が寂しいなんて……あたし、本当どうかしてるな。
「はい。……うん。大丈夫。見つけた。……うん。無事だから。いま戻る」
　そう言って恭は通話を切ると、何事もなかったかのようにあたしに向き直った。
「茉弘。戻りましょう？　みんな心配してます」
　優しく微笑みながら、あたしに左手を差し出す恭。
　あたしは、その手を取るかどうか迷った。
　でも……。
「……ん」
　あたしは、素直に恭の手を取る。
　倉庫に着くまで、恭とはほとんど言葉を交わさなかった。
　明らかにおかしな口のけがについてもなにも聞かず、恭はただただあたしの手を離すことなくとなりを歩いた。
　倉庫までの道のり、手を離すタイミングならたくさんあった。
　でも、あたしは離さなかったんだ。
　恭とつながった手から伝わる熱と、あたしの高鳴る心臓の音が、妙に心地がよかったから……。

「茉弘!!」
「茉弘ちゃん!!」
　倉庫に戻ると、あたしを見つけるや否や、百合さんと直と春馬が一斉にあたしに駆けよってきた。
「ごめん。なんか心配かけちゃったみたいで……」
「ううん。無事ならいいんだよ。こっちこそごめん。太一が変な言い方したから、嫌だったよね？」
　百合さんはあたしを優しく抱きしめて、頭をなでてくれる。
「茉弘ちゃーん！」
「こら！　直は抱きつかなくていいの！」
　百合さんに便乗して、あたしに抱きつこうとする直を制しながら、春馬があたしに目配せしてくる。
　なに？　あっちを……見ろ？
　そこには、さっきのミーティングルームでひとり必死になにか書き物をしている太一の姿。
　近よっていって手もとを覗き込む。
「なにしてんの？」
「ばっ!!!!　お前!!　見んなよ!!」
「はぁ？」
「こら。太一？」
　すかさず、恭の一声で太一はピッ！と背筋を伸ばし、青い顔をしながらまた書き物を始めた。
　なに？　太一どうしちゃったの？
　よく見ると太一の頬には赤い手形。

「茉弘ちゃん。太一ね、あのあと百合にひっぱたかれたの。もっと言い方考えろって。しかもね、茉弘ちゃん帰ってこないから、起きてきた恭にあったこと話したらね……ぷぷぷ。見て」

　春馬は、笑いながら太一から紙を引ったくりあたしの前に広げて見せた。
「ごらぁ！　春馬ぁっ!!　てめぇっ!!」
　真っ赤になって、春馬に襲いかかる太一。
「ぷっ……ふふふふっ。なにこれっ。あはははっ」
　そう言ってあたしが笑うと、
「わぁー……茉弘ちゃんが……さりげなく爆笑してる……」
　恭以外はみんな驚いた顔でこっちを見ている。
　一方恭は、にやっと笑い、あたしにいたずらな顔を見せた。
　だってコレ。なに書いてあるかと思ったらさ。
　ダメ。笑いをこらえられない。
　春馬に見せられた紙に書かれていたのは、ある文章の繰り返し。
『もう余計なことは言いません。反省しています。もう余計なことは言いません。反省しています。もう余計なことは言いません。反省しています。……(以下省略)』
「コレ……ぶふっ……なに？」
「太一がなんか変な疑いかけてきたみたいで、すみませんでした。ちょっと反省してもらおうかと思って、コレ100回書くまで私語行動厳禁という罰を与えてみました」

「ぶふーっ!!　多っ!!」
　とうとうこらえきれなくなったあたしが、おなかを抱えて爆笑していると、
「茉弘が喜んでくれてよかったです」
　そう言って恭はうれしそうにニッコリ笑った。
「よくねーよっ!!」
「はい。太一、5回追加ね」
　太一は、いまにも暴れだしそうな顔でまた机に向かい、ものすごいスピードで続きを書き始める。
「恭はね、こう見えて結構ドSなんだよ」
　春馬があたしにこっそり耳打ちする。
「従う太一は、なんだかんだMなのね」
「んー。太一がMなのは否定できないけど、太一でなくても恭には逆らえないかも」
「なんで？」
「恭は怖いからね〜」
　恭が怖い？　なにそれ。どこが？
　恭の顔を盗み見てると、突然目が合ってしまって……。
　うわぁ。見てるのバレた……。
　なんだか無性に恥ずかしくなる。
　そんなあたしの心情を知ってか知らずか、恭はあたしにヘラッと笑い返してきて……。
　ほら。これのどこが怖いって？
　ヘラヘラした優男以外の何者でもないし。
「「お疲れさまです!!」」

突然ミーティングルームに響いた聞き慣れない声に、あたしははっとして振り返った。
　よく見ると、さっきまであたしたちしかいなかった倉庫に、徐々に人が集まり始めていた。
　そばまであいさつに来ていたのは、巣鴨の制服を着た見るからにヤンチャそうな男ふたり。
「祐也、斗真、お疲れさま。斗真、この前破損したバイク、直ったみたいだね」
「はいっ！　思ったより大したことなくて！　修理に出すまでもなかったっす！　祐也にも手伝わせてなんとか」
「手伝わせたもなにも、ほとんど俺が直したんだろーが」
「はは。祐也は手先が器用だからね。ふたりとも、バイク壊れるような無茶な走りばかりしちゃダメだよ」
「「うすっ!!」」
　ふたりは礼儀正しく頭をペコッと下げて、自分のバイクと思われるところにそれぞれ散っていく。
「……なんか恭、総長っぽい……」
「はは！　一応総長なんですけどね！」
「信頼されてるんだね」
「え？」
「あのふたりの顔見ればわかるよ。恭、ちゃんと信頼された総長なんだね」
「……信頼か……そうだったら、うれしいですね」
　恭は、ちょっと照れながら笑う。
　恭の人柄が、人を惹きつけるのはよくわかる。

ほかの人とは違った、独特の雰囲気を放ってるから。
　派手にしてるわけじゃないのに目を奪われるのも、そばにいるとつい心地がよくなるのも、きっとその独特の雰囲気のせい。
　でも、あたしは知ってる。
　それだけで、伝説の暴走族の総長なんて務められるわけがないことを。
　恭にはまだなにかある。
　あたしの知らない恭が、まだきっといる。
「おっと。もうこんな時間だ。そろそろミーティング始めないとですね。幹部は全員、幹部室に」
　恭が、腕時計を確認しながらみんなに指示を出すと、それぞれ階段を上り２階に移動を始めた。
「え？　ここじゃダメなの？」
「はい。ここは、煌龍全体の共有事項に関することになら使えるんですが、幹部機密は、だだ漏れしすぎるんです」
　なるほど。たしかに。
　ミーティングルームのすぐそばでは、幹部外の子たちが好きずきに過ごしていた。
　バイクをいじる人。
　たむろって話をしている人。
　仮眠を取っている人。
　誰が聞き耳を立てていてもおかしくはない。
「ちなみに、２階の幹部室は防音でね、夜中にひとりでコンサートしても誰ひとり気づかないんですよ」

「……恭、そんなことしてんの？」
「んや？　してません」
「「…………」」
　恭の思わぬ冗談で、ふたりの間に変な間ができて、おかしくなってあたしたちは同時に噴き出してしまった。
「いまあたし想像しちゃった！」
「俺もです！」
　おなかを抱えながら笑っていると、恭の指が頬にかかる髪を払うようにあたしに触れる。
　弾かれるように恭を見上げると、いつにも増して優しい顔であたしを見ていた。
「笑ってるほうがいい」
　……なっ!?
「あ。みんな先に行っちゃいましたね。俺たちも行きましょうか」
　そう言うと、何事もなかったかのように階段を上がっていく恭。
　ちょっとなによ。
　……どうしてくれんのよ。この心臓。

「というわけで、ミーティングを始めたいと思います。あ。太一は、それ続けて」
　太一が、幹部室のゴミ箱にそっとノートとペンを放り込もうとしていると、すかさずそれを制しながら、恭が話し始めた。太一は文句を言うのをあきらめたのか、涙目でま

た作業を始める。
「今日ミーティングを開いたのは、ひとつは"現状を再度みんなに確認してもらいたいから"もうひとつは、"茉弘に俺たちの置かれている現状を知っておいてもらいたいから"です」
　それを聞いて、みんなは一斉にうなずく。
　ノートに向かっているはずの太一も、恭を真剣な面持ちで見つめていた。
「単刀直入に言うと、いま、煌龍には内側から小さな亀裂が生じています」
「亀裂？」
　あたしは思わず首をかしげてしまった。
　だけど、幹部のみんなも百合さんも、恭の話をじっと聞いている。たぶんみんなは、その言葉の真意を知っているんだろう。
「そう。亀裂です。茉弘、昨晩ナイフを持った男に襲われましたよね？」
「う、うん」
「あの男は、反乱分子のひとりです」
「反乱分子……それって……」
「いわゆる、裏切り者です」
「じゃあ、あの人も元は煌龍の仲間だったってこと？」
「そうです。茉弘は知っていますか？　煌龍が名のある暴走族と、不良グループが集まってできたということを」
「……もともとは、この地区がいろんな暴走族や不良グルー

プだらけだったのは知ってる。警察が手をつけられないくらい荒れてたって。その地区を統率したんだから、必然的にそうなるのはわかるよ」
　恭は、真面目な顔から一転、にっこり微笑む。
「茉弘は、頭がいいから話が早くて楽です。ここまで男３人理解させるのに、俺がどれだけ苦労したか……」
「うるせーぞー。話続けろー」
「そーだ！　そーだ！　脱線すんなー！」
　百合さんは、あたしに苦笑いしてみせる。
『こいつらアホだからね』って顔だ。
「コホン。まぁ、この話は置いといて。つまり、亀裂はいつ生じてもおかしくはなかったんです。俺が初めにこの地区に来たとき、この地区は７つのグループに分かれていました」
「７つも？」
「そう。その７つのグループが、この地区を自分たちの縄張りにするために日々抗争を繰り返していたんです。そりゃあ、すごかったですよ。もう、殺しあい一歩手前です」
　いま煌龍が統率しているこの地区は、ほかの暴走族が占領している地区に比べたら、圧倒的に広いらしい。
　だけど７つもグループがあったら、いくらこの広い地区の中でも、対立しているほかのグループと必ず鉢合わせになる。
　そのたびに喧嘩や抗争が勃発すれば、そりゃ警察ですら頭を抱えてしまう状態だろう。

「まぁ、なんとかその7つのグループを統率できたわけだけど、そこが問題だったんです。もちろん信頼関係を結ぶことができて、煌龍になるのを了承してくれたグループもありました。でも正直、無理やり力で抑えつけなくちゃいけないグループもいくつかあった……」

そりゃあ、もともとこの地区を自分たちの縄張りにするのを目標にしていた人たちでしょ？

そう簡単に言うことを聞くわけがない。

「その力で抑えていた人たちが、いまになって裏切りだしてるってこと？」

恭は、深くうなずく。

「でもそれは、俺の中では予想の範囲内でした。最初に煌龍を作る段階で、予想していたことだったんです」

「じゃあ、大した問題じゃないってこと？」

恭は、首を横に振る。

「それ事態は大したことじゃないんです。でも、問題は別のところにあった……」

「別の……ところ？」

幹部室に一瞬ピリッとした空気が走った気がした。

みんな黙ってはいるけど、気を張っているのがわかる。

いつもうるさい直でさえ、いまは立派な"暴走族"の顔をしていた。

そんな空気を切り裂くように、恭が話を続ける。

「この亀裂は、外部からの力によるものなんです」

外部……。

血の気が引いていくのがわかる。
　それと同時に嫌な汗がじわりじわりとにじみ出してくるのがわかった。
　まさか……。
「"鷹牙"」
　──ドクン。
「って知っていますか？　茉弘。……茉弘？」
　あ。ダメ。
　ちゃんと平常心でいなきゃ。恭が見てる。
　あたしが鷹牙のスパイだってことがばれてしまったら、すべておしまいなんだから。
「……あ。ご、ごめん！　なんか話がややこしくて、一瞬頭の中混乱した！」
「すごい汗です。どこか体調悪いんじゃ……」
「ち、違う違う！　なんか、頭使ったら暑くなってきちゃって!!　今日蒸し蒸しするしね!!　気にしないで!!」
「そうですか？　大丈夫ならいいんですが……」
　恭は、まだ煮えきらないといった顔であたしを見るが、あたしは気づかないふりをして話を元に戻した。
「それより、"鷹牙"だっけ!?　なんか聞いたことある気もするような??　て感じかな」
「"鷹牙"はとなりの地区を縄張りにしている暴走族です。煌龍ができる前から、かなり大きな勢力でした。いまでこそうちがいますが、煌龍ができるまでは、この辺りに鷹牙と並ぶ勢力はほとんどなかったと言われています」

「じ、じゃあいまは、唯一のライバル？　みたいな感じなんだ？」
　あたし、わざとらしくないかな？
　ちゃんと、演技できてるのかな？
　恭の口から"鷹牙"という言葉が出ただけで、自分がこんなにも動揺してしまうなんて……。
　覚悟していたはずじゃないか。
　本当自分に嫌気が差す。
「ライバル……か。ちょっと違うかな」
　恭？
　なにかいつもと様子が違う。
　なにかに嫌悪を抱いているような、そんな感じ。
　恭にしては、めずらしい表情だった。
「ライバルっていうのはさ、お互いどこか尊敬するところがあるもんだろ？　それでいて、競いあう……みたいな。でも、違う。恭はね。そいつらのこと、大っ嫌いなのよ。"恭は"っていうか、あたしたちもだけどね」
　百合さんは、あたしの表情に気づいたのか、恭の言葉に補足を入れてくれた。
「嫌い……か。そうですね。そんなところでしょうか。鷹牙のやり方は、だいぶ性に合わなくてね」
「極悪非道。女、子ども、関係なしにひどいことばっかやってる連中だよ。俺はとくに、"女"に手を上げるやつは地獄に落ちるべきだと思うね」
　いつもヘラヘラしてる直でさえも、嫌悪の表情。

「とくに鷹牙の総長。葛原将生だよね」
　春馬も同じ顔をしている。
　いつの間にか太一も、机に向かうのをやめて怖い顔で一点を見つめていた。
　みんな知ってるんだね。葛原のこと。
　あいつがどんなやつかってことも。
　そうなの。あいつ最低なやつなの。
　この世に悪魔がいるとしたら、あいつこそがそれだと思う。
　でもね、みんな。
　そんなあいつに使われて、あたしはここにいるんだよ。
　最低なのは、あたしも一緒。
　このことを知ったら、きっとみんなはあたしに同じ顔をするよね。
「話を戻しますが、どうやらその鷹牙が、不安定なうちのやつらを外部からつついてるらしいんです」
「内部分裂……させようとしてるのね」
「そうだと思います。俺は、これは鷹牙の宣戦布告だと思っているんです。鷹牙は、鷹牙の規模拡大をもくろんでいる」
「え？」
「煌龍をつぶし、あわよくば煌龍を吸収。この地区まで縄張りを広げて、もっと強大な勢力になろうとしてる」
　そうか。
　だから、葛原は煌龍をつぶす有力な一手を欲しがってるんだ。

あたしは、その有力な情報を手に入れるためにここにいる。
　よく考えたら、かなり重要な任務ね。
　どうりで葛原が自らここまで足を運んで、あたしに釘を刺しに来たわけだわ。
　まぁ、あたしは鷹牙のこんな作戦を知ったところでどうでもいいんだけど。
　あたしは、潤のためにここにいる。ただそれだけ。
「恭は……煌龍は、どうするの？」
「ん？」
　恭は、首をかしげてあたしを見る。
　みんなの視線もあたしに集まっている。
「このまま、黙って見てるの？　煌龍……なくなっちゃってもいいの？」
「…………」
　あたし、矛盾してる。
　あたしにとって、この人たちは潤を取りもどすための道具でしかないのに……。
　あたしは、いつか煌龍を陥れる人間なのに……。
　なのにあたしは、このままこの人たちが葛原にめちゃくちゃにされるのを見たくないと思ってる。
　煌龍が鷹牙につぶされてしまうなんて、嫌だって思ってるんだ。
　恭の手があたしに伸びてきて、くしゃっとあたしの髪をなでる。見上げれば、恭は目を細めて優しく微笑んでいた。

「大丈夫。あいつらの好きにはさせない」
　みんなも同じように微笑んでいる。
「簡単にやられるわけねぇだろ。ばーか」
　太一は、持ってるペンをくるくる回しながらわざとバカにした顔をあたしに向ける。
「お前が思ってるほど煌龍は柔じゃねーよ。俺らは俺らですでに動いてんだ。規模じゃあっちのがデカイけど、中身はうちのが断然濃い。あっちはそれを知らねーからいまに痛い目見んぞ？」
「そんなに強いの？　あんたたち」
「強いもなにも、いままでうちの総長さんにどんだけのやつが半殺……」
「太一？」
　太一は、恭に名前を呼ばれると、うっと口をつぐんでそのまま黙ってしまった。

　　ハンゴロ？　なに？　ハンゴロ??
「余計なこと言ってないで、続き」
「もーいいだろ！　いい加減!!　十分反省しました!!」
「いや、まだだろ。その口はまだ全然わかってないだろ」
「はぁ!?　お前は鬼か!?」
　あら。もめだしちゃった。
　ふたりのやり取りを見ていると、その後ろで百合さんが手招きをする。近よっていくと、あたしの耳もとに口を近づけて、小さな声でささやいた。
「ね、茉弘。今度ね、"いいもの"見せてあげるからね」

恭を指さしながらウインクをする。
なんだろ、いいものって？
恭に関することなのはたしかみたいだ。
またひとつ、恭のことを知れるのだろうか。
「まぁ。とりあえず、現状はこんな感じです。昨夜のように、鷹牙にかき立てられた反乱分子がもう煌龍内にいないという保証はない。見つけしだい芽はつんでいくつもりですが、警戒を怠らないでください。とくに、百合と茉弘。ふたりは絶対にひとりでこの地区をフラフラしないように」
「了解ー」
「……わかった」
「あと、春馬、直。警戒するのは葛原だけじゃないこと、覚えておいて」
「どういうこと？」
　春馬と直は同時に眉をひそめた。
「太一には話したんだけど、葛原将生だけなら鷹牙はここまで強大にはなっていないんです」
「？」
「鷹牙副総長、葛原潤」
　──ドクン。
「葛原の血のつながっていない弟です。俺は、実はこの男が一番厄介なんじゃないかと踏んでいます。葛原と違って、頭がよくて、常に冷静沈着。下からの信頼も厚い」
「なるほどね。嫌な感じだね」
　春馬は、なにかを考えるように腕を組む。

「あと、もうひとつ。これは頭の片隅に入れておいてほしいんですが……。鷹牙の後ろには"三豪会"がいます」

　幹部室内が、一瞬凍りついたかと思った。

"三豪会"。

　みんな知ってるんだね。

「それ……マジで言ってんの？」

　恭は神妙な顔でうなずく。

「大マジです。葛原将生の父親は、三豪会の会長、葛原清四郎です」

「三豪会って言ったら、マジモンのヤクザじゃんか」

「やっばいのに目つけられたわけだ」

　春馬も直も、額を押さえてうなだれる。

「いや、実質三豪会は鷹牙のサポートや口出しはしていないらしいんです。あくまで、息子たちのお遊びくらいにしか思ってないんじゃないでしょうか。たしかにあちらからしたら、暴走族なんてお遊びでしかないですよね」

「……そうだけど……」

「大丈夫。正直俺は、三豪会をそこまで重要視はしていません。ただ、慎重に動く必要はある」

「あんたの自信は、いったいどこから来るわけ？　まぁ、あんたが大丈夫って言うんだから、大丈夫なんだろうけどさ」

　百合さんがそういうと、恭はうれしそうにニッコリ笑う。

「信用されてますね。俺」

「調子に乗んなよ？　メガネ」

「はい。すみません」
「まぁ、どの道やらなきゃやられるわけだしね」
　春馬があきらめたようにため息をついてみせる。
「どうせなら女の子に目をつけられたかったけどなぁ〜。まぁ、男なら手加減しなくていいからいっか」
「てめーは女相手じゃまったく使いものにならねーからな。直」
「太一は百合以外の女の子は男と一緒だもんねぇ。そろそろ"百合ＬＯＶＥ"Ｔシャツでも作れば？」
「あぁ？　んだと？　歩く性欲野郎」
「やるか？　尻敷かれ王子」
　あぁ。今度は、直と太一がもめだしてしまった。
　恭と春馬が慌てて止めに入る。
　百合さんは、となりでゲラゲラ笑ってる。
　この人たち、本当に仲がいいんだな。
　多少のことじゃ揺らがない。
　これは、みんなが恭を強く信頼しているから。
　そして、恭自体が絶対に揺らがない、強い心を持っているから。
　三豪会……。葛原清四郎……。
　潤を養子にした張本人。
　あたしが潤の引きとられた先を知ったのは、潤の笑顔を失ったあの日から一週間後。
　それを聞いたとき、あたしはなぜあの日、潤がかたくなに自分が養子に出ると言いはったのか、わかった気がした。

潤は、このことを知っていたんだ。
　引きとり先が、三豪会だということ。
　三豪会が本物のヤクザだということ。
　だから、自分が養子に出ると言った。
　あたしが、ヤクザの養子にならないように、自分を犠牲にしてあたしを守ってくれたんだ。
　だから、今度はあたしの番。
　あたしが自分を犠牲にしてでもあなたを守る。
　必ずあなたを取りもどす。

線香花火
せんこう

　ミーティングが終わって、今日はすぐに解散した。
　昨日みんなの帰りが遅くなった分、今日は早めの解散らしい。
　1階にいた煌龍のメンバーの子たちも、帰ったりバイクで走りに行ったりして、だいぶまばらになっていた。
　幹部室に取り残されたのは、あたしと恭のふたり。
　さっきまでなんやかんや騒がしかった空気が一転、静かになる。
「今日は、茉弘も早めにここを出ましょうね」
　恭は、みんなが飲んでそのままにしたグラスを片づけながらあたしにそう言う。
「昨日は、全然寝られなかったでしょ？　昼寝も俺が邪魔しちゃったみたいですし、今日はちゃんと寝ないとね」
「そんな言うほどつらくなかったよ？」
「ふっ。よく言う。今日はなんだかずっと顔色が悪かったですよ？」
　それは、寝不足のせいじゃないよ。
　なんて言えるわけもなく……。
「そう？　やっぱり人間寝ないと調子出ないもんなんだね」
　なんて嘘をつく。
　こうやって嘘をつき続けていたら、いつか嘘をつくのになれる日が来るのかな？

そうしたら、こんな胸のモヤモヤもなくなるのだろうか？
　あたしは、いつかこの人を裏切る。
　そのときのあたしは、躊躇(ちゅうちょ)なんてしないのだろうか。
「茉弘。もうそろそろ出られますか？」
「あ、う、うん！」
「じゃあ、行きますよ」
　恭が鞄(かばん)の中からバイクの鍵を取り出す。昨夜帰りに送ってもらったときに見たキーホルダーだ。まちがいない。
「どうしました？」
「……また恭のバイクに乗るの？」
「そうですけど？」
　眉を寄せるあたしに、恭は首をかしげる。
「もう恭の後ろは乗らないって言った……」
「え、ええ〜？」
「やだ。絶対にやだ」
「そんなに嫌ですか……」
「やだ」
　眉を下げて弱った顔になる恭。
　ワガママなのは、わかってる。
　だけど、また昨日みたいなスピードを出されでもしたら、今度こそ心臓がもたない！
「昨日のは、茉弘に少しでも寝てもらいたくて、かなり急いだんです。普通に送り届けるときに、あんなにスピード出したりしませんから。ね？」

恭があたしの顔を覗き込んで、「今日は、絶対安全運転をします」と、子犬みたいな顔で言うものだから……。思わず「うっ」と声が出てしまいそうになった。
　なんだこの顔。反則だ。
「絶対にスピード出さない？」
「ん」
「なにがあっても安全運転？」
「ん。約束する」
「……わかったよ」
　しぶしぶ承諾すると、恭は安心したような無邪気な顔で笑った。
　こういう恭の笑顔を見ると、胸がザワザワして熱くなる。
　なんだかその顔に触れたいような、近づきたいような、そんな衝動に襲われる。
「じゃ、行きましょうか」
　恭の声で我に返ると、体のほてりだけが、あたしの中に残るんだ。

「ちゃんと掴まっててくださいね？」
　恭がそう言うと、大きなエンジン音とともにバイクが動きだした。恭が言った通り、昨夜送ってもらったときとは、スピードがまるで違う。
　と言っても、あたしにとってはやっぱり速いんだけど、振りおとされそうな感覚がないだけ安心して乗っていられる。

信号で止まるたびに「怖くない？」と聞いてくれる恭。
　そのたびにあたしは「大丈夫」と答えた。
　昨夜は余裕がなくてそれどころではなかったけど、恭の背中って意外と広いんだ。
　恭と密着しているところから、恭の体温を感じる。
　そして、やっぱり安心する恭の香り。
　心がほぐれていくような……そんな感覚。
　──なんだかすごくほっとするな……。
「お。やってますねぇ」
　小さな公園の前に着くと、恭はバイクを止めてヘルメットを外した。
「なに？」
「ほら」
　そう言って、恭が指さした先には、
「あ。花火……？」
　男５人くらいの集団だろうか。
　手持ち花火を大量につけて振りまわしたり、打ち上げ花火を打ちあげたりしながらキャッキャと騒いでいる。
「夏ですねぇ。あいつら、うちのやつらですよ」
「そうなの？」
　少しすると、５人がこちらに気づいたのか、花火の手を止めてなにやら話し始めた。
　そして、ひとりがこちらに駆けよってくる。
　ほかの４人はその背後でそろって頭を下げている。
「あ！　やっぱり恭さんでしたか!!　お疲れさまです!!」

「お疲れ明。花火ですか？　楽しそうですね」
「あぁ!　これ、ダチが大量にもらってきまして!!　あ!　恭さんもよかったらコレ!!」
　明というモヒカンくんは、手に持っていた線香花火の束を恭に手渡した。
「いーの？」
「はい!　むしろ、大したもんじゃなくてすんません!　よかったら……彼女さんと!」
　明は、こっちをチラリと見てペコっと軽く頭を下げてくる。
　へ？　彼女って……あたし？
「あはは。彼女じゃないよ。友達」
「あ。すんません!　そうでしたか!!　そっか。幹部の方たちは、彼女さんできたら集会でお披露目しなきゃですもんね!　百合さんのときみたいに」
「基本的にはそうだね。あ、これありがと。ありがたくもらっていきます」
　そう言って、恭はまたヘルメットを被ってエンジン音を響かせる。
「あ、ありがとう!　えっと……明……くん？」
　明はニコッと無邪気に笑うと、出発するあたしたちに軽く頭を下げていた。
「みんな、いい子たちだね」
　バイクのエンジン音にかき消されないように、大きめの声で恭に話しかける。

「そうでしょ？　下のやつらもみんな、家族みたいなものです」

　後ろ姿しか見えなかったけど、そう言う恭の声には温かさがこもっていた。

　恭は、本当に煌龍が大切なんだ。

　そんな大切な人たちの中から出る "裏切り者"。

　恭は、どんな気持ちで受けとめているんだろう？

　きっと……つらくないはずがない。

　そう思うと、ギュッと胸が押しつぶされそうになって、恭の腰の辺りを掴む手に力が入る。

「どうしました？　スピード速い？」

「ううん。違う」

　恭の広い背中。きっとたくさんのことを背負ってる。

　──コツン。

　恭の背中に額をつける。

　あたしなんかが思うのは、おかしいのかもしれない。

　あたしだって、いつかは恭の重荷になるときがくる。

　でも……いまだけは……。

　この人の背中が少しでも軽くなりますように。

　そう心から願うんだ。

「茉弘ちゃん」

「な、なによ。"ちゃん" づけで……」

「くっつきすぎです。胸があたりますよ」

　──ゴスッ!!

「いった！　危ないですよ!!　本気で事故りますから!!」

「うるさいっ！　変態っ！　前見て運転しろ!!」
　なんてデリカシーのないやつ！
　恥ずかしいやら、ムカつくやらで恭の背中に思いっきりパンチを入れてやった。
　もう本当、なに考えてるんだか……。
　……あたしも……なにやってるんだろ。

　あたしの家まで、あと５分くらいだろうか。
　あれ？　え？　え？
「恭!!　道違う!!　あたしんちあっちだよ！」
　あたしたちの乗ったバイクがいきなり方向転換をして、あたしは慌てて恭の背中を叩く。
「うん。ちょっと寄り道」
「へ？」
「帰したくなくなった」
「は!?」
　気づくとどんどんバイクのスピードが上がっていく。
　あたしが怖くなって悲鳴をあげそうになると、「大丈夫」と言って、恭の左手が恭の腰を掴むあたしの左腕を取る。恭があたしの手を引っぱるから、後ろから抱きつくような体勢になってしまった。
「もっとくっついてて。大丈夫。怖くない」
　そう言って、あたしの手の上に恭の手が重なる。
　……あ。また、この感覚。
　恭の"大丈夫"は、瞬く間にあたしの不安を吹きとばし

ていく。
　その瞬間、あたしの中に温かい風が流れ込んできて、くすぐったいような、心地いいような、そんな感覚にとらわれるんだ。
　大丈夫。あたしは、大丈夫だ。
　恭の背中に額をあてて、胸いっぱいに初夏の夜の香りを吸い込んだ。

「ここは？」
「俺の秘密の場所です」
　人気のない急な坂道をずいぶんと上った気がする。
　上れば上るほど、だんだんと草木が多くなっていくのがわかった。上りきったところに細い小道への入り口があり、その前で恭がバイクを止める。
「ここから少しだけ、歩きますよ」
　恭は自分のヘルメットを取ると、あたしをヒョイと持ちあげてバイクから降ろす。
　そして、手際よくあたしのヘルメットまで外してくれる。
「おいで」
　そう言って、あたしに手を差し出す恭は、夜の闇のせいだろうか、日中とは雰囲気が違って見える。
　妙に男っぽいっていうか……あのヘラヘラ優男はどこへ行ったの？
　なんだかやけに頼もしく感じて、とまどいながらも言われるがままに恭の手を取るあたし。

あたしも……どうしちゃったの？
　顔がほてるのは、きっと熱帯夜のせいだ。
　恭の言う通り、少し歩いたところで開けた場所に出た。
「公園？」
　いや、遊具とかはないし、空き地……といったほうが正しいか。
「俺たちが生まれるずっと昔は、公園だったらしいんです。最近じゃこの辺に子どもが少なくなったせいで、遊具とか取っぱらってただの空き地ですけど」
「そうなんだ……よくここに来るの？」
「ひとりになりたいときとか、考えごとがあるときとか。静かだからよく頭が回るんです」
「恭でもそんなことあるんだ」
「そりゃありますよ。俺だって17歳のいち男子ですよ？」
「なんなのそれ」
　おかしくてクスクス笑うと、恭も同じように笑う。
「着きましたよ」
「……っわぁ!!」
　そこは断崖絶壁の丘の上。
　目の前に広がるのは、一面のきらびやかな夜景。
　壮大な景色に、思わず鳥肌が立つ。
「……これ、あたしたちの住んでる町？」
「うん。そう。あそこの少し暗くなってる辺り、あそこが俺ら煌龍の地区です」
　煌々と光輝く夜景の中に、少しぼやけた黒の部分。

恭は、目を細めながら、その部分を指さした。
「"煌龍"という名前は、この景色を見て俺がつけたんです。"煌々とした光の中のひとつの闇。俺はあの中でも龍のように強くありたい"」
　恭の凛とした その姿は、暗闇の中でも一層輝いて見えた。
　綺麗……。なんて、男の人に思うのはおかしいのかな。
「なんてね！　くさかった？」
　と言って恭が、おどけてみせるから。
「ちょっとね！」
　なんて言って、あたしも笑ってみせた。
「あ！　そうだそうだ！　これやらないと！」
「なに？」
「……あ」
　恭のポケットから出てきたのは、さっきもらった線香花火。
　ポケットに入っていたせいで、心なしかつぶれている。
「これ、大丈夫？　つくの？」
「俺もなにも考えずに、ポケットに突っ込んじゃって……大丈夫大丈夫！」
　この大丈夫ばかりは信用ならないな……。
　恭はさらにポケットからオイルライターを取り出す。
「えっ!?　恭、タバコ吸うの!?」
　あまりの衝撃に、恭のライターを持つ手を指さす。
「あぁ、これですか？　たまにね。暴走族とかやってると、どうしてもそうしてるほうがいい場面があるんです。普段

はほとんど吸わないですよ？　別に吸わなきゃいられない
わけじゃないので」
「……へぇ。いろいろあるのね。男の世界は」
「ふっ。いろいろあるんです」
　恭がタバコを吸ってる姿とか、想像つかないや。
　むせてそう！　ものすごくむせてそう！
「はい」
　そんなことを考えていると、線香花火を一本渡される。
　そこに恭がライターで火をつける。
　本当につくの？　これ？
　──……パチパチッ。
「「ついたっ！」」
　あたしたちは思わず顔を見合わせる。
　きっといま、同じような顔をしているだろうな。
「ほら大丈夫って言った。信じてなかったでしょ？　茉弘」
「……自分だって自信なかったくせに」
　線香花火はパチパチと音を立てながら、その火花をゆっ
くりといろいろな形に変化させていく。
　思わず見入ってしまうほど、はかない光だ。
「ふふっ。思い出すなぁ」
「ん？　なにをですか？」
　恭も自分の線香花火に火をつけながら、あたしの話に耳
を傾けた。
「あたしが、ずっとずっと小さかった頃の話」
　──ポトッ。

線香花火の火種が落ちる。
　恭がつけたばかりの線香花火をあたしにくれる。
　また、小さな光があたしたちを包み込んだ。
「へぇ。その話、聞かせて？」
　あたしたちの視線は、線香花火。
　小さくて温かいそれに向けて、あたしはゆっくりと話しだした。
「何歳だったかな？　まだ、お父さんとお母さんが死んじゃう前、家族で近くの川原で花火をやったの」
「茉弘のご両親が亡くなったのって……」
「うん。あたしが10歳のときだから、それよりももっと前の話だね。友達が家族で花火をやったって言うから、あたしどうしてもやってみたくなって、お父さんとお母さんにだだこねたの覚えてる」
「ははっ。茉弘はあんまりだだこねたりとかしなさそうなのにね」
「小学生になるか、ならないかくらいのときだよ？　あたしだってだだくらいこねます！」
「ふっ。それで？」
「それで、あたしがあまりにうるさいから、お父さんとお母さんがとうとう折れて、近くのコンビニで花火買ってさ。みんなで川原に行ったの」
　恭は、あたしの話を口もとに笑みを浮かべたまま聞いている。
　線香花火が終わると、また次の線香花火の火を灯しなが

ら。ふたりの線香花火が、競うように火花を散らしている。
「そのとき、最後にやったのが線香花火でさ。みんなで、誰が一番長持ちするか競おうってことになって。これがさぁ、絶対にあたしが最初に火種を落とすの」
　──ポトッ。
「あ」
「ぶふっ！　たしかに、さっきからよく火種が落ちる！　変わってないんですね、茉弘は！」
「うるさいなっ！」
　恭は、あたしが新しく持った線香花火にまた火をつける。
　あのとき、こうやって火をつけてくれたのはたしか、お父さんだったっけ。
　自分の持った花火が消えれば、潤とあたしで我先にとお父さんの元へ走ったんだ。
「ふふっ。あの頃は……楽しかったなぁ」
　あの頃は、本当に楽しかった。
　お父さんがいて、お母さんがいて、そして、潤がいて。
　もうあんなに満たされた日々は、二度と来ないのかもしれない。
　でも、潤だけは……。
　潤だけは、失いたくないんだ。
「来ますよ」
「……え？」
「また、必ずそういう日が来ます」
　恭は、線香花火に目を落としながら優しく微笑んでいる。

「…うん……」
　──ポトッ。
　あたしの持っている線香花火の火種が落ちて、あたしのもとにまた闇がやってくる。
　でも、それでよかった。
　だってあたしいま、目にたまった涙が流れないように必死な顔をしてる。
「あはは！　茉弘またですか？　早すぎっ！」
「う、うるさいなぁっ！」
　恭に気づかれないように手で涙をぬぐうと、また新しい線香花火に火がついた。
「ほら。俺もうすぐ最後まで終わりそうですよ」
「…………」
　──ドンッ。
　──ポトッ。
「あ───!!　茉弘！　押しましたね!?　いま俺のこと押しましたよね!?　落ちましたよ！　火種!!　あと少しだったのに!!」
「あーごめんごめん。ちょっとよろけてさ」
「いや、それ絶対嘘でしょ!?　わざとでしょ!?」
「あはは。ホントホント」
「棒読み！」
　恭。
　このとき、あたしがあなたの言葉にどれだけ救われたか、知らないでしょう？

一瞬だけど、真っ暗闇を歩いているあたしに、光が差した気がしたんだ。
　大丈夫。まだ、歩ける。
　だって、恭が言うような未来もあるかもしれないもの。
　そう思わせてくれたのは、あなただよ。
「あははは‼　恭のばーか！」
　ありがとうね。恭。

好きって気持ち

「明日っから夏休みかぁ〜」
　直が、テーブルに頬づえをつきながらしみじみと遠い目をしている。
「ほらっ。あんたの番だよ」
「おー……うわ！　俺また子どもできた!!　やばくね？　ヤリまくってんな俺!!　いてっ!!」
「下品」
　直が百合さんに思いきり頭をひっぱたかれる。
　それを見た春馬はケタケタ笑いながら、「次俺の番ー」と言ってルーレットを回す。
　あたしはいま、なぜか幹部室でみんなとボードゲームをしていた。
　というかここのところ、学校が終わると毎日煌龍の倉庫に来ては、こうやってみんなと過ごしていた。
　のんきに日々を過ごしているうちに、明日からは待ちに待った夏休みだ。
「ヤバイ！　俺借金地獄!!　次、茉弘ちゃん？」
「んー」
「茉弘は、ずいぶんと資産がありますねぇ」
　あたしがルーレットを回そうとすると、上から覗き込むように恭が顔を出してきた。
「おかえり」

「ん。ただいま」
　そんなあたしに恭はいつものように優しく微笑む。
　最近あたしは、日に日におかしくなっていく。恭の笑顔を見ただけで、胸の奥のほうがキュウッてなる謎の症状がたびたび起こるんだ。
「終業式の日なのに、ずいぶん遅かったな」
　百合さんの横で寝転がってた太一が、あくびをしながら体を起こす。
「お前は、終業式ですらサボっただろ」
「あ。バレた？」
「ったく、ちゃんと学校も行ったらどうなんだ？　留年しても俺は知らないからな」
「巣鴨には、留年なんつー制度はないんでね。そんなのあったら、全員卒業する頃にはじじぃだわ。センコーは俺らを早く追い出したがってんの。それよりお前、どっか行ってたのか？」
「ん？　あぁ、聖也のところ」
「うげっ。なんであいつのところなんかに……。お前とうとうそっち系に……」
「は？　なにバカなこと言ってるんだよ。この間話した、新しいグループの情報をもらいに行ってただけだろ」
　聖也？　新しいグループ？
　なんのことやら。
　あたしが、キョトンとしながらふたりの会話を聞いていると、百合さんがあたしに耳打ちをする。

「聖也ってのはね、うちと同盟を組んでる"聖蘭"っていう暴走族の総長だよ。聖蘭は主に情報屋みたいなことやってんの」
「情報屋？」
「うん。この近辺のことなら聖蘭はなんでも知ってる」
「……へぇ」
　それを聞いて、ドクンと心臓が大きく跳ねる。
　なんでも？　もしかして、あたしのことも？
「まぁ、でもタダで情報がもらえるわけじゃないの。こっちが要求した情報をこっちのなにかと引き換えにもらう」
「なにかと引き換えに？」
「そうなのよ。そこが聖ちゃんの厄介なところでねぇ……。まぁ、そのうち会うこともあるだろうから、会えばわかるよ」
　厄介ってなんだろう？
　百合さんが"聖ちゃん"て呼ぶくらいだから、仲はいいんだろうけど。
　でも、こっちが要求した情報をもらうだけなら、あたしが煌龍に疑われない限りは、鷹牙のスパイだとバレるおそれはなさそうだ。
　よかった……。
　あたしは、ほっと胸をなでおろす。
「新しいグループって、うちの縄張りにわいて出てきたやつ？」
　春馬が、テーブルの上にあったお菓子の袋を開けながら

恭に聞く。
「そう。大きい族の縄張りでグループ作るなんて、どんなやつらかと思って聖也に頼んでたんだけど、案の定、ちょっと厄介なやつらみたいね」
「厄介？」
　恭は、制服のネクタイをほどきながらため息をつく。
「それぞれ元いたグループでなんやかんや問題を起こして追い出されたやつらの集まりみたいでね。かなりぶっ飛んだことする連中らしい。こういう連中は、煌龍に吸収するにはリスクが高すぎる。なにか起きる前に、排除しなくちゃならない」
「お！　今夜辺り久々に行っちゃいますか？」
　春馬が、うれしそうに指をポキポキ鳴らす。
「俺今日ねみーのにー」
　太一は、またあくびしながらだるそうにしている。
「太一は、百合っぺと夜な夜なHなことばっかしてるからだろ。あー俺今日、女の子とイチャイチャデーだったのにー!!　いてっ!!!」
　直は、赤くなった百合さんに今度は思いきり蹴っ飛ばされた。
　懲りないな、この男……。
「あんたのその下品な口、いい加減縫いつけてやってもいいんだよ？　あ!?」
「ごべんひゃひゃい！　もーひひまひぇん！　いひゃい！　いひゃいっへ！（ごめんなさい！　もう言いません！　痛

い！　痛いって！)」

　百合さんは、直の唇を縫いつけるようにつまんで引っ張っている。容赦ない。直の口、取れるんじゃないの？
「うるさい。うるさーい。とにかく、決行は今日の22時くらい。百合と茉弘は、護衛をつけるので、ここで待機していてください。わかってると思うけど、まちがっても俺らが戻るまで外には出ないこと」
「了解ー」
「ん。わかった」
「じゃー、俺ちょっと仮眠取るので……」
「へーへー。俺らは下行きまーす。おら、百合。いい加減やめてやれ！　直の唇倍の厚さになってんぞ」
「ぎゃははは！　本当だ!!　ウケる!!」

　太一が百合さんを止める声と、春馬の笑い声がだんだん遠くになっていく。

　みんな部屋を出ていってしまった。

　あたしはなんだかまだ恭といたいような、そんな気持ちでいたせいでつい出遅れてしまった。
「あっ、ごめん。あたしも行くわ。おやすみ」

　慌てて部屋を出ようとすると、恭に手首を掴まれてしまう。
「茉弘は、もうちょっと」

　着替えようとしているのか、前のボタンは外され、はだけている。その間から覗く恭の肌が、妙に色っぽい。

　恭はいつもの様子で微笑んでいるけど、あたしはやり場

に困った目を泳がせる。
　ほら。また胸の奥がキュウッてなった。
　なんなのあたし。どうしちゃったんだ。
「脱衣所で着替えてって言ってんのに」
「習慣ってなかなか直せなくて。嫌ならあっち向いててください」
　こいつ……そもそも直す気ないな。
　恭はニヤッとしてまた着替えだす。
　あたしはすぐさま後ろを向いて見ないようにする。
「だいぶみんなに馴染んでるようでよかったです」
「うん。みんなといると楽しいよ」
「そっか。茉弘の居場所になってるなら、うれしいです」
「うん」
　居場所……か。
　たしかにあたしは最近、ここに来るのが楽しみになっている。どこでなにをしてるより、ここでみんなと過ごす時間が一番心地がいい。
「もういいですよ」
　恭があたしの頭をクシャッとなでて合図をする。
　ほら、またそんな顔であたしを見る。
　ここにいてもいいんだって思ってしまうような笑顔で。
「またそうやってかわいい顔で見る。一緒に寝ます？」
「はぁっ!?　み、見てないし!!　かわいくないし!!　それに、絶対寝ないっ!!」
「ははっ！　全否定!!」

恭は、笑いながらゴソゴソとベッドに潜り込む。
「茉弘、来て」
　ベッドをポンポンっと叩いてあたしを呼ぶ恭。
　あたしは、とまどいながらもそばに寄っていく。
　もう目つぶってるし。
「……なんであたしの前ではそうやって寝るの？　みんな、不思議がってた」
　あたしは、恭のいるベッドに頬づえをつく。
「……なんでだろうね　茉弘は、初めて会ったときから、そばにいるとなんだか安心するんです。心地いいっていうか……」
　なにそれ。なんでそんなこと言うの？　まるであたしだけ特別みたいに……。
　恥ずかしい気持ちやら、混乱する気持ちやら、頭の中がぐるぐるする。顔が異常に熱い。
　恭が目をつむっていることが、唯一の救いだ。
「変なのっ」
　かろうじて言葉を発するのは、沈黙に耐えられないから。
「変かな？　茉弘は、そうじゃないの？」
　恭は、いつのまにか目を開けていた。彼とあたしの視線が引きあうように絡まって……。
「あたし……は……」
　あれ？　あたしも同じこと思ってなかったっけ？
　恭といると心地がいいって……。
　ずっと、そうやって思ってた。

あ。どうしよう。
　そう思ったら、まだ知らない感情が込みあげてくる。
「茉弘……」
　恭はあたしの頬に手を伸ばすと、同時にメガネを外してまっすぐあたしを見つめる。
　そして、恭の顔が近づいてきて……。
　これって……。これって……。
　キ……、
「眠い」
　恭は、そのままベッドに倒れ込み、寝息を立て始めた。
　ね、寝てる……。
　あたしはすぐに立ちあがり、幹部室のドアノブに手をかける。部屋を出ると足の力が抜けて、ヘナヘナとその場にへたりこんでしまった。
　キス……されるかと思った……。
　熱くなった顔を両手でおおう。
　あたしなんでこんなにドキドキしてんのよ！
　キスなんかされるわけないじゃない！
　あたしと恭はなんでもないんだし！
　そうやって自分に言いきかせ、震える足を必死に持ちあげてフラフラと階段を下りた。
「あ、あれ？」
　１階のミーティングルームには、百合さんしかいなかった。
　百合さんは、あたしに気がつくと、雑誌を読む手を止め

て、顔を上げる。
「あいつらは、仲よくそろってコンビニ行ったよ」
「そ、そっか」
「あんた顔真っ赤」
「ふぇっ!?」
　あたしがとっさに顔を隠せば、「ふっ。隠しても無駄。恭となんかあったんでしょ？」と言ってニヤリと笑う百合さん。
「なんか……あったってわけじゃないんだけど……」
「じゃあ、質問変える。茉弘は、恭のこと好きだよね？」
　——え？　なにそれ。
　あたしが恭を……好き？
　好き。すき。
　スキ!?
「あれ？　その顔、ひょっとして自覚なかった??」
　冷や汗が止まらない。
　心臓が、これでもかってくらい暴れてる。
「自覚もなにも……なんであたしが……？」
「あんた恭の前だと女の顔してるよ？　好きだって顔してる」
　それってどんな顔!?
「恭もあんたの前だと男の顔してるしね。あいつもそれなりに男だったんだね」
　知らない！　知らない！
　そんなのわかんないって！

ぐるぐるした頭の中、あたしはなんとか声を絞り出す。
「百合さん……あたし、よくわかんない」
「ん？」
「す、好きとか、全然わかんない」
「……茉弘……あんたもしかして、人を好きになったことないの？」
　あたしは、恥ずかしさそっちのけで何度もうなずく。
「マジで!?」
　マジです。
　だっていままでそんなタイミングなかったし。
　お父さん、お母さんがいなくなって、親戚の家に引きとられてから、誰かと深く関わることは極力避けてきた。
　ましてや男の子となんて、ほとんどしゃべったことなんてない。
　お父さん、お母さんがいないことを茶化す男子もいたし、むしろ男子というものが嫌いだった。
　そんな私が、恭を好きって……。
　ありえない。どうかしてる。
　そもそも……。
「好きって……なに？」
　百合さんは、読んでいた雑誌を閉じてあたしと向きあう。
「それは、人それぞれだよ」
「なにそれ？」
「要は、あたしが太一を好きだって気持ちと、茉弘が誰かを好きって気持ちは必ずしも一緒じゃないってこと」

「う……うーん……」
「茉弘は、もうわかってるはずだよ。恭だけにしか抱かない気持ち、あるんじゃない？」
「…………」
　あたしは、その気持ちに気づかないふりをしてる。
　いまもそう。
　百合さんの言っていることが、わからないわけじゃない。
　でも、もしも"それ"に気づいてしまったら？
　あたしは、これからどうするつもりなの？
「百合さんはさ、太一のどこが好きなの？　そもそもなんで太一なの？」
「なにそれ!!　なんでそこであたしの話になるわけ!?」
　百合さんの頬がちょっと赤らむ。
「だって、副総長の彼女って相当危険なんでしょ？　簡単な覚悟で、いま百合さんがここにいるんだとは思えないから」
　一瞬驚いた顔をした百合さんは、すぐにあきれた顔になってため息をついた。
「あんた自分のことはうといのに、人のことになると妙に鋭いんだね。……まぁ、茉弘になら話してもいいかな」
　そう言って、あたしに微笑む百合さん。
　いつもの太陽みたいな笑顔じゃなくて、少し寂しげな、そんな笑顔。
「あたしね、太一と出逢う前、虐待受けてたんだ」
　……え？

「虐……待?」
「うん。母親が連れてきた男にね、毎日殴られてた」
「っ!」
　正直信じられなかった。
　百合さんはいつも、強くてしっかりしてて。
　あたしなんかと違って自分の意思をしっかり示すことができて。
　誰かに殴られたら殴り返しそうな、そんなイメージだったから……。殴られっぱなしの日々を過ごしてたなんて、想像すらつかなかった。
「母親は、あたしをシングルマザーで育ててきたんだ。それまで男に脇目も振らず、ただ必死にあたしを育ててくれたわけ。だからさ、あたしが我慢することで母親の幸せが成り立ってるってんなら、耐えようって思ってた。母親も見て見ぬふりしてたしね」
　あたし、手震えてる。
　怖いからじゃない。
　沸々と腹の底から怒りがわきあがってくるからだ。
「でもある日、母親があたしに言ったんだ。『あんたなんか産まなきゃよかったのに』って。ふふっ、ありがちなセリフでしょ?」
　百合さんは、まるで他人事のように笑っている。
　でも、やっぱりどこか寂しい笑顔。
「でも、そのときのあたしはすごいショックでさ。あたしいままでなに頑張ってたんだろう?って、思っちゃったわ

け。それで夜、ふたりの寝てるすきを狙って、金もなにも持たずに裸足で脱走。逃げてる間も、いつかあの男に捕まるんじゃないかって気が気じゃなかった。死に者狂いで逃げたよ。でも、そんなボロボロになっているあたしを気に留める人なんて誰もいなかった。みんな見て見ぬふりをして、面倒なことに巻き込まれないように目も合わせない。まるであたしは、この世に存在していないような……そんな気持ちだった」

　カタンという椅子の音で、はっと我に返る。

　百合さんは、椅子から立ちあがってミーティングルームに置いてある冷蔵庫を開ける。

　そこからカフェオレの缶を取り出し、あたしの手もとに置いてくれた。
「ほら、飲みな」
「……え？」
「あんたがそんな顔色悪くなってどうすんの」
「うっ……。ごめんなさい。ありがとう。大丈夫だから続けて」
「無理して聞くことないよ？　気分いい話じゃないからね」
「ううん。あたしが……聞きたいの」

　いま目の前にいる百合さんにそんなことがあったなんて想像するだけで、まるで心臓を思いきり絞られるような、そんな痛みがあたしの中でうずいていた。

　でも、それよりも、百合さんが過去の痛みを隠さずあたしに話してくれる。そのことがすごくうれしい。

だから、目をそらしたりしたくない。
　ちゃんと、受けとめたい。
　百合さんは、あたしを見て優しく微笑んで頭をなでる。
「茉弘。ありがとね」
　その笑顔を見ると、なんだか泣きたい気持ちになって、あたしは唇を噛みしめた。
「んーとね、じゃあさっきの続きだけど、死に物狂いで息も絶え絶えだったあたしがたどり着いたのが、この地区だったわけ」
「え!?　夜に百合さんひとりで!?　それってかなり危険なんじゃ……」
「そうだねぇ。それがちょうど煌龍ができたばっかの頃だから、１年前のいま頃。もちろんまだいまよりも治安は悪かったよ。恭が必死にまとめあげたばっかの頃だからね。まぁ、茉弘の想像通り、そのときちょっとヤバイのに絡まれてね。もう動く気力も体力もなかったあたしは、犯される寸前だった。もうろうとする意識の中、何度も自分の人生を呪ったよ。で、すべてをあきらめかけた」
　あたしは、カフェオレの缶を握りしめる。
　缶の冷たさが、かろうじてあたしを冷静にさせてくれる。
「そのときさ、目の前で一瞬火花が散ったかのようだった。あたしを襲ってたやつらが、次々にぶっ飛ばされていくの。まるでスローモーションで時間が進んでるみたいだった。いまでもあのときのことは鮮明に覚えてる」
「まさか……」

「そう。それが太一との出逢い」
　百合さんが、ニカッと笑う。
　あぁ。いつもの太陽のような笑顔だ。
　百合さんの笑顔の源がなんなのかわかった気がした。
「そのとき、太一がぼうぜんとするあたしを見てなんて言ったかわかる？」
「え？『大丈夫か？』とか？」
「ブッブー!!　言うわけないじゃん！　そんなまともなこと！」
　たしかに。言わないよな。
「なにお前!?　野良猫みてぇ!!」
「は？」
「それも、爆笑しながら」
「……アホだ」
「……アホなのよ。でも、すごくうれしかった」
「え？」
「みんなあたしを見て見ぬふりしてたのに、太一は違ったんだ。まっすぐあたしを見て、それで笑ってくれたの。あぁ、あたしちゃんとココに存在してるんだって思った。そしたらなんか泣けてきてさ。それから、まぁいろいろあっていまに至るわけだけど、あたしはいまも、まっすぐあたしを見てくれたあの太一の目が忘れられない」
　あぁ。そうか。
　百合さんは、その瞬間恋に落ちたんだ。
「太一は、口悪くてあんなんだけどさ、あたしにとっては

いまも昔もたったひとりのヒーローだよ」
　百合さんが太一をこんなふうに思ってるなんて、正直驚いた。
　いつも太一が尻に敷かれているとばかり思ってたのに、百合さんはこんなにかわいい顔をするほど太一のことが好きだったんだ。
「そのあと、それまで行ってた高校も辞めて、親にも一度も会ってないんだ。でも、不思議だよね。ちっとも寂しくなんかない。あたしにとって、もう"ここ"が家族みたいなもんなんだろうね」
　そう言って、はにかんだ笑みを見せる百合さんをすごく綺麗だと思った。
　こうやって百合さんがいつも輝いて見えたのは、きっとたくさんのつらいことをのりこえてきたからだったんだね。
　百合さんと話せて、本当によかった。
　百合さんのことを、もっともっと好きになった。
　それに、恋は誰かの人生をも変えるんだってわかったから……。
「ところで百合さん。1年前に高校生ってことは、いまって……」
「ん？　あたし18。高校行ってりゃ高3かな」
「ええぇ!?　あたしはてっきり、成人してるもんだとばかり……」
　百合さんはいつも私服だったから、同じ高校生だなんて

思いもしなかったあたしは、思わずそう言ってしまい慌てて口を押さえる。
「なに？　老けてるって？」
「ち、違う！」
　慌てる私をからかうように笑う百合さん。
　じゃれあいながらも、あたしの頭は違うことを考えていた。
　もしもあたしが恋をしたら？
　あたしの人生も変わるのだろうか？
　いい方向に？　ううん。そんなわけない。
　あたしはどうやったって、彼女たちを裏切るこの運命から逃れられないのだから……。

もうひとつの顔

「あ！ そうだ！ 茉弘。今日の夜、ちょっとここ抜け出すよ」
　百合さんは、小声であたしに耳打ちする。
「え？ なんで？」
「この間いいもの見せたげるって言ったでしょ。茉弘が恭のことを好きにしろ、好きじゃないにしろ、あいつのことちゃんと知っておいたほうがいいと思うんだ」
「……恭のことって？」
　百合さんは、顔の前に人さし指を立てる。
「いまは内緒(ないしょ)。ちゃんと自分の目で確かめたほうがいい」
「うん。でも、恭が見張りつけるから外に出るなって……」
「ふふ、そこは任せてよ」
　百合さんは自信ありといった顔。
　またひとつ、恭のことを知ることができる。
　なんだろ。正直ちょっと怖い。
　これ以上恭を知ったら、あたしはもう引き返せなくなってしまうんじゃないだろうか。
　あたしの知らない恭を見たとき、あたしはなにを思うんだろう？
　でも、それでも恭のことを知りたい。
　その気持ちだけは、止まらない。
　それにしても百合さん、任せてって……本当に大丈夫な

のかな。

「それじゃ、行ってきますね」
「う、うん。行ってらっしゃい」
　すっかり夜もふけて、倉庫の外では夏の虫が甲高い声で鳴いていた。
　天気も良好。空には、まだ満月になるかならないかくらいの月が光を放ってる。
　あたしと百合さんは、恭たちを見送るために倉庫の入り口まで来ていた。
　幹部のみんなは、いつもとは違う姿。
　白のつなぎのズボンをそれぞれ着こなしている。
　恭はつなぎの袖を腰で縛って着ていて、上には黒のTシャツ。
　メガネは、喧嘩になるおそれがあるからかコンタクトにしてる。
　なんだか、いつもの恭とは印象が違いすぎて……少しとまどう。
　いつものちょっと長い髪は後ろに流してるし……うん。ちゃんと不良に見えなくもない。
「どうしました？」
「いや、なんでもないです」
「えっ。なんで敬語っ？」
　恭は不思議そうに首をかしげてすっとんきょうな顔であたしを見ている。

こういうところは、いつもの恭なのに……。
「百合と茉弘の護衛は俊太にしてもらいます。ちゃんと大人しくしておいてくださいね。とくに百合。俊太シッカリ頼んだよ。今回煌龍の縄張り内の抗争だから、絶対にここまで飛び火してこないとは正直言いきれない。なにかあったらすぐに連絡をよこしてください」
「はい！　任せてください！」
　あ。この人、初めてここに来たときに会った人だ。
　長髪を後ろでひとつに結んでるのが印象的だったから、よく覚えてる。
　ふと俊太と目が合う。
　ニコッと微笑まれたので、一応あたしもぎこちなく微笑んでおいた。
「行ってくる」
「ん。気をつけなよ」
　そのやり取りのするほうへ目を向けると……。
「なっ……!?」
　百合さんと太一が、キ……キキキ……キスしてる!!!!
「あぁ。あれいつものことなんです。送り出すときの恒例行事」
　恭があきれた顔で言う。
　い、い、い、いつものことって……。
　みんな見てるのにっっ!!
　しかも、なんか……濃厚な感じでいらっしゃる……。
「あはは。茉弘、顔真っ赤！」

「へ!?」
　あたしは、とっさに顔を押さえる。
　……うっ。たしかに熱い。
「俺らもします？」
　は!?
「しないっっ!!!!　早く行けっっ!!」
　恭は、はっはっはと高らかに笑いながら手を振ってバイクにまたがった。
　その後ろには、何台ものバイク。
　ヘッドライトが一気に光を放つ。
　そして恭を筆頭に、大きな爆音とともにバイクの群れが動きだした。
　すごい迫力（はくりょく）……。空気が震えてるのがわかる。
　その群れがだんだんと闇に消えていく。
　そのあと、静まりかえった空気の中、あたしの心臓の音だけがうるさく響いていた。
　これが……煌龍。
「茉弘さん……ですよね？　総長から聞いてます。最近よく煌龍に出入りされてるなと思ったら、総長のお友達だったんすね！」
　俊太が、屈託（くったく）のない笑顔であたしに話しかけてくる。
　なるほど。あたしの存在はそういうことになっているわけか。
「うん。そうなの。よろしくね」
「こちらこそよろしくっす！　こうやって幹部の方たちが

出払っちゃうとき、百合さんいつも寂しそうにしてるんで、茉弘さんいてくれると助かります！」
「はぁ？　別に寂しそうにしてないんだけど？　あんた目悪いんじゃない？」
　百合さんが、俊太の頬をつねる。
「いててて！　やめてくださいよ！　俺視力２.０っすよ!!」
　俊太は涙目でやられるがまま。
「ねぇ、それより俊太。悪いんだけど、コンビニ行ってきてくんない？」
　百合さんがころっと態度を変え、両手を合わせながらウインクする。
「えぇ〜??　さっそくっすか!?　勘弁してくださいよ〜。総長に目を離すなって言われてるんすよ」
「コンビニなんてすぐそこでしょ？　５分もありゃ行って帰ってこられんじゃん。んなの目離したことにならないって」
「え〜？　５分じゃ無理っすよ！　だいたいなに買うんすか？」
　百合さんは俊太を手招きして呼ぶ。
　俊太が恐る恐る近づくと、なにやら耳打ちをしている。
「……っなっ！」
　俊太はなにを聞いたのか、みるみる顔を赤く染めてあとずさりする。
「そっ、それ俺が買うんすか!?　太一さんに頼んでくださいよ!!」

「太一が買わないから頼んでるんだろーよ」
　いったいなんの話してるんだろ??
　俊太の動揺がすごい。
「ないと困るんだよね」
「そ、そりゃそうでしょーけどっ……。と、とりあえずダッシュで買ってきます！　おとなしくしててくださいね!!」
「お〜！　サンキューね！」
　俊太は、文字通りダッシュで闇に消えていった。
「いったいなにを言ったの？」
「ん〜？　内緒。ああいううぶなやつを動揺させるには、もってこいだったな」
　ニヤリとする百合さんにまったくわけがわからず首をかしげていれば、「さ、行くよ茉弘」と言って背中をポンと叩かれる。
「うっ、うん！」
　あたしは、百合さんに手を取られ闇の中を走りだした。

　どれくらい走ったんだろ？　かなり長く走っていた気がする。
　息が上がって喉がカラカラだ。
　熱帯夜のじめじめした空気のせいで、汗が止まらない。
　それにしても、百合さんはこの真っ暗闇をなんの迷いもなく突きすすむんだから、本当すごいと思う。
　まるで猫みたいだ。
「……はぁ、ここだね」

茂みのすき間から、数人の男たちが見える。
　なにやらただならぬ雰囲気だ。
「あぁ!?　だから、てめぇらにとやかく言われる筋合いねぇっつってんだろ!?」
「わかんない人たちだねー。ここは煌龍の縄張りなんだって言ってるでしょ？　勝手されると困るんだよねー。あんたたちがうちのやつらにいろいろちょっかいかけてんの知ってんだよ？」
　あ。春馬だ。
　てことは、相手はさっき恭が言ってた不良グループ？
「俺らは俺らで勝手に動いてんだ！　てめぇらの縄張りだろうがなんだろうが知るかよ！　うぜーからちょっかいかけてなにが悪い。煌龍だかなんだか知らねーけど、一生暴走族ごっこでもやってろよ！」
　不良グループのほかのやつらがギャハハと下品な笑いをする。
　いかにも身勝手そうなやつらだなぁ。
「ダメだこいつら。頭悪すぎて話が通じない。せっかく説得から入ってやってんのになぁ。恭どーする？」
　恭は、幹部３人の少し後ろに立っていた。
　後ろから照らすヘッドライトのせいか、ひとりだけほかとは違う異様な威圧感。
　恭がゆっくり前へ歩み出ると、春馬と話していた男がたじろいだのがわかった。
　なにか……いつもの恭と様子が違う？

「さっきからごちゃごちゃうるせぇな。ここにてめぇらの居場所はねーよ。さっさと消えな」
　……え？
　いま、誰がしゃべった？
「はっ。それが総長さんの正体ってやつですか。すごめばこっちが引くとでも思ってんのか？　あ？」
「面倒くせぇな。引いといてくれよ。こっちも暇じゃねぇんだ」
　聞きまちがいじゃない。
　これしゃべってるの、恭だ。
　いつもより低い声。ドスの利いたしゃべり方。
　据わった目。威圧感のある雰囲気。
　いつもの恭とは、似ても似つかない。
　これが、恭の"総長"の顔？
　どうしよう。手が震える。
　すると、背中にかすかな温もりを感じた。振り返ると、百合さんがあたしの背中に手を置いてくれていた。
「茉弘。目をそらしちゃだめだよ。ちゃんと、もうひとつの恭の顔、見てやって。これもあいつだから」
　……そうだ。目をそらしちゃダメだ。
　これが、伝説の煌龍総長の顔。
　優しい恭のもうひとつの姿。
「はっ！　いきがってんじゃねーぞクソが。てめぇさえヤりゃ煌龍なんてただのゴミためだろ？　クズの集まりだろーが！　悪いけど、てめぇこそ消えな！」

男の後ろにいたやつらが一斉に動きだす。
　鉄パイプやら金属バットやらを持ってジリジリと恭につめよっていく。
「あーあ。本当に話通じねぇのな。じゃあ、話しあい不成立ってコトで」
　恭がそう言うと、武器をもったやつらが振りかぶってくる。
　恭危ない!!!!
　あたしがそう叫びそうになった瞬間。
「ぐぁぁっ！」
　なにが起きたかわからなかった。
　恭に襲いかかったはずのやつらが、腹部を押さえながら次々と倒れていく。
「武器だけ一丁前で、すきだらけだな」
　恭が……倒したんだ。
　敵が振りかぶった瞬間に、腹部に一発お見舞いしたらしい。
「……なっ！　てめぇっ!!」
　今度は、恭と話していたリーダーと思われる男が恭に向かっていく。それと同時に、その男の後ろにいたやつらも恭に向かって拳を振りあげているのが見えた。
　ちょっとみんななにしてんの？
　太一も春馬も直も少しも動こうとしない。
　太一に限っては、あくびとかしてるし……。
　恭ひとりじゃ多勢に無勢でしょ!?

あたしの心配をよそに、恭は次々と相手の攻撃をかわしていく。
　誰ひとりとして攻撃があたらない。
　それどころか、みんな恭に一発食らわされてその場で地面に沈み込んでしまった。
　あたしは、よくできたアクション映画でも見ているんだろうか？
　そんなふうに思うほど、華麗な動き。
「弱ぇなぁ……」
　恭が、リーダーの男の頭を踏みながらつぶやく。
「く……っそが……」
　男の口から悪態が漏れても、恭は冷ややかな視線を向けるだけだった。
「これで終わり？　俺らの出番ねーじゃん」
　太一は大あくびをしながらいまにも帰りたそう。
「恭ひとりで来ればよかったんじゃないの〜？　俺これから女の子とデート行っていい？」
　直はスマホ片手に口をとがらせている。
「まだ油断するなよ。こいつが完全降伏したわけじゃない」
「恭。こいつらこれだけなの？」
　春馬がリーダーの男を縛りながら恭に聞くと恭は眉をひそめて、顎に手をあてている。
「……少ない気がするな」
「え？」
　なんだろう？　なにを話してるんだろう？

恭たちの声が小さくてよく聞こえない。
　というか、もう終わったの？　これで一件落着？
「きゃあっ!!」
　突然背後からの大きな悲鳴とともに、あたしの腕に痛みが走った。気づくと、ふたり組の男に思いきり腕を後ろにひねりあげられていた。
「いっ……た！　ちょっとなにすんのっ!?」
　後ろを振り返ると、百合さんが口を押さえられ、ふたり組の男に同じように捕らえられている。
　なんなのこいつら!?
「どっちが副総長の女だ!?」
「特徴的にはこっちだろ!!　もういいっ!!　どっちも捕らえろ!!」
　百合さんが目的!?
「百合っ!!!!」
　太一の叫び声。
　恭たちがこちらに気がついて駆けよってくる。
「茉弘ちゃんまで!?　俊太はなにしてんだ！」
「おいおい。デートどころじゃなくなってきたぞ。ふたりともいったいなんでここにいんの！」
　春馬と直が、顔を青くして叫ぶ中、恭はなにも言わないが、動揺しているようだった。
「うちのリーダーを解放してもらおうか。そうしないと、この子たちになにかしちゃうかもよ？」
　百合さんを捕らえている男が、百合さんの髪に息を吹き

かける。
「……のやろっ。ぜってぇ殺す」
　それを見た太一は歯ぎしりをして、いまにも相手に飛びかかっていきそうな表情。
「待て太一。春馬、直。そいつをほどけ」
　恭が指示を出すと、言われた通りリーダーの男を拘束していた縄がほどかれる。
「はっ。でかい口叩いてる割に女に弱いのかよ」
　自由になったリーダーの男が、勝ちほこった顔で恭を見下すが、恭は顔色ひとつ変えずに黙っている。
「ちょっと！　離しなさいよっ！」
「おっと。こっちの女は威勢がいいねぇ。あっちの女なんかグッタリしてんのに」
　……え？
　慌てて百合さんのほうを見ると、男の言う通り、真っ青な顔でガタガタ震えていて、なんだか様子がおかしい。
　──そうか！
　百合さんの過去のトラウマ。
　虐待されてた過去が、こいつらに乱暴にされたことでフラッシュバックしてるのかも……。
　それなら……まずい。
「こんなこともあろうかと、仲間忍ばせておいてよかったわ。さぁーてと。今度はこっちに交渉の権利があるよな？　総長さんよ」
　ダメだ。あたしたちが捕らえられてる以上、恭は動けな

い。あたしたちが完全に弱みになってるんだ。
　……来るんじゃなかった。
　あたしが恭のことを知りたいと思ったせいで、百合さんを巻き込んで、恭の足手まといにまでなるなんて……。
　……悔しい。
「じゃーまずは総長。ここに膝まずいて土下座しな」
「おいっ!!　調子に乗んなよ!?　てめぇっ!!」
「太一」
　恭のひと声で、太一は仕方なく黙る。
　ん？　一瞬恭が太一になにか耳打ちした気がした。
　いや。気のせいかな。
　相手の男はなにも気づいていないみたいだし。
「早くしろよ。このねーちゃんたちがどうなってもいいのか？」
　男の言葉通り、地面に膝をつき、ゆっくりと前のめりになっていく恭。
　やだっ！　恭に土下座なんてしてほしくない!!
「恭っ!!!!」
　あたしは、大きな声を出したと同時に、あたしを捕らえてる男の足を思い切り踏みつけた。
「いってぇっ!!」
　一瞬怯(ひる)んであたしの腕を離した男に、思いきりタックルをする。男はバランスを崩してよろめいた。
　よしっ!!　自由だっ!!
「百合さんっ!!!!」

あたしが、大きな声で名前を呼ぶと百合さんはゆっくりと顔を上げて……。
「……ま……ひろ？」
　よかった。まだ意識はある！
　百合さんは、まだ意識がもうろうとしている様子。だけど、あたしに名前を呼ばれて少し自分を取りもどしたようだ。
「こらそこのデブ‼　その子離しなさいよ‼」
「あぁっ⁉　このアマが‼　ふざけんなよっ‼」
　あたしは、百合さんを捕らえている男に突進（とっしん）していく。
「お前みたいなチビにタックルされたくらいで、俺がよろめくわけ……いってぇぇぇ‼‼　てっめぇ‼　噛みつきやがって‼」
　男の手が百合さんから離れる。
　その男の腕には、あたしの歯形がクッキリ。
　ざまーみろ‼
　あたしの取りえは虫歯ひとつない丈夫な歯だっつーの‼
「茉弘っ‼‼」
　恭が叫ぶのと同時に、目の前に火花が散った。
　あたしは男に顔を殴られ、思いきり地面に叩きつけられてしまった。
　いったぁ……。
　体中に電気が走ったみたい。痛みで動くことができない。
「茉弘っ！」
　あ。恭、土下座してない。

よかった……。
　てか太一、百合さんを早く助けなさいよ。
　なにぼさっとしてんのよ。
　せっかくあたしが体張って男ひっぺがしたのに。
　なにあたしのことなんて心配してんの。早くしないと、また百合さんが捕まっちゃうじゃない。
「……言ったでしょっ!!　はぁはぁ！　もし、あたしが足手まといになるようなことがあったら……その場で即切りすててって!!!!　恭っ!!!!」
　あたしは、やっとのことで声を振りしぼる。
　まだ、痛みで体が動かない。
「てめぇ！　なにつべこべ言ってんだっ!!　少しはおとなしくしてろっ!!」
　リーダーの男がポケットから折りたたみ式のナイフを取り出す。かなり逆上してる様子だ。こっちにナイフを振りあげて迫ってくる。
「太一」
「了解」
　男があたしに振りかぶる。
　まずい！　そう思った瞬間……。
　──え？　痛くない。
　あたし、どうなったの？
「てめぇの相手はこっちだろ。よそ見してんなよ」
「ぐ……ふっ」
「……恭？」

恭があたしの前に盾となって男のナイフを持つ手を止めていた。よく見れば、恭の膝が男のみぞおちに食い込んでいる。
　男はナイフを落とし、よろめきながら後退していく。
　あ!!
「き、恭!!　手っ！　血が!!」
　あたしの声を無視して、恭は男につめよっていく。
「なぁ」
「……っひ！」
「誰のもんに手ぇ出してんの？」
　リーダーの男が、さっきあたしを殴った男とぶつかり尻もちをつく。ふたりとも、恭に見下ろされて顔が真っ青だ。
　あたしから恭の顔は見えない。だけど、後ろからでもその真っ黒いオーラが見えるようだった。
「お前も。お前も」
「ち、ちょっと！　まっ、待ってくれ!!　話せば……」
「死ねよ」
　辺り一帯に、男たちの悲鳴がこだました。

「百合、大丈夫か？」
　太一は百合さんの顔を覗き込みながら、背中を優しくさすっている。
　百合さんは、さっきと比べてだいぶ顔色がいい。
「ん。もう平気」
　よかった。百合さんが無事で、本当によかった。

男たちは、恭がみごとに叩きのめしてくれた。
　恭の華麗な回し蹴り一発で男たちはドミノ倒し状態。リーダーの男と百合さんを捕らえていた男は、完全に地面で伸びきっていた。
　そのすきに太一は無事に百合さんを救出。
　一件落着……といきたいとこなんだけど……。
「君ら、ホントなんでこんなところにいるの？」
　春馬が、直と一緒に男たちを縛りながら眉根を寄せている。
　いや、おっしゃる通りです。
　ホントなぜここにいるんでしょう？
　さんざん迷惑かけておいて、言い訳すら思いつかない。
「茉弘」
「は……はい！」
　恭と目が合う。
　う……恭まだ"総長"の顔だ。
「立てない？」
「う……あ……ごめん。まだ腰が抜けてて……」
　そう言ったところで、はっとする。そういえば!!
「恭!!　手はっ!?」
　さっき、あたしに向かってくるナイフを素手で止めた恭。そのときにけがをしたはず!!
「大丈夫。少し刃がかすめただけだ」
　けがした手に触れるあたしの手をさりげなく払う恭。
　見たところ血は止まっていたし、たしかに深くはなさそ

うだ。
　よかった……。たけど……。
　手を払われたくらいで、なんでこんなに胸の奥がズキズキするんだろう？
　恭のいつもと違う低い声が、あたしの不安を余計にかきたてた。
「頬……。痛い？」
　恭の手が、あたしの頬の傷に触れようとする。
　あたしの体がビクッとこわばる。その様子を見て、恭はあたしに触れるか触れないかのところで手を止めた。
　あたし、いまの恭が少し怖い……。
　いま、あたしの目の前にいるこの恭は、どんなふうにあたしに触れるの？
　どんな言葉を発するの？
　見送ったときのほんわかした恭とは違う。
　目の前にいるのは、容易に不良グループを全滅させた、煌龍総長の恭。
「……恭。ごめんなさい。あたし、恭たちの足手まといになった……。煌龍の弱みなんかにはならないって自分が言ったのに……本当にごめん。浅はかだった」
「…………」
　あきれてるよね。
　いきなり煌龍に飛び込んできて、無理やりそばに置いてもらって、あげくにこのざま。
　一歩まちがえれば、ここにいる誰もがただでは済まな

かったかもしれないのに。
　あ。やだ。いまさら怖くなってきた。
　無意識に体が震えだす。
「茉弘」
　止まっていた恭の手が、そっとあたしの頬に触れる。
「俺は、茉弘がどんなに足手まといになっても、切りすてたりしない」
　恭の声は依然として低いままで、雰囲気もいつもとは違う。だけど、とても穏やかなものだった。
　怖くなんかない。ただ、じんわりとあたしの胸を熱くする。我慢していたものが、せきを切ったように込みあげてくる。
「無事で、よかった」
　恭はそう言って、あたしを腕の中に包み込んだ。
　優しく、でも力強く、恭はあたしを抱きしめる。
　もう涙はこらえられない。
「……っ恭……恭……」
　いつもと一緒の恭の香り。
　いつもと一緒のあたしをなでる優しい手。
　なにも変わらない。
　どんな恭だって、あたしの大好きな恭そのものだから。

どうか、いまだけは……

「茉弘。俺と付き合お?」
　は?　いま、この方なんとおっしゃいました??
「俺、茉弘のことが好きだ」
　恭は、あたしの頬にそっと触れる。
　ち、ちょちょちょっと!!
　待って恭!!　ど、どうしちゃったの!?
　てか、いつもと様子が違うよ!?
　メガネは!?　敬語は!?
　いや、違うっ!!
　いま、そんなこと言ってる場合じゃないっ!!
　恭、顔近い〜〜〜〜〜〜っ!!
「茉弘は?　俺のこと好きじゃないの?」
　恭を……好き?
　あたし……は……。
　あたしだって……恭のこと……。
　恭の顔がさらに近づいてきて、あたしの唇に、恭の唇が……。

「茉弘?」
「ふぇ?」
　目を開けると、恭のまじまじとした顔が目の前にあった。
「うぎゃああああああぁ!?!?」

──ゴンッ。

あたしは、悲鳴をあげながらあとずさり。

行きどまりの壁で頭を強打してしまう。

「あーあー。大丈夫ですか？　なにか夢見てたみたいで寝言言ってたから、ついおもしろくて覗き込んじゃいました」

いつもの恭が、クスクス笑ってる。

あたしは、いつの間にか幹部室のベッドで寝てしまっていたらしい。

「ところで、すき焼きはおいしかった？？」

「は？」

「"すき"焼き。寝言で言ってましたよ？」

「…………」

「えっ!?　なんで怒ったんですか!?　ええっ!?」

こいつ……人の気も知らないで……。

それより、あたしなんつー夢を見ていたんだろう。

恭があたしのことをす、す、す、好きだなんて！

あたしは、この前の不良グループとの一件で、恭への気持ちに気づいてしまった。恭が好きなんだと、確信してしまった。

それはあたしの"計画"にどういう影響を及ぼすのか、正直不安で仕方ない。

でも、だからといって、恭への気持ちに気づかないふりをするなんて、もうできないところまで来ていた。

「なにか飲みます？　喉乾いたでしょ？　寝汗かいてる」

恭は、あたしの額から頰に手を滑らせる。

そして、何事もなかったかのように冷蔵庫へと向かった。
　恭に触れられたところが熱を帯びて熱い。
「……恭って誰にでもそういうことすんの？」
「ん？　なに？　聞こえなかった。もう１回言って？」
「……なんでもない」
　恭と付き合いたいとか、そういうことじゃない。
　思いを伝えたいとか、そういうわけでもない。
　ただ、こうやって恭のそばにいること。
　恭に触れてもらえること。
　あたしは、たしかにそれを望んでる。
　でも、あたしにはその資格がないこともわかってる。
　望むことすら、許されるものじゃないことも。
「はい」
「ありがと」
　恭が入れてくれた冷たい麦茶を一気に飲み干す。
　ふと視線を感じて、恭を見上げると……。
「……なに見てんの？」
「んや？　さっきの茉弘思い出してた」
　そう言って恭は、ニヤニヤしながらあたしを見ていた。
「おなか出して寝てましたよ」
「なっ……！」
「ヘソ見えてました。ヘソ」
　あたしのヘソの辺りをポチっと押す恭。
「セ、セクハラッ!!!!」
「茉弘って、ときどきあまりにも無防備すぎるんですよ

ね……」
「へ？」
「いや、いいんです」
　そう言うと恭は、あたしからプイと顔をそらした。
「あ。そういえば、今日はみんな遅くなりますから」
「え？　そうなの？　なんかあったの？」
「いや、太一と百合はデートで、直と春馬が補習です」
「そういえば直と春馬、期末で恐ろしい点数叩き出してたもんね」
　さすがに全教科ひと桁(けた)は初めて見たよ。
　思わず自分の目を疑ったね。
「あいつらは、まぁなんだかんだ普通の学校ですからね。あんな点取りゃ夏休みは普通に補習させられますよ。それに比べて太一は……」
　恭がブツブツ文句を言っている。
「デートかぁ」
　いいなぁ。
　なんだかんだで仲がいいあのふたりを見ていると、ちょっとうらやましく思ったりする。
「茉弘は、なにをしてたんですか？」
　恭が、テーブルの上に散らかったあたしのノートや教科書を指さして首をかしげる。
「あぁ。夏休みの宿題やってた。ちょっと休憩してたら、いつの間にか寝ちゃってたけど」
　恭は「ふーむ……」とうなりながらあたしのノートをペ

ラペラとめくっていく。
「やっぱり颯風ですねぇ。なかなか難易度が高い」
「緑高の人に言われると嫌味にしか聞こえないけどね」
「また、そういうひねくれたことを言う〜。あ。これ、まちがってますよ」
「ほらっ！　嫌味じゃん!!」
「ははっ！」
　さっき見た夢が、少しも望んでいないことだなんて言ったら、嘘になるかもしれない。
　恭があたしと同じ気持ちでいてくれたら、うれしくないわけがない。
　でも、こうやって恭と笑っていられる。
　それだけでも、あたしにとってはすごく尊いことなんだ。
　あたしは、いまこの瞬間も恭を裏切っている。
　いつかは恭の敵に回る。
　でも神様。どうかいまだけは。
　恭を好きだと思ってはダメですか？

　幹部室内に突然電子音が響きわたる。この音は前にも聞いたことがある。恭のスマホの着信音だ。
「俺ですか？　あれ？　どこに置いたっけ？　あれ？」
　恭は服のポケットをあちこちまさぐるが、どうやら見当たらないらしい。
「スマホくらい携帯(けいたい)しときなよー。どこで鳴ってるんだろ？」

耳を済ませてみると、意外に近くで鳴ってる？
　音のするほうへとたどっていけば、「あ！　あった！」
ベッドの下でディスプレイを光らせ鳴り響くスマホを発見。
「なんでこんなところに……」
　拾いあげて恭に渡そうとすると、誤ってディスプレイに触れてしまう。
「ごめん！　通話になっちゃった！　はいコレっ！」
「いやいや、ありがとうござ……」
『恭っ!?!?!?』
　恭のスマホからすごいボリュームで声が聞こえてきて、あたしと恭は反射的に耳をふさいでしまった。
『恭！　返事しなさいよ!!　あんたあたしをさんざん貪るだけ貪っといて！　なんの音沙汰もないってどーいうこと!?　あたしをもてあそぶのも大概にしなさいよ!!』
　女の……人？
　いまなんて言った？
　貪る？　むさぼる？　ムサボル……。
　──ピッ。
　恭が、通話を切る。
　青くなり、口角を引きつらせた恭がゆっくりとあたしのほうへと顔を向けた。
「ま、茉弘？　あのね、い、いまのはですね……」
「へぇ。貪る……ねぇ」
　遠い目をするあたしに、恭はさらに青くなっていく。

「いや、茉弘なにか勘違いしてますよ!?　あれは……」
「ずいぶんとお盛んなようで……」
「だから、違うんですって！　茉弘ちょっとこっち向いて……へ？」
　あたしは恭をキッとにらみつけると……。
「恭なんか嫌いっっ!!!!」
　──パシーン!!
　渾身の力を込めて、ビンタをくれてやった。
　神様。前言撤回します。
　やっぱりあたし。こいつ、嫌いデス。

忠告

「いったいなんなんだよ。このよどんだ空気は」
　帰ってくるなり、あたしたちを見てけげんな顔をする太一。
「あんたたちなんでそんなに離れてんの？」
　百合さんも不思議そうにあたしたちを交互(こうご)に見ている。
「女を貪り、もてあそぶような不潔な方には近づきたくないのでねっ」
「は？　茉弘、なんの話よ??」
　机の椅子に座ってた恭が、椅子を回してこちらを向く。
「だから、さっきから言ってるように、あれは違うんですって！」
「なにがどう違ったら、貪ったり、もてあそんだりになるんですかー。ていうか、あたしには関係ないし？　別に恭の素行に口出しするつもりないし？」
「……かわいくねぇな……」
「はぁ!?　いまボソッとなんて言った!?　てかなんで総長モードに切り替わったわけ!?　あんた二重人格なんでしょ!?」
「「ストーップ!!」」
　百合さんと太一は、オーバーアクションであたしと恭の間に割り込んでくると……。
「なにがあったのか知らんが、おもしろい。話してみたまえ」

「うむ。これより太一と百合の恋愛相談室を臨時開設いたします」
　ふたりともドヤ顔で仕切り始めた。
　このふたり。絶対楽しんでるだけだよね。

「なーんだ。そんなことか」
　事情を話せば百合さんは、ガッカリした様子でテーブルに頬づえをついた。
「なんだじゃないよ。恭が直みたいなことしてるんだよ？ 女遊びとか……するやつだったなんて……」
　あたしは、恭をまたにらみつける。
　恭は困った顔であたしを見るが、すぐに目をそらしてため息をついた。
　そんな様子にも腹が立ってくる。
「いやいや、それ本当に勘違いだと思うよ？　直はともかく、恭はそんなキャラじゃないっしょ」
「お前ら直のこと言いたい放題だな。ってかさ、百合、恭のこと買いかぶりすぎ。こいつこれでも昔から結構モテるんだぞ？　中学の頃なんかこいつ美人の先輩(せんぱい)と体育館裏の倉庫で……」
「太一っ!!!!」
　慌てて太一の口をふさぐ恭。
　へー。ふーん。
「余計話がこじれる。お前しゃべるな。ていうかお前、俺をフォローする気ないだろ」

「ない」
　——ゴンッ!
　太一は思いきり恭の鉄拳を食らう。
「体育館裏の倉庫でねぇ……へぇ」
「こら茉弘!　遠い目してる!　遠い目してるからっ!　昔の話ですよ!　昔の!」
　へぇ。昔本当にそうだったんだ……。
　って、あたし本当にさっきから気にしすぎだよね。
　恭が、誰とどうしてたってあたしには関係ないのにね。
「ところで本当に電話誰からだったの?　恭。あんたに女がいるとは思えないんだけど」
　恭は、ため息をつきながら百合さんにスマホを渡す。
　百合さんはそれを受け取ると、
「あぁ!　あはははっ!!　なるほど!!」
　そう言って謎が解けたように笑いだす。
「なに?」
　百合さんの手もとを覗き込もうとすると……、
　——ガシャ———ンッ!!
「なんだ!?」
　1階からガラスの割れるような激しい音。
　それと、怒鳴りあっているような声が聞こえてくる。
　誰かが乗り込んできた?
　まさか……。
「茉弘と百合はここに待機していてください。俺たちが出ていったら内側から鍵をかけて」

「わ、わかった！」
　恭と太一が出ていこうとすると、開けようとしていたドアが先に開き、俊太が駆け込んでくる。
「総長！　太一さん！　失礼しますっ!!」
「俊太。これは何事だ？」
「は、はいっ！　総長すいません！　あのっ……」
「なんなんだ？　じれってぇ！」
　口ごもる俊太の様子に太一がイラつきながら怒鳴り声をあげると、身をこわばらせる俊太の後ろからニュッと太一の頬に手が伸びてきて……。
「!?!?」
　太一の顔が真っ青になり、声にならない声が幹部室に響きわたった。
「あら。たいちゃん。お怒りモード？」
　だ……れ？　この綺麗な女の人。
　背は、百合さんよりも高い。
　髪の毛も長くて、メイクバッチリで、ライダースジャケットをピチピチに着こなしてる。
　アレだ。アニメに出てくるお色気ムンムンの悪役ヒロインみたいな……。
　太一の知り合いなのだろうか。本人を見れば、固まって動かなくなっている。
「なーにみんな固まってんのよ？　わざわざあたしから出向いてやったのにずいぶんじゃない？」
　あれ？　この声どっかで……あ!!!

「さっきの電話のっ!!」
　そう叫んで、あたしはハッとする。
　女の人はあたしのほうを振り向き、キッとにらみつけてくる。
　そして、ツカツカとあたしの前まで歩いてくると……。
「な……んですか?」
　頭の先から足の先までジロジロと見てくる。
　そんな彼女に不信感で顔をしかめれば、あたしをハンッと鼻で笑ってから彼女はゆっくりと恭の前に移動した。
「恭。よくもあたしという者がありながら……」
　そう言って彼女は、恭の頬に触れる。
「どういうつもりだ？　せ……」
　――時間が止まる。
　目の前の光景に、指先すら動かすことができない。
　彼女があたしの目の前で、恭の口にキスをしたからだ。
　前に百合さんと太一のキスを見たときとはまるで違う。
　見たくない。でも、目をそらせない。
　じわじわと、気持ちの悪い感情がわきあがってきて。
　苦しい。悲しい。嫌だ……。
　やめてよ。離れてよ。
　そんな気持ちが胸の辺りをむしばんでいく。
　胸が締めつけられて苦しくなって、このままでは窒息してしまいそうだ。
　気がついたらあたしは、恭の腕を思いきり引っぱるように掴んでいた。

「ま……ひろ？」
　恭が驚いたようにあたしの名前を呼ぶ。
　そりゃ驚くよね。あたしだって驚いてる。
　まさか、こんなに自分が嫉妬丸出しになるなんて……。
　こんな顔を見られたくなくて、恭の腕に顔をうずめる。
「聖ちゃん。その辺にしといてやって」
　そう言って百合さんが、あたしの頭をポンと軽く叩いて前に歩み出た。
"聖ちゃん"。
　あれ？　どこかで聞いたことがあるような。
「百合～！　久しぶり～！　元気してた??」
　彼女は、百合さんに駆けよっていくと、やたらフレンドリーに彼女を抱きしめる。
「元気だよ。聖ちゃんも元気そうだね。てか、今日はわざわざここまでなにしに来たの？　まさか、恭とキスするためにわざわざ？」
「そうよ～この間の報酬まだもらってなかったからね！　あ、大丈夫！　口にはしてないから！　口の横！　ね？　きょ……」
「聖也……てめぇ沈められてぇのか？」
　恭は、キスされたところを心底嫌そうにぬぐいながら、彼女の胸ぐらを掴みすごみをきかせている。
「き、恭！　ちょっと女の人にそんな……ん？」
　ちょっと待てよ？
　いま、恭『聖也』って言わなかった？

あれ？　聖也ってたしか……。
「ちょっと!!　痛いじゃないのっ!!　聖也って呼ばないでって何度も言ってるのにっ!!」
「あ————————っっ!!!!」
　あたしは思わず、彼女を指さしながら叫んでしまった。
「なによっ。さっきからうるさい小娘(こむすめ)ねっ！」
「せっ聖也って！　聖也って！　"聖蘭"の総長の!?」
「だから、その名前呼ぶんじゃないわよっ!!　聖ちゃんって呼びなさい聖ちゃんって!!　あんたウチのメンバーだったらぶっ飛ばしてるわよ!!」
「えっ？　で、でも、聖也って……あれ？　……女の人じゃ……あれ？」
　あたしは、パニックになっている頭を必死に両手で押さえる。いったいなにがどうなってるのか……頭の中がぐちゃぐちゃだ。
「茉弘。一応言っておくけど、聖也は"男"ですよ」
　……え？
「お、男っ!?」
「だから言ったの。あんたの勘違いだって」
　百合さんは、恭のスマホのディスプレイをあたしに向ける。
　そこには、通話履歴(りれき)"遠藤(えんどう)聖也"と表示されていた。
　さっきの電話はまぎれもなくこの人からのもの。……ということは、完全にあたしの早とちりだ。
　でも、こんな声までちゃんと女の人みたいな男の人……

いるの？　勘違いしないほうがおかしいって！
「聖ちゃんの情報の報酬はね、男とのスキンシップなの。それで、いつも餌食(えじき)になるのはソレ」
　百合さんは、まだ青くなって固まっている太一を指さして、クスリと笑った。
「だって、たいちゃんかわいいんだもーん。あたしの好みなの！　百合には悪いけどねっ」
　聖也さんは、太一に抱きつきながら、そう言う。
「はっ、離れろっ!!　俺にその趣味(しゅみ)はねぇっ!!!」
「あーいいよいいよ。全然悪くない。むしろ好きにしてやって」
「百合いぃっ!!!!」
　なるほど。だから太一は、こんなに怯えてるのね。
　恭のことをちらりと見る。
　やだな。あたし、すごくほっとしてる。
　聖也さんが男の人で心底よかったと思ってる。
　あたしに気づいた恭が、「誤解、解けましたか？」と言って、微笑んだ。
「あ。うっ、うん。なんか、す、すみませんでした」
　あたしは、恭を掴んでいた手に気がついて、慌ててそれを離した。
「よかったです。茉弘には、誤解されたくなかったから」
「……え？」
　深い意味は、ないんだよね？
　わかってるのに、あたしの体はみるみる熱を帯びていく。

お願いだから、そういう思わせぶりなこと、言わないでよ。
「……あんたたちってさ、付き合ってんの？」
　聖也さんが、訝しげな顔をこちらに向けているのに気づき、あたしは慌てて恭と距離をとった。
「つ、付き合ってません!!」
「本当ぉに〜？」
「本当っ!!」
　聖也さんに顔を近づけられて、思わず一歩あとずさりする。
「聖也。からかうのはやめろ。うちの情報ならとっくにそっちに行ってるだろ？　茉弘のことだって、お前ならよく知ってるはずだ」
「はいはい。すみませんね。そんなににらまないでよ。そうね。その子のことならよく知ってるわよ」
　聖也さんは意味ありげな笑みをあたしに向けると、フンッと言ってそっぽを向いてしまった。
　ドクンと心臓が跳ねる。
　この人、やっぱり全部知ってるんだ。
　直感だけど、そう思った。
　あたしがここにいる理由。
　あたしが鷹牙のスパイだってこと。
　大切な弟のために、いつか恭たちを裏切ること。
　全部、知ってる……。
「茉弘？　どうしました？　顔色が悪い」

恭はあたしの頬に手を置くと、まじまじとあたしの顔を覗き込んでくる。
　その温もりと、恭に触れられているという緊張ですぐに我に返った。
「だ、大丈夫！　なんでもないから！」
「でも、顔色が……」
　恭がさらに顔を近づけてくる。
「ちょっ！　恭近いっ！」
「あれ？　今度は赤くなりましたよ？」
「う、うるさいっ！　離れてっ!!　変態っ!!」
　恭の顔をグイグイ押しもどしていると、「イチャついてんじゃないわよ。あんたたち」と冷たい声が飛んでくる。
　聖也さんの綺麗なおでこに青筋がひとつ。
　いら立っている様子。
「こいつらがイチャついてるのなんていまに始まったことじゃねーぞ。てか、用が済んだなら帰れよ。聖也」
「たいちゃん!!　それ以上名前呼んだら犯すわよ!!　それにあんたっ!!!」
　聖也さんは、あたしに人さし指を向けると、「女に生まれてきたからって調子乗ってんじゃないわよっ!!!!」となんとも理不尽なひと言。
「バカなこと言ってないで、帰れよ。聖也」
「恭……あんたまで……。せっかく忠告しに来てやったってのに……ヒドイッ！」
　聖也さんは、唇を噛んでいまにも泣き出しそうだ。

「忠告？　なんだ忠告って。俺たちに関係のあることか？」
「…………」
「……わかった。報酬は……」
　恭が聖也さんの耳もとでなにかをささやく。
「よっしゃあ!!　乗ったぁっ!!　恭！　絶対に払いなさいよっ!!　嘘ついたら同盟切るからね!!」
　突如テンションが上がる聖也さん。
　ガッツポーズに力がこもってる。
『よっしゃあ！』の辺り、完全に男の声だったし……。
「なにを言ったの？」
　恭に小声で耳打ちすれば……。
「んーまぁ。今回は直あたりに成仏してもらおうかと……」
　あぁ。つまり直を売ったわけね。
　直。Good luck。

「忠告ってのは、あんたたちのことよ」
　聖也さんは、足を組んでテーブルの椅子に座ると、あたしを指さして深刻な表情で話しだした。
「この間不良グループとの抗争のとき、百合とこの小娘が巻き込まれたらしいじゃないの」
「あ、あれは！　あたしが勝手に恭たちについていったから……」
「お黙り。あたしは、その経緯(けいい)なんてどうでもいいのよ。問題は、助けたときの恭の言動」
「……え？」

恭の言動？
　あのときのことを思い返す。
　あたしに振りおろされたナイフ。
　それを受けとめてくれた恭。
　そのあと、リーダーの男と百合さんを襲った男につめより……。
『誰のもんに手ぇ出してんの？』
　……あ。
　思い出したその言葉に、急激に顔がほてりだす。
　いやいや！　あんなの言葉のあやだから！
「あら。小娘は身に覚えがあるようね」
「聖也」
　恭は、座っている聖也さんに近づき、上から見下ろす。
「小娘じゃない。茉弘って呼べ」
　その威圧感に、聖也さんは一瞬たじろいだ。
「あんたさっきからなにをカリカリしてるの？　ずっとあたしにはブラックモードじゃない」
「そうか？　お前がややこしいことばっか持ち込むからだろ」
　カタンと音をたてて恭が椅子に腰を下ろす。
「だいたい、その言葉の使い分け方、なんなの!?　元はこっちが本性のくせして！」
「お前には関係ない。話脱線してるぞ。で、結局なにが言いたい？」
　聖也さんは、大きなため息をついて話を元に戻した。

「煌龍の総長に女ができたっていううわさが広まってる」
　え？　それって……。
「……あたし？」
「そう。あんたよ。この間の不良グループの誰かが流したんでしょうね。このうわさは、各族に回るの早いわよ。なんてったって、絶対に姫を取らないって言われていた男に舞い込んだ、女の影なんだから」
　絶対に姫を取らない？
　"姫"ってのは……えーと……。
「総長の女のことだよ」
　百合さんがすぐに補足してくれる。
「ここら辺の暴走族は、総長に彼女ができたら"姫"として族全体で守るしきたりがあるんだよ。あんたは知ってると思うけど、総長の女は族の中の最強の弱みだからね。その族をつぶそうってなったら、汚いやつらはまずそこを狙う。あたしが知ってる中でも、そこから崩された族がいくつかあったよ。自分の女を犯されたり、傷つけられたりして、正気でいられる男はいないからね。総長が冷静さを失った族は、ガタガタと音を立てて崩壊しだすわけ」
「犯される……？」
　その言葉に思わず息をのむ。
「そんなのこの黒い世界じゃ日常茶飯事のことよ。自分からこの世界に足を踏みいれたくせに、なにいまさら青くなってんのよ」
　くやしいけど、正論だ。

あたしは甘かったんだ。
　潤を取りもどしたい一心で、この世界に飛び込んだ。
　だけど、あたしの覚悟なんて想像の範囲だけのもの。
　多少のけがや傷つくことは覚悟できていた。
　だけど、犯されるって……。
　そんなのが、こんな身近なところで起こってるなんて想像すらしていなかった。
　そうか。そういえば、百合さんだって太一に出逢ったときに危ない目に遭ったって言っていたじゃないか。
「仕方ないよ。茉弘はこの世界に飛び込んでまだ日が浅いんだよ？　別に恭の彼女になろうってここに来たわけじゃないんだし、あたしたちが教えなきゃ知らなくて当然だよ」
　百合さん……かばってくれてありがとう。
　でも、いまはその優しさすら痛い。
　自分の浅はかさが、とにかく恥ずかしかった。
「それに、あたしは"姫"制度はそんなにデメリットばっかじゃないと思うよ？　守るべきものがあるから、男たちは強くなれるってもんでしょ。現に、みんなに愛される姫を持った族は、強大な勢力になるっていう暴走族神話もあるじゃない」
「そんなのごく一部よ。姫なんかいればその族の負担が増えるだけ。ね？　そうでしょ。恭。だから、あんたは姫を避けてきたんじゃない」
　聖也さんは、となりに座っている恭に話をふる。
　恭は黙っていたが、少しするとため息をついてゆっくり

と口を開いた。
「俺は、族の負担どうこうで姫を取らないと決めていたわけじゃない」
「……？　じゃあ、なに？」
　聖也さんが、けげんな顔で恭を見る。
「お前に話すようなことじゃないよ」
「はぁ!?」
　聖也さんは、心底意味がわからないといった顔をしているが、恭はそれっきりなにも話さなかった。
　テーブルに頬づえをついて、どこか遠くを見ている恭の顔は、あたしにはなんだか寂しそうに見えて、胸のあたりがギュウッと締めつけられる。
「もうそれ以上突っ込むな聖也。これ以上うちの総長の機嫌が悪くなるのは困る」
　きっと太一には、恭の様子が変な理由がわかっているんだろう。さっきとは打って変わって真剣な面持ちで聖也さんをなだめている。
「……わかったわよ。ただ、恭。どちらにしろ、ケジメをつけなさい。あんたのうわさは、煌龍外だけの話じゃない。煌龍内でも広まってるの。"お披露目"をしていない女の影。これが、煌龍内の不信感につながる。あんたは、頭いいんだからもうわかってるんでしょ？　ただでさえ反乱分子が出ている昨今、不信感は内部分裂をあおる」
　恭は、カタンという音を立てて椅子から立ちあがると、幹部室のドアの前に行きドアノブに手をかけた。

そして、ふっと笑って聖也さんを見る。
「ご忠告、ありがたく受け取っておくよ」
　そう言うと、ドアを開けて聖也さんに出るよう促した。
「だけど、お前はお前んとこの心配だけしてな」
　それを見た聖也さんは、顔を真っ赤にして怒りだす。
「あんたねっ‼　煌龍がやられりゃあたしたち同盟のところだってダメージ受けるのわかってるっ⁉」
「そう簡単にやられるつもりはねーよ」
「さっきからあんたのその話し方！　素を出しっぱなしなんてらしくないっ‼　それに、この間の不良グループでの件だって‼　こういううわさが立つのわかってたはずなのに、あんたらしくないのよっ‼　あんたがそんなに不安定なのは、この子のせいなんじゃないのっ⁉」
　へっ⁉
　いきなりあたしに話が飛んできたので、驚きの余り体がすくむ。
　あたしが原因て……どういうこと？
「茉弘は関係ない。いいからそろそろ帰ってくれよ」
「～～っ‼　じゃーねっ‼　もう知らないからねっ‼」
　ドスドスと早歩きで幹部室を出ていこうとする聖也さん。
「あ。下の修理代、あとで請求（せいきゅう）するから。お前またバイクで倉庫に突っ込んだだろ」
「うるせぇ‼　望むところだっ‼」
　聖也さんが、階段を下りていく音が響きわたる。

最後の捨てゼリフは完全に男の人のものだった。
　どすの利いた低い声。
　あんな見た目で、本当に男の人なのね。
　それにしても、すごい怒ってたけど……。
「大丈夫かな。聖也さん……」
　恭は少し驚いた顔であたしを見ると、「大丈夫ですよ」と言ってすぐに微笑んだ。
　不意に違和感がわきあがってくる。
　いつもの恭に戻ったからだ。
　聖也さんが言っていた。
　総長モードのときの恭が、素だって。
　ということは、こっちの恭は？
　もしかしたら、作られたものなの？
　そう思うと、なんだかちょっと寂しい気持ちになってしまう。
「……茉弘。明日の昼、ちょっとふたりでご飯でも行きませんか？」
　開いた扉(とびら)から、聖也さんのバイクのエンジン音が聞こえてくる。その音が、どんどんと遠ざかっていくのがわかった。
　ご飯なんて建前なことはわかってる。
　たぶん恭は、あたしに話したいことがあるんだ。
　さっき、聖也さんが言っていた"ケジメ"ってやつだと思う。
　聖也さんの言うそれはきっと、"あたしを姫にする"か、

"あたしを姫にせず、あたしとの関わりを断つ"か、どちらかにするってこと。
　周りにあたしの存在を不審に思われている以上、あたしはいままでのように気軽に煌龍に出入りすることはできない。
　あたしは、ただ単純に恭のそばにいることを望んでいたけれど……そううまくいくはずがないよね。
　ちゃんとわかってる。
　ふと、潤の顔がよぎる。
　恭があたしとの関わりを断つと言うのなら、潤を取りもどす計画は失敗となる。
　もう二度と、潤の笑顔は見られないかもしれない。
　でも、もう恭やみんなをだましたりしなくていいんだ。
　……やだな。
　たくさんの感情がごっちゃになって気持ちが悪い。
　恭のそばにいたい。でも、もうだましたりしたくない。
　だけど、どうしても潤を助けたい……。
　全部あたしのわがままだ。
　あたしは、恭の顔を見ることができずにうつむいたまま、
「……うん」
　とだけ、答えた。

幸せの続きと悪夢の続き

　暑い。こんな真っ昼間に外を出歩くなんて、久しぶりかもしれない。

　最近は、もっぱらクーラーの効いた煌龍の倉庫で過ごしていたせいで、今年の夏がこんなに暑かったなんて知らなかった。

　毎年、毎年、同じことを言っている気がするけど、今年も言わせていただきます。

　去年はこんなに暑かったっけ!?　これが地球温暖化ってやつ!?

　頬を伝ってくる汗をぬぐいながら、スマホで時間を確認する。

　そろそろ恭との待ち合わせの時間。

　倉庫近くの繁華街の入り口で待ち合わせ。

　倉庫以外で待ち合わせをして会うなんて初めてだから、なんだか変に緊張している。

　あたし、格好変じゃないかな……。

　いつも倉庫では、短パンにＴシャツとかのまったく人目を気にしないラフな格好で過ごしているくせに、今日はちょっとだけ気合を入れてみたりなんかして……。

　と言っても、大してかわいい服なんて持ってないから、一応あたしの一張羅。今日は花柄のワンピースとか着てみました。

髪の毛も編み込みして、くるっとまとめてみました。
　ほんのすこーしだけ化粧とかしてみました。
　……って、あたしなに気合入れてんの!?!?
　デートとかじゃないのに、イタくない!?
　やっぱり着替えに帰ろう！　いますぐ帰ろうっ!!
「なんか挙動不審ですけど、どうかしました？」
「わぁっ!!!!」
　心の声に合わせて、立ったり、かがんだりしていたあたしは、いきなり後ろから声をかけられて、心臓が口から飛び出そうになる。
「お待たせしました。暑くなかったですか？　もっと日陰で待ってればよかったのに」
　そう言いながら、恭はあたしの頭に手を置いた。
「だ、大丈夫だからっ！　いまさっき来たとこだしっ！」
　慌てて恭の手を押しのけようとするが、恭はそんなことは気にも留めていないようで……。
「うわっ。ほら、あっつい！　熱中症になっちゃいますよ！早く店に入りましょう！」
　そう言ってあたしの手を掴み、引っぱるように歩きだした。
　あああぁ……完全に恭のペースだ。
　そんな恭も、いつもはTシャツやパーカでラフな格好をしているくせに、今日はシャツを羽織ってネックレスまでして……。真面目すぎるわけでもなくて、だからと言って、格好つけすぎでもなく、意外なことになかなかのセンス。

おまけに、なぜかメガネもしていなくて、なんだかいつもよりずいぶんと……かっこよく見えるんだけど……。
　って、なに見とれてるんだ、あたし！
　絶対にいま、気持ち悪い顔しちゃってた！
　ほてる頬を冷やすように手であおいでいれば……。
　ん？
　視線を感じて辺りを見回すと、通りすぎる女子という女子が頬を染めてこちらをチラチラ見ている。
　昨日、太一が言っていた通りだ。
　恭って実はすごくモテるんだろうな。
　いつもはメガネの優男なくせに……。むむむ……。
「ど、どうしたんですか!?　なんか顔が怖いです！」
　あたしは、無意識に恭をにらんでいたらしい。
　いつもの優男メガネ君でいいのに……。
　そしたら、女の子たちも近よってこないのに……。
　なんて、もろに独占欲丸出しなこと言えるわけもなく、あたしは大きなため息をついた。
「なんでもないよ！　どこのお店に入るのかなと思って！」
「もうすぐです。知り合いがやってるカフェなんですけど、コーヒーもご飯もうまいし静かだし、結構いいんですよ」
「へぇ。そうなんだ。あたしコーヒー好きだから楽しみだな」
「俺もです。1日1回は飲まないと気が済まなくて」
「わかる！」
　そうこうしているうちに、『お星さま』と看板に書かれた小さなお店の前に着いた。

「ここです」
　そう言うのと同時に、恭は店の扉を開けてあたしを先に誘導(ゆうどう)してくれる。
「いらっしゃいまー……ってあれ!?　恭ちゃん!?」
　店の中に入ると、小さくて髪がボブくらいのかわいらしい女性店員が駆けよってきて、恭を見るなり驚いたように目を丸くした。
「久しぶり」
「わぁ！　恭ちゃん久しぶり!!　また大きくなったんじゃない!?　来るなら連絡くれればよかったのに！」
　女性は、あたしに気がつくとさらに驚いた顔をして口を両手で覆う。
「きょ、きょ、きょ、きょ、恭ちゃんが彼女連れてきた────っっ!!!!」
　すごい驚きようだ。
「あ、あのっ！　彼女じゃっ……」
「彼女じゃないから」
　恭がキッパリと否定する。
　……いや、さ。そうだけどさ……。そんなあっさり否定しなくてもさ……。
「柚菜(ゆうな)なに叫んでんだ？」
　カウンターの奥から、コックコートを着た男性が出てくる。
　背が高くてたくましくて、異常なまでに容姿の整ったその人は、目が釘(くぎ)づけになってしまうほどのオーラをまとっ

てる。
「理(さとる)さん。お久しぶりです。すみません。忙(いそが)しい時間帯に」
「恭か。本当久しぶりだな。顔出さねぇから心配してたんだぞ。ゆっくりしてけ」
「はい。ありがとうございます」
「理君っ!!　恭ちゃんが彼女連れてきた!!」
「彼女じゃないんです！」
　今度は、恭に否定される前にあたしがきっぱりと否定をする。
　理さんと呼ばれる男性は、あたしをチラリと見ると、少しだけ微笑んで、「ゆっくりしていきな」とだけ言って、カウンターの奥に戻っていった。
「恭ちゃんと……えっとー」
「あ！　茉弘です！」
「うん！　茉弘ちゃん！　好きなところ座っていいよ！ メニューは席にあるからねっ」
　あたしと恭は一番奥の席に着く。
　木目を生かしたテーブルがかわいい。
　店内を見回してみると、観葉植物やお花があちこちに置いてあって、自然を感じられる作りになっている。
　なんだかすごく落ち着く空間だ。
「いいお店だね」
　メニューを取ろうと手を伸ばしていた恭に言うと、うれしそうに笑って、あたしにメニューを差し出した。
「あ。あたしコレ食べたい」

「あぁ。それお勧めです。うまいよ」
「じゃあ、コレにしよっと。恭は？」
「俺も同じものにします。あと、アイスコーヒー」
「あたしもあたしも」
「ご注文はお決まりですか〜？」
　柚菜さんが、あたしたちの前にお冷やを置きながらにっこりと笑う。
「あ！　はいっ！」
「茉弘ごめん。頼んでおいてもらえる？　俺ちょっとトイレに行ってきます」
「うん。わかった」
　恭は「よろしくね」と言って席を立った。
「えっと、コレふたつと、アイスコーヒーふたつ……」
「むふふふ」
　ん？
「な、なんですか!?」
　柚菜さんは、ニンマリしながら生温かい目を向けてくる。
「ううん！　なんでもないのよっ！　ただ、恭ちゃんがここに女の子とふたりで来るなんて初めてだから……なんだかうれしくって!!」
　そう言って、トレイを抱きしめながら、また「ふふっ」と笑っている柚菜さん。
　雰囲気や仕草からなにまで、本当にかわいい人だな。
「ねぇ？　本当に恭ちゃんの姫さんじゃないの??」
　こんなにかわいい人から、まさかそんな言葉が出てくる

なんて……。あたしは、驚いて目を見張った。
「柚菜さん……姫とか知ってるんですか？」
「知ってるよ〜！　だってあたしも元姫だもん」
「えっ!?」
「どうかしました？」
　いつの間にか戻ってきていた恭が、頭にはてなマークを浮かべながら、あたしと柚菜さんの顔を交互に見ていた。
「ご注文承（うけたまわ）りました〜」
　柚菜さんは、あたしにウインクをすると、理さんのいるカウンターの奥へと消えていく。
「柚菜さんて……何者……？」
「柚菜は、俺の幼（おさな）なじみなんです」
　放心状態のあたしに、恭は椅子を引きながらそう言った。
「幼なじみって言っても、年は離れてるし、小さい頃に面倒見てもらってたって感じですけど」
「へぇ」
　恭にそんな人がいたなんて、知らなかった。
　柚菜さんは、恭の小さい頃を知ってるんだ。
　なんだか、少しうらやましい。
「柚菜さん、自分は元姫だって言ってた」
　恭は、眉をひそめて、「そんなこと言ってました？」と不満そう。
　あたしは小さくうなずく。
「まったく。理さんにも簡単に人に言いふらすなって言われてるくせに……」

恭は、ため息をもらしながら腕組をする。
「柚菜は、"風雅"っていう暴走族の姫だったんです」
「風雅？」
「そう。鷹牙と反対どなりの地区の暴走族です。風雅は当時ではめずらしく、完全正統派の暴走族でした。そのときの総長を支えてた姫が、柚菜です」
　全然見えない。
　あんなにほんわかした雰囲気の人が姫？
　あんなに優しそうな人が、たくさんの危険も顧みず、なぜ姫になる決意をしたんだろうか？
　怖くはなかったのだろうか……。
　あんなに小さな体で、どうやってそのプレッシャーを受けとめたんだろう。
「そのときの総長が、理さんなんです」
　……え？
「えぇぇっ!?」
　恭は、ニッコリと微笑む。
「すごいでしょ？　いまは結婚して、実はおなかに子どももいます」
「すごいっ……！」
　あたしは柚菜さんのほうを見る。
　柚菜さんは、あたしが見ているのに気がついて、にっこりしながら手を振っている。おなかはエプロンで隠れているからか、あまり目立たない。
「なんか、本当にすごいな……。あの人たちは、いろんな

ことをのりこえて、いま幸せなのね……」
「そうですね。あのふたりは、まさに昨日百合が言っていた暴走族神話とかいうやつのお手本だと思います」

　恭は、カウンターの奥で仲よく話すふたりを見ながら穏やかに微笑んでいる。
「俺が中学のときに理さんが現役の総長だったんです。理さんにはそのときに出会ったんですが、初めて会ったときには鳥肌が立ちました。なんて言うか、ほかとはオーラが違って……。柚菜が姫になって、理さんは柚菜を守るために、よりいっそう強くなろうとしました。そして気がつけば、過去最強の総長と言われるまでになっていました。族自体の勢力こそ劣れど、彼単体でいえば、かなう者はいません」

　柚菜さんの存在が、理さんを強くしたんだ。

　そして、きっと柚菜さんも理さんだからこそそばで支え続けた。

　いや、柚菜さんの存在そのものが理さんの支えになっていたのかもしれない。
「恭は……なんで姫をつくらないの？」
「え？」

　恭は、驚いてあたしに向き直る。
「昨日、聖也さんが言ってたから……」

　聞いてもいいのかな？

　昨日見た、恭の寂しげな表情が浮かぶ。

　なんとなく、触れてはいけないような気がしていたけれ

ど、なにか恭について大切なことが隠されている気がするから……。
　ううん。単純に知りたいだけだ。恭のことを。
「傷ついてほしく……ないから」
「……え？」
「俺のせいで、誰かが傷つくのは見たくないんです」
　恭は表情こそ変えない。
　だけど、やはりどこか寂しげで、いつもの恭と様子が違う。
「なんで恭のせいで誰かが傷つくの？」
「茉弘。さっきの柚菜と理さんの話は、ごく一部の成功例なんです。そんなに全部が全部、うまくいくわけじゃない。俺は、姫になった子が取りかえしのつかない傷を負う例もたくさん知っています」
　昨日の百合さんの言葉が蘇ってくる。
　姫は、暴走族グループの一番の弱点。
　そのグループをつぶそうもんなら、まず姫が狙われる。
　恭の言う"傷"っていうのは、けがだけの話じゃない。
　犯されて負う心の"傷"だってそうなんだ。
「もしたとえそうなったとしても、それは恭のせいじゃないじゃない。恭と一緒にいることを望んだ、その子の責任だよ」
　あたしがそう言うと、恭は黙って一点を見つめていた。
「お待たせしました〜」
　柚菜さんが、あたしたちが注文したものをテーブルの上に広げていく。

「ほかに注文はない?」
「はいっ! ありがとうございます! いただきます!」
　柚菜さんは、ニッコリ笑うと恭には見えないように小さくガッツポーズをしてみせた。
『頑張れ』って、声が出ないように口を動かしながら。
　あたしたちの話、聞こえてたんだろうか。
　恭は、なにかを考えているようで、そんな柚菜さんにまったく気づく様子もなく静かにコーヒーを口にした。
「恭食べよ? 冷めちゃう」
「え? あ、うん。そうですね」
　やっぱり、聞いちゃいけなかったのかな。
　参ったな。これじゃ、せっかくのご飯も味を感じられないや。
「俺が、小学生になって間もない頃に、母さんが死んだんです」
　――カシャン。
　恭の突然の告白に、持っていたフォークがあたしの手からすべり落ちる。
　驚いて恭を見ると、恭は食べる手を止めて、自分のフォークを見つめていた。
「ある男に襲われそうになった俺をかばって、刺されたんです」
　恭を……かばって?
　刺されたって……そんな……。
「犯人は、俺の親父に……恨みがあったらしくて、ひとり

息子の俺を狙った犯行でした」

　恭は、持っていたフォークを置いて、椅子の背もたれに寄りかかる。
「親父はそのときそこにいるはずだったのに、仕事で来られなくなったんです。親父がいたら、母さんを守れたかも知れないのに……その……俺の親父は、強いんです……いろいろ……」

　恭は、少し話しづらそうに言葉を紡いでいく。
「母さんは、なにかあったら絶対に親父が守ってくれるっていつも言っていました。信じていたんです。親父のことを。でも親父は、母さんを守ってやることができなかった」

　どうしよう。喉の奥がしびれて苦い。

　目の前のコーヒーを飲もうとしても、指先が震えて動かない。

　あたし、ひょっとして恭に大変なことを話させているんじゃないだろうか。
「俺は、親父みたいな人間になりたくないんです。大切な人ひとり守れないような人間になんて……。それに、もう俺のために誰かが犠牲になるのも嫌だ。そんなことを思っている俺に、姫なんかを作る資格なんてないんです」

　恭は話終えると、自嘲気味に笑ってみせた。
「だから、茉弘。昨日聖也が言っていた、ケジメの件ですが……俺も前々から考えていたんです。でも、茉弘といることが心地よくなってしまった自分がいて、ここまで先延ばしにしてしまいました」

恭は、真剣なまなざしであたしの目をまっすぐ射抜く。
　そしてゆっくりと、だけどハッキリとその言葉を落としていった。
「茉弘。初めて出逢ったあの日、俺を見つけてくれてありがとう。でも、ごめん。もう一緒にいるわけにはいかない。茉弘が居場所を失ってしまうことはわかってる。でも、煌龍が崩壊すれば、居場所を失うやつらがたくさんいる。煌龍の総長として、そんなことになるわけにはいかないんだ」
　恭の握ったこぶしが震えている。泣きだしてしまうのではないかと思うほど、顔がゆがんでいる。
　あぁ、あたしの幸せだった時間がいま終わろうとしている。
　でも、いいんだ。
　恭にこんな顔をさせるくらいなら。
　いつか傷つけてしまうくらいなら。
　終わりにしよう。
　潤ごめんね。
　潤の笑顔を取りもどすためなら、なんだってできると思ってた。
　でもね。
　あたしにとっての大切な笑顔は、潤だけじゃなくなってしまったの。
　恭の大切なものを守りたい。
　恭の笑顔を守りたい。
　恭のそばにはいられなくなってしまうけれど、君の笑顔

のためならば……――。
「わかった」
「……え?」
　恭は弾かれたように顔を上げる。
「わかったって言ったの!」
　あたしは、何度も言わせるなと言うように口をとがらせてみせた。
「そんな顔しないでよ!　あたしは大丈夫だから!!　別に家がないわけじゃないし!」
「……でもっ……」
「それよりも、ありがとう」
「え?」
「少しの間だったけど、あたしに居場所をくれて。煌龍のみんなと一緒だった時間、すっごく楽しかったよ!!　それと……」
　あたしは、喉まで込みあげてきたものをグッとこらえる。
　恭にわからないように、それを押し込める。
　そして、最大級の感謝を込めて――……。
「恭に出逢えてよかった」
　ありったけの笑顔でそう言った。
　そんなあたしに恭はなにか言いたそうに言葉をつまらせたけど、いまのあたしは、もうそれどころじゃない。
「さ、さぁー!!　ちょっと外の空気でも吸ってくるかなぁー!!」
　あたしは、すぐにでもこの場を離れたくて外に行こうと

立ちあがった。
　だって、もう我慢の限界だから……。
「待って!!」
　その瞬間、あたしは思いきり腕を掴まれて、よろめくように体を引きもどされてしまう。
　　恭……？
　驚いて振り返れば、恭が余裕のない表情であたしを見下ろしていた。
「……なんでだよっ……」
「え？」
「なんでそこで笑うんだよっ……」
「……恭？」
　恭はいつも余裕があって、冷静で……。
　こんな恭の顔、初めて見た。明らかに動揺している。
　自分でもどうしたらいいのか、わからないといった様子で。
「茉弘は、なんでそんなに聞き分けがいいんだ……」
　うつむいて唇を噛みしめる恭。
「そんな苦しそうな顔、しないで……」
　そんな恭の胸の中にあたしは無意識に飛び込んでいた。
　抱きしめてほしいからじゃない。
　抱きしめてあげたくて。
　このとき、生まれて初めて人を愛しいと思った。
　この人が苦しまなくて済むのなら、あたしはなんだってする。
　そんな気持ちでいっぱいになった。

まだ恥ずかしくて、抱きしめるなんて到底できないけれど、いまはこうやって、この人の胸にしがみつくことしかできないけれど、でも、どうか……。
「笑って？」
　あたしは、恭の顔を見上げ、ニカッと笑って見せる。
　恭が釣（つ）られて笑ってくれたらいいなと思うから。
　───グイッ！
　すると、突然掴んでいた腕を引っぱり、あたしをどこかに連れていこうとする恭。柚菜さん、理さんがいるカウンターを通り、その奥の扉から中に入る。
「ちょっ！　恭!?」
　中はバックヤードになっていて、さらにその奥に進むと、小さな会議室のような部屋……。
　なんでこんなところに会議室？
　そんなことを思っていると、その中に引っぱり込まれた。
「恭！　どうし……」
　───え？
　部屋の一番奥。追い込まれるようにして、壁に背中を預ける。恭はあたしの顔の横に手をついて、あたしを見下ろしている。
　そんな恭の様子は、いつもの優男なんかじゃなくて、"男の人"そのもの。
「恭……」
　わきあがる恋情（れんじょう）。
　いままで、お互いが知らぬふりをしてきた気持ちを、こ

んなに近くに感じる。
　ダメだよ……。これ以上近づいたら、あたしあなたから離れられなくなっちゃう……。
　恭の手が、うつむくあたしの頬にそっと添えられる。
「茉弘。こっちむいて」
　耳もとで優しくささやく恭。
　ダメ……ダメだよ。あたしは、恭のそばにいちゃダメなのに。
　お願い……。そんな優しい声で、あたしの名前を呼ばないで……。
「茉弘」
　滑るように下りてきた恭の右手が、あたしの顎を持ちあげる。
「俺の姫になって」
　込みあげてくる涙があたしの頬を伝う。
「……うん……」
　この幸せが……悪夢の続きであったとしても、あたしは……。
　恭の唇が、あたしの唇にかすかに触れて離れる。
　額と額をつけたまま、確かめるようにあたしを見つめる恭。
　その視線を受けとめるあたし。
　……あたしは、恭といたい。
　あたしはもう一度落ちてくる恭の唇を、今度は目を閉じてたしかに受けとめた。

2章

お披露目

「茉弘。大丈夫ですか？」
　恭が心配そうにあたしの顔を覗き込む。
　一方あたしはというと、顔面蒼白(そうはく)で口角を引きつらせ、プルプルと子犬のように震えていた。
「だ、だ、だ、だ、大丈夫っ……うぷ」
　うぅ。気持ち悪くなってきた……。
　恭は、あたしの腰に回していた手で背中を優しくさすってくれる。
「また強がるんだから」
　そう言って苦笑いをしながら……。
　正直、大丈夫じゃない……。全然大丈夫じゃない……。
　しかし、ここまで来たら逃げるわけにはいかない。
　ことの始まりは、その日の前日。

　恭の香り。恭の体温(と)。
　まるで心が溶かされていくような、そんな感じ……。
『き、恭っ……』
『……ん？』
『あのっ……そろそろ離れないとっ……誰かが……』
『うん』
　恭は、あたしの耳の辺りにキスをする。
　うん。じゃなくてっ！　うん。じゃなくて～っ!!

『恭っ……』
『離したくねぇなぁ……』
　そう言うと、恭はまたあたしを強く抱きしめた。
　うぅ……。このままじゃ、心臓がもたない……。
　ふわふわした思考のまま、浮かんだ疑問を口にする。
『……恭？』
『なに？』
『……あたし、恭のそばにいてもいいの？』
　恭が、やっとあたしとの距離を開けてくれる。
『不安？』
　あたしの心を見透かすような、恭の瞳。
『だって……さっきまで、離れなきゃいけないと思ってたから……。なんか、変な感じで……』
　信じられない気分というか、恭の言うように不安がぬぐいきれないというか。正直まだ、混乱している。
『俺も、さっきのさっきまで茉弘と離れるつもりだった。本当についさっきまで』
『……うん』
　さっきの恭が本気だったことくらいわかってる。
　だから、あたしも本気で離れなくてはと思ったんだ。
　初めて知った、恭の心の暗い部分。
　あたしがそばにいることで、恭につらい思い出がよぎるのなら……あんな顔をさせてしまうくらいなら、離れるのが最良だと思った。
　ううん。いまでもそう思ってる。

でも……。
『まさか、笑うなんて思わなかったんだ』
『え?』
『あんなふうに、笑うなんて思わなかった。泣いてしまうんじゃないかとか、怒らせてしまうんじゃないかとは、予想していた。多少心の準備はできていたし……。でも、笑うなんて……予想外だったんだよ』
　恭は、困ったと言うように眉を八の字にして微笑む。
　そして、今度はあたしの額にキスをする。
『茉弘は、強がるのが癖(くせ)なのかな。不良グループに捕まったときもそうだけど、この間聖也にいろいろキツイこと言われたときも、茉弘は文句ひとつ言わずに聖也の心配なんかしてた』
　だから、恭はあのとき少し驚いた顔をしたのか……。
『それは……』
　あたしが言い訳しようとすると、あたしの唇に人さし指をあてて、恭がそれを制止する。
『わかってる。茉弘は自覚がないんだよね。自分のことよりも人のことを思いやる。茉弘のすごくいいところだ。だけど、ときどきすごく心配になる。もっとワガママ言ったり、頼ったりしてくれてもいいのにって』
　恭は、そう言ってあたしを引きよせる。
『さっきもそうだ。俺のために笑ったんだろ?』
　うぅ……。
　必死で隠していたのに、すべて見透かされてる……。

あたしは恭に、一生かなわないのかもしれない。
『そんな茉弘が、愛しくてたまらなかった。放っておけない。離れるなんて、できない……』
　あたしを抱きしめる恭の腕に力がこもる。
『……でも、あたしといたら恭つらいでしょ？　嫌なことを思い出したり、不安になったり……』
『……そうだな。それは、たしかにそうかな。茉弘が母さんのように犠牲になるんじゃないかとか、俺は親父みたいに大切な物を守ることができないんじゃないかとか、不安でたまらなくなるよ』
　心なしか、恭の体が小刻みに震えている。
『……でも……』
　恭の両手が大事なものに触れるように、あたしの頬を優しく包み込む。
『茉弘がそばにいないほうが、もっとつらい』
『恭……』
『初めて会ったときから、惹かれてた』
　あたしの額に恭の額が触れる。
『強がりなところも。俺を見る強くてまっすぐな目も全部』
　あぁ……。
『好きだよ』
　あたしは、恭のそばにいたい。
　たとえこの先、どんな運命が待ちうけていようとも、あたしはこの選択を後悔することなんか絶対にない。
　そう心から思うから……。

『あたしも……好き……』
　優しく微笑む恭。
　もう寂しそうな笑顔なんかじゃない。
　あたしの見たかった、恭の笑顔だ。そっと恭の顔が近づいてきて、恭の唇があたしの唇に……。
　ん？
　なにやら視線を感じて、恭の背後を確認するあたし。
『どうしました？』
　恭の背後を指さし、絶句するあたしを見て、恭が不思議そうに振り返る。
『はわっ‼　気づかれちゃったっ‼』
　会議室の扉の窓から覗いているふたつの顔。
『柚菜さんっ！　理さんっ‼』
　嘘でしょ⁉　いったいいつから見てたの⁉
　恥ずかしいなんてもんじゃない。
　ゆでダコみたいに真っ赤な顔で口をパクパクさせているあたしを見て、扉を開けた柚菜さんは、
『ごめんね！　心配で見に来たら……その……ね？』
　と言って、頬を赤く染めながら口に手をあててうれしそうに笑っている。
　あぁぁぁ。絶対に一部始終見られてた……。
　赤くなった顔を両手で隠し、羞恥心でもだえていると、理さんがそんなあたしを見下ろしながら、口を開いた。
『恭。この子を姫にするのか』
『はい』

『やっと、自分の過去と向きあう覚悟ができたんだな？』
『……はい』
　理さんは、そう答えた恭を見てかすかだけどうれしそうに微笑んだ。そのとなりで、いまにも泣きそうな顔で柚菜さんも微笑んでいる。
　そっか……ふたりとも、恭の過去について知っているんだ。
　まるで、息子の巣立ちを見送る、お父さんお母さんみたいに優しい顔で恭を見るふたり。
　苦しかった恭の幼少時代。
　そこにこのふたりがいてくれて、心からよかったと思う。
　いまこうやって恭が恭でいてくれるのは、柚菜さん、理さんのお陰なのかもしれない。
　恭はあたしに微笑みながら、あたしの手を優しく握る。
　あたしも微笑んで強く握り返した。
『茉弘ちゃん！』
　柚菜さんがあたしの肩をガシッと掴んで真剣な顔を近づけてくる。
『姫さん、いろいろ大変だけど頑張ってね!!』
『へ？』
　このときのあたしは、恭のそばにいられる喜びに浸るだけで精いっぱいだった。
　だから、この先にどんな試練が待ちうけているかなんて、考えもしなかったんだ……。
『恭っ!!』

倉庫に着くなり、みんなが恭に駆けよってくる。
『恭……茉弘ちゃんは？　昨日のこと、百合から聞いた』
　らしくない険しい表情で、恭の肩を掴む春馬。
『……まさか、追い出したの!?』
『お前最低だぞ、恭っ!!　俺らに相談もなしにっ!!　ふざけんなっ!!』
　直も恭につめより、胸ぐらに掴みかかる。
　それを、後ろから心配そうに見ている百合さんと、顔色を変えず、眺めている太一。
『……あ、あのう……』
　恭の背後から、あたしがちょこんと顔を出すと、みんな目を見開いて一斉に硬直した。
『茉弘っ!!』
　そう叫ぶと、百合さんが一目散に飛びついてくる。あたしを抱きしめる百合さんの肩は、小刻みに震えていた。
『百合さん……心配かけてごめんね』
『茉弘……おかえり……』
　声、震えてる……百合さん泣いてくれているんだ……。
『茉弘ちゃん！　おかえり!』
『おかえり!!　我が天使っ!!!』
　目に涙をためて、ニッコリ笑う春馬。
　いつも通りおバカな直。
　その後ろで、腕を組みながらかすかに微笑んでいる太一が見えた。
　チラッと恭を見ると、みんなに囲まれているあたしを見

てうれしそうに微笑んでいる。
　みんな……ありがとう。
　あたし、いまはまだみんなといたい。
　いつか来る、"出ていけ"と言われるその日まで……。
　もう少しみんなといさせてください。
『みんな！　ただいま！』

『ところで恭、茉弘ちゃんて姫になるんだよね？』
　恭にそう尋ねる春馬は、いまだに袖で涙をぬぐっている。
『そのつもりです』
　そんな春馬に、恭はにっこりと笑って答えた。
『えええぇぇぇ!?!?』
『直、うるさいよ』
『ま、ま、ま、ま、茉弘ちゃんて……恭と……そうなわけ!?』
『え？　いまさら？』
　春馬が、直にあきれた顔を見せる。
『だ、だ、だ、だって、恭！　そういうんじゃないって言ってたじゃんか!』
『いつの話よそれ。茉弘が初めてここに来たときじゃないの？』
　百合さんもため息をつきながら、あきれたように言う。
『な、なんだよそれ!!　俺ひそかに茉弘ちゃん狙ってたのに!!　やっぱりそうなんじゃねーか！　このムッツリ助平!!』
『『いや、全然ひそかにじゃないから』』

百合さんと春馬が同時にツッコミを入れる。
『改めてってわけじゃないけど、みんなには、先にちゃんと話しておかないといけませんね』
　恭は、そう言いながらあたしの肩を抱いてみんなに向き直った。
『俺たちは、正式に付き合うことになりました。みんなには、俺の勝手で本当に申し訳ない。この大変な時期に、さらに負担を増やすなんて総長としてあるまじきことをしていると思う』
　恭は、みんなに頭を下げる。それを見て、あたしも慌てて頭を下げた。
『でも、ごめん。俺の中で、もう茉弘がいないなんてありえない。茉弘以外の姫なんてありえない。俺も、茉弘を守るために最大限の努力をする。煌龍のために、これまで以上に尽力する。だから……みんなも力を貸してくれないか？』
　あたしの肩を抱く恭の手に力がこもる。
　なんとなく恭から緊張が伝わってきて、恭も緊張したりするんだ、なんて思った。
『あたり前だろーが』
　さっきから黙っていた太一が口を開く。
『お前だけの手に負えるわけねーだろ。そのちんちくりん』
　誰がちんちくりんだ。誰が。
『そうだよ！　俺たち仲間でしょ!?　恭と一緒に、茉弘ちゃんも煌龍も守るに決まってるじゃん!!』

春馬頼もしいなぁ。
『あんたの判断は正しいよ。もし茉弘を捨ててきてたら、あんた命なかったと思いな』
　百合さん……大好き。
『だぁぁぁぁーーっ‼　すんげー悔しい‼　……けど、茉弘ちゃんいなくなるよりはいいか。いいか！　恭‼　泣かせたら、俺のにするからな！』
　あなたのものにはなりません。でも、直ありがとう。
『みんな……ありがとう』
　恭……うれしそう。
　よかった。本当によかった。
『さぁー‼　さっそく野郎どもに召集かけるぞ‼　恭っ！　お披露目は明日でＯＫ？』
『あぁ。大丈夫です。頼みますね。春馬、直』
　春馬と直は、スマホを耳にあてながら幹部室から出ていく。
　ちょくちょく耳にする"お披露目"という言葉。
　いったいなんのことなんだろう？
『茉弘っ』
　柚菜さんのときと同様、肩をガシッと掴まれ、
『マジでお披露目キツいから、覚悟しときなっ』
　そう言って百合さんはまるでかわいそうなものでも見るかのような目であたしを見る。
『なにが？　というか、お披露目ってなに？』
　あたしが首をかしげると、百合さんが驚いたように目を

見開く。
『恭‼ 茉弘に話してないの⁉』
『……あぁー。ちょっと、話すタイミングが〜……』
　気まずそうに、目をそらす恭。
　なんか……嫌な予感がするんですけど。
『茉弘。お披露目ってのはね……──』

『絶対嫌‼! 絶対無理っ‼!』
『だ──‼ 茉弘ちゃんっ‼ 頼むから‼ マジでもうみんな集まってるんだって‼』
　あたしは、焦る春馬をよそに、幹部室のベッドの上で毛布を被っていた。
　断固ここから動かない！　断固っ‼
　昨日、百合さんからお披露目の内容を聞いた。
　お披露目というのは、仲間全体で姫を守る決意を固める儀式みたいなものらしい。
　わかる！　理屈はわかる‼
　だけど、問題はそこじゃない！
　まず、集まる人の数‼　ざっと900人‼
　煌龍だけじゃなく、同盟を組んでいる族の幹部も続々と集まるらしい。
　900って……あたしは、煌龍を舐めていた……。
　そんなにたくさんの仲間がいるなんて、予想外。
　ていうか、いくらこの倉庫が大きいとはいえ、入りきるんですか⁉　その数で‼

中学校の卒業式に、全校生徒の前で卒業証書をもらうのだって、緊張して吐きそうだったのに！
　900とか……900とか……あぁ、いまから目眩が……。
　さらに、もっと重大な問題がある。
『そんなに俺とキスするの嫌ですか？』
　毛布にくるまるあたしの横に座る恭。
　そう。その儀式というのは、それだけいる男たちの前で、恭と、キ、キキキキキキ……キスをするっていう……。
　わけわかんないいっ!!　本当に意味がわからない!!
『ぜぜぜ絶対にやだっ!!』
　考えただけで、脳ミソまで沸騰しそうだ。
　昨日のキスだってファーストキスだってのに！
　みんなの前とか、ハードル高すぎだって!!
『……困りましたねぇ』
『茉弘。それがうちらの地区の伝統なんだから、あきらめな。嫌なのはよーくわかるけどさ！』
『百合も姫じゃないけどお披露目したもんね！　お披露目は、総長や幹部の彼女に下のやつらがまちがって手を出さないようにするための意味合いもあるんだよ。そこで、見せつけておかないといけないの！　俺の女に手出したら血を見るぞ！ってね!!　百合と太一なんて、超濃厚〜だったよねぇ？』
『ニヤニヤすんな春馬っ！　思い出したくないんだからその話やめて!!』
『そうそう！　太一が、百合に指一本触れさせるか！　っ

つって、さんざん威嚇してたもんな〜。もう、見てるこっちが変な気分になっちゃうような濃厚〜なやつでさ！』
『やめろっつってんでしょっ！』
　直は、百合さんに頭を思いきり殴られる。
　そりゃ、百合さん思い出したくもないよ。
　男はどう思ってるのか知らないけど、こっちからしたら最強の恥辱プレイだよ！
　どんな顔して恭のキスを待ってろっていうのよ!?
　恭の……キス……キス……。
　ボワンと昨日のキスが頭をよぎる。
　うわあああああ!!!!
　これだけで、こんなに顔から火が出そうなのに!!
　みんなの前で、キスなんてできるわけがない!!
　すると、突然幹部室のドアが開いて、ドタバタと太一が駆け込んできた。
『おい！　まだかよ！　そろそろ待たせるのも限界だぞ！ほかの族の幹部も来てんだ！　いい加減にしろ！』
『茉弘ちゃん〜〜〜〜!!』
　ううぅ……。そんなこと言われても……。
『……今日は、やめておきますか』
　恭のそのひと言に、みんなは目をむいて固まる。
『な、なに言ってんの!?　恭!!　こんだけ人集めて、同盟のとこの幹部まで来てて、それはまずいって!!』
　春馬が、青い顔でパニックになりながら言う。
『そうですか？　どうにかなるでしょ。俺が腹壊して出て

『こられないとでも言っておいてくださいよ』
『なにそれ！　む、無理だよ！　そんな見えすいた嘘!!　そんなことしたら恭の体裁が悪くなるんだよ!?』
『俺のことなら、あとでどうとでもできるからいいんです。こんな大事なこと、無理やりさせてなんの意味があるんですか』
　……恭……。
『恭の言ってることはわかるけど……ただでさえここのところ内輪でゴタゴタしてるのに、そんなことしたら幹部の信用問題に関わってくるんだよ？』
『言いたいやつには、言わせておけばいいんですよ』
　そう言って恭は目をつぶる。
『恭っ！』
　春馬は、依然として青い顔のままで、いまの状況がどれだけまずいことなのかを物語っていた。
　みんなも黙ってはいるけど、相当焦っている様子。
　いままでにないくらい、重たい雰囲気が幹部室内を包み込んでいた。
　あたしのせいだ……。
　あたしがシッカリしないから、みんなを困らせてるんだ。
　恭だって、あたしのことを思ってこんなふうに言ってくれているけど、あとで叩かれるのは恭……。
　あと始末をしなきゃならないのも恭。
　あたしのせいで、恭が悪く言われるなんて嫌だ。
　あたしは、恭を支えるためにここにいるのに、足手まと

いになってどうするの？
　姫になるって決めたんだ。
　こんなところでつまずいている場合じゃない。
『……行く』
『え？』
　恭が、被っていた毛布をたたみ始めたあたしの顔を覗き込む。
『行こう。もう大丈夫だから』
『茉弘？　本当に無理しなくていいですよ？』
　あたしは、首を大きく横に振る。
『ちゃんと、みんなにあいさつしなきゃ。あたし、恭の姫だもん』
『茉弘……』
『よっしゃ!!　茉弘ちゃん！　偉いっ!!　そうと決まれば、俺ら１階に下りてるね!!　行こうっ！　太一！　直！』
　春馬たちは、軽快な足取りで幹部室を出ていった。
『あとで、愚痴ならたっぷり聞いてやるからね！』
　そう言って。百合さんもウインクをしながら出ていく。
　恭とふたりきり。
　恭が、あたしを引きよせて包み込む。
『ありがとう茉弘。大丈夫。俺がそばにいるからなにも怖くない』
　あたしの頭をポンポンと優しくなでながら『大丈夫。大丈夫』とあやす恭。
　出た。恭の魔法の言葉。

『ふふっ』
『ん？　なんで笑ってるんですか？』
『ううん。なんでもない。大丈夫な気がしてきたよ』

　まぁ結果、みんなの前に出たらまるで大丈夫ではなくなってしまったわけですが……。
　現実逃避の回想から戻ってきたあたし。
　相変わらず、何百という不良さんたちがあたしを見てはうわさ話をしている。
　思った通り、倉庫の中は人が密集し、ぎゅうぎゅうづめ状態。
　夏の暑さに加え、熱気で倉庫内の湿度と温度は急上昇。
　息苦しい。目が回る。
「茉弘。本当に大丈夫ですか？」
　こんな状態でも、顔色ひとつ変えずにこのステージに立っている恭は、本当に総長の気質のある人なんだなって思う。
　恭はいつもこんなにたくさんの人の前に立って話をするの？
　あたしなら、そのたびにぶっ倒れる自信があるよ。
　いまは、恭がそばにいてくれるから、なんとか意識を保ってるって感じだし……。
　心配そうにあたしを見ている恭に、クラクラした頭で「本当に大丈夫だから」と答えるあたし。
　恭は心配そうに笑って、あたしの頭をクシャッとなでた。

「茉弘……。いまから見せる俺は、いつもの俺とは少し違うけど、怖がらないでくださいね？」
「え？」
「まぁ、何度か見られてると思うけど……その、口が悪いと言うか、なんと言うか……」
　恭は、頬をかきながら言いづらそうに口ごもる。
「ブラックモードのこと？」
「うっ。なにそのネーミング……。いやまぁ、そんなようなもんですけど……」
　恭変なの。なんでいまさらそんなこと気にするんだろ？
「全然気にしないよ？　どっちも恭なことには変わりないんだし。怖くなんかない」
「……俺が、あんまり見せたくないんだよなぁ……」
「え？」
「まぁ、とにかく、俺がどんな状態のときであろうと、茉弘のことをいつも想っているからね」
　なんでそういうことをサラッと言うかな！
　ただでさえ緊張で増している鼓動が、さらに早さを増していく。
「かわいい。赤くなってる」
　ニヤニヤとあたしの顔を覗き込んでくる恭はちょっと意地悪だ。
「う、うるさいっ！　なってない！」
　──キーーーン……。
　突然耳をつんざくような、機械音がしたかと思うと、

「あー。あー」とマイクテストをする春馬の声が倉庫内に響きわたった。
「えー。みんな、待たせて申し訳ない。いまから、我らが煌龍総長の姫のお披露目を始めたいと思う。わかってると思うが、みんなには心構えをしてほしい。姫ができるということがどういうことか。よく考えてほしい。その上で、全力で姫を守ると誓ってほしいんだ」

　春馬がしゃべりだすと、ザワついていた倉庫内が静まり返る。

　そして、みんなの視線が一斉にあたしへと向けられた。
「まず、総長からの言葉の前に、姫に自己紹介をしてもらう。姫、どうぞ」

　春馬にウインクされ、マイクを渡される。

　自己紹介とか聞いてないよ!?　春馬がしてよ!!

　マイクを受けとらないあたしに、春馬がマイクに入らないように「茉弘ちゃん！」と急かしてくる。

　よく見ると、私たちの立っている小さな舞台の脇に、煌龍の幹部一同がパイプ椅子に座って私たちを見守っていた。

　百合さんがあたしに口パクで「が・ん・ば・れ」ってやっているけど、心強いような……そうでもないような……。

　はぁ〜と大きなあきらめのため息をついて、あたしはマイクを手に取った。
「あ、う、どうも。秋月茉弘です」

　それだけ言って、あたしは春馬にマイクを返して、すぐ

に恭の後ろへと下がる。

　すみません。これが限界です。
「え。茉弘ちゃんそれだけ？　……あーっと、まぁいっか。じゃあ、あとは恭頼んだ」
　そう言って、春馬は恭にマイクを渡す。
　その途端、一気に倉庫内の空気が張りつめるのがわかった。
　恭にすべての視線が集まる。それなのに恭は、そんなのものともせずそこに立っている。
　すごい……。あたしなんて、ここに立っているだけでも足が震えるのに……。
　なにを言わずとも、立っているだけでみんなを圧倒する恭は、やっぱりほかの人とは違うオーラをまとっていた。
　恭は、ゆっくりとそれまでしていたメガネを外す。その目はもう"総長"そのものだ。
「俺が言いたいのは、コレだけだ」
　恭は、後ろに隠れているあたしの体を胸に引きよせる。
「なにがなんでもこの子を守れ」
　シンとする倉庫内。
「この子には、俺の心臓を半分分けていると思っていい。この子になにかあれば、俺も終わる」
　一瞬ヒヤッと背筋が冷たくなった。
　あたしになにかあれば、恭も終わる。
　それは同時に、煌龍が終わることを意味する。
「みんなには、それくらいの覚悟を持っていてほしい。こ

の子を守るということは、俺らとみんなの居場所を守るということだ。姫を取るということが、デメリットにしかならないと言う意見もあるだろう。正直、俺も茉弘に出逢うまでそう思っていた。でもいまは、そうは思わない。この子を守りたいと思う気持ちが、俺の力になるんだ」

　恭……。そんなふうに思ってくれてたの？

　うれしい……。

　すごくうれしいけど、自分にそんな価値があるとは到底思えない。だって、あたしはいつか……。

　前から２列目くらいに立っている、ちょっとひ弱そうな金髪の男が「あの……」と言いながら、そっと手をあげる。
「どうした？　陽介」
「すみません……総長……。あの、でもハッキリさせときたくて……」

　陽介と呼ばれた男は、モジモジしながらなにかを言いづらそうにしている。
「なんだ。ちゃんと言え。いまここで言いたいことをうやむやにしても、俺にもお前にもなんの得にもならないだろ」

　男は、恭の言葉で意を決したように話しだした。
「……最近、煌龍内部で反乱分子が出てるって、本当っすか？」

　え？　これって、まだ幹部しか知らないトップシークレットなんじゃ……。

　チラリと恭を見ると、とくに驚く様子もなく、「事実だ」と答える。

そばで、春馬が驚いた顔をしたのがわかった。
　倉庫内がざわめく。
「そんなときに、姫とか言ってて大丈夫なんすか!?　内部に敵が潜(ひそ)んでるかもしれない状態で姫を守れって……そんな無茶な……！」
　せきを切ったように今度は、一列目に立っている頭のきれそうな男がヤジを飛ばした。
　すると、いろんなところから「なに考えてんだ」とか、「自滅行為(じめつこうい)だ」とか、批判の声が聞こえてくる。
　まずい……。不安は不満へとつながる。
　このままじゃ、煌龍に亀裂が入る。
「だいたい、反乱分子が出たのには、総長にも原因があるんじゃないですか？」
　そう長髪の男が言うと、そのとなりにいる男が、「おいっ！　言いすぎだ！」と言ってそれを止めている。
　だけど、その男は止まらない。
「茉弘さんて頻繁(ひんぱん)に倉庫に来てましたよね？　この前の抗争のときも総長"俺の"とか言ったらしいじゃないですか。本当はとっくに付き合ってたんじゃないですか？　俺らに隠したりして、そんなに俺ら信用ないすか？　そんなに信用されてなきゃ、裏切りたいと思うやつも出てきて当然でしょ」
　──ぷちん。
　その男の勝手な物言いに、あたしの中のなにかが音を立てて切れた。

「茉弘？」
　あたしは、恭からマイクを奪いとる。
　そして……。
「うるさーーーーーーーーーーいっっ‼」
　マイクに向かって叫ぶと同時に、マイクがキーンと音を鳴らした。
　倉庫内の人という人が、耳をふさいで顔をしかめる。
　そのまま倉庫内は、シンと鎮まり返った。
「黙って聞いてりゃあんたたち……言いたいことばっか言いやがって……」
「まっ、茉弘ちゃん落ちつい……」
　春馬が止めに入ろうとするが、あたしはその手を払いのける。
　マジであったまきた‼
「オイッ‼　そこの暑っ苦しい頭したやつッ‼」
　あたしに指さされた長髪の男は、とっさに「ハイッ！」と返事をする。
「信用してないのはあんたのほうでしょ⁉　恭は、昨日の今日まで姫を取るつもりなんていっさいなかったっ‼　それがどうしてかわかる⁉　あたしと、あんたたちのためよ‼　あたしを危険にさらしたくないから！　あんたたちに負担をかけたくないからっ‼　煌龍を失う要因を増やして、あんたたちを不安にさせたくないからでしょ⁉」
　みんな、ぽかんと口を開けたままあたしを見ている。
「そんなのもわかんないで、デカイ口ばっかり叩いてんじゃ

ないわよっ!!」
　長髪の男は、真っ赤になって悔しそうな顔をする。
　それをとなりの男がなだめている。
「それと、さっきからあたしを守るだの守れないだの言ってるやつらっ!!」
　あたしは、全員に向かって指をさす。
「あたしは、あんたらなんかに守られるつもりはないっ!!　姫だかなんだか知らないけど、自分の身くらい自分で守るからっ!!」
　すべて言い終えて、肩で息をするあたし。
　スッキリしたと同時に、後悔の念がやってくる。
　あたし……ま、またやっちゃった??
　冷静になって辺りを見渡せば、みんなあぜんとして、ピクリともしない。
　倉庫内は静かすぎて、夏の虫の音色がリーンリーンと聞こえるくらいだ。さっきまで、怒りで熱いとさえ感じた体が、一気に冷えていく。
　また、暴走しちゃったよ……。
「ぶっは!!!!」
　噴き出す音のしたほうを見ると、恭が腹を抱えて笑っていた。
　ちょっ……!　なんであんたが笑ってるのよ!!
　恥ずかしくて、真っ赤になって震えていると、恭が涙をぬぐいながらあたしをまた引きよせる。
「最高」

そう言って、あたしの頭をなでる恭は、なんだか晴れ晴れとした顔をしていた。
「みんなには不安にさせて悪かったな。俺の言い方が悪かった」
　恭は、あたしの手からマイクを取ると、みんなに向き直る。
「反乱分子の件は、俺が煌龍を立ちあげたときに詰めが甘かったからだ。それは、認めるよ。でもその件は、幹部で総力を上げて動いてる。安心してほしい。大丈夫だ。中から亀裂は入れられても、崩壊なんてさせやしない」
　心なしか、みんな安堵の表情を浮かべている。
　恭の言葉って、こんなにみんなを一喜一憂させるんだ。
「あと、俺はみんなに茉弘を守ってほしいと言ったが、あれは撤回する」
　その言葉に驚いて恭を見上げれば……。
「この子は俺が守るよ。俺の命に代えてもね」
　恭の瞳がとても愛おしそうにあたしを見ていて……。
　どうしよう。胸がキュウッとなって苦しい。
「みんなには、力だけ貸してもらいたい」
　恭はそう言って、みんなに深く頭を下げた。
　みんなもそれを見て納得したのか、一斉に「「「はいっっ!!!!」」」という声が、倉庫内を震わせた。
「うしっ！　じゃあ、いっちょやっときますか」
「え？」
　みんなが、待ってましたと言わんばかりにヒューヒュー

と盛りあげてくる。
　は？　やるってなにを……？
　恭の唇が、まっすぐあたしに落ちてくる。
　……完全に忘れてた。誓いの儀式!?
「恭っ!!　ちょっ、ちょっと待って！　心の準備がっ……」
　制止しようとするその手に、恭は優しくキスをする。
　ひ、ひいいぃ～～～～～～～!!!
「もう、待てない」
　うっ。ダメだ。もう拒めない。
　死ぬほど恥ずかしいのに、覚悟している自分もいる。
　なにあたし、本当やだ。でも、もう……いっか。
　あたしは目をつぶって、恭の唇を待つ。
　あれ？
「……っっ！　あっ！」
　突然首に痺れるような感覚。
　そのなんとも言えない感覚に、思わず出したこともないような声がもれてしまって……。
　なっ……なっ……!!
　いったいなにがおこっているのかと言えば、恭があたしの首筋にキスをしているのだ。
　……というより、吸いついてる!?
「いっ……！　恭っ……っ」
　小さな痛みに伴う快感。恭の唇から伝わる体温。
　恭が触れている部分が熱を帯びて、おかしくなりそう。
　なにこれっ!?　本当なにしてんの!?

恭は、あたしの首筋から唇を離す。その瞬間、一瞬ペロッと舐められた気がしてまた小さな声が漏れてしまう。
　すると、すぐに恭があたしの口をふさいできた。
「そんな声、ほかのやつに聞かせるなよ」
　へ!?
「おおぉ〜〜〜〜っっ!!」
　というみんなの歓声(かんせい)で、あたしははっと我に返る。
　よく見ると、みんなギラギラした雄(おす)の目をしている。
「キスマークか！　やるねぇ恭っ!!　口じゃないトコが逆にそそるっ!!」
　は!?　キスマーク!?
「茉弘、キスは嫌だって言ってたもんね？」
　首を押さえて固まるあたしに、ニッコリと笑う恭。
　だからって、首になにしてくれてんだ。こいつ……。
　このあと、あたしが恭を蹴り飛ばしたことは、言うまでもない。

謎

　夏休みもとっくに終わって、季節は秋。
　最近あたしには、どうしても気になることがある。
「直はさ、どうしていつもそうなわけ？」
「だからなにがだっつの！　言われた通りやってんだろが！」
「俺が気づいてないとでも思ってる？　業務中ちょこちょこ女の子のところでサボってんの知ってるんだよ？」
「業務はちゃんとこなしてるんだからいいだろー!?」
「簡単な業務に倍の時間食ってんだよ。業務くらい真面目にやれ。幹部から外すぞコラ」
「はい……ごめんなさい……。もうしません」
　じぃぃ————。
「ん？　茉弘？　どうしました??」
　あたしの視線に気がついて、恭があたしを振り返って微笑む。
　ほら。また、これだ。
「別に？」
　あたしは、プイッとそっぽを向く。
「別にって……いま見てたでしょ？」
　恭は直から離れて、幹部室のベッドでクッションを抱いて座っているあたしのとなりに腰を下ろす。
「見てないから。自意識過剰(かじょう)」

「ははっ！　恭言われてやんのっ！　茉弘ちゃんは俺を見てたんだよね～？」
「それはない。絶対にない」
「ぐはぁ！　……って、あーもう。わかった。わかったから恭。その目で圧力かけんのやめて。いま行きますから」
　恭ににらみを利かされた直は、大げさに肩を落としながら幹部室を出ていった。
「で？　なんで見てたんですか？」
「なんでもないってばっ」
　そう言うと、恭の手がスルッとあたしに伸びてきて、その手がトンッとあたしの肩を押す。
　不意打ちを食らったあたしは、ベッドの上にあお向けで倒れると、恭はそんなあたしの上に、覆い被さってきた。
「んっ」
　それから、頬にチュッとキスをする。
「言わないと、食うよ？」
　そう言ってニヤリと不敵な笑みを見せる恭。
　カァッと熱くなるあたしの体はもはや重傷だ。
「……は、離して！」
　とにかく逃げようと体を起こせば。
　──ゴスッ。
「う"っ!?」
　あたしの膝が、恭のおなかに……。
　決してわざとではありません。
　恭はうめき声をあげながらうずくまっている。

「ちょっ……茉弘っ………膝蹴りが入っ……」
「ご、ごめっ……！　あのっ、あたしっ……き、今日『お星さま』に行くからさっ！　じゃ、じゃーね！」
「あ！　茉弘っ……あんまりひとりで行動しちゃ……あ、こらっ！　待っ……」

　あたしは、恭の声を無視してバタバタと幹部室を出た。
　もうっ！　人の気も知らないでっ！
　昨日、柚菜さんから電話があって、『お星さま』に来ないかと言われた。
　この前はドタバタして、全然話せなかったから正直うれしい。
　だって、柚菜さんは元姫だっていうし、理さんは元総長だし。それに、ふたりはあたしの知らない昔の恭をたくさん知ってるんだ。
　聞きたいことが山ほどある。
　いままで、こんなに人のことを知りたくなったことがないあたしは、いまの自分の気持ちにすごくとまどっている。
　近くにいればいるほど、恭のことを知りたくなって。
　だけど、知りたいと思えば思うほど、あたしは全然彼を知らないことを実感させられる。
　これが人を好きになるってことなの？
　人を好きになんてなったことがないから、そんなのわからないっての。

　『お星さま』への交通手段は電車だ。駅は倉庫から歩いて

15分ほど行ったところにある。
「おい」
　駅に着くと、すぐに呼びとめられ、声の主を探してみれば……。
「理さん!?」
　改札前で理さんが壁に寄りかかりながら立っていた。
　見慣れたコックコートではないし、お店で見るのとはまた違った様子の理さんに、一瞬誰だかわからなくて、あたしは危うく彼の前を通りすぎてしまうところだった。
「どうしたんですか!?　ちょうどいまからお店に行こうかと思ってたところで……」
「俺らの店は、一応煌龍の外の地区だからな。柚菜がなにかあったら心配だから、迎えに行けって」
「あ」
　そっか。
　あそこは煌龍の縄張りじゃないんだ！
　近いからてっきりそうだとばかり思っていた。
「恭も大概に心配性だな」
「え？」
「ほら」と言って、理さんが顎で見るように促す。
「あ！」
　俊太が、こちらにペコッと頭を下げて、来た道を戻っていくのが見えた。
「恭が、俺んとこまで無事行けるように見張らせたんだろ」
　嘘でしょ!?

全然気がつかなかった……。

そんなこっそりついてこなくても……。

まぁ、気がついたら気がついたで、必要ないって言っちゃうけどさ。

そうなると思って、こっそりあとをつけさせたな……。恭のやつ。

「あの……迎えに来てもらっちゃって、すみません。ありがとうございます」

「気にするな。柚菜が待ってる。行くぞ」

「はい」

理さんとそのまま改札を通り、電車に乗る。お店までは、だいたいここから3駅ほど。

空いていた席にとなり同士で腰かける。

……なんか。……なんか。

ちょっと気まずいんですけど……。

理さんとは、この間だって全然話してないし、なんとなくあんまりしゃべる人ではないみたいだし……。

それに……。

チラッと周りの様子を確認すれば、男女問わず、誰もが彼を見ていた。

女の人は、頬を染めて。

男の人は、憧れのまなざしで。

理さん……すごい注目を集めてるよね？

この前会ったときも思ったけど、なんだか並外れた人だと思う。

背だって人一倍高くて、筋肉質な体。一見、モデルのようにスラッとしていて、極めつきは、ものすごく整った顔立ち。
　普通の人とは、違ったオーラを持った人だ。
　強いて言えば、少し無愛想だけど…。
　あたしの視線に気がついたのか、理さんはあたしを見て「なに？」と聞いてくる。
「あ、いや……。理さんて、総長さんだったんですよね？」
「……まぁ。そんなこともあったな」
　うぅ。そんなこともあったな。って。
　なんとか話をつなげようと、必死に次の言葉を探す。
「えっと……やっぱり総長って、大変でしたか？」
「まぁ……それなりに……。なんで？」
「いや、えっと……あんなにたくさんの人をまとめあげるなんて、あたしにはとても考えられないので。きっと大変なんだろうなって」
「あの中にはいろんな考えを持ったやつがいるからな。笑ってりゃ勝手にまとまってくれるってんならいいが、そうはいかねー」
　たしかに十人十色。みんなをまとめあげるには、それぞれに合ったケアが必要だ。そう簡単にはいくはずがない。
「あぁ。だからかな……」
　あたしがポンッと手を叩くと、理さんは首をかしげる。
「理さんもいろんなモードがあったんですか？」
「なんだ？　モードって？」

「ほら！　恭って、敬語で穏やかにしゃべってるときもあれば、いきなりスイッチが切り替わって口が悪くなったりするじゃないですか！　アレって、なんでだろうなって思ってたんです。アレは、その人それぞれに合わせて使い分けてるのかなって」
　理さんは、少し考えてからなにかを思い出したように「あぁ」と言う。
「恭のアレはそういうんじゃない」
「え？」
「まぁ、気にするな……」
　理さんは、そう言うと目をつぶって黙ってしまった。

『お星さま』に着くと、柚菜さんが相変わらずかわいい笑顔で迎えてくれた。
　この間みたいにエプロンをしていないからか、おなかがふっくらしてることにあたしが驚いていると、「７ヵ月になったら、ちょっとは目立つようになってきたかな」とうれしそうに話してくれた。
　今日はお店が定休日らしく、店の中はガランとしている。
　あたしは柚菜さんに好きなところに座ってと言われたので、カウンターテーブルに座った。厨房がよく見渡せる席だ。
　厨房に入った理さんがなにやら作業をし始めるのが見える。
　柚菜さんも、あたしのとなりに腰を下ろしてまたゆっく

り話し始めた。
「恭ちゃんね、昔はいまみたいな感じじゃなかったの」
「え？」
「想像つかないかもしれないけど、いまみたいな穏やかさなんて欠片もなかったんだ。口はものすごく悪いし、目つきも鋭くて、喧嘩ばっかりしててね。誰も寄せつけようとしない子だったの」
「嘘……。全然想像つきません。だって、普段の恭は穏やかで……敬語でしゃべったりしてるくらいで……」
「そうだよね。でも、ときおり見せるでしょ？　ブラック恭ちゃん」
　ふと、前に不良グループに襲われたときのことを思い出す。
　荒い口調。いつもより低い声。
　鋭い目つき。黒い雰囲気。
　いつもの恭とはまるで違う恭の姿。
　そこで、ずっと疑問に思っていたことを柚菜さんにぶつける。
「恭って……もしかして、本当に二重人格とかなんでしょうか？」
「へ？」
　柚菜さんは、目を見開いてあたしを見る。
　あたしは、眉間にしわを寄せて真剣なまなざしで柚菜さんを見つめた。
「ぷっ！　あはははは!!」

それを見た柚菜さんは、急に噴き出して声をあげて笑いだす。
　なんだか、とてつもなく恥ずかしいんだけど……。
　あたしなにかおかしなこと言ったかな？
　真っ赤になっているあたしに、柚菜さんは「ごめんごめん！」と言って涙をぬぐった。
「恭ちゃんのは、そんな病的なものじゃないの！　さっきも言ったけどね、恭ちゃんの敬語は大半が理君のせいなんだよ」
　首をかしげるあたしに、柚菜さんはゆっくりと昔の恭について語りだした。

One and only

＊TAICHI side＊

「太一。ひとつ頼まれてくんない?」
「……なんだよ?」
　まだ倉庫に来て5分も経ってないってのに、いきなり頼みごととは……相変わらずこいつは鬼畜な野郎だと思う。
　いま鞄下ろして、ようやくソファに座ったところだろうが。
　空気読めよ。
　……なんて到底言えるわけもなく。
　言ったら余計に面倒くさいんだよ……こいつは。
「今日、茉弘が理さんの店に行ったんだけどさ、お前に迎えに行ってもらいたいんだよ」
「はあぁ〜? なんで俺が! お前が行けばいいだろ」
「俺が行きたいのはやまやまなんだけどな。これから行かなきゃいけないところがあるんだよ」
　恭は、出る支度をしながら言う。
「ほかのやつだって……」
「みんななんやかんやあるからお前に頼んでんだろ」
　おいおいおいおい! なんで今日に限って!
「……俺も用事が……」
「いいから行け」

結局俺は、しぶしぶ倉庫を出ることになった。
　あいつは、キレさせるとたちがわりぃんだよ。
　言うこと聞いておくに越したことはない。
　っつか、まぁ、迎えに行くぐらいいいんだけどよ。世話のかかる姫さんだわ。

　煌龍の地区内の駅に着く。
　さすがに百合以外の女をバイクの後ろに乗せる気にはなれなくて、わざわざ電車を使う俺。
　これだから尻に敷かれてるとか言われるんだよな。
　俺は、駅から来た方向を見渡す。
　昔はここまで来るのにも気を張ってなきゃだったのに。
　まだ粗はあれども、平和になったよ……この地区は。
　あいつは、言ったことを絶対にやり遂げるやつだもんな。
　思わずふっと笑みをこぼしながら、俺はポケットに入っていたタバコを取り出して、おもむろに口にくわえた。
　まさか、あいつが姫を作るなんて思わなかったけどな。
　あいつの心の傷は、俺が一番よく知ってる。
　だから、絶対に近くに女を置くことなんてないと思ってた。
　それがまさかな。
　あんな根暗そうなちんちくりんに惹かれるなんてな。
　世の中わかりませんわ。
　タバコをくわえたまま、空を見上げる。
　すっかり空が高くなった。秋空だ。もうすぐ日が落ちて

夜になる。
　でも、あいつに心許せるやつができたのは、正直うれしいんだ。
　寝てるときや自分にすきがあるときには、絶対に人を寄せつけなかったあいつが、まさか寝顔を見せられるようなやつができるなんてな。
　最初は少し嫉妬したわ。
　あいつには絶対言わないけどな。
　もしかしたらあの女ならあいつの心の傷を、癒してやれるのかもしれない。
　あの女のそばにいるあいつを見てればわかる。
　あの女も、最初は笑うことも少なくて、なに考えてんだかわかんないやつだったけど、最近のあいつはなにか違う。
　変わったって言うのかな。雰囲気が柔らかくなったよな。
　あいつはあいつなりに、恭を大事に思ってるんだろう。
　俺に百合がいるように。
　恭にはあの女がいる。
　煌龍のやつらもいる。
　俺らは、もうひとりじゃないんだな。
　あのときの俺らには想像できねぇよ……。

　恭との出会いは中２のとき。本っ当クソみたいな出会い。
　その日の俺は、うっぷんがたまってた。
　兄貴ばっかりかわいがって、俺のことは見えていない両親。ことあるごとに、『お前はお兄ちゃんに比べて』との

のしられる毎日。
　うざってぇ。いっそこの世なんて滅（ほろ）んじまえばいい。
　地球爆発（ばくはつ）しろよ。そんなことばかり考えてた。
　その日もそうだ。朝から母親に『お前なんか生まなきゃよかった』って言われた。
　全部お前が勝手にやったことだろ。こんなバカ生んだのはお前だ。
　ムシャクシャして仕方なくて、授業なんか受ける気は毛頭なくて、サボる気満々で来た裏庭。
　——ガシャン!!
　思わず体が跳ねるようなすげぇ音がして、音の出どころを探す。
　植木の影でなにかが動いたのが見えて、俺はそっとそこから様子をうかがった。
　目の前に現れた光景は、俺の体に電流が駆けめぐるほど、衝撃的なものだった。
　何人もの男が倒れている。その真ん中に、返り血で制服のシャツを染める、俺と同じ年くらいの男。
　顔についた血を袖でぬぐいながら、俺に気がついてこっちに顔を向ける。
　風になびく長めの黒髪に、鋭い目。
　女子がキャーキャー言いそうな顔立ちではあるが、こりゃ誰も近よれねぇな。こいつから出てる威圧感は尋常（じんじょう）じゃない。
『なにお前。これ全部お前がやったの？』

『…………』

『すげぇな。全部高校の連中だろ？　強いのな』

『…………』

　このやろ。シカトかよ。

　目の前の男は、自分の鞄を拾いあげ俺に背を向ける。

『待てよっ！』

　思わず俺は、男の肩を掴んで引きとめた。だけど、それがいけなかった。

　その瞬間。俺の視界に火花が散る。

　一瞬なにが起きたか理解できずに、ただただよろめいた。

『触んじゃねぇよ』

　こいつ……。殴りやがった!!

　一気に頭に血が上り、気がついたときには相手の胸ぐらに掴みかかってた。

　そして、俺の拳が男の左頬に勢いよく炸裂。

　そのあと30分くらい殴り殴られを繰り返した。

　それが恭との出逢い。

　本当、いま思うと最悪な出会いだな。

『はぁはぁ……てめぇ……いったいなんなんだよ？』

　男は息を切らしながら、地面に座り込む。

　呼吸は荒く、顔をゆがませながら。

『はぁはぁ……俺？　俺は梶太一。お前は？』

『……いや、別に名前なんか聞いてねぇんだけど……』

『……いいからお前も答えろよっ』

『……栗山恭』

『そうか！　恭か‼　よろしくなっ!』
　俺は正直興奮してた。
　だって、こんなにすがすがしい気持ちは初めてだったんだ。
　さっきまでの鬱々とした気持ちが嘘のようにスッキリして、代わりに顔やら体やらの至るところが痛いけど、心は晴れ晴れとしていた。
『恭。俺、こんなふうにガチでぶつかりあったの初めてだわ。ハハッ。気持ちいいもんだなっ！』
　笑いながら、地面に大の字に寝転がる俺をけげんな顔で見てる恭。
『なんだよ』
『……お前……頭おかしいのか？』
『あぁ？』
『完全マゾだな。気持ちわりぃ。近よるなよ』
　……こいつっ……まじ口悪すぎだろっ！
『……俺、お前みたいなやつキライだわ。そういう態度、カッコイイとでも思ってんだろ？』
　俺がそう言うと、恭は鋭い目つきで俺をにらんでくる。
　すげぇ、黒いオーラ。
　人ひとりくらい殺してるんじゃね？
　だけど恭は、なにも言わずに立ちあがり、俺に背を向けて去っていった。
　なんでかな。そんなわけねぇのに、なんとなくそのときの恭の後ろ姿が寂しそうに見えたんだ。

このときの光景が、俺の脳裏に焼きついて離れなかった。

『……またお前かよ』
　それはこっちのセリフだっつの！
　俺は今日も１限目からサボる気満々で、裏庭に来た。
　まぁ、今日は単純に授業がだるかっただけだけど。
　センコーが来ることの少ない裏庭は、俺の絶好の昼寝スポットになっていた。まぁ、まだ昼でもないけどな。
『俺のオアシス取るなよなー』
　俺はそう言って、恭のとなりにドカッと寝転がる。
『……おい。となり来んなよ。ほかのとこ行きゃいいだろ』
　恭は迷惑そうにそう言うが、そんなの知ったことか。
『なんで？　別にいーじゃん。昼寝するだけだし』
　恭はいかにも面倒臭そうな顔をすると、どこかへ行こうと立ちあがる。
　そうはさせるかっ。
『恭さ。この間なんで喧嘩してたん？』
『あ？』
　お。反応した。
『あれ高校のやつらだろ？　なんでわざわざ中学まで来るわけ？　お前なんかしたの？』
『………てめぇにゃ関係ねーだろ』
　まぁ、そう来るわな。
『関係はねぇけどさ、あんなよってたかって卑怯だよな。たかが、中学生ひとりによ。今度ああいうことあったらさ、

俺も一緒に加勢してやるよ！　おれ、喧嘩嫌いじゃないみたいなんだよね。この間、お前とやりあって思ったわ』
　──グイッ！
　恭は、俺の胸ぐらを掴んで引きよせる。
『喧嘩が好きか。そうかよ。じゃあ、いまぶん殴ってやろうか？』
　妖(あや)しさを秘めたその表情に、俺は思わずゴクリと唾(つば)を飲み込む。
『あいつらはな、暴走族ってやつだよ。俺を族に引き込みたいがために追っかけまわしてくるんだ。ふざけんなよな？　誰があんなお仲間ごっこするかっつの』
『……暴走族？　それって、まさか……風雅!?』
　恭は驚いた顔で俺を見る。
『マジかよっ！　風雅なのかっ!?　お前すげぇじゃん!!　あの族はレベルが違うんだぞ!!　総長なんか、伝説レベルの強さなんだからなっ!!』
　そう恭につめよって、はっと我に返る。
　やばっ！　俺、なに興奮してんだ！
　俺はずっと暴走族に憧れてた。
　バイクが好きってのもあったけど、それだけじゃない。
　強さ。自由。信頼できる仲間。俺の欲しいもの全部がそこにある。
　その中でも、俺たちの住む地区を牛耳ってる"風雅"という暴走族は憧れそのものだった。
　活動は常に穏健(おんけん)で完全正統派の暴走族。

だけど、汚いやつらには容赦ない。
　総長は伝説レベルで強いし、暴走族の鏡みたいなグループだ。
『……お前が……想像してるのとは違うと思うぞ』
『え？』
『風雅の総長だよ』
『おっ！　お前!!　会ったことあるのか!?』
『……風雅の姫が、俺の幼なじみだから……』
　とんでもない衝撃だった。
　マジかよ！　世間せめぇよ!!
　あの風雅を支えてる姫が、まさかのっ!!
『頼む……』
『は？』
『恭頼むっ!!　総長に会わせてくれ!!　俺、暴走族になりたいんだよっ!!』
　思わず恭の肩を掴んでつめよると、すぐにその手を払われてしまう。
『ふざけんなよ。お前昨日の見ただろ。俺はあいつらから逃げまわってるわけ。わざわざこっちから出向いてやるわけねーだろ』
　うぉぉ！　そうだった！
　いや、でもこんなチャンスみすみす逃してたまるかよっ！
『恭っ!!』
『あ？』

『友達になろうぜっ!!!』
『はぁ？』
　顔をしかめる恭の手を俺はガシッと掴んだ。
　まぁこうして俺は、半ば一方的ではあるが、恭とつるむことになった。
　初めは、少しの……いや、かなりの下心によるものだったけど、つるんでるうちにそんなに悪いやつじゃないと思えるようになったんだ。
　相変わらず口は悪いし、態度もでかいけど、徐々に俺に対する警戒心も和らいでいって、冗談を言いあえるまでになっていった。
　俺は恭にさんざん拒否られながらも喧嘩に加勢したりなんかもして、完全負け知らず。
　俺たちは最強だった。
　俺らのサボリに気づいたセンコーたちから一緒に逃げまわったり、センコーたちの目をかいくぐって学校を抜け出したり、バカみたいに俺らに出しぬかれるセンコーを見て、ふたりでバカ笑いしたり。
　そうしてるうちに、こいつといることが楽しくて仕方ないと思ってる俺がいたんだ。
　そして、気づいたらあっという間の１年。
　中３の冬……。
『なぁ。恭』
『なに』
『いつになったら、風雅の総長に会わせてくれんの？』

俺は相変わらず寝転がりながら、澄んだ冬空を眺めてる。
　しゃべると息が白い。地面に触れている背中は、厚着をしていてもじんわりと冷たくなってくる。
　恭は、読んでいた本から視線を移し、あきれた顔で俺を見る。
『まだ、んなこと言ってんのかよ。いい加減あきらめろよ』
『あきらめられるかよ。もうすぐ卒業だぞ？　俺は早く暴走族になりてぇんだ』
『俺は、お前が暴走族になれるかどうかより、卒業できるかどうかのほうが心配だわ』
　言ってくれるじゃねぇかこいつ……。
　恭は、俺とは比べものにならないくらい頭がよかった。
　俺と同じくらい授業をサボってるくせに、テストでは毎度学年トップ。だから、センコーどもも恭には異常に甘い。俺に対するのとはわけが違う。
　もともとのできが違うのか、天才肌なのか……。
　見るからに勉強してる様子はないんだけどな。
　喧嘩ばっかしてるし、たまに女たらし込んでるし……。
　あ、なんかイラッとしてきたわ。
『いてっ。なんだよ？』
　俺は、恭の足を自分の足で軽く蹴飛ばす。
『べっつにぃ？』
　そう言って、寝転がったまま恭に背を向けた。
『なぁ、恭』
『あ？』

『俺らさ、暴走族作っちまう？』
　風が俺たちの間を通りぬける。
　カラカラと枯れ葉が音を立てて転がっていく。
『……はっ。なに言ってんだよお前。寝言は寝て言えよ』
『冗談じゃねぇよ』
　俺は体を起こして恭に向き直る。
『俺、ずっと風雅みたいな暴走族に憧れてた。できることなら、風雅の総長に会って、仲間になりたいと思ってたし……。でもいまは、お前と暴走族やってみたいって思ってる』
　俺を見ていた恭の瞳が、少し揺れたのを見逃さなかった。
『お前となら、風雅に負けないくらいすげぇ暴走族になれると思う。絶対におもしれぇことになる。恭、俺は頭よくないから、高校はお前とは別々になる。お前が言うように、高校に入れるかどうかもわかんねぇ。そしたら、いまみたいにこうやってつるめなくなる。こんなこと言ったら気持ちわりぃかもだけど、俺はこれからもお前とつるんでいられたらって思ってるよ』
　恭は、読んでいた本を閉じて地面に置く。
　そして、どこか寂しげな表情でまっすぐに俺を見た。
　あ。最初に恭に会ったときも、こんな感じ味わったっけ。
　なんとなく胸の辺りがモヤッとするような恭の雰囲気。
『お前さ。大事なもんを目の前で失ったことあるか？』
『……大事なもん？』
　そう聞き返すが、恭は『……なんでもねぇ』と言って、

俺から顔を背ける。
『とにかく俺は、守らなきゃならないもんができるとか、面倒くせぇ……。誰かとつるむのも、面倒くせぇ』
『面倒くせぇって……俺もかよ……』
『……そうだな。お前はとくに面倒くせぇ』
　……なんだよそれ。
　俺らのこの１年間なんだったんだよ。最初こそひでぇ出会いだったけど、この１年ですげぇ近づいたじゃねぇか。
　お前が怒るタイミングも、お前が少し笑うタイミングも、お前がいまみたいに寂しそうにするタイミングも、俺はわかってきたつもりだった。
　お前はなにか重いモノを抱えてて、俺も親へのいら立ちや、兄貴への劣等感(れっとうかん)を抱えてて、だからこそ一緒にいたんだろ？　近づけたんだろ？
　なのに、面倒くせぇって……。お前はいまも、そんなふうに思ってたのかよ……。そんなのねぇだろ……。
　お前といて楽しいと思ってたのは、俺だけか？
　お前といて、いろんなしがらみから救われて自由になってる気でいたのは、俺だけだったのかよ？
『もういーや。バカらし』
　俺は立ちあがり、その場で服についた砂を払いおとす。
『俺さ、実は誘(さそ)われてんだよね』
　わざと張りつけた笑顔を向ければ、恭は眉間にしわを寄せ、そんな俺を見ている。
『先輩がさ、ある地区の暴走族やってて。その地区すげー

抗争が絶えない地区らしくって。人手もいるし、俺に入ってほしいらしいんだわ』
『……そうかよ。よかったじゃんか』
　よかった？　よかっただと？
　体中の血が頭に上ってくる感じ。
　気づいたときには、恭の胸ぐらを掴んでた。
　なんとも言えない感情が俺を支配する。
　ムカつく？　悲しい？　寂しい？
　なんだよコレ。すげぇ胸くそわりぃ。
　恭をにらみつける俺とは対象的に、恭は無表情で俺を見ている。その目は、やっぱりどこか寂しげで、ひっそりと影が潜んでる。
　その目の中に映っている俺に気がついてハッとした。
　なんでこんな必死こいてんだ。
　かっこわりぃ……。
　俺はすぐさま恭から手を離し、なにも言わずその場を立ち去る。恭も俺を止めることはしなかった。

『太一！　よく来てくれたな!!』
　とある暴走族の倉庫。
　ゴミが至るところに散乱してるわ、バイクやらなにやらでゴチャゴチャ狭いわ……倉庫って言うかゴミためだなこりゃ。
　その一角でタバコを加えながら手を上げている恰幅(かっぷく)のいい大男。

『……先輩……お久しぶりっす』
　つーか、この人こんな太ってたっけ？
　一瞬誰か気づかなかったわ。
　その先輩の周りにはスナック菓子のゴミが散乱している。
『へぇ。こいつがお前の言ってた後輩？』
『そうだよ。まだ中坊(ちゅうぼう)だけど、最近じゃ風雅のやつらとも対等にやりあってるらしくてな。俺がスカウトしてやった』
　ガハハと先輩は下品に笑う。
　上から目線がちょっと気に食わなかったが、はははって愛想笑いしといた。
　こんなことでイライラしてたら、憧れの暴走族になんてなれねぇ。我慢だ我慢……。
『お前が、太一か？』
　先輩の後ろからやってくるひとりの男。
『あ……は……い……』
　その男を見て、俺は思わず顔を引きつらせる。
　なんだよ……このサルみたいな男！
『太一。この人がうちの総長だ』
『え』
　総長かよっ!!　こいつが総長かよっ!!!
　全っ然オーラねーよ!!　細すぎだろ！
　てか、ヒョロすぎだろっ!!　見た目原始人だろっ!!
　俺は、必死になって笑いをこらえてた。
　お陰で顔が引きつって仕方ない。

『どうしたんだ?』
　総長は、けげんな顔で俺を見る。
　やっば。バレる。
『あ。いや!　すんません!　なんかクシャミ出そうになって!!　よろしくお願いしますっ』
『おう。よろしくな』
　総長はそれだけ言って、もと来た道を戻っていく。
　うおっ!　いまつまずいただろ!!
　なにもなかったふりしてるけど、絶対つまずいただろっ!!
　大丈夫かよ……あの、総長……。
　これじゃ、よっぽど"あいつ"のほうがオーラがある。
　口が悪いのが難点だけど、あいつなら、絶対にいい総長に……そう考えそうになって、俺は思いきり頭を振った。
　あいつのことはもういいんだよっ!!
　俺は俺で、憧れてた暴走族になるんだろ?
『ひでぇだろ』
『え?』
『あいつだよ。総長の器の欠片もねーだろ』
　先輩は、鼻で笑って総長が戻った道に唾を吐く。
『あいつ超役立たずだからな。総長っつっても名ばっかでよ、うちの族は総長とか無視して適当にやってんだわ』
　先輩のとなりにいた男も、笑いながら俺の肩をポンと叩いた。
　いや、それってよ。暴走族っていうのか?
　もはやグループじゃねぇだろ。

個別行動すんならただの不良のたまり場じゃねぇか。
　俺が憧れてた暴走族ってこんなのだっけ？
　いきなり不満タラタラなんだけど。
　不満と不安でぐるぐるしてる俺に先輩は、『言っとくけど、うちに入ったからには簡単に族抜けできると思うなよ？　そんときはどうなるかわかるよな？』と不敵な笑みで釘を刺してきた。

　それから俺は、先輩から連絡がくるたびにそこに顔を出した。
　そこに行っては、先輩のくだらねぇ武勇伝を聞いたり（マジな話かどうかもわからねぇが）、ただ飲んだり食ったりタバコ吸ったり、そんなことして終わってく一日。
　あれから恭とは、いっさい顔を合わせてない。
　あの裏庭にさえも行ってない。
　あいつがいまどこでなにをしてるかなんて、いまの俺には関係ないことだ。
　だけど、こうやって終わっていく１日に、俺は激しく物足りなさを感じていた。
　なんだよこの時間の無駄遣いは。
　俺は、こんなことするために暴走族になったのか？
　強さ。自由。信頼できる仲間。
　どれかひとつでも手に入れたか？
　……おもしろくねぇ。
　恭とバカやってたときは、あんなにも毎日楽しくて仕方

なかったのに。
　いまはまた、恭に出会う前の鬱々とした気持ちが俺の中で渦巻いている。
　あぁ。そっか……。
　俺、あいつと暴走族やりたかったんだな。
　あいつとだから、すべて意味があったんだ……。
『先輩』
　俺は、気持ちよさそうに武勇伝を語っている先輩の話を中断させる。
『あ？　なんだよ太一』
　最後まで話しきれなかった先輩は、気分悪そうに俺をにらんでいる。
　どうせその話の最後は、『俺ってすげぇだろ』だろが。いい加減聞きあきたって。それしかねぇのかよ、あんたには。
『俺、やっぱり辞めますわ』
『は？』
『すんませんっ。族抜けしますっ』
『『は!?!?!?』』
　テヘッとぶりっ子風にしてみたが、やっぱダメか……。
　先輩と先輩の話を聞いてたやつらが一斉に俺につめよってくる。
『あ!?　どういうことだよ太一!!　お前まだ入ったばっかだろーがっ!!』
『……まぁ、そうなんすけどね』

『そうなんすけどね。じゃねぇわ！　言ったよな!?　そう簡単に族抜けできると思うなって！』
　あー言ってたっけか？　そんなん。
『しらばっくれんじゃねーぞ!?』
　いやいや。本当に忘れたんだって。
『いい度胸だな。後輩だと思ってかわいがってりゃ、調子に乗りやがって……。族舐めてんじゃねーぞ!?』
　先輩は、俺の胸ぐらを掴んですごんでくる。
　一緒にいた男が『やれやれ！』と先輩をあおった。
『はっ！』
『あ？　なに笑ってんだよ』
『"族" ねぇ……』
　俺は、胸ぐらを掴まれたまま抵抗せず、このアホたちを見下ろしていた。
　バカらしい。本当にバカらしい。
『てめぇらみてぇなのが、"族"？』
『……なっ!?』
『なんかのまちがいだろ？』
『なんだとっ!?!?』
　先輩は、顔を真っ赤にして拳を振りあげる。
　近くにいたやつらがどこからともなく集まってきて、いちいち盛りあげてきやがる。
　ちっ。全員向こう側か。
　ひとりでこの人数は、面倒くせぇな……。
　——バンッ!!

薄暗かった倉庫に光が射し込む。
　入り口からのその明るさに細めた目を向ければ。
『……恭……？』
　恭がそこに立っていた。
『きったねぇ倉庫だな』
　恭は、俺らのいる場所に向かってゆっくりと歩いてくる。
『なぁ。太一。これがお前のなりたかった暴走族か？』
　俺の近くまで来て足を止めると、ようやく恭の顔がはっきりと見えてきて……背後に背負った逆光が、妙にこいつを神々しく映し出してた。
　あぁ……やっぱりこいつは別格だよ。
　背負ってるオーラが全然違う。
　目が奪われる。惹きつけられる。
『なんだてめぇは!?』
　先輩が俺の胸ぐらを離して、今度は恭に掴みかかろうとする。
　恭は、それを軽々とかわし……。
　――バキッッッ!!
　体勢を崩してよろめいた先輩に、右ストレート。
　左頬にそれを食らった先輩は、そこらにあったものを巻き込みながらぶっ飛んだ。
　あの巨体(きょたい)が、こうも軽々と！
　すげぇっ！
『てめぇっ!!』
　せきを切ったように、男たちが恭に飛びかかる。

恭は、先輩にしたように、それらをかわしては地面に沈めていく。
　ひらりひらりとまったく無駄のない動き。まるで、踊っているかのようだ。
『突っ立ってねぇで、てめぇも加勢しろよ』
　髪を掴まれうなだれている男をペッと放りながら恭が言う。
　いやいや、お前。俺の出る幕ねーだろーが。
　結局恭は、ほぼひとりでそこにいたやつらを全滅させた。
　カタッと物音がして、入り口を見ると……。
『あ。総長』
　総長は、目の前の惨状に『ひぃっ！』と悲鳴をあげると、すぐに背を向けて逃げていった。
『なんだありゃ』
『なんだかな』
『…………』
　一瞬の間をおいて、恭と顔を見合わせる。
　そして、ふたり同時に『ぶっ！』と噴き出すと腹を抱えて爆笑した。

『おい』
『…………』
『おい。恭〜』
『…………』
『なぁー。どこに行くかくらい教えろってー』

俺はかれこれ20分、無言でスタスタと前を歩く恭を追いかけていた。
『ついてこい』と言ったきり、なにも話さない恭。
　いったいなんなんだっつの。
　言われるがまま、素直についていく俺もどうかと思うけどな。
　恭は、あの先輩たちとの一件のあと『じゃーな』と言って何事もなかったかのように帰っていった。
　俺は慌てて恭を呼びとめたけど、こっちを振り返ることもなく、手をヒラヒラ振りながら行っちまった。
　……なんなんだよ。いったいなにしに来たんだよ？
　なんか言うことあるんじゃねぇのかよ？
　俺は、お前に言いたいこと山ほどあるのに……。
　次の日、会えるかと思って裏庭に行っても恭の姿はなく。
　その次の日も、そのまた次の日も恭の姿はなかった。
　毎度、ガランとした裏庭。
　枯れ葉がコロコロと転がっていく。
　っだ―――――――っっっ!!!!
　俺は、恋する乙女かっ!!　恋い焦がれる少女かっ!!
　どんだけあいつに会いたいんだよっ!!!
　もうやめやめっ!!　気持ち悪っ!!　待つのやめっ!!
　俺は、いつもの場所にゴロンと大の字に寝転がる。
『あーバカらしっ……。なにやってんだ俺』
　もしかしたら、あいつも俺とつるんでいたいんじゃないかって……。この間、あいつと爆笑したときに思ったんだ。

やっぱり俺らはお互い、唯一無二の存在なんだって。
　あいつもきっと、そう思ってるって。
　あのときはそう思ったのに……。
　やべぇ……。やっぱりいまは自信ねぇや……。
『おい』
　聞き覚えのある声にハッと目を開ける。
　恐る恐る声のするほうを見てみれば……
『……恭……』
『よぉ』
『よ、よぉ……』
　恭が、俺のほうにゆっくりと歩いてくる。
　そして、まだ起きあがれずにいる俺に「ついてこいよ」と言って手を差し出した。
　それからひとつ言も話さねぇんだけど……。
　なんなんだこの妙な空気は……むずがゆい。
『着いたぞ』
『は？』
　恭の声を合図に、俺は思考を停止させ、一度辺りを見回す。
　……なんだ？　ここ……。
　目の前にそびえ立つでかい建物。
『……倉庫？』
　恭は、入り口とみられるところから入っていく。
『ちょっ……待て待てっ！　コレってまさか……!!』
『風雅の倉庫』

なっ!!
　絶句したまま、恭に連れられ中に入ると……。
　す、すげぇっっ!!
　綺麗に整列したバイク。
　ゴミひとつ落ちていないすがすがしい空間。
　壁には、代々受け継がれてるのであろう、"風雅"と書かれた幟（のぼり）や色とりどりに刺繍（ししゅう）された旗、バカでかい横断幕が飾られている。
　先輩たちがいた倉庫とは、まるで違う。
　厳粛（げんしゅく）で、神聖な場所。そんな気がした。
『恭ちゃーんっ!!!』
　俺がこの憧れの空間に浸っていると、２階から下りてくる階段の途中で、ものすごい勢いでこっちに手を振っている制服姿の……お、女!?!?
　俺たちのところまで駆けよってくると『恭ちゃんっ！ やっと来てくれたね！　あたしも理君もずっと待ってたんだよ』そう言って、うれしそうに恭に微笑んだ。
『……わかってる。さんざんここの連中に追いかけ回されたからな。迷惑もはなはだしいわ』
『もーっ！　相変わらず口悪いね。恭ちゃん。うちの子たちさんざんケガさせた罪は重いんだからね～っ！』
　そう言って女は頬を膨（ふく）らます。
　かわいい人だなと思う。
　見た目も世間一般ではかわいい部類だと思うが、雰囲気や仕草がなんとも言えないかわいらしさを醸（かも）し出してい

る。
　なんだ恭のやつ。もしかして女か？
　本当隅に置けないやつだな。
　そんなことを考えてると、女はふんわりとした色素の薄いボブの茶髪をなびかせて俺を見た。
『太一君だよねっ！』
『あ。はい』
　思わず敬語になる俺。たぶん年上っぽいし……。
　てか、なんで俺のことを？
『初めまして!!　花島柚菜です!!　幼なじみの恭ちゃんが、いつもお世話になってます!』
『……世話になってねぇ』
　花島柚菜は、恭の言葉を無視して話を続ける。
『風雅総長、龍崎理が待っています。ふたりとも、２階の幹部室まで案内しますね』
『えっ!?』
　俺は、思わず叫んだ。
『り、龍崎理って……そ、総長に……会えるんすかっ!?』
『だから、そう言ってんだろ』
　恭が、面倒くさそうに俺をにらむ。
　俺は完全にパニックだ。
『えっ……えっ!?　あれ？　も、もしかして……あなたって……ま、まさか……』
　俺は興奮のあまり震える右手で、目の前の彼女を指さす。
『あたしは、理君の彼女をさせてもらってます！　えっと

……一応風雅の姫ってやつなんですが……』
　彼女は、言いたくなさそうに目を泳がせながら衝撃の事実を言いはなった。
　マジかっ。マジなのかっ。
『恭……。俺は、明日死ぬのか？』
『は？』
『俺は今日すべての幸運を使いはたして、明日は交通事故にあって死ぬのか……？』
『……いっぺん死ねば？　アホなこと言ってねぇで行くぞ』
　こいつはわかってないんだ。
　ここが俺のどれだけ憧れてた場所かなんて……。
『理君！　連れてきたよ！』
　その男は幹部室の大きな黒のソファに寝転がって、うまそうな料理が表紙になっている本を読んでいる。
　俺らに気がついてその本を閉じると、ゆっくりとこちらに目を向けた。
『やっと来たか。クソガキ』
　そう言う男の顔は、無表情ながらもどこかうれしさを含んでるような、そんな感じだった。
　この人は、ずっと恭が来るのを待ってたんだ……。
　そんな気がした。
　それにしても、想像していたものと全然違う。
　風雅の総長っつったら、過去最強の強さだろ？
　もっと厳つくて、男くさい感じかと思ってたのに……全然違う。めちゃくちゃ美形じゃねぇか！　とつい心の中で

叫んでしまう。
　男の俺でも目が奪われるほどだ。
　モデル体型で……俺はもっと山男みたいなごっついのを想像してたぞ？
　目の前の男は、俺の想像していた総長とはかけ離れているのに、不思議とがっかりはしなかった。
　むしろ、興奮冷めやらぬと言った感じ。
　だって、やっぱりこの人はあの伝説の総長そのものだ。
　ほかとはまるで違う。常人ではないなにかを感じる。
　それは、俺が恭に感じたものとどことなく似ていた。
　理さんは、恭をまっすぐ見ながら、『ずいぶん目が変わったな』と言って目を細める。
『恭。俺がなんでお前を族に引き込もうとしてたかわかるか？』
『……柚菜に頼まれたんだろ』
『そうだ。このままお前をひとりにするわけにはいかないと柚菜に頼まれた。まぁ、俺はお前がどうなろうと知ったこっちゃないんだが、このままじゃお前は敵ばかりを作って自分自身で自滅するだろう。そうなったら悲しむのはうちの姫なんでね』
　恭は、『余計なことを……』という目で柚菜さんを見るが、柚菜さんは目をそらし口笛を吹いて、あからさまにしらばっくれている。
『まぁでも、もうその心配もなさそうだな』
　理さんの目が今度は俺を捉える。

吸い込まれそうな目に、無意識に体が一歩あとずさってしまう。
『お前は、もうひとりじゃないんだろ？』
『……俺は……』
　そう言って恭は意を決したように驚くべき言葉を言いはなった。
『俺は、こいつと新しい族を作る』
　……は!?
『それで、あるどうしようもない地区を統一したい』
　な、な、な！
　なにこんな大物の前で宣言してんだよ!?
　ってか、お前それ断りやがっただろーが!!
　なにを……いまさら……。
　そう思うのに、俺の心臓は高揚感(こうようかん)で、いままでにないくらい高鳴っていた。
　どうしようもない地区って……この間のあそこか？
『でも俺は正直、仲間とかよくわかんねぇ。そういうのをどうやって作っていくのかも、守っていくのかも、わかんねぇんだよ……』
　俺は初めて弱音を吐く恭を見て、驚きを隠せなかった。こいつもこんなふうに思ったりするんだ。
『いままで、どうにかしてそういうことから逃げてきたのに……こいつといると妙なこと考えるようになって……。本当に面倒くせぇ』
　恭が苦しそうな顔で俺を見る。

この間言ってた面倒くさいって、そういうことだったのかよ。お前本当は、そんなに考えてくれてたのかよ。
　なんだ俺。いますげぇうれしいんだけど。
『……どうしたら、あんたみたいになれる？　風雅みたいな族を作れる？　仲間を……守れる？』
　しんとした幹部室内。ゴクリと唾を飲み込んで、俺たちは伝説の男の言葉を待つ。
『……まず言葉遣いじゃね？』
『え？』
　バカにしたように、鼻で笑いながらそう答える理さん。
　そして再び雑誌に目を落とした。
　おい。ちょっと待てよ……。
　恭が柄にもなく真面目な話してるとこだったよな？
　でもいまこの人、めちゃくちゃ軽い返答したような……。
　ほら。ほら！　恭、絶対怒ってるって‼
　こめかみに青筋たってるから‼
　俺と同じく、柚菜さんもおろおろしながら、恭と理さんを交互に見ていた。
『帰るぞ。太一』
　恭が幹部室を出ていこうとする。
　おい、ちょっと待てって！
『いまのお前の言葉は、いままでお前が生きてきた世界の色の言葉だろ』
　恭の足が止まる。
『そうじゃない色の言葉も必要ってことだよ』

理さんは、雑誌のページをめくりながら言葉を紡いでいく。
『お前のとなりのガキみたいに、そんなお前の言葉にも惑わされないやつはいる。でも、そんなのはひと握りだぞ？　相手を威圧しない、相手に恐怖心を与えない、相手に信用される、そういう色の言葉も使えるようになれ』
『…………』
『そうすれば、人は必ずついてくる。お前には、その素質があるよ』
　恭は少し間を置いてから、小さい声で『どーも』と言って、幹部室を出ていった。
　俺もすぐさまそのあとを追いかける。
　そのとき俺は見たんだ。
　まるで親に褒められて喜ぶ子どものような、恭のうれしそうな横顔を……。
　なんだ。本当はお前が一番、あの人に憧れてたんじゃねーか。
『なぁ恭』
『あ？』
『俺らのグループは、お前が総長だ』
『……は？』
『俺は、お前を全力でサポートしてやる』
『でも、お前が族を作るって言いだしたんだ。お前が……』
『俺はなんでもいいんだよ。お前とつるめりゃなんでもいい』

恭は一瞬驚いた顔をして、照れたのかすぐに腕で口もとを隠した。
『気持ちわりぃ！　言ってろよ！』
　このあまのじゃくめ。
『作ろうぜ。家族みたいな仲間を。そんで、テッペン目指そーや』
　俺は、恭に手を差し出す。
　恭はそれを見て、ニヤリとする。
『言われなくても』
　──パァンッ!!!!
　俺の手のひらと恭の手のひらが激しくぶつかりあう。
　その瞬間、いままでひとりぼっちで歩いていた俺らの道が、重なった気がしたんだよな。
　不安なんてまるでなかった。
　あったのは、こいつとならなんでもできるという"確信"だけ……。

　──カランカラン……。
「あれ？　太一？」
『お星さま』と書かれた扉を開けると、コーヒーカップを片手に女が振り向いた。
　すっとんきょうな顔しやがって……。
「なんでいるの？」
「誰かさんを迎えに来たんだろーが。うちの総長さんの命令でね」

あのあと恭とは、お互いのことをいろいろ話した。
　恭の生い立ち。
　恭のかーちゃんのこと。
　恭のとーちゃんへの思い。
　俺が思ってたより、恭はすっげぇいろんなことを抱えてた。
　ずっとひとりでそれを背負ってたんだって思ったら、やっぱり恭はすげぇなって思った。
　俺の悩みなんて、ちっぽけなモノに感じたんだ。

「あっれぇ!?　たいちゃん!?」
「お久しぶりっす。柚菜さん。理さん」
　俺はふたりに頭を下げる。
「さては恭ちゃんのお使いだね〜？」
「まぁ、そんなところっす」
　柚菜さんと理さんには、あれからもちょくちょく会っていた。
　恭は、なんの意地かわからんがこのふたりにはあんまり会いたがらない。
　だから、無理やり引っぱって連れていったりした。
　たぶん恭は照れくさかったんだろうな。
　自分が変わろうとしている姿をこのふたりに見られるのが。
　まるで、反抗期(はんこうき)の息子みてぇだ。

「ねぇ、太一知ってる?」
「あ?」
「理さんの作るお料理、すっごいおいしいの」
「なんだ急に。……知ってるわ。俺はよく恭と来てたからな」
「うん。さっき、ご馳走(ちそう)してくれてね。……そっか。よく恭と来てたんだね……」

　ん?　なんだこいつ。
　妙にしおらしく、頬なんか染めやがって。
「なんだよ?」
「……ん?　いやね。いいなぁって……」
「なにが?」
「柚菜さんも、理さんも、太一も……その……昔の恭のこと、知ってて」
「は?」
「恭と太一の話、聞いたよ。煌龍ができるまでの話も。正直、感動した。恭と太一の絆(きずな)ってすごいよね」
　そう言って、こいつはさもうれしそうに笑う。
　いつもと違って、ずいぶん素直(すなお)でやりづらい。
　柚菜さんと理さんは、カウンター越しに微笑んでいる。
「恭の二重人格の謎も解けたしね」
「……あぁ。あれね」
　恭は理さんに言われてから、自分の話し方についてかなり試行錯誤(さくご)していた。
　だからといって、無意識のものって直すの難しいんだよな。

煌龍を作るにあたって、恭にはこれが一番つらかったことらしい。
　それで、結局行き着いたのが"敬語"だった。
「そういえばあいつ、しばらく誰に対しても敬語だけしか使わなかったけど、いつの間にか敬語なしでもまともな言葉を使えるようになってたな。まぁ、いまだにコントロー利かないときもあるみたいだけどな」
「…………」
「どうしたんだよ？　急に黙って」
「恭……あたしの前だと、ほとんど敬語使うんだよね……」
　そうだったか？
　なんかたしかにこいつの前では、そうだった気もしなくはない。
　──ゴンッ。
「おまっ……！　なにしてんだよ!?　デコすげぇ音したぞ!?　テーブルに傷がつくからやめろよっ！」
　あ。やべ。
　ついテーブルのほうを心配しちまった！
　にらんでる。にらんでる。
「太一はいいな。恭に素を出してもらえて…………あたしなんて、一応恭の彼女なのに、敬語って……」
　テーブルに突っ伏したまま、落ち込んでる様子のちんちくりん。
　……こいつ。俺に嫉妬してんのか？
「アホか」

「……なによ」
「ちげーだろ。あいつは、お前だから敬語使ってんだろ」
「え？」
「あいつは、とっくに敬語なんて使わなくても要領よく言葉を使い分けられんだ。お前の前でだけ敬語なんておかしいと思わねぇの？」
　ちんちくりんは、「なにが？」とまるでわからないといった様子。
　頭いいやつって、どうしてこうも自分のことになると鈍いのか……。
「お前の前でボロが出ないように慎重になってんだろーが。お前を怖がらせないように、傷つけないように、大事に大事に扱ってるんだろ。お前の前ではできるだけ悪い部分を見せないようにな。一応それもあいつなりのお前への優しさだよ」
　恭がさんざん試行錯誤して行き着いた、人を"威圧しない""恐怖心を与えない""相手に信用される"色の言葉。だからあいつは、こいつへの敬語が抜けないんだろう。
　あいつ、どんだけこのちんちくりんが大事なんだよ。
　あんなに器用なやつが、どうしてこの女の前ではこんなにも不器用になるのか……。
　こいつのどこがそんなにいいんだ？？
　そりゃ見た目はかわいらしいほうだとは思うが、気は強いし、生意気だし、なんか普段ツンツンしてるし……。
　ちんちくりんは、でかい目をさらに見開いて、口をポカ

ンと開けながら俺を見てる。
　すると、ちんちくりんの顔が急にボンッと赤くなった。
　なんだなんだその反応はっ!?
「……そうなら……うれしいな」
　そう小さな声でつぶやく。
「……でも、恭がたとえすっごく口が悪くても、あたしは怖くなんかないのにな……。恭がどんなふうでも、恭は恭でしかないもん。あたしは、恭ならなんでもいい」
　愛しそうに恭を思い浮かべながら、そんなことを言うこいつを見て、俺は思ったんだ。
　これから先、こいつは恭のことをもっともっと知っていくことになるだろう。恭のもっともっと暗い部分に触れていくことになる。
　それでもこいつは、いまの言葉を言えるだろうか？
　いや、言ってほしい。
　少し悔しい気はするけど、俺なんかよりもっともっと恭の深い部分に入れるのが、こいつであればいい。
　恭が傷を癒せる唯一無二の場所。
　それが、こいつなら……。
「おら。のろけてねーでそろそろ帰んぞ!!　もう、外暗いんだからな。遅くなると、俺が恭にしばかれんだからなっ！」
　……なんて。
　唯一無二の親友が、祈（いの） райっててやるよ。

大暴走

　季節は移りかわり、11月も残すところ数日。
「茉弘さん！　下りてください！　ホント危ないですって！」
　脚立の脚を押さえながら、俊太が心配そうな声を出している。
「大丈夫だよ、これくらい」
「いや、危ないのもそうなんすけど、俺のこのポジションは、総長にバレたら絶対に殺されます！」
　俊太を見ると、少し頬を赤くしながら必死に目をつぶっている。
　意味わかんない。なにしてんだろ？
　そう思いながらも目的の場所へ手を伸ばす。
　よし！　これで完璧っ！
「茉弘ちゃーん！　クリスマスツリーの飾りつけできた？」
　直が倉庫への入り口から顔を出し、あたしに声をかけてくる。
「とりあえず、こんなもんかな？」
「おーっ！　上出来!!　……うむ。絶景かな。絶景かな」
　直はなぜかあたしを見ながらニヤニヤしている。
　正直ちょっと気持ち悪い。
　なんなんだいったい……。
　すると、体が急にフワリと浮きあがって、「きゃあっ!?」

驚きの余り悲鳴をあげると……。
「なにをやってるんですか」
　あたしのお腹に腕を回して、軽々と持ちあげているのは、
「……っ恭！」
　なんだか、少し不機嫌な様子の恭だ。
「総長おかえりなさいっ!!　あのっ……俺は見てません!!　絶対に見てませんっ!!」
　俊太は、なにをそんなに焦ってるんだろう？
　必死に弁解をしている。
「恭おかえりー。今日は早いじゃん」
「ただいま。向こうで太一を待たせてるんだ。またすぐに出るよ。俊太。そんなに怯えなくても大丈夫。わかってるよ。あとで直だけシメておく。あ、悪いんだけど、これしまってきてくれる？」
　恭が脚立を俊太に託すと、俊太は「はい！」と言って、そそくさと倉庫の中へ。
　直は、青くなってそれについていった。
「ちょっと！　恭！　下ろしてよ！」
　恭は軽々とあたしを抱えてるけど、絶対重いよね？
　いますぐ下ろしてほしい。
　そんなあたしを恭はジロッとひとにらみ。
　なんだ〜？　やんのか〜？
　あたしは思わずファイティングポーズ。
「まったく……」
　そう言って恭は、なにかあきらめたようにため息を漏ら

す。
　それから、あたしを下ろすと、自分が着ているコートを脱いで、そっとあたしにかけてくれた。
「制服で脚立に上るってどういうことですか」
「え？　なんで？　……あ。スカート？　それなら、下にスパッツはいてるし……」
　そう言ってスカートをまくろうとすると、「そういう問題じゃありません」と言いながらあたしの額を軽くペチッと叩いてそれを制止した。
　恭の大きくて温かい手があたしの両頬を包み込む。
「頬っぺたもこんなに冷たくなって……」
「……だ……大丈夫……だよ？」
　恭に見つめられると、胸の奥がうずきだす。
　顔が……近い。
　そういえば、恭とのキスはあの1回きりだ。
　それどころか、秋を過ぎた頃から恭はなにかと忙しいようで、倉庫に来ては太一を連れて出かけていくようになった。
　最近は、恭とゆっくりと過ごす時間なんてほとんどなくて……。
　正直、恭不足。
　……やだなあたし。
　もっと、恭とくっつきたいとか思っちゃう。
　こうやって、恭に触れてもらえるのがすごくうれしくて、胸の奥がキュウッと音を立てるんだ。

「……早いですね。クリスマスツリー出すの」
　恭はあたしから手を離して、さっきまで飾りつけをしていたクリスマスツリーを見上げた。
　あぁぁ……もう離れちゃうんだ。
「……そう？　みんながね、去年飾った大きなツリーがあるって教えてくれて。さっきまでみんなで一緒に飾りつけてたんだけど、みんな寒いだのなんだのって途中で飽きちゃって」
「ふっ。仕方ないやつらですね。茉弘は飽きなかったんですか？」
「あ。いま、子どもだなって思ったでしょ。飽きないよ。こんな大きなツリーを飾りつけられるなんて、ずっと夢だったんだから」
　目の前のツリーを見上げる。
　ざっと高さは３メールくらいあるだろう。
　昔、お父さんとお母さんが生きていた頃、潤も含めて家族４人で、小さなクリスマスツリーに飾りつけをしたことがあった。
　小さなクリスマスツリーは、あっという間に飾りつけが終わってしまって、あたしと潤には少し物足りなかったっけ。
　そんな様子のあたしたちに、『いつか大きなクリスマスツリーを買おうね！』ってお父さんとお母さんは笑って言った。
　なつかしい……。

まさか、夢だった大きなクリスマスツリーに、こんなところで飾りつけができるなんて。ついはしゃいじゃったよ。
「俺も参加したかったなぁ」
「あ……」
　あたしは、スカートのポケットの中をあさる。
　そして、ゆっくりと手を開いてそれを恭に見せた。
「あれ。飾り？」
「うん。サンタの飾り。恭にもひとつくらい飾りつけてもらおうと思って、取っておいた」
　恭の顔をちらっと見ると、愛おしそうにそれを見つめている。
「ありがと。茉弘。……貸して」
　恭は、あたしの手からサンタの飾りを取ると、ツリーを見渡す。
「この辺がいいかな？」
　そう言って、ツリーに飾りをくくりつけている。
　ふふっ。まるで子どもみたいな顔してる。
「あ。ちょっと曲がってるよ、……よし。いい感じかな」
　恭がつけた飾りを直していると、ふと恭の視線を感じて顔を上げる。
「なに？」
「ううん」
　恭はそう言って微笑むと、愛しいものを見るような表情で、あたしの頭をクシャッとなでた。
「じゃあ、そろそろ行きますね」

「え？　なにか用事があったんじゃないの？　幹部室にみんないるよ？」
「うん？　用事ならもう済みましたよ」
「え？」
「茉弘の顔を見に来ただけですから」
「なっ……！」
　……しまった。
　こんなの不意討ちだ。
　どうしよう……うれしい……うれしい……。
　体中がほんわか温かくなって、すごく幸せな気持ちになっていく。
「じゃあ、またね。寒いから、もう倉庫に入るんですよ？」
　そう言って恭は、もう一度あたしの頭をなでてから、私に背を向けた。
　あ……ま、待ってっ!!!
　あたしは、とっさに恭の服の裾を掴む。
「どうしたんですか？」
　驚いた様子の恭。
　やだあたし！　なにしてんの!?
　顔に一気に血が上り、うまく言葉が出てこない。
「あ、う、あ、これっコ、コート！」
「いいですよ。俺寒くないんで、茉弘着てな？」
「あ、いや、うん。あ、ありがと。あ、でも違うの……」
　それでも手を離せずにいるあたし。
　だってこの手を離したら、また次に恭と会えるのはい

つ?
　本当はもっと……一緒にいたい。なんて、そんなのワガママなのはわかってるけど!
　でも……。
「茉弘」
　恭の腕があたしの体を包み込む。
　その温もりが、あたしの冷えた体を温めていく。
「ダメじゃん、そんな顔したら。せっかく我慢してたのに」
　そう言うと恭は、少し体を離し、あたしの額に自分の額をコツンとあてた。
「わかってる?　俺は、茉弘に触れたくて仕方ないんだからね?」
　恭があたしの頬にちゅっとキスをする。
「ちょっ!　恭っ!　誰かに見られたら……」
　恭は、あたしが言うのを無視して、今度は瞼にもキスをした。
　恭が触れたところ全部が熱を帯びて、心臓がぎゅうってなって……うまく息が吸えない。
「……っ!」
　耳、首筋、鎖骨の辺り。
　あたしの寂しい気持ちをぬぐうように、恭は優しく唇でなぞっていった……。
「かわいい顔。本当は、いまにも連れさって茉弘の全部俺のにしたい」
「なっ!　なに言ってるの!?　バカッ!」

恭はふっと目を細めると、おもむろにメガネを外す。
　あ……。男の人の顔だ……。
「今日のところはこれで我慢かな」
「……っ」
　ゆっくりと恭の唇が落ちてくる。
　まるで、一緒にいられない時間を埋めるかのような、そんなキスだった。

「茉弘。恭に会えたんだって？」
　幹部室に戻ると、ポッキーをくわえた百合さんが出迎えてくれた。
　あたしはコクンとうなずいて、ベッドに座る。
　ソファでは、直と春馬がなにやらゲーム機で対戦しているようだ。
「なんだか夢うつつって感じだねー。なにかあったのかなぁ～？」
　百合さんはニヤニヤしながらあたしのとなりに座る。
　それから、人さし指でグリグリとつついてくる。
「別になにもないよっ！」
「へぇ～？　そ～ぉ？」
　恭への熱を冷ましてから来たはずなのに。
　顔に出てるのかな……。
　それとも百合さんが鋭いのか……。
　百合さんを横目で見ていると、ひとつの疑問が浮かんでくる。

「百合さん。最近太一に会ってる？」
「ん？　どうした急に」
「なんか最近、一緒にいるところ見ないから……」
　百合さんは、考えるように「んー」と天井をあおぐ。
「いや。全然会ってないね」
　そう言えば、と言うような口ぶり。
「最近は、ここに泊まってるみたいで家にも帰ってこないしね」
　百合さんは、もう一本ポッキーを取り出す。
「寂しく……ないの？」
　百合さんはポッキーをくわえたまま、少し驚いた顔であたしを見た。
　そして、なにかを悟ったように、みるみる不敵な笑みになっていく。
「茉弘は恭に会えなくて寂しいんだ？」
「ち、違うっ！　あたしのことじゃなくて！」
「ふふっ。茉弘って、あんまり自分の感情を外に出さないタイプだと思ってたけど、中身は意外にピュアで甘えんぼなんだよね〜」
　ピ、ピュア⁉　甘えんぼ⁉
　あ、あたしが⁉
「本当、茉弘変わったよ。見ててかわいいったらない」
　百合さんはクスクスッと笑って、あたしの頭をグリグリなでてくる。
「も、もういいっ！」

「ははは！　怒るな怒るなっ」
　むむぅ……完全にからかわれてるな……。
　百合さんは、ベッドの上にあお向けに寝転がると、「この時期は仕方ないんだよ」と言って話を戻した。
　自分で塗ったのだろうか。綺麗な赤のネイルを眺めながら。
「去年もこの時期はやたらと忙しかったしね」
「なんで？」
　百合さんは、ゴロンと寝返りをうってあたしのほうを向いた。
「12月にね、年に一度の大暴走があるんだよ」
「大暴走？」
「そう。すっごい大きな暴走だよ。この周辺の地区の族という族が集まって、一緒に暴走すんの。恭も太一も、この時期はそれのための打ち合わせとかで忙しいんだよ」
　──ドクン。
　大きく心臓が跳ねる。
　もしかして……それって……。
「そ、それって……鷹牙……も？」
「そりゃそうだよ。あいつらとなりの地区だし」
　潤の顔が浮かぶ。
　そして、気分の悪くなるようなあの男の顔。
　葛原……。
　まさか……恭と葛原が顔を合わせる……？
「茉弘？」

百合さんが心配そうにあたしの顔を覗き込む。
　だめだ。ちゃんと平常心を保たなきゃ。
「あっと……ごめん。いや、なんかさ、怖いなって思ってね。あたしたちを陥れようとしている人たちと顔を合わせなきゃいけないなんて。喧嘩になったりしないのかな？」
「それは大丈夫みたいよ。なんかルールがあるんだって。大暴走の間はどんなに交戦中の族同士でも、その日だけは休戦しなきゃいけないって」
「そうなんだ……。でも、そんなのきちんと守るもんなの？」
「まぁ、毎年多少の小競り合いはあるみたいだけどね。一応この地区の暴走族の伝統ある行事だから、そういう"しきたり"みたいなのは不思議と守るみたいよ」
　そういうもんなのか……。
　でも、あの葛原はそんなルールを守るようなやつだろうか。
　反吐（へど）が出るくらい、姑息（こそく）で卑怯なやつだよ？
　そんなやつが、狙ってる獲物（えもの）を前にしてなにもしないでなんていられる？
　それに、あたしのことだって……。
　あいつの気分しだいで、いつばらされるかわからない。
　いくら煌龍のスパイは葛原の指示だとはいえ、あたしのことをばらさないなんて保証はないんだ。
「ねぇ百合さん。それってあたしも参加できないの？」
「え!?　いや、去年は恭のやつ、危険だからってあたしですら参加させてくれなかったよ？　茉弘なんて絶対許して

くれないんじゃない?」
「あたし、恭にお願いしてみるっ! 春馬! 直!!」
　あたしが大きな声でふたりを呼ぶと、ふたり同時に跳びはねた。
「へ!? え!? なに!? どうしたの!? 大きい声出して! ビックリした!!」
　そのとなりで直は、「うわぁ!! 死んだっ!!」と言いながら、涙目でゲーム画面を見つめてる。
「春馬、恭って次いつ倉庫に来るかわかる?」
　春馬は、「えーっと」と額に手をあてて考えている。
「あ。明日、夜ミーティングするって言ってたから、夕方にはいるんじゃない?」
　よかった。意外とすぐに会えそうだ。
　葛原に手なんか出させない。
　あたしはまだ、恭といたいの。
　あたしは鷹牙のスパイだと、いつか明かさなきゃいけないときが来る。
　潤を取りもどすため、それはもう覚悟をしたの。
　ただ、そのときは、きちんとあたしの口から伝えたい。
　そして、恭のあたしに対する憎しみは、すべてちゃんとあたし自身で受けとめたい。
　どんなにつらいことだとしても、それがあたしのケジメなの。
　でもいまは、まだそのときじゃない。
　ましてや、葛原の口から伝わるのなんて死んでも嫌だ。

だからこそ、絶対に葛原を恭に近づけないようにしなきゃ。
　そのためにもあたしは、その大暴走とやらになんとしてもついていくんだから！

　次の日の夕方。
「ダメに決まってるでしょ」
　……ですよね。
　恭が幹部室に入ってくるなり、両手を合わせて頼み込んではみたものの……。
「で、でもっ……」
「絶対にダメ」
　切れ味抜群にスパッと切り捨てられてます。
　考えるそぶりくらい見せようよっ！
「だいたい、なんで大暴走のことを知ってるんですか？ 今日会議で言おうと思ってたのに……」
「百合さんに聞いた」
「まったく。なんでも先にペラペラしゃべっちゃうんだから百合は……聞いたならなおさら危険だってことはわかるでしょ？」
「でも、ルールがあるんでしょ!?　大暴走のときは休戦しなくちゃいけないって！」
　あたしは必死に食らいつく。
　引きさがるもんですかっ！
　恭はそれを見て、困った顔でひとつため息をつく。

「それでもダメ。ついてこないに越したことはない」
　そうだった……。
　恭って、こういうことになるとすごく頭が固いんだった。
　頭をフル回転させて、なにかいい方法がないか考える。
　恭は、黙るあたしが納得したと思ったのか、制服を脱いで着替えだす。
「……のに」
「え？」
「あたしだって煌龍の一員なのに」
　あたしがキッとにらみつけると、一瞬たじろぐ恭。
「あたしは仲間じゃないの？」
　恭にゆっくりとつめよっていく。
「いやっ……そうですけど……」
　恭もそれに合わせて、あとずさり。
「煌龍のみんなが参加できるのに、あたしだけ参加できないなんて不公平だ」
「ゆ、百合も参加させませんよ？　っていうか、君たち女の子が参加するようなイベントでは……」
「女だからってダメなんだ？　差別ですか？」
「だ、だからっ……そういうんじゃなくってね？　危険な目に遭わせたくないってことで……」
　あたしはジリジリ恭を追いつめる。
　こればかりは、絶対引きませんからっ！
　恭は、とうとう壁際まで追いつめられると、観念したかのように両手を上げる。

「……わかりました。ちょっと考えてみますから」
　やった───っ!!
「恭っ！　ありがと!!」
　あたしは満面の笑みで恭に感謝を伝える。
　恭は、一瞬赤くなって、「ホントその顔ずるいな」と言って悔しそうに右手で口もとを隠した。
　よしっ！　これで、うまいこと葛原に近づかせないようにできるかも！
　達成感とともにひとつ違和感を覚える。
「……なんか、恭、意外にアッサリだね」
「えっ」
「もっと断固反対されるかと思った」
　それを聞いた恭は、眉間にしわを寄せて、「いや、断固反対ですよ」とキッパリ。
　言うんじゃなかった……。
「でも、茉弘がワガママ言うなんてめずらしいので、少しでも応えてあげたいと思ったんです」
　愛しそうにあたしを見て微笑む恭。
　胸の奥がじんわり温かくなる。
「……ごめん。ワガママ言って」
　私が赤くなってうつむくと、
「あはは！　いまさらですか？　違うよ。うれしいんです。もっとワガママ言って？　俺を困らせて？」
　恭が、両手であたしの頬を包み込んだ。そこで、ようやくはっとする。

しまった！　恭を説得するのに必死で気づかなかった！
　　恭、上半身裸じゃん!!
　　無駄に色っぽくて、目のやり場に困っていると、「赤くなってきた、赤くなってきた」と言ってなんだか恭は楽しそう。
「うるさいなっ。離れてよっ！　服も着て！」
　　グイグイ恭を押しやろうとしても……。
「迫ってきたのは、茉弘でしょ？」
　　恭の手が頬を離れて、次は腰に回されてしまう。
　　近いーっ！　近いーっ!!　迫ってなーい!!
「ミーティングまで時間あるけど、どうする？」
　　恭の髪があたしにかかって、恭のシャンプーの香りがする。
　　上から降ってくる優しく甘い声。
　　さっきまでと、しゃべり方も声も違う。
　　恭がこうなるときは、"男の人"になるとき。
「どどど、どうするってなにっ!?」
「わかってるでしょ？」
　　恭の唇が、あたしの耳もとまでくる。
「昨日の続き、する？」
　　まるで吐息(といき)を吐くような色っぽい声。
　　恭の息がかかった耳が、燃えるように熱い。
　　熱に浮かされてるような、そんな気分になって、動くことができない。
　　恭は、そんなあたしを見て、

「そんな顔見たら、理性ぶっ飛ぶって」
　そう言って、少し余裕のない笑みを浮かべた。
「きゃあ!?」
　急に体がフワッと浮きあがって、思わず悲鳴をあげる。
　あたし、恭にお姫様抱っこされてる!?
　とっさに恭にしがみつくけど……。
　ぎゃ———っ!!　裸だったっっ!!
「恭っ!　離してよっ!　ねぇ!　恭っ!」
　あたしの声に聞く耳を持たない恭。
　そのままスタスタと運ばれ、ゆっくりとベッドに寝かされる。
　恭は、あたしに覆い被さると、おもむろにメガネを外し、またあたしへと視線を戻した。
　メガネを外す恭。
　直接ぶつかる視線と視線。
　あたしは、思わずギュッと目をつぶる。
　すると、すぐに恭の唇が下りてきて、あたしの唇に優しく重なった。
　その唇は、段々と激しさを増していって、何度も何度も離れては重なる。
「……んっ」
　うわぁ!　うわわわわっ!
　ちょっと!　ホント待って!!
「もがっ……」
　気がつくと、あたしは恭の口を両手でふさいでいた。

恭が目をパチクリさせている。
「あたっ……あたし、キス初心者なんだからねっ……！ て、手加減してっ……！」
　は、恥ずかしい……。なに言ってんだあたし……。
　顔から火を噴きそうって、こういうことを言うんだろう。
　いや、もう火ついてるかもしれない。
　すると、突然恭が空気の抜けた風船みたいにへにゃへにゃとあたしの上でうなだれて……。
「き、恭……？」
　恭の顔を覗き込むと……。
　え!?　顔赤っ!?!?
　いつも余裕な恭が見せるそんな様子にドキッとする。
「どんだけかわいいんだよっ。ホント」
　そう言って、恭はあたしをきつく抱きしめる。
「薄々気づいてると思うけど、俺が敬語使えなくなったら、ちゃんと逃げなきゃダメだよ？」
「え？」
「俺の理性が利かなくなってる証拠(しょうこ)だから。そろそろ俺、茉弘にいろいろ抑え利かなくなってきてる……。だから茉弘、自分の身は自分で守ってね？」
　恭はあたしの額に軽くキスをすると、ベッドの上の毛布であたしを包み込んだ。
　そして、またあたしを抱きしめて、「おやすみ」と言って目を閉じた。
　逃げろって言われてもな……。

恭の腕、あたしにがっちり回ってるし……。
　それに、そんなこと言いつつ恭は、絶対にあたしの嫌がることはしないくせに。
　恭の腕の中、大好きな恭の香り。
　恭と出逢って初めて知った、"幸せ"という気持ちに埋もれる。
　それにあたし……いつかあたしの全部をあげるなら、恭がいい。まだ恥ずかしいし、すっごく怖いけど、きっとそうなるときはそう遠くないんじゃないかな……なんて。
　まぁ、絶対に恭には言ってやらないけどね。
　あたしは、自分に巻かれた毛布を剥がす。
　それを恭も一緒に入れるようにかけ直して、再び恭の胸の中に潜り込んだ。

「恭！　本気で言ってんの!?」
　その日のミーティングは、久々の幹部全員集合になった。
　だけど、そんなの喜ぶ間もなく、みんな恭の言葉に驚きを隠せない様子。
「本気だよ。今年の大暴走は、茉弘にも参加してもらうつもりです」
　一方、恭はそんなみんなを前に淡々と答えている。
「茉弘ちゃん本気？　怖い思いするかもしれないよ？　あんまり普通の女の子が来るようなところじゃないし……ましてや、もし姫になにかあったら……」
　心配そうに眉根を寄せる春馬。

こういうとき、春馬は本当に優しいなって思う。
　本気であたしの身と、煌龍の心配をしてくれてるんだ。
　そんな春馬にあたしはかぶりを振る。
「ううん。いいの。あたしは大丈夫。それに、姫としては細心の注意を払うつもりだよ。みんなのそばを絶対に離れない」
「それならいいんだけど……。でも、どうして急に……」
　春馬の質問にどきりとする。
"恭を葛原に近づけないため"。そんなこと言えるわけがない。あたしと葛原の関係がバレてしまったら、すべて水の泡だ。
　ほかの理由を探していると……、
「茉弘は、恭といたいんだよね」
　にんまりした百合さんと目が合って、ウインクされる。
　恭は豆鉄砲を食らったような顔。きっとあたしも同じ顔をしている。
「あんたらさ、そんなたくさんの敵がいる場所に大切な人を送り出す女の身にもなってみ？　茉弘はさ、そんなしおらしく旦那の帰りを待ってられるような子じゃないわけ。それだったら、好きな男について危ない思いもなにもかも共有したい。そういう女なの」
　ちょ。百合さん好き勝手言いすぎっ！
　これじゃあたし、めちゃくちゃ恭が好きでたまらないみたいな……。いや、まちがってはいないんだけどっ！
　なんだかすごく恥ずかしいからっ！

恐る恐る恭を見ると、バチっと目が合ってしまって。
　うれしそうにヘラっとした顔で、「そうなんだ？」というように首をかしげてきた。
　その顔やめろーっ!!
　ちょうど手もとにあったティッシュを箱ごと恭の顔に投げつける。
「そう言うけどさ、百合は去年、太一と一緒に参加したいなんてひと言も言わなかったじゃんよ」
　直が不思議そうにそう言うと、太一がピクッと体を揺らした。
「あたしは、"亭主元気で留守がいい"派だからね！」
「…………」
　百合さん……いま何気にひどいこと言ったよね。
　太一がさすがにシュンとしてますよ。
　直と春馬は、ゲラゲラと爆笑している。
「百合さん、今年も参加しないの？」
「うん。あたしは今年もパスかな。もしなにか起きたときとか……ほら……あたし足手まといになるだろ？　それは嫌だからさ」
　そういえば、百合さんは前に不良グループに襲われたとき、発作みたいなものを起こしてしまった。きっとそれは、ゆりさんの虐待にあっていた過去が原因なんだと思う。
　暴力行為自体が過去のトラウマにつながって発作が起きてしまうんだとしたら、できるだけそれが勃発する場所に行くべきではない。

百合さんはあんなこと言ってるけど、本当は太一についていきたいはずなのにな。好きな男の人と危ない思いもなにもかもを共有したいのは、本当は百合さんなんでしょ？
「なーによっ！　その顔はっ！」
「いたっ！」
　百合さんのデコピンを食らい、額を押さえるあたし。
「あたしの分も太一が無茶しないように見といてやってね。無茶しようもんなら、殴っていいから」
　エアージャブのポーズをしてニカッと笑う百合さん。
　強い人だな。あたしが慰（なぐさ）められて、どうするんだ。
「……うん。わかった。任せて！」
「というわけで、決行は去年と同じ12月24日。念のため、それまでに茉弘を守る作戦を練ります。明日から毎日、幹部４人はここに集合してください。時間は、追って連絡します」
　みんな声をそろえて返事をした。
　え？　12月24日？
　それって……。

聖なる夜と闇

　きらびやかな町並み。
　流れてくるかわいらしいクリスマスソング。
　そう。今日は12月24日。クリスマス・イブ。
　恋人たちが、静かに愛を語りあう神聖な日。
　そんな日にあたしたちカップルはというと……。
「総長、茉弘さん、準備できました」
「ありがと俊太。じゃあ茉弘、出発しますよ？」
「うん」
　ブォンという大きなエンジン音とともに、恭とあたしを乗せたバイクが動きだす。
　バイクが倉庫を飛び出すと、冷たい外気が肌を刺す。
　まさか、年に一回の暴走族の一大イベントが、こんな日に行われるなんて……。
　誰よ。静かに過ごしたいこんな日に、激しいイベント作ったやつ。
　おかげで人生初の恋人とのイブが台なしじゃんか。
　つくづくあたしに平和なんてないと思ってしまう。
　そんなことを思っていると、恭の腰に回しているあたしの手に、恭が手を重ねてきた。
「茉弘。大丈夫ですか？　寒くない？」
　バイクインカムから流れてくる恭の声。
「一度使ってみたかったんですよね」と、恭から渡された

ものだ。何百とつらなって走るバイクの爆音の中でも、これなら会話がしやすいと言っていた。
「大丈夫。恭こそ手が冷たいよ？」
　恭の格好は、前に見たことのある白いつなぎ。
　今日はその上から黒のダウンを羽織っている。
　まわりのメンバーも同様に白いつなぎだ。
　前にも思ったけどやっぱり、恭は意外とこの格好が様になっている。
　メガネも外して、いつもより妙に頼もしい雰囲気になる恭は、なかなか見慣れるものじゃない。
「俺は大丈夫ですよ。手が冷たいのは、少し緊張してるからかな」
「緊張？　恭が？」
　いつも何事にも動じない恭なのに？
「俺だって緊張くらいしますよ。わざわざ敵の巣窟に大切なものさらしに行くようなものですからね。なにがあってもおかしくはないと、常に思っています」
　それを聞くと、なんだか申し訳ない気持ちになる。
　あたしは恭の傷を知っているから……。
　恭が、自分のせいで大切なものを失うこと、大切なものを守れないことをどれほど恐れているか、あたしはよく知っている。
　それなのに、あたしのせいでこんなことになってしまって……。
　いま恭は、どんな気持ちでいるの？

恭の腰に回している手に無意識に力がこもる。
「ふっ。大丈夫ですよ」
　笑ってる？
「不思議と前みたいな気持ちではないんです」
「え？」
「前は、もしこうなったら？　もしああなったら？って過去にとらわれて、先のことまで心配ばかりしていました」
　ブォンと鳴り響くエンジン音。
　気づいて後ろを振り返ると、夜の闇の中に見えるヘッドライトの群れがさっきよりも増えている気がする。
　これ、みんな恭についてきているんだ……。
「でも、いまは違う」
　優しく、でも強く響く恭の声。
「どんなことになっても、必ず茉弘を守る。自分の命に代えてもね」
　自信に満ちた恭の声。
　やっぱりインカムなんてするんじゃなかった。鼓膜に直接響く恭の声に酔ってしまいそうになる。
　いま、そんなことを言うなんて……ずるい。
　あたしの心臓が、心地よい音を立てる。
　あぁ、好きだな……。
　恭……大好き。
　そう思う反面、やっぱり胸が締めつけられる。
　あたしもこの人のことを守りたい……。
　だけどあたしは守るどころか、いつかこの人を傷つける。

あたしは、恭を強く抱きしめる。
　ごめん恭。
　ごめんね……。いまだけは……あたしもあなたを守るから……。

「着きましたよ」
「うわっ……」
　着いたのは、辺りに倉庫のような建物が並ぶ閑散とした空き地のような場所。壊れた工場のような建物が、解体されずにそのまま残されている。
　人気がなかったら、絶対不気味であろうその場所に、たくさんの人・人・人。
　ものすごく厳ついバイクにまたがってギャハハと楽しそうに話をしている人もいれば、ヤンキー座りでタバコをふかし、行く人行く人をにらみつける人もいる。
　普段絶対に見ることはない、異様な光景だ。
　あたしたちがバイクから下りた途端、その場にいた人たちが一斉にあたしたちを振り返り、攻撃的な視線を向けてくる。
　あたしは思わず尻込みしてしまう。
　あ、あたし場違いすぎやしないだろうか……。
「恭ーっ!!」
　遠くから駆けよってくる見覚えのある人影。
「聖也さんっ!!」
　今日も相変わらずの美人!!

「あんたのことなんて呼んでないわよ」
　そして、相変わらずの毒舌っぷり。
「それに、"聖也"って呼ぶなって言ってんでしょおがぁぁぁ!!」
「ふ、ふびばべん」
　あたしは、聖也さんに思いきり両頬をつねられる。
「聖也。聖蘭のメンバーはもう集まってるのか？」
「集まってるわ。だから、あんた見つけて呼びに来たんじゃないの」
「そうか。じゃあ、顔を出しに行く。茉弘もおいで」
「う、うん！」
　前を行く恭。頬をさすりながらそれについていこうとするあたしを聖也さんが止める。
「聖也さん……？」
　驚いて振り返ると、聖也さんは気まずそうな顔で、なにかを言いたそうに口をパクパクさせていた。
「あの……さ」
「どうしました？」
　あたしはキョトンとした顔で首をかしげてみせる。
「……かった……」
　聖也さんの声は、周りの騒音(そうおん)に軽々と消されてしまう。
「ごめんなさい。よく聞きとれなかったんですが……」
　そう正直に言うと、聖也さんは真っ赤になって、「この間は悪かったって言ってんの!!」と怒りだしてしまった。
　へ!?

「こ、この間って……倉庫での……？」
「……そうよ。あたしが忠告しに行ったときのこと。言いすぎたと思ってる……」
　なんで!?　こんな聖也さん調子狂う！
「き、気にしないでくださいっ！　聖也さんまちがったこと言ってたわけじゃないんですから！」
　聖也さんのあの忠告がなければあたしは、あのとき恭の本心を知ることができなかったかもしれない。
　いまも中途半端な関係で、恭と過ごしていたかも……。
　そう思うと、あたしは聖也さんに感謝の気持ちさえ抱いていた。
　それにこの人は、口調こそキツイけれど絶対に悪い人ではない。そう思うから……。
「だから、謝ったりしないでください」
　そう言って、あたしは微笑んでみせた。
　それを見て、聖也さんが一瞬驚いた顔をする。
「あんたって……なんでこんなことしてんの？」
　あたしは、その言葉にビクッと肩を揺らす。
"こんなこと"って……？
「あんたみたいなやつが、恭をだましてるなんて信じられない」
「……っ」
　そうだった……。
　聖也さんは、あたしが鷹牙のスパイだと知っているんだ。
「まぁ、いいわ。なにも問いつめないでおいてあげる」

え？
「な、なんでっ……」
　責（せ）められてもおかしくないことをしてるのに!!
　ううん！　聖蘭と煌龍は同盟同士。
　バラされたっておかしくないはず。
　それなのに……。
「あんたは、恭を傷つけたりしない」
　まっすぐな瞳であたしを見つめる聖也さん。
「……え？」
「あんたのお披露目のとき、あたしもあそこにいたのよ」
　聖也さんは、苦笑いを浮かべる。
「あんたの暴走具合には、本気であきれたわ」
　うう……あれを見てたのか……。
　思い出しただけで、顔から火を噴きそうなくらい恥ずかしくなる。そりゃ、聖也さんでなくともあきれますよ。
「……でも、カッコイイとも思ったわ。信用に値する子だともね」
「……聖也さん……」
　頬を緩（ゆる）ませ、微笑む聖也さん。
　いつもの気の強そうな顔とは裏腹に、優しさがにじみ出ている笑顔。やっぱり聖也さんは優しい人だ。
「ま。恭を悲しませたときは容赦しないからねっ！　いまは黙って見ててあげる。頑張んなっ！」
　あたしにビシッと指をさし、そう言い残して恭のところに駆けていく聖也さん。

「茉弘っ。あんまり離れちゃダメだよ」
　その向こうで恭があたしを呼ぶ。
「……う、うん！　いま行く」
　聖也さん……あたしが恭を傷つけたりしないってどういうこと？
　そうこうしているうちに、恭を裏切るときは刻々と近づいてきている。
　恭を傷つけないなんて選択肢があるの？
　あたしは、思いきり頭を振る。
　そんなのあるわけない。
　たとえあったとしても、そんなの葛原が許すはずがない。
　きっと、潤の笑顔を取りもどすことはできなくなってしまう。
　あたしには、恭を裏切る道しかないんだ——。

「お！　恭来たかーっ！　久しぶりやなっ！」
　そう言って恭の肩を小突いたのは、銀色の短髪にたくさんのピアスを耳につけた男の人。
　背は小さくて、あたしとあまり変わらないくらい。
「久しぶりだな。光輝。いつも仕事早くて助かってるよ」
　恭が穏やかな顔をしてるってことは、親しい仲なのかな。
　光輝と呼ばれる男の人は「にしし！」と独特な笑い方をして、「あのくらいの仕事ちょろいわ」と自慢げに言う。
　そして、あたしに気がついたかと思うと、興味津々の顔で近づいてくる。

「おぉっ！　これが、うわさの姫さんか！」
　近くで見るその顔は人懐っこそうで、人から嫌われることなんてなさそうな人。
「俺、信楽(しがら)光輝!!　聖蘭の副総長やっとんねん！　ヨロシクなっ！」
　聖蘭の副総長!?　イメージが違いすぎる！
　てっきり聖也さんみたいな感じの人なのかと……。
「秋月茉弘です。よろしく」
「茉弘ちゃんなっ！」
　光輝さんはあたしにニッコリ笑うと、恭の肩をバシバシ叩きながら、「恭も隅に置けんなー！　めっちゃべっぴんさんやないかっ！」と言ってガハハと笑った。
　陽気な人だ。
「光輝……痛い。茉弘。光輝はこの世界じゃ５本の指に入る腕利きの情報屋です。この人柄と小回りの利く体格でどっからでも情報を探ってきてくれる。絶対敵に回したくないようなやつですね」
　恭が苦笑いであたしに説明をすると、となりで光輝さんが「恭、褒めすぎやーっ!!」と笑いながらまた恭をバシバシ叩いている。
「聖ちゃんから聞いとるで！　茉弘ちゃん。なにかあったらなんでも言ってきぃ！」
　そう言ってあたしの頭をクシャッとなでて笑う光輝さん。
「光輝の出張代は高くつくからね」

と言ってニヤリとする聖也さん。
　まるで、初めて煌龍のみんなに会ったときのように、胸の奥がポカポカする。
　こんなあたしでも、仲間のように迎えてくれる聖也さんと光輝さん。
　……うれしい。
　……もしかしたら、恭や煌龍のみんなもきちんとわけを話せば、聖也さんや光輝さんのようにわかってくれるんじゃないだろうか。
　一瞬そんなことが頭をよぎって、思いきり頭を振る。
　そんなわけないじゃない。
　聖也さんたちと恭たちとではわけが違う。
　この数ヵ月で、あたしは恭やみんなのことをたくさん知った。
　一緒に笑って、泣いて、つらいことをのりこえて、こうして恭の……姫になれて。
　かけがえのない仲間になれて……。
　そんなあたしが、裏切り者だなんて。
　汚い手を使って、煌龍をつぶそうとしている鷹牙のスパイだなんて……。許されるはずがない。
　忘れないであたし。
　あたしは、煌龍の仲間なんかじゃない。
　弟の笑顔を取りもどすためならば、大切な仲間も、大切な人をも裏切る"裏切り者"。
　……あ。まただ。引っぱり込まれる。

暗い暗い、真っ暗な"闇"に……。
「茉弘‼」
　恭の声ではっと我に返ると、恭があたしの顔を覗き込んで心配そうな顔をしていた。
「……恭……」
「ぼーっとしてましたよ？　大丈夫ですか？」
「ご、ごめんっ……なんか、人混みに酔ったかも」
「大丈夫か？　うちのもんで車で来てるやつおるで？　一回そこで休んどくか？」
　光輝さんも心配そうにあたしを見ている。
「だ、大丈夫です。すぐによくなると思うから。本当少しだけだし……。あれ？　恭。それよりも、太一たちは？」
　ごまかすつもりで言ったはずだったけど、そういえば本当にほかのみんなが見当たらない。
　たしか、倉庫を出るときは一緒のはずだったのに……。
「あぁ。太一たちなら大丈夫です。俺らより先に着いて、いろいろ用意してくれてると思います」
　用意？
「暴走するっていってもいろいろあるんですよ」
　ってウインクとかされましても……よくわからないんだけど。
　そもそも暴走ってなに？　ただ、みんなで仲よく並んで走るんじゃないの？
　きっとあたしは疑問たっぷりの顔をしているだろう。
　そんなあたしに恭は、「あとでわかりますよ」と言って

いたずらっぽく笑った。
　なんか嫌な予感がする……。
「暴走開始まで、あと１時間以上ありますね。俺はいろいろとあいさつ回りをしなくちゃなんですが、茉弘は光輝の言っていた車で待ちますか？　聖蘭の車なら安心だとは思いますが……」
　恭は、腕時計を確認しながら言う。
「ううん。大丈夫。一緒に行く」
「あんま無理せんでな！　姫さんになんかあったらもともこもないんやからっ」
「そうよ。ぶっ倒れたりしたら、その場に置いていくからね！」
　聖也さんと光輝さん、まるでお姉ちゃんとお兄ちゃんみたい。
　なんだか温かい気持ちが込みあげてきて、自然と口もとが緩んでしまう。
　あたしは、そんなふたりに安心してもらえるように満面の笑みを見せて、「うん！　行ってきます」と言って、恭とその場を離れた。

「芝山(しばやま)さんお久しぶりです」
「おーっ。恭か！　元気に──……」
　これで何人目だろう？
　恭は、少し歩いては立ち止まり、次々にガラの悪いお兄様方に声をかけたり、かけられたりしていた。

ど、どんだけ顔が広いんだ……。
　後ろについていくあたしは、なんだか場違いな気持ちになって居心地が悪い。
　だけど、恭はそんなあたしを気遣ってか、ずっと手を握っていてくれる。
　――ここにいていいんだよ。
　そう言うように。
「あいさつ回りって、大変そうだね」
「付き合わせてすみません。普段顔を合わせないような人とも、この日だけは会えるので……つい」
「あたしは大丈夫だよ。後ろついていってるだけだしね」
　むしろ、あたしなんか連れてあいさつさせて申し訳ない。
　もっと自慢できるような子だったらよかったのにね。
　やっぱり、光輝さんの言う通り車で待ってるべきだったかな……。
　ひとりででも戻ろうかな……そう考えていると、恭はあたしの頭をくしゃっとなでて、あたしの耳もとまで少しかがむと、「あとでたくさんかまってあげるから、いまは我慢してここにいてね？」と甘くささやいた。
　低音でどこか色っぽい声。
　恭の息がかかったところがゾクッとする。
「……っ！」
　赤くなっていくあたしの顔を見て、楽しそうに笑う恭。
　こ、こいつっ！
　あたしの反応見て楽しんでるんだっ！

悔しい気持ちで頬を膨らませながら、恭のあとをついていくと、恭が誰かを見つけたのか、無意識にあたしの手をほどいてその人に駆けよっていった。

　その人が誰なのかはわからないけど、さっきまでとは違って深刻そうに話しだすふたり。

　うーん。さすがにこれは、そばに寄るべきじゃないよね？

　あたしは、恭たちから少し距離を置いた場所で恭たちの話が終わるのを待つことにした。

　ポケットからスマホを取り出し、時間を確認する。

　ただいま、夜の8時を回ったところ。

　夜が更けるにつれて、どんどん気温が下がっているようで、ここにある様々なバイクからは湯気が上っていた。

　あたしはブルッと身震いする。

　去年までは、自分がこんなところにいるなんて想像すらしなかった。それもクリスマスにね。

　ここにいると、クリスマスってことすら忘れそうになる。

　でも、不思議と嫌じゃない。

　あの、叔父さん叔母さんのいる家で、真っ暗な部屋の窓から見える近所のクリスマスツリーを眺めていた頃よりずっと素敵なクリスマスだ。

　お父さんとお母さんが亡くなってから、潤と一緒にずっとそんなクリスマスを過ごしてきた。

　でも、いまは違う。

　たくさんの大好きな人たちが、いまここにいて、大切な人がここにいて、あたしは、そんなみんなとここにいる。

やろうと思えば、自由にどこへだって行ける。
「……ふぅ……」
　あたしは、小さくため息をつく。
　ううん。まだ、違う。
　本当の自由は、潤を取りもどしてからだ。

「うわっ！　あれヤバくない!?」
「超イケメンじゃん！　去年あんなのいた!?」
　聞こえてくる黄色い声に目を向ける。
　こんなところに女の人……？
　あぁ、そっか。暴走族って男の人だけじゃないんだよね。
　いわゆる、レディースってやつ？
　意識して見ていなかったからわからなかったけど、辺りを見回すと女の人もまばらにいる。
　そんな女の人たちは、みんな頬を染めながら同じ方向に視線を向けていた。
　不思議に思ってあたしもそちらに視線を向ける。
　──ドクン。
　視線の先の人物に、あたしの心臓が大きく脈を打った。
「……潤……」
　まちがいない。見まちがえるはずがない。
　最後に会ったときよりも、その色素の薄いふわふわの髪が伸びた潤は、なんだか大人っぽさが増したように感じた。
　男の子の成長って早いんだろうな。
　この何ヵ月かで、少し体格もよくなった気がする。

でも、相変わらずのその綺麗に整った顔立ちには、見るものを惹きつける魅力(みりょく)があった。
　我が弟ながら目を奪われる。
　潤はあたしに気づくことなく、人混みの中に消えていく。
　見失っちゃうっ!!　声をかけなきゃ!!
　体が自然と駆けだしそうになって、はっとする。
　あ。そうだ。
　恭に離れないよう言われてるんだった……。
　恭のほうをチラッと確認する。
　まだ、さっきの人と話してる。
　長くなりそう……だよね。
　少しだけなら大丈夫なはず！
　潤を捕まえて、「元気なの？」って聞くぐらいならっ!!
　あたしは、気づかない恭に背を向けて、全速力で駆けだした。
　潤が歩いていった方向に、人混みをかきわけて進んでいく。
「はぁ……はぁ……」
　あーもうっ！　それにしてもすごい人！
　いない……。もしかして、完璧に見失(みうしな)っちゃった……？
　そのとき、強く腕を引かれ、乱暴に口をふさがれる。
「ん"ん"っ!!」
　そのまま建物の影に引っぱり込まれる。
　──ヤバイ。
　という言葉が頭をよぎった瞬間、聞き覚えのある声が頭

上から落ちてきた。
「なんでここにいるわけ？」
「んーんーっ!!」
「あ。ごめん」
　あたしの口をふさいでいた手がパッと離される。
「潤っっ!!!!」
「久しぶり」
　潤だっ！　潤だっっ!!
　──パッカーン!!
「いった……なにすんの茉弘……」
「なにすんのじゃないっ!!　なんであんたはいっつも心臓が止まりそうな現れ方すんのっ！」
「だって、人前で話すわけにはいかないでしょ……」
　潤は、あたしに思いきり叩かれた頭をさすりながらブツブツ言っている。
　あぁ……この感じ……潤だ……。
　前に潤と別れたとき、もう次に会える保証はないと思った。だから、またこうやって潤に会えたことがすごくうれしい。
　鼻の奥のほうがツーンとして、なにか温かいものが込みあげてくる。
「……また泣く」
「……泣いてない」
　潤は、なにも表情を変えずにあたしの頭をなでる。
　昔はあたしがなでてあげるほうだったのにな。

あたしは、いつからこんなに弱くなってしまったんだろう。
　ううん。
　潤は、いつからこんなに頼もしくなったんだろう……。
「話戻るけど、茉弘なんでこんなとこひとりでうろついてんの？　ダメじゃん。あの煌龍の姫っていう自覚ある？」
「潤……知ってるの？　あたしが姫になったって」
「知らないわけないでしょ？　一応俺、鷹牙の副総長だよ？」
　そうだった……。
　潤は、煌龍と敵対している暴走族、"鷹牙"の副総長。敵である煌龍の動向を知らないわけがない。
「聞いたよ。お披露目での話」
「うっ……」
「バラバラになりそうだった、何百人ものやつらを一喝して黙らせたそうじゃない」
「あ、あれは……ね。うん。まぁ、いろいろあってね……あはは」
　ちょっと……そんな恥ずかしいうわさ流れなくていいからっ！
　あたしは、額を押さえてうなだれる。
「将生さんの耳にも入ってる」
　――ドクン。
「将生さん、喜んでたよ。とうとう茉弘が本格的に栗山の懐(ふところ)に潜り込んだって。作戦は着々と進んでるって……」

「っ……!!」
　葛原は、あたしが恭の女にでもなれば上出来だと言った。
　心を許した相手にはなんでも話してしまうのが人間の性。
　葛原は、あたしが恭から、煌龍の重要な情報を手に入れることを期待している。
　それともうひとつ。あたしが恭を裏切ったとき、恭自身が受けるダメージだ。
　大切なものに裏切られ、それが敵対している側の人間だったら……しかも、その大切なものが敵対している側の犬だったら……。
　あいつはいざとなれば恭の前であたしをめちゃくちゃにするだろう。恭にダメージを与えるためなら、目の前であたしを犯したっておかしくはない。でも、あたしはきっと逆らえない。潤が自由になるためならなんだってする"犬"だから。
　……笑えないっての。死んでもそんなの嫌だ。
「茉弘が栗山恭の姫になったのは、将生さんとの契約のためなの？」
「……え？」
「それとも、栗山恭を好きになったから？」
　潤はまっすぐあたしを見つめてくる。
　その目の奥は澄んでいて、まだ黒に染まりきっていないのだと、少しほっとした。
「前者なら、いますぐ煌龍から離れろ。俺は前と気持ちは

なにも変わってない。俺を取りもどすとかバカなことは考えないで、俺のことなんて忘れて自分の人生を生きるんだ」
「っなっ……!!」
「後者ならっ!!」
　潤はあたしの言葉を遮って、潤とは思えないような大きな声を出す。
「……後者なら、栗山恭と生きろ」
　頭が、真っ白になった。
　だって、どちらの選択肢にもあなたはいないじゃない。
　あたしの指先が、冷たくなっていくのを感じる。
「あの栗山恭が、茉弘のそばにいてくれるなら、俺は安心だよ。あの人は、この世界でもすごく評判がいい。強いし頭がいいし、なにより面倒見がよくて優しい人間だって聞いてる。そんな人が茉弘のそばにいて、茉弘を大切にしてくれるのなら、俺はなにも言うことないよ」
　なにそれ……。
「だから俺のことなんか忘れて、茉弘は茉弘で幸せになってよ」
　そんな、もうあたしたちの道が交わることがないような言い方……しないでよ。
「潤は？」
「え？」
「潤は、幸せにならないの？」
　その言葉に潤は、かすかに眉根を寄せる。
「あたし潤には悪いけど、いま幸せだと思うことがある。

恭に出逢って、いろんなことが変わった。恭を好きになって、いろんな気持ちを知った」
　あたしは、胸の辺りを強く握りしめる。
「だからこそ、まちがってないと思った。どんな手を使ってでも、潤に幸せになってほしいと思うことは、まちがってないと思った。あたしだけ幸せになったってうれしくないよ！　あたしは潤にも幸せになってもらいたいのっ!!」
　──ダンッ！
　あたしたちの会話を遮るように、壁を叩く大きな音。
「はぁ……はぁ……」
　ゆっくりと顔を上げれば……。
「……恭……」
「やっと……見つけた……」
　目の前に、肩で息をする恭の姿。
　まさかいまの……聞こえてた？
　──グイッ！
　恭はあたしの体を守るように自分の胸に引きよせると、潤を目で威圧する。
「この子になんか用？」
　いつになく黒いオーラをまとった恭の雰囲気。
　潤もそれに負けることなく、恭の威圧感と張りあう。
　さすが鷹牙の副総長と言うべきか、恭にここまでにらまれてもたじろがない人間なんて見たことがない。
　それどころか、潤はそれを真っ向から受けてなお、にらみ返している。

……て、違う違うっ!
　ふたりの気迫に圧倒されてる場合じゃないのよ!
　止めなくちゃ!!
「き、恭っ!!」
　名前を呼ぶと、恭はそのままの顔つきで、目だけであたしを確認する。
　……う"っ!　ちょっと怖い……。
　完全ブラックモードの恭だ。
「あのね!　違うのっ!!　えっと……道!　道を聞かれてただけっ!!」
「……道?　なんの?」
「うっ……」
　恭が見てないのをいいことに、潤が「もっとうまい言い訳あるでしょ……」という顔であたしを見てくる。
　この状況で、そんなものとっさに思いつかないから!!
「えっと、あの、えっと……ほら!　トイレまでのね!!　道!!」
　あれ……?　く、苦しいか……?
「……トイレ……」
　そうつぶやくと、恭はまた潤に向き直る。
　視線と視線がぶつかりあうふたり。
　……ていうか、こんな嘘ついたところで、恭がさっきの会話を聞いてたら意味ないじゃないか……。
　にらみあうふたりを見ながら、じわじわと冷や汗が出てくる。

……どうしよう。こんなにあっけなく終わっちゃうの？
「トイレなら、あっちに歩いて10分くらいのところにコンビニがありますよ」
　ってそこ信じるんだ!!
　しかも場所まで丁寧(ていねい)に教えている恭に、開いた口がふさがらない。
「……ありがとうございます。これで漏らさなくてすみそうです」
　ペッコリとお辞儀(じぎ)をする潤。
　えっと……なんだこの光景は……。
　トップを争う２つの族のNo.1とNo.2の会話が、トイレって……。なんかこのふたり、微妙に波長が似てる。
「じゃあ、俺はこれで」
　そう言って潤は、恭の横を通りすぎる。
　その瞬間、恭の顔色が一瞬変わった気がしたけど……気のせいかな？
　潤の姿は、また人混みの中に消えていった。
　少しの間、流れる沈黙。
　恭はまだあたしを胸に抱きよせたまま離さない。
　どうしたものか……。
「……恭？　あの、そろそろ離し……」
　そう言おうとした瞬間、恭があたしを抱きしめる腕に力を込めた。
「恭っ……！　苦しいっ！」
「……俺の心臓の音、聞こえる？」

心臓の……音？
　ぴったりとくっついた恭の胸に耳を済ませる。
　──ドッドッドッド。
「すごい……早い……」
「心臓止まるかと思った。死ぬほど心配した」
　そう言って恭はまたギュウッと力を入れる。
　心なしか恭、震えてる。
　あたしバカだ。
　いくら潤を引きとめたかったからとはいえ、恭の気持ちをもっと考えるべきだった。
　恭には大切なものを失った過去があって、きっとトラウマになってるはずなのに……。
　なんであたしはこんな軽率な行動をしてしまったんだろう。きっとすごく不安だったはず。
「恭……ごめんね。あたしは大丈夫だから……。本当だからっ……」
　あたしの肩にうなだれる恭の頭を、あたしは両腕で包み込む。
　こんなに弱々しい恭初めてだ……。
　本当に本当にごめんね。怖かったよね。
「許さない」
「……へ？」
　急にガシッと恭の手があたしの手を掴んだかと思うと、そのまま壁際まで追いやられる。
「わっ！　わっ！　わっ！　き、恭っ!?」

そして、恭の手のひらがあたしの顔の横の壁に勢いよく叩きつけられた。
　こ、これが壁ドンてやつか……。そういえば前にもされたな。……って!!
　そんなの堪能(たんのう)してる場合じゃない!!!!
　目の前の恭の顔は、ものすごく……怒ってる!!!!
「あっうっ……」
「そんな怯えたって許さないよ？　俺、あれほど言ったよね？　離れるなって」
　ひいいぃ〜〜〜〜〜〜っ!!
　恭、目がヤバイ!!　据ってる！　すごい据ってる!!
「道案内かなんか知らないけど、なにかあったらどうするつもりだったの？　自分がどういう立場か、理解してる？」
「ごっごめっ……」
「茉弘になんかあったら俺、狂うよ？」
　まっすぐにあたしを見据える恭の瞳は、怒りと寂しさの両方を含んでいる気がした。
　怖い……からじゃない。
　なんだかあたしもひどく寂しい気持ちになって、泣きだしたい気持ちがわきあがってくる。
「ほんっ……本当にごめんなさい……」
「……泣いたってダメ。許さない」
　じゃあ、どうすればいいの？
　そう言おうとした瞬間。
「んんっ……！」

突然恭の唇があたしの口をふさいだ。
「んーっ！　んーっ！」
　長くて、深いキス。
　苦しくてドンドンッと恭の胸を叩いても、一瞬息継ぎのために少し唇が離れるだけで、またすぐにあたしの唇をふさぐ。
「はっ……んんっ！」
　ダメだ……なにも考えられなくなってくる……。
　いままでのキスとはわけが違う。
　さんざん恭の舌があたしをいじめぬいたあと、ちゅっと音を立てて離れていった。
　それから恭は、放心状態のあたしに「おしおき」と言って、ものすごく意地悪な顔をする。
　この……ドＳ……。
　フラッと倒れそうになるあたしを、恭はまた胸に引きよせて、さっきの恭が嘘だったかのように優しくあたしの頭をなでる。
「これに懲りて、ちょっとは大人しくしててね？」
「もう……絶対するもんか……」
　ぼうっとする頭の中、恭がクスッと笑って「いい子だ」と言った気がした。

「恭！　茉弘ちゃん!!　おっそいよ〜!!」
　大混雑の群れの向こうから、春馬があたしたちに向かって大きく手を振っていた。あたしはもみくちゃになりなが

ら、恭に手を引かれやっとの思いで春馬の元にたどり着く。
「……はぁ。それにしてもここすごい人だね。なにかあるの?」
「なにかあるのって……恭、茉弘ちゃんなにも知らないの?」
　知るも知らないも……なにも聞いてませんけど。
　周りを見渡すと、みんななにかを心待ちにしているようで、ソワソワした様子。
「百聞は一見にしかずってね。ほら、始まりますよ」
　――ブォンッ!!
　思わず耳をふさぎたくなるような爆音とともに、たくさんの派手なバイクが現れた。
　そのバイクは激しい音楽に合わせてアクロバットしながら行ったり来たり。
　カラフルなスポットライトが忙しなく動いて、雰囲気を盛りあげる。
　さっきまでソワソワしていた群衆は、大きな歓声をあげて、せきを切ったように騒ぎだした。
「な、なんなの?　これ……」
「暴走前のオープニングショーみたいなものですかね。このあと、それぞれの族がなにかひとつ披露してから走りだすことになってるんです」
「え。じゃあうちも……」
「そう。ちなみに今回、うちはトリです」
　5分くらいしてからだろうか。

派手なバイクショーが終わると、グループ名の紹介とともに、ズラリと仲間を引き連れたその族の幹部たちが現れた。
　その人たちは、大きな声でなにかを叫んだあと、一斉にバイクにまたがりエンジンをかけ、そのまま派手な横断幕をなびかせながら、走り去っていった。
「あーいいね！　あの位のが、初々しくて！」
　楽しそうに指笛を鳴らしながら、春馬が言う。
　恭も「そうだね」とか言っちゃってるし……。
　ぼうぜんと立ちつくすあたしは、おいてけぼりだ。
　次々に独特の登場をしながら、走り去っていく族を見送っていると、春馬が急にそわそわし始める。
「恭っ！　そろそろだよっ！」
「もうそんな時間？　あ。来た来た」
　恭たちが手を振っているほうを見ると、俊太が10人くらいを引き連れて、こちらに走ってくる。
「お待たせしました！　準備は整いました!!　あとは、総長と春馬さんだけです！」
「ご苦労さま。俊太。じゃあ、少しの間茉弘を頼んだよ」
「任せてください!!　茉弘さんには俺ら全員つきますから、安心してやっちゃってくださいね！」
　恭は俊太に「任せた」と言うように微笑むと、今度はあたしに向き直る。
「少しの間、俊太たちと待っててくださいね」
「恭、どこ行くの？」

『やっちゃって』て、いったいなにをやっちゃうんだ。
　なんだか不安になってそう尋ねると、恭はちゅっとあたしの額にキスをして、「大丈夫。すぐに戻りますよ」と言って微笑んだ。
　いやいや。答えになってないし。なんだかごまかされた気がする。
　これって、全部の族がここから出発するんだよね？
　つまり、いま葛原もこの近辺にいるってこと？
　鷹牙が何番目に走りだすのかはわからない。だけどこのままでは恭と葛原が対面してしまう……。
　背筋に悪寒が走る。
「……っ！　あたしも行くっ!!」
　とっさに恭の服を掴むと恭は一度驚いた顔をするが、すぐに優しく微笑んで、「だーめ。茉弘はここにいてください。じゃないと、太一たちの頑張りが無駄になる」と言って、あたしの頭をくしゃっとなでた。
　なにそれっ!!　もうさっきから、言ってることがよくわからないんですけどっ!!　そんなことより、まずいんだって!!
「心配しなくても、大丈夫ですよ。鷹牙はもうすぐ出発ですから」
　え？　心の声が聞こえてしまったのかと、弾かれるように恭を見れば……。
「百合から聞きました。茉弘が俺らと鷹牙の接触を心配してるって」

「キャーッ!!　鷹牙よっ!!!!」
「潤さんだっ!!」
　黄色い声援が聞こえて振り返ると、黒の特攻服を着て横一列に並んだ……鷹牙幹部。
　真ん中が総長葛原。その右どなりに潤。左どなりには、スキンヘッドでガタイのいい男……たしか、滝沢って名前だったと思う。
　この３人が鷹牙幹部として整列していた。
「あ……」
　なんだ……てことは、恭と葛原が対面する可能性はないってこと？
　どっと肩の力が抜ける。
　なんだ。心配してついてきて、損した。
　こんなにたくさんの人がいる中で、恭と葛原が対面する可能性なんてたかが知れてたんだ。
　心底ほっとしていたのもつかの間、恭の顔色が変わる。
「……あれ……さっきの……」
　は!!　しまった!!!!
「恭、どうしたの？」
　春馬が不思議そうに首をかしげている。
　恭、完全に潤を見てるよね……。あたしがさっき道案内してた男が、鷹牙の副総長だったなんてわかった日にゃ、恭は……。
　恭はゆっくりとあたしを振り返り、ジロリとにらむ。
『ほら。言わんこっちゃねーだろ。なにもなかったのは奇

跡だと思え』とか、恭は言わないんだろうけど、目がそう言ってる……。
「はぁ……。どうりでどこかで見たことあると思った……」
　額に手をあて、ため息をつく恭。
「……す、すみません……」
　恭は、潤があたしの弟って知らないんだもんね。
　そりゃ、怒るのも無理はない。
「とにかく、少しの間俊太たちと大人しく待っててください。言うこと聞けないと……」
　恭はあたしの顎を持ちあげると、顔を近づけてニヤッとする。
「どうなるか、わかってますよね？」
　　　　わ───────っ!!
「わかった！　わかったから離れてっ!!」
　グイグイ恭を押しやっていると、「お楽しみ中悪いけど、恭、行くよっ！　茉弘ちゃん！　あとでね」と言って、春馬は恭を連れていってしまった。
「茉弘さん。俺らから絶対に離れないでくださいね！　俺らが絶対守りますから！」
　俊太とその他10人が、ガッチリあたしの周りを固めながら意気込んでいる。
　こんなにたくさんの護衛、恭が頼んだのかな？　本当心配性なんだから……。
「よろしくお願いします」
　あたしは俊太たちに深々と頭を下げると、俊太たちも慌

てて頭を下げてくれた。
　待ってろと言われたけど、いったいこのあとなにが起こるんだろう？　まったく見当がつかない。
　——ブォン!!
「鷹牙が出発するぞっ！」
　盛りあがっている野次馬たちを蹴散らすようなエンジン音が鳴り響く。
　——すごい……。ほかの族の出発とは大違いだ……。
　圧倒的に規模が大きいっていうのもあるんだろうけど、この族が醸し出しているオーラは尋常ではなかった。
　なんて言えばいいんだろう？
　ここにあるすべての闇をのみ込んでしまいそうな……存在感。
　恭が率いる煌龍が"光"ならば、鷹牙は深い深い"闇"だ。
　潤がその真っ暗な闇に染まってしまうようなそんな不安を抱えながら、彼らが出発するのを見届けた。
　……潤……本当に久しぶりだった。
　いまのところ、元気そうだったかな。
　少しでも話せてよかった。
　どうか、もう少し待っていてね。
　必ずあなたを取りもどしてみせるから。
　鷹牙のあとに続いて次々にほかのグループが出発していった。
　あたしは俊太たちと一緒に、ぎゅうぎゅうに群れた雑踏(ざっとう)の中でそれらを見ていた。

「あ。聖也さんのとこっすよ」
　出てきたのは、黒い布を被り顔を隠した集団。
　たくさんの飾りがついた一際ゴージャスなそれを被ったひとりに、黒い集団がついていく。
　その集団は、自分のバイクのところに着くと、爆竹のようなすごい音とともに、ばっ！と被っていた布を空に放り投げる。
　…………っうわ……っ！
　すごくカッコイイッ!!
　現れたのは、聖也さん率いる聖蘭のメンバーだ。
　聖也さんの後ろには光輝さんもいる。
"聖蘭"という刺繍を施した、パープルの特攻服にみんな身を包んでいる。
　鳥肌が立つような大歓声の中、投げキッスを振りまく聖也さんを筆頭に、あっという間に走り去っていった。
「さすが聖也さん。やることが派手で一種のエンターテインメントっすよね」
「……うん。たしかに」
　出発ひとつで、こんなに族の色が出るんだ。
　なんだかおもしろいかも。
「さぁ。いよいよ次っすよ！」
「え？」
　──ヒュルルルルル……。
　へ？
　──ドォンッ!!!!!!

は、花火!?
　まさかの冬の花火に驚いていると、どこからともなく聞こえてくる……クリスマスソング？
　そして、現れたのは……。
「えぇ!?」
　なにこれ!?!?
　聞こえてくる女子たちの黄色い悲鳴。
　そこに現れたのは、ビシッとしたスーツ姿で決めている直、春馬、太一、そして恭の煌龍の幹部４人。
　しかも、それぞれが大量のバラの花束を抱えて立っていた。
　４人とも、キザだけどよく似合っていて、プロのモデルかなにかみたい。
　その中でも恭は、ひときわスーツ姿がハマっている。
　まるでレッドカーペットの上を歩く、ハリウッドスターのような登場に、その場の空気は騒然となっていた。
　しかし……なぜにスーツ？
　目の前の不思議な光景にあっけにとられていると、恭がこちらに気づいて太一たちになにか合図をする。
　すると、ゆっくりとした足取りで微笑みながら、あたしに向かってくるじゃないか！
　ちょ！　ちょっと待って!!　なんでこっちに来るの!?
　恭は３人をバックにつけて、あたしの一歩手前で足を止めると、「なんか、ちょっと恥ずかしいですね」と言って照れた様子で鼻の頭をかいた。

「き、恭！　こ、これっていったいなんなの!?」
　動揺しているあたしを見て、ニッコリと恭は微笑む。
「ほかの族と変わりないんじゃ、かっこつかないでしょ？」
「は？」
「みんなに俺の大事なもんわからせてやらないとね？」
「……なっ！」
「茉弘」
「え？　わっ！」
　大きなバラの花束を渡され、あたしの視界が遮られる。
　それと同時に、バラの香りが胸一杯に広がった。
　驚いて恭を見ると……。
「メリークリスマス」
　そう言って、ドキッとしてしまうほどの優しい顔で微笑む。
　まだ状況がのみ込めないあたしがオロオロとうろたえていると、「少しじっとしててくださいね」と言って、すぐ近くまで恭の顔が近づいてくる。
「ちょっ……」
　ち、近いっ！
　キスされてしまうんじゃないかと思って、思わず肩がすくむ。
　なになになんなの———!?
　ギュウッと目をつぶって構えていると、「はい。できました」
　と言って、恭との距離が広がったのがわかった。

恐る恐る目を開けると、そこには愛しいものでも見るように目を細めてあたしを見る恭の姿。
「よかった。似合ってます」
　そう言って恭は、あたしの鎖骨辺りにそっと触れる。
　あたしもそこに触れてみると、冷たい金属のようなものが手にあたった。
　手にとって見てみると、トップに小さなダイヤが施されたハート型のネックレス。
　すごくかわいいっ！
「恭これっ……」
「男ってのは、なんでこういうものを贈(おく)りたくなるんですかね」
　恭の手があたしの頬をなでる。
「俺のって印をつけておきたいからかな？」
　そう言うと恭はふっと目を細めて、あたしの心臓が落ち着かなくなる、あの妙に男っぽい顔で笑うんだ。
　恭……。あたしはいつだって恭のものだよ。
　一緒にいられる時間はあと少しかもしれないけど。
　いつか恭に嫌われてしまうのかもしれないけど。
　それでもあたしは、ずっとずっと恭のことを思い続ける。
　恭と出逢ったあの日、あたしの心はあなたに捕らわれた。
　あたしの心があなた以外のものになるなんて、これから先、どんなことが起きようと絶対にないと言えるよ。
　ネックレスを握りしめる。そして、ありったけの思いを込めて、「ありがとう！」と言って笑った。

「それじゃあ、行きますか!」
「ひゃあ!」
　急に体がフワッと浮きあがって、思わず恭の首にしがみつく。
　なっ……なっ……お、お姫様抱っこ!?
　恭はあたしを抱いたまま、観客たちが作る花道を一歩一歩進んでいく。
　その先に待つのは、見たことのあるバイク。
　恭のバイクだ。
　それを筆頭に3台のバイクが並んでいる。
　きっとこれは、太一たちのバイク。
　恭が自分のバイクにあたしをそっと下ろすと、一度じっとあたしの顔を覗き込む。
　そして、あたしのおでこに優しくキスをしてバイクにまたがった。

　このときのあたしは浮かれていたのかもしれない。
　このとき恭が、なにを考えていたのかも、なんで一瞬寂しそうな表情をしたのかも。深く考えようとなんてしなかった。
　ただただこの恋に、恭を愛しいという気持ちに、溺れていたかったから……。
　このときすでに、あたしの知らないところで、たくさんのことが動き始めていることに気づかないフリをして──。
　ブォン!という大きなエンジン音を響かせ、バイクが走

りだす。
　それに続いて、たくさんのバイクが飛び出してくる。
　聖なる夜だとは思えない真っ暗な闇に向かって走りだすバイクの上で、あたしは必死に恭の背中にしがみつき、この幸せに浸っていた。

時は来たり

　冬の風がよりいっそう冷たくなった。
　道の端々には、一昨日くらいに降った雪がまだ溶けずに残っている。
　いまにも凍りついてしまいそうな手を、自分の吐息で温めていると、優しくその手を握られて彼のポケットの中へ入れられた。
「天然カイロです」
　そう言ってフワッと柔らかく微笑む恭に、
「なにそれ。変なの」
　と言う素直じゃないあたしの内心は、幸せな気持ちでいっぱいだ。
「恭ー！　茉弘ちゃーん！　おっそいよー!!　いま迎えに行こうとしてたんだよー？」
　倉庫の入り口から飛び出してきた春馬が、あたしたちに気がつくなり頬を膨らませる。
「近くのスーパーやたらと混んでたんだよ。はい。コレ」
　そんな春馬に、恭は持っていたスーパーのレジ袋を渡す。
「お！　酒も入ってんじゃんー！　よく買えたなー！　年齢引っかかんなかった？　あ、恭老けてるからなー！」
「ぶっ！」
　思わず噴き出したあたしを恭がふてくされた顔で見てくる。

「違うよ。酒は理さんからの差し入れ。ふたりに今年最後のあいさつに行ってきたんだ」
　そう。今日は大晦日。1年を締めくくる大切な日。
　煌龍の倉庫は、めずらしく午前中から開放され、自由参加で集まって年越しパーティーのようなものを行っていた。
　あたしと恭は、その買い出しついでに『お星さま』に行って、理さんと柚菜さんにあいさつをしてきたんだ。
　柚菜さんは1月に臨月に入るらしく、『お腹パンパンでしょ？』と言って幸せそうに笑っていた。
　元気そうでよかった。
　元気な赤ちゃんが産まれてきますように。
　心からそう思う。
「年明けたら俺らも行かなきゃなー！　理さんが父親とか、どんなんなるかスゲー気になる！」
　……たしかに。全然想像つかない。
　ずっとあのテンションなのかな？
「って、春馬も理さんと柚菜さん知ってるの？」
「もちろん！　幹部はみんな知ってるよー！　伝説のふたりだしね！『お星さま』にも何度も行ってるよ！」
「そうなんだ」
「それに、あそこミーティングルームみたいなのあるでしょ？　あそこは俺らの秘密のアジトみたいなもんだから！」
　へ？

そういえば、恭と初めて『お星さま』に行ったとき、その部屋に入った。そこで、恭と思いが通じあったんだ。
「秘密のアジトって……」
「ほら！　よく、映画とかでも出てくるでしょ？　スナックとか喫茶店とかに実は秘密の武器が隠されてるってやつ！」
　あたしはそんな映画見たことないけども。そういうもんなの？　秘密の武器って……あんなのやこんなの？
「こら春馬。秘密をそんな大きな声で話すやつがあるか。って茉弘。いろいろ想像膨らんでるみたいですが、武器とかないですよ？　ただの緊急避難場所みたいなものです」
「だよね」
　ちょっとワクワクしちゃったじゃないか。
「さ。早く中に入りましょ。凍えちゃいますよ」
　倉庫の中のどんちゃん騒ぎは、夜11時位まで続いた。
　飲めや歌えや踊れやの大騒ぎ。
　恭やあたしは、そんな煌龍の子たちを見てさんざん笑った。
　そんな子たちも年越し間近になると、完全にノックダウン。
「あーあ。みんな完全に酔いつぶれてますね。あと少しで年越しだってのに」
　恭は、酔いつぶれて爆睡してる子たちをつつきながら言う。
「幹部の人間がコレじゃあね」

太一と百合さんは寄り添って眠っている。
　春馬は酒瓶を抱きながら、直は大イビキをかきながら眠っていた。
「恭、お酒強いんだね」
「ん？　これでも少し酔ってますよ？」
　嘘つけ。普段となんにも変わらないじゃんか。
「茉弘は飲まなかったんですか？」
「あたしお酒嫌い」
　恭はクスッと笑って、「嫌いそうですね」と言う。
「少し幹部室に行きましょうか？」
　恭はあたしの手を取って、幹部室までの階段を上がった。
「あと10分くらいで、年越しますよ」
　そう言って差し出されたのは、ホットコーヒー。
「ありがと」
　恭はニコッと笑うと、あたしのとなりに腰をかける。
　ソファが小さくきしむ。
「今年は、いろんなことがありましたね」
　恭は、コーヒーカップを手にしみじみとした顔でそんなことを言う。
「うん……」
　あたしもコーヒーをひと口すする。
　おいしい……。
「でも、俺にとって一番の出来事は茉弘に出逢ったことかな」
「え？」

「去年のいま頃は、まったく想像さえしていなかった。いきなり現れた子に心をかっさらわれ、それじゃいけないと葛藤(かっとう)して、でもどんどん手放せなくなって……。だけど、その子に大切なものを守る強さを教えてもらって、いまこうして誰よりもそばにいる」

　恭の頭が、あたしの肩にコテンともたれかかる。
　恭……やっぱり酔ってる？
　こんな甘えた仕草をする恭はめずらしい。
　ちょっと……かわいい。

「すげぇいい１年だった。いままで生きてきた中で、一番最高。ヤバイ……こえー……来年こえーよ……」

「き、恭？」

　言葉使いまで変わってるし。
　恭が、あたしに顔を向ける。
　さっきまではシャキッとしていたのに、いまはトロンとした目であたしを見ている。

「好きだよ。茉弘」

「……っ」

「来年も、再来年も、その次の年も。ずっとずっと愛してる」

「あっ……!?!?」

　愛してるって……!!
　そんな言葉本当に言う人いるの!?
　あたしの顔は、いまにも火を吹きそうなくらい一気に熱を帯びる。

「愛してる」

「うっ……」
「愛してるよ」
「ちょっ……も、もう、わかったから！」
　何回言うのよ!?
　そう言おうとしたとき、恭の手があたしの後頭部に回され、恭の唇があたしの唇に重なった。
「……んっ……ふ」
　恭の柔らかい唇が、あたしの唇をもてあそぶ。
　少しお酒の味がする。でも、不思議と嫌じゃない。
　それどころか、ぼうっとする頭の片隅で、"もっと"と思っている自分がいる。
　恭の体重が乗っかってきて、ゆっくりとあたしの体がソファに倒れ込む。
　その拍子に、そこにあったテレビのリモコンを押してしまったらしい。
　パチッとテレビがついて、年越し番組がカウントダウンを始める。
『あと5秒〜！　4、3、2、1……』
「茉弘。来年もよろしくね」
「うん……」
　あたしたちは額をくっつけて、同時に微笑みあった。
『ハッピーニューイヤー!!!!』
　──バチンッ。
「きゃっ……」

突然目の前に広がったのは、深い深い闇。
「なっ！　なにっ!?」
「シッ！」
　恭が自分の胸にあたしを押しつける。
「嫌な感じがする」
　え？　嫌な感じ？
　なに？　恭なにを言ってるの？
「茉弘。俺から離れないで。絶対に。声も出しちゃダメだ」
　辺りが暗くて恭の顔はまったく見えない。
　だけど、その声からことの深刻さが伝わってくる。
　……これは……停電？
　ううん。そんなわけない。
　だって、窓の外は……明るい。
　……え？　なんで、明るいの？
　近くに街灯なんてないはず……。
　──キーーーーーーン!!
「……っ！」
　鼓膜を突きやぶるような嫌な機械音がして、とっさに耳を押さえる。
『はーぁい！　Every one！』
　スピーカーのようなものから流れてくる声……。
　この声は……。
　──葛原。
　ドクンと心臓が脈を打つ。
　あたしを抱く恭の腕に力がこもる。

『煌龍のみなみなさーん！　ハッピーニューイヤー!!　ん―？　あれー？　ちょっと声が聞こえませんよー？』

　ギャハハハという下品な笑いと、野次が聞こえる。

　やっぱり……あの明かりはヘッドライトだ。

　この倉庫は、鷹牙の連中に取りかこまれている。

『おい。栗山恭。そこにいるんだろ？』

　葛原の声が、急に不気味なほどに低くなる。

『さぁーて？　問題デス。俺たちはナゼここに来たのでしょう？　3秒以内で答えてください』

　3、2、1と葛原はカウントしていく。

『ブッブー！　時間切れです！　答えは……』

　やめて……。

『"秋月茉弘を返してもらうため"……でした』

「やめてっ!!!!!!」

「茉弘っ!!!!」

　あたしは、恭の手を振りきって幹部室を出る。

　真っ暗闇の中、何度もつまずきながら急いで階段を駆けおりて、さっきまでみんなが寝ていた1階にたどりついた。

　恭がそのあとを追ってくる音がする。

　でも、もうそんなの聞こえるはずもなかった。

　外のヘッドライトの明かりが1階の窓から倉庫の中を照らしている。

　あたしは、目の前の光景に凍りつく。

　さっきまで寝ていたはずのみんなは目を覚ましていて、立ちつくすあたしを見て眉をひそめていた。

──コイツハ、ウラギリモノ。
　　そこには、百合さん、太一、春馬、直もいて、みんなと同じ目をしている。
　　あぁ……。終わった。
　　すべてが終わった。
　　さっきまでの楽しい時間が嘘のように。
　　さっきまでの幸せな時間が嘘のように。
　　大丈夫。覚悟はしてた。
　　ただ少し、思ったよりも早かっただけ。
　　あたしは、みんなに深く頭を下げる。
　　その間にも、葛原は残酷な言葉を吐きちらす。
『茉弘。早く戻ってこい。俺は待ちくたびれたぞ？　もういいだろ？　十分に作戦は全うしたはずだ。早く俺のところに戻っておいで？』
　　は。最悪だこいつ。
　　ううん、あたしも……最悪だ。
　　あたしは、みんなの視線の中、ゆっくりと出口まで進む。
「茉弘っ‼」
「…………」
「茉弘っ‼　待て‼」
　　恭があたしの腕を掴む。
　　いつもあたしに優しさを与えてくれた、大好きな恭の手。
　　大きくて、強くて、優しい……恭の手。
「恭……」
　　あたしはゆっくりと恭を振り返る。

そして、込みあげてくる気持ちや絶望感を胸の奥にすべて押し込んで、ありったけの思いを込めて言う。
「バイバイ……恭」
「ま……」
『やっぱ、待ちきれねぇわ』
　──ガシャ────ン!!!!
　ガラスが割れる音。
　変な煙が倉庫に充満（じゅうまん）する。
　うるさいバイクのエンジン音。
　恭が叫ぶようにあたしを呼ぶ声。
　みんなの悲鳴。
　頭に強い衝撃が走って、あたしは真っ暗な闇に落ちていった。

　──茉弘。おいで。
　彼は、あたしに向かって大きく手を広げる。
　あたしはまるでそこが、本来自分のいるべき場所であるかのように、その胸に飛び込んでいく。
　あたしを包み込む、意外にたくましいその腕も。
　優しくあたしの髪をすくその手も。
　心落ち着くその香りも。
　全部。全部。
　愛しい。
　──ピチャン……。
　……冷たい。寒い……。

さっきまでの温かい幸福感が遠のいていく。
　もう二度と戻ってはこないのだとわかっているあたしは、ただただ立ちつくすだけ。
　心にぽっかりと穴が空いたような喪失感。
　壊れてしまいそうなほど寂しくて、悲しくて……。
　……あなたが恋しい。
　あたしは顔を覆い、その場に泣き崩れる。
　──ピチャン……。
　目から涙があふれ落ちる感覚。
　あたしはその違和感でゆっくりと目を開けた。
　まだ夢の中にいるのだろうか。
　そこは真っ暗な闇。
　聞こえるのは、なにか水のようなものが滴る音だけ。
　冷たくて、寒くて、悲しい場所。
　だんだんと意識がハッキリしてくる。
　あたしはいま、冷たいコンクリートの上に横たわっているようだ。
　手も足もきつく縄で縛られている。
「っ……！」
　体を起こそうとして動くと、後頭部の辺りに激痛が走る。
　いったぁ……。
　あぁ、そっか。あたしなにかで頭を思いきり殴られたんだ。
　そこで意識を失って……。
「……っ恭！」

恭は？　恭たちはどうなったの？
　倉庫のガラスが割れる音が、まだ耳に残っている。
　あれは、鷹牙の連中が乗り込んできた音。
　みんなきっと、タダじゃ済まない。
「みんな……」
　どうしよう……。
　みんなごめんなさい……。
　どうか、どうか、無事でいてっ……。
「よぉ。お目覚めかーい？　ひひっ」
　背筋に悪寒が走るような声が、真っ暗闇にこだます。
　その途端、バチンと辺りが明るくなって、そのまぶしさに目をつむらずにはいられない。
　やっと目が慣れてきたときには、あたしの目の前に置かれた椅子にその男は座っていた。
「葛原……」
「久しぶりだな。茉弘。ちょっと見ない間に、またいい女になったんじゃねーか？」
　葛原は、乱暴にあたしの顎を持ち、グイッと自分のほうに引きよせる。
「もう栗山とはヤッたのか？」
　唇は弧を描いているのに、目の奥がいっさい笑っていない。
　ダメだ……。恭といる間、ずっとあの透きとおった瞳しか見ていなかったせいか、前よりもずっとこの目が怖いと思ってしまう。

人を人とすら思わない、自分の欲のためならなんだってする。
　非道極まりない人間の……目。
　この目を見ただけで、胃の辺りをかき回されるような気持ち悪さが襲ってきて、背中をひと筋の嫌な汗が流れる。
　あたし……戻ってきちゃったんだな……。
　もうここには恭もみんなもいない。
　もう……会えない……。
「なに泣いてんだよ？　胸くそわりぃんだよその顔」
　──パシン。
　葛原は、あたしの頬を躊躇なく叩く。
「茉弘。まさか俺との約束を忘れたわけじゃないよな？」
　葛原の手があたしの喉に伸びてくる。
「まんまと栗山に取り入ったようじゃないか。姫にまでなって？　上出来だよ茉弘」
　体が震えて動かない。
「姫を取る気配すらなかったあの栗山が、だいぶ入れ込んで姫にまでした女が裏切り者だったとわかったとき、あいつはどんな顔してたんだろうな？　想像しただけで、おもしろくて仕方ないよ」
　こいつ……クズだ。狂ってる。
　あたしは、ありったけの気力を振りしぼって葛原をにらみつけた。
「……なんで……奇襲をかけたりしたのよ。あたしは……自分であんたのところに戻ってくるはずだった……。あん

な……」
　あんな汚いやり方で……。
　ねぇ、みんなは無事なの？
「こうでもしねーと、お前戻ってこられなかっただろ？」
「え？」
「お前、栗山にほれてるだろ」
　──ドクン。
「……なに言ってんの？　ありえない。あたしは……潤のために恭に取りいっただけよ……」
「ほぉ？」
　葛原はニヤリと嫌な笑みを見せる。
「そうか。じゃあ、その大切な弟のために、報告をしてもらわなきゃな。潤。入ってこい」
　キィと入り口のドアが開いて、そこから潤が入ってくる。
　潤はあたしを見ても表情ひとつ変えず、暗い瞳を落としていた。
「潤。お前の姉ちゃんがお前のために、煌龍の野郎共の情報をかき集めてきてくれたらしいぞ？　優しい姉ちゃんだなぁ？」
　葛原は潤の耳もとでひひっと笑う。
「お前に堅気のままでいてほしくて必死なわけだ？　泣けるねぇ。でも残念だなぁ。もしお前の姉ちゃんが裏切るようなことがあったら、お前は晴れて三豪会の組員だったのになぁ？　お前は素質あると思うんだけど」
「っ！　バカ言わないで!!」

葛原は両手を上げて、「まぁ、そう怒るなよ」と言って笑う。
「潤はっ……三豪会の……ヤクザの組員なんかにはさせないからっ」
「まぁ、それはお前しだいだろ？」
　また葛原の目の色が変わる。
　強欲な。ハイエナのような目。
「煌龍から得た情報を洗いざらい言え」
「……っ」
「……どうした？」
　……とうとう、このときが来たんだ……。
　葛原の思惑通り、あたしは煌龍に潜入していた期間、たくさんの情報を得た。
　もちろん最初は、葛原に報告するつもりでみんなを見ていた。どんな小さな弱点も見逃してはいけないと思っていたから。
　でも……。
　あたしは、ギュウッと目をつぶる。
　瞼の裏に、大好きだったみんなの顔が浮かんでくる。
　──春馬……。
　春馬はいつも明るくて素直で、ムードメーカー的な存在だったよね。
　その人のよさで、下の子たちからの信頼も厚くて、幹部と下の子たちとをうまくつないでくれていた。
　きっと春馬がいなくちゃ、何百っている煌龍のメンバー

たちがこんなにまとまりをみせることはなかったんじゃないかな。
　あたしは春馬のそんなところをいつも尊敬してたよ。
　――直。
　直は、本当に女の子が好き。
　女の子にはめっぽう甘くて、あたしのこともさんざん甘やかしてくれたよね。
　本当あきれちゃうことばっかだったけど、きっと女の子たちがコロッと直にだまされちゃうのは、直が女の子の気持ちをよく理解しているから。
　実は、直が一番人のことをよく見ていること、あたしは知ってるよ。
　――太一。
　太一は、乱暴で口が悪くて、おバカで。
　すごくすごく素直な人。
　なんで恭が太一にだけ心を開いたのか、わかる気がする。
　恭のことにしても、百合さんのことにしても、太一は偏見でものを見たりしなかった。
　太一の飾らなくて、率直な性格は、ときに人の心を救うんだ。
　心を偽っていたあたしは、そんな太一の性格が、時としてうらやましかった。そして、自分の汚さを突きつけられているようで怖かった。
　自分の思った通りにまっすぐ突き進むあなたに、あたしは、少し憧れていたのかもしれない。

——百合さん。
　百合さんは、さばさばした性格だけど、実はすごく繊細_{せんさい}で優しい人。
　あたしにとっては、お姉さんのような存在でした。
　過去に虐待をされていたというトラウマを抱えながら、あの太陽みたいな笑顔で笑うことのできる百合さん。あたしは、そんな百合さんが大好きです。
　そして……恭——。
　あたしは、ゆっくりと目を開け、体の前で縛られたままの両手を首もとに近づける。
　クリスマスの日、恭からもらったネックレスに服の上からそっと触れる。
　じんわりと胸が熱くなった。
　ねぇ、恭。
　あなたは、あたしのヒーローでした。
　悲しみを抱えながらもなお、みんなの上に立ち続けるあなたの姿は、いつも、強くて、優しくて、輝いていた。
　あのね。あたし、後悔なんてしてないんだ。
　あなたとの出逢いは、計画のうちで、決して運命的なものではなかったかもしれない。
　だけど、あたしにとっては奇跡だったんだ。
　出逢えたのがあなただった、ただそれだけで、十分奇跡だった。
　あなたに出逢って、恋をして、想いが通じあって。
　あたしは初めて、"人生捨てたもんじゃないな"って思

うことができたんだよ。
"幸せ"ってものを初めて知ったんだよ。
　あなたの香りも、あたしに触れる温かい手も、あたしの名前を呼ぶ少し低くて優しい声も。
　全部、全部、大切だった。
　できることなら、ずっと一緒にいたかった。
　あなたのあの優しい笑顔を、ずっと、ずっと、見ていたかった……。
　大好きです。
　これからどんなことがあろうと、あたしはずっとあなたが大好きです……。

　——おかしいな。
　結構いろいろ情報集めたはずなのにさ。
　あふれてくるのは、みんなへの想いばかり。
　みんなの……恭の……笑顔ばっかりだ。
「おい？　まさか、ひとつの情報も得られなかったなんて、バカな話はないよなぁ？」
　そう言って葛原は笑うが、目の奥はまったく笑っていない。
　そのとなりで、潤は黙ったままあたしを見ていた。
「……い」
「あ？」
「情報なんて……ない……」
　あたしのその言葉に、葛原の空気が一変する。

さっきまでの薄ら笑いは消え、代わりに暗くて冷たい瞳があたしを貫いた。いまにも人を殺めそうなほど真っ黒な瞳に、背筋が凍る感覚を覚える。
「どういうことか、説明してもらおうか？」
　あたし……なにを言ってるんだろう？
　覚悟はしていたのに。
　当初の予定通り、葛原に煌龍の情報を流さないといけないのに……。それが葛原との契約なのに……。
　そうしないと、潤を助けることはできない。
　潤の笑顔を取りもどすことができない。
　なのに……。
　あたしは、縛られた足で冷たい地面に正座になる。
　そして、ゆっくりと前のめりになると、自分の額を冷たい地面につけた。
「……っごめん」
　誰に対する言葉なのか、自分でもよくわからない。
　葛原は、なおも冷たい目であたしを見下ろしている。
「ごめん。あたしは……どうなってもいいから。なんでも言うこと聞くから。だから、お願い。潤だけは……自由にして」
「それは、煌龍の情報は流せない。でも、弟は自由にしろと。そう言ってるわけか？」
　あたしは、額を地面につけたままコクンと小さくうなずく。
　自分でも、虫のいい話だってわかってる。

だけど……。だけど、どうしても煌龍のみんなを裏切るなんてできない。
　恭を……裏切るなんて……。
　涙があふれそうになって、あたしはギュウッと目をつぶる。
　瞼の裏に、恭の優しい笑顔が浮かぶ。
『茉弘。大丈夫。俺がそばにいるから』
　笑顔の恭は、そう言っているような気がした。
　恭……。あたし、もっと強くなりたかった。
　潤も、煌龍のみんなも守れるくらいに、強くなりたかったよ……。
　結局あたしはどっちも守れなくて、ただ、こうやってこんなやつに頭を下げるしかできなくて……。
　こんなにも自分を無力だと感じたことはない。
　あたしなんてどうなってもいい。
　それで大切な人たちが幸せになれるのなら、あたしの幸せなんていくらでも差し出す。
　だからどうか……。神様っ……。
　とめどなく涙があふれてくる。
　葛原にバレないように、肩が揺れるのを隠すのに必死だった。
「わかった……」
　──え？
　いま、わかったって……!!
　ひと筋の希望が見えた気がして、あたしは期待を込めた

顔で葛原を見上げる。
　でもその希望は葛原の顔を見て、すぐに打ち砕かれた。
　あたしを見下ろした気味の悪い薄ら笑い。蔑む目。不気味に弧を描く唇。
「……とでも、言うと思ったか？」
　——ドスッ。
「うっ……かはっ」
　腹部にえぐるような強い衝撃が走る。
　葛原の右足が、あたしの左腹部にのめり込んでいた。
「うぅっ……」
　呼吸もできないほどの痛みに、あたしはその場でうずくまる。
　意識がうっすらと遠のく中、葛原はそんなことはお構いなしといった様子で、うずくまるあたしの髪の毛を掴み引っぱりあげる。
「なぁ？　なぁなぁなぁなぁ？　世の中そんなに甘いと思ってんの？」
　浅い息を繰り返すあたしの頬を、葛原はやはり容赦なく叩く。
「……っ」
　口の中に血の味がにじんだ。
「栗山といてさぁ。幸せボケしちゃってんじゃねぇの？　なぁー潤。お前のねーちゃん、お前を助けるのやめちゃったみてーよ？　どーする？」
「違うっ……！」

「違わねーだろ」
「ぐ……っ！」

　葛原の手があたしの首にかかり、あたしの気道をふさぐ。
　違う。違うよ。絶対に潤は助ける。
　その気持ちはいまでも変わらない。変わるはずがない。
　ただあたしは、誰かを利用して、誰かを陥れて"助ける"なんてやっぱりまちがってる。そう思ったんだ。
　そんなことをしたら、あたしたちの代わりに、また誰かが不幸になるだけ。
　そしてきっと、またあたしみたいな人間を生むだけだって。
　潤以外になにも大切なものがなかったあの頃のあたしは、潤さえ助けられればほかはどうなったって構わなかった。
　だけど、恭に出逢って、いろんなものを背負ってもなお、前を向いて生きている恭を見て、この人を踏み台にして成り立っている幸せなんておかしいんじゃないか。そう思ったんだ。
　あたしが裏切ったことで、あたしが傷つく分には構わない。
　だけど、恭や恭の大切な人たちを傷つけることはしたくないって。
　あたしは、ぎゅっと拳を握りしめ、葛原をまっすぐに見据えた。この状況でうろたえないあたしに驚いたのか、一瞬葛原の目の中が怯んだ気がした。

「……っ」
　苦しい……。
　だけど、こんな暴力なんかに屈するもんか。
　潤にも、恭にも、煌龍のみんなにも。絶対に手出しはさせないっ！
「勘弁してください」
　その言葉とともに、あたしの首から圧迫感が消える。
「ゴホッ……ゴホッゲホッ‼」
　いきなりたくさんの空気が気道に流れ込んできたせいで、あたしは地面に突っ伏してむせ返った。
　熱くなった喉を押さえ、涙目になりながらゆっくりと顔を上げると……。
「じゅ……ん……」
　葛原とにらみあう潤の姿。
　潤はあたしの首にかかっていた葛原の手首を握っていて、葛原も負けじと力を入れているのか、ふたりの腕がギリギリと揺れている。
「あ？　なんだお前？　俺に楯突こうってのか？　あ？」
　いまにもキレだしそうな葛原の目を、冷静なまなざしで受けとめる潤。
「……茉弘に手を出すのなら、俺はあんたになにするかわからない」
　潤……。
　まさか潤が葛原にそんなことを言うなんて……。
　驚きと同時に胸が熱くなる。

「……お前……裏切るつもりか？　俺への裏切りは、三豪会……親父への裏切りってわかってのことか？」
　潤は、なおもまっすぐ葛原を見据えている。
　葛原は潤を追いつめるようにそう言うが、潤は一向にうろたえる様子はなくて……。
「……それでも。茉弘を傷つけるやつはどんなやつだろうと許さない」
　なんの迷いもなくそう言う潤に、葛原は怒りで肩を震わせた。
　──ヤバイ！
　そう思ったときには、葛原は拳を振りあげている瞬間で──。
「潤っっ!!!!」
　そのとき、倉庫内に響きわたる電子音。
　その音が鳴ったと同時に、葛原の手がピタッと止まる。
　そして葛原はチッと舌打ちをして、ズボンの後ろポケットからスマホを取り出し耳にあてた。
「……うるせぇ!!　なんだ!?　……あ？　……あぁ。チッ、わかった。そっちで待ってろ」
　葛原はスマホをしまうと、またあたしたちに向き直り、
「お前らの措置はあと回しだ。最期にきょうだいごっこできる時間をやるよ」そう言って、また不気味な笑みを向けてくる。
「あと、茉弘。一応言っとくが、ココは鷹牙の隠し倉庫でな。鷹牙でも一部のやつら以外に知ってるやつはいねぇんだ」

……そういえば、あたしが知ってる鷹牙の本部の倉庫とは違い、寒気がするほどに殺風景だ。
「つまり、どういうことかわかるか？」
　葛原は、あたしの顎を持ち、強引に自分のほうへ向かせる。
「誰も助けになんて来ねぇってことだよ」
　あたしの耳もとでそうささやくと、葛原は青くなっているあたしの顔を満足そうに一瞥し、潤が入ってきたドアから出ていった。
　残されたのは、あたしと潤だけ。
　シーンという音が聞こえてくるほど静かな空間に、またあの水の滴る音だけが聞こえていた──。

ヒカリへ

「……はぁ」
　——パサッ。
　縛られていた手と足を潤に解放してもらい、かじかむ手をすりあわせて温めていると、ふわりとダウン生地のジャケットが肩にかけられる。
　驚いて振り返ると、潤がいつもの落ち着いた態度で、「そんな薄着で寒いんでしょ？　それ着ときなよ」とあたしの肩にかかったダウンを指さした。
「でも、潤は……」
「俺は中も厚着だから。いーから着ててよ。見てるこっちが寒いから」
　そう言って、壁に寄りかかって目をつぶる潤に、「ありがと……」とだけ言って、あたしはそのダウンに袖を通す。
　あれからどれくらい時間が経ったのだろう？
　もう何時間もここにいるような……はたまたまだ数十分しか経っていないような、
　この静けさと闇が、時間感覚を狂わせる。
　これからどうしたものだろう？
　葛原が出ていってすぐに、潤に縛られた手と足を解放してもらうと、あたしは脱走を試みた。
　でも、それはすぐに潤によって阻(はば)まれた。
『この倉庫を出られたとしても、倉庫の外では鷹牙の見張

りがウジャウジャいる。すぐに、捕まってここに戻されるだけだよ。いまは余計な動きはしないほうがいいから』
　そう潤に言われて、たしかにそうだな、とおとなしく脱走はあきらめる。
　ここであたしが余計な動きをしてことを荒立てでもしたら、潤に葛原の怒りの矛先が向く可能性もある。
　それだけは避けたい。
　いまにもこの暗くて凍えてしまいそうな場所から飛び出したい気持ちを押し殺して、あたしはその場に膝を抱えて座り込んだ。潤に目をやると、まだ目をつぶっている。
　口からは呼吸とともに白い息が吐き出されては消える。
　いくら厚着をしてたって、やっぱりジャケットなしじゃ寒いよね。
　あたしは、潤のとなりに座りなおして、ピタッと肩をつけると、貸してもらった大きなダウンを潤とあたしで半分ずつかけた。
　潤は目を開けると、少し照れた顔で、「いいのに」と言う。だけど、あたしは、「このほうが温かいよ！」と言って、ニカッと笑ってやった。
　潤は、抵抗するのもあきらめたのか、また目をつぶってしまった。
　昔はよくこうやってピッタリとくっついて一緒にいたけど、この年になると少し照れくさいものだね。
　お母さんのお腹にいるときからずっと一緒で、産まれてきてからもやっぱり一番近くにいた存在。お互い考えて

いることなんてお見通しだった。
　なのに、いつからだろう？
　こんなふうにお互いがまったく違った考えを持つようになって、なにを考えて、なにを思っているのかわからなくなって……。
　こうやってそばにいるのがあたり前ではなくなってしまった。
　潤と離ればなれになったあの日から、あたしたちは別々の道を歩きだしていて、それでも一緒にいたくて、いるべきだと思っていて……。
　でも、それはもしかしたら、あたしの"エゴ"ってやつなのかもしれない。もしかしたら潤は、そうは思っていないのかも……。
　あたしは、自分の抱えた膝に向けて、小さなため息をつく。
　ため息が触れた部分が、じんわりと温かい。
「潤……ごめんね」
　潤はまたゆっくりと目を開けて、あたしに目を向ける。
「なにが？」
「……うん。なんか、助けられなかったうえに、こんなことになっちゃってさ……」
　潤は、あたしから目線を外すと、ゆっくり頭を持ちあげ、天井を見上げた。
「俺、最初から助けてなんて頼んでないし。将生さんに反抗したのも、俺が勝手にしたことでしょ。なんで茉弘が謝

るのかわからない」
「……うん……」
　そうなんだけど……。
　潤は、このままでいいの？
　このままあたしとは別々の道に進んで、葛原なんかと過ごしていって、三豪会の組員なんかになって……。
　もしも、あたしが助けたりしなければ、その道を生きていくつもりなんでしょ？
　……でも、あたしはたとえ潤がその道を望んだとしても、素直に送り出すことなんてできないよ。
　たとえあなたが必要ないと言おうと、唯一の家族として、姉として、あなたの笑顔を取りもどすまで、戦い続ける義務がある。だからなにをしてでも、どんな手を使ってでも、潤を取りもどしてみせると誓った。
　それなのに……あたしは、恭を裏切れなかった。
「はぁ……」
　また自然と大きなため息が漏れる。
　中途半端なことばかりしている自分に、ほとほと嫌気がさしてくる。
　あたしが、恭や煌龍のみんなになんの感情も抱かなければ、無情に裏切ることができれば、いま頃潤はこんなところにいなかったかもしれないのに……。
「茉弘はまちがってないよ」
　まるで、あたしの心の声が聞こえていたかのようなセリフに、あたしが驚いて顔を上げると、そこには、まさかの

潤の笑顔があった。
「茉弘のことだから、煌龍を裏切れなかった自分を責めてるんでしょ？」
　あたしの考えなんてお見通しと言った様子で潤はまたフッと目を細める。
「むしろ俺は安心したよ。やっぱり茉弘は茉弘だなって」
「……え？」
「俺の尊敬してる姉ちゃんは、どんなことがあろうと、たとえどんなに正当な理由があろうと、誰かを利用したり傷つけたりしてその目的を果たそうとするような人間じゃない」
　あたしは潤のその言葉に再び大きく目を見開く。
「俺の尊敬してる姉ちゃんは、そんな面倒なことするよりも、あと先考えずに気にくわないやつには真っ向勝負を吹っかけて、ボロボロの傷だらけになりながらも絶対にあきらめたりはしない。そんなめちゃくちゃなやつ」
　そう言って潤は、あたしが取りもどすために必死だったその笑顔を、いとも簡単に見せるもんだから、あたしはもう泣くのを我慢することなんてできなかったんだ。
「うっうぅ～っ」
　あふれてくる涙は押さえようもなくて、おえつを漏らしながら両手に顔をうずめる。
　そんなあたしの頭をなでながら、
「姉ちゃんは、なにひとつまちがってない。それでこそ、俺の姉ちゃんだよ」

そう言ってくれる潤のお陰で、あたしは恭を、煌龍のみんなを裏切らなくてよかったと心底思うことができた。
　あたしは、大きな勘違いをしていたのかもしれない。
　潤を葛原から取りもどせば、必然的に潤の笑顔を取りもどすことができると思ってた。
　だけどさ、いくら自分のためとはいえ人をだまして、裏切るような格好悪い姉ちゃんに、笑顔になんてなれるわけがないよね。
　もしかしたら、ミイラ取りがミイラになっていたのかもしれない。
　あたしは潤を捕らえる悪に立ち向かって、自分が悪に染まろうとしていたんだ。
「あたし……目が覚めたっ」
「うん。ならよかった……ってなにしてんの？」
　涙をふく間もなく立ちあがって、急に柔軟体操をし始めるあたしに、潤はけげんな顔を向ける。
　だけど、そんな潤を横目にもはやあたしのやる気は止まらない。
「やっぱりここから出ようと思って！」
「ちょっと……急にやる気出さないで。さっきも言ったでしょ？　外には見張りがたくさんいるって」
「うん！　でも、どうにかなるかもしれないし！　もちろん潤も一緒にだよ！」
「え？」
「あたり前でしょ！　潤が、たとえこのままでいいと言っ

てもそんなの知らない!! やっぱりあたしは、潤と一緒に生きていきたい!! また一緒に、同じ道の上を歩きたい」
　あたしは柔軟体操の手を止めて、座ったままあたしを見上げる潤の顔をまっすぐに見つめた。
「潤が葛原の家に引きとられたあの日、潤はあたしのために自分が引きとられればと思ったんだよね？　だから、あたしはあの家に残って、潤は葛原の家の養子になった。ここを出て、もう一回あの日からやりなおそう？　誰かのために自分が犠牲になるなんてまちがってる。そんなんじゃ、いくら説得したってあたしは引きさがらないよ」
　潤は、眉根を寄せてあたしを見ている。
「潤が……葛原といたいならそうすればいい。三豪会の組員になりたいならそうすればいい。だけど……それは、誰かの犠牲でなるんじゃなく。自分の意思でして！」
　あたしがわかった!?と言って潤につめよると、潤は初めてその瞳を揺らした。
　そして、ちょっと困った顔をして、「俺だって……」とつぶやいた気がするが、あたしはうまく聞きとれない。
　まだ文句あるの!?と首をかしげていると、「……とにかく、ちょっと落ち着いてくれる？　たぶんもう少しだから、頼むからおとなしくしててよ」と、潤に懇願される。
　もう少し？　なんのこと？
　そう潤に聞こうとするも、その言葉は乱暴に開けられたドアの音によって遮られた。
「おい、潤っ!!」

入ってきたのはひどく焦った様子の葛原で、潤に近づいてくるなり胸ぐらを掴んで引きよせた。
「この女連れてここ出る準備しろっ!!　すぐにだっ!!」
　その尋常じゃない様子に、あたしは思わず葛原と潤の間に割って入る。
「ちょっ……！　やめなよっ！　なにをそんなに慌てて……」
「うるせぇんだよっ!!!!」
　葛原はまるで、虫でも払うかのように加減なしにあたしを突きとばすと、あたしはその勢いで、コンクリートの地面に頭を打ちつけてしまった。もうろうとする意識の中、潤の普段あまり変わらない表情が、ゆがんだ気がした。
「いいか！　すぐにだっ!!　５秒で準備しろっ!!　こいつを隠……」
「総長っ!!!!」
　また勢いよくドアが開いたかと思うと、その人物は耳を疑うような言葉を口にした。
「煌龍が……見張りを突破しましたっ!!」
　……え？
　いま……なんて？
　"煌龍"……って……言った？
　もうろうとした意識が、しだいにハッキリしてくる。
　その中で見たものは……外に通じる大きなドアがゆっくりと開き始めて、そこから少しずつ、新鮮な空気と外の光が入り込んでくる。

その光は朝靄に反射して、目を細めずにはいられないほど美しい。
　外から射し込むその光は、まるでその先へと向かう道筋のようだった。
　その中に黒く浮かびあがる、ひとつの影。
　その影があたしたちのほうに近づいてきて、少しずつ、輪郭(りんかく)が浮かびあがってくる。
　その姿は、瞬く間に涙のせいで霞(かす)んでしまったけれど、しっかりと、目に焼きついているよ。
　世界でたったひとりの、大好きな大切な、あなたの姿だから……――。
「恭……」

希望の光

＊JUN side＊

　——やっと来たか。
　まばゆいばかりの光を背負って立っているその男の姿を見ながら、俺は安堵のため息を漏らす。
　よく見るとそいつの通ってきた道には、おそらく倉庫の外の見張りだったであろう連中が、何人も地面に這いつくばって動かなくなっていた。
　ゆっくりと俺たちに近づいてくるそいつは、顔にも服にも血しぶきの飛びちった痕がある。
　まさか、こいつひとりでこの人数を？
　うわさ通り、ただ者じゃないな……。
「恭……」
　いまにも消え入りそうな声でそう言葉を漏らした茉弘の肩は、小刻みに震えていた。後ろからだから定かではないけれど、きっと泣いているんだろう。
　そいつは、そんな茉弘の前で足を止めると、地面に膝をつけ、困惑している茉弘を自分の胸に力強く押し込めた。
「きょ……」
「遅くなって、ごめん……」
　まるで絞り出すかのようなその声色からは、いろいろな感情が混ざっているように感じた。

「……恭っ……無事……だったの？」
「なんともないよ」
「……っっ」

　なんでかね。こんなときくらい、声を我慢しないで思いきり泣けばいいのに。

　そいつの体にしがみついて、本当は離れたくなかったと伝えればいいのに。

　でも、茉弘はそれをしない。

　ただただ栗山の胸の中で、肩を震わせて必死に声を押し殺して泣くんだ。

　その茉弘の背中には、大切な人が無事だったという"安堵"と同時に、"罪悪の念"を背負っているようだった。
「なんで……来たのよ…？　……みんなは？　みんなは無事なの？」

　栗山の胸を押しのけそう言う茉弘は、うつむいていて表情は読み取れない。
「みんなは、大丈夫です。茉弘が心配することはなにもありませんよ」
「……心配？　……心配なんか……するわけない……。あたしは……あたしは鷹牙のスパイなんだよ？」
「……うん」
「あたしは……みんなをだまして……鷹牙に煌龍の情報を流そうとしてたんだよ？」
「……うん。知っていました」

　茉弘が「え？」と驚いて顔を上げる。

そうだよ茉弘。
　そいつは、なにもかも知っていたんだ。
　なにもかも──。

『じゃあ、俺はこれで』
　そう。あの大暴走の夜、俺は初めて栗山に会った。
　将生さんに聞いていた話では、もっと厳つい感じのやつを想像していたのに、俺の前に現れたそいつは俺が想像していたイメージからは大きくかけ離れていた。
　背は俺と変わらないくらい高いけど、体つきは思っていたよりずっと普通で、かつてあの誰も手のつけようがなかった地区を、たった数ヶ月で統率してのけた伝説の男とは、とても思えなかった。
　体つきもそうだけど、見るからに優男だし。
　喧嘩なんてしたことありません、てくらいに穏やかなオーラをまとっている。
　強いて言えば、さっき茉弘を俺から守るように自分の胸に引きよせたときに見せた、俺を威圧するような表情。
　それだけは、肌に触れる空気が痺れるくらいに迫力のあるものだった。
　でも、その警戒心すら茉弘の言葉ですぐに解かれ、俺に丁寧に道案内までしてくれるもんだから……拍子抜け。
　その言葉が一番正しいだろう。
　将生さんが目の敵にして、敵対している相手がどんなものか知りたかったというのもそうだけど、自分の姉ちゃん

のいまいる場所が、どんなものかをこの目で確かめたい。
　俺はそんな気持ちが強かった。
　俺のために、敵の陣にスパイとして潜り込んだ茉弘が、その心を痛めながらだまして、きっと本気で愛してしまって、でも、いつかは裏切らなきゃいけない相手。
　それがどんなやつなのか、俺は見極める必要があった。
　そんな茉弘を姫にした"栗山恭"が、いったいどんなやつなのか。
　結果、茉弘を傷つけるようなやつなら、力ずくでも茉弘にいまの計画をやめさせなければならない。
　俺はそう思っていたんだ。
　そして、もし本当に本気で茉弘を守れるようなやつなら、託したかった。
　自分のすべてを犠牲にして生きていこうとしてしまうようなバカな姉ちゃんが、幸せになれるように。
　俺なんかのことはあきらめて、自分の幸せを一番に考えてしまうくらいに、夢中にさせてやってほしかった。
　それなのに、目の前の男は見るからに頼りなくて……大丈夫かよ？　こんなんで茉弘を将生さんから守れんのかよ？　正直不安しかなかった。
　だから、俺は一か八かの賭けに出たんだ。
　俺は栗山に頭を下げると、そのとなりをゆっくりと通りすぎる。そしてその通りすぎざま、茉弘には気づかれないほどの小さな声で、『080-XXXX-XXXX』そう言って、何事もなかったかのように通りすぎた。

『どーも』
　ザッザッという音とともに近づいてくる足音。
　俺は、人気のない路地裏でそいつと待ちあわせていた。
　あの大暴走のあと、自分の部屋に着いた俺のスマホにちょうど一件の着信があった。栗山恭からの着信だ。
　あの一瞬で、俺の番号を覚えたのはさすがだと思う。
　どうやら、頭がいいといううわさは本当のようだ。
　俺は、趣旨(しゅし)は話さずにここで落ちあうことだけを栗山に提示した。栗山はとくになにかを問うわけでもなく、簡単にそれを承諾した。
　将生さんの目を盗んで、栗山とこの路地裏で落ちあうのはそう容易なことじゃない。
　将生さんは誰ひとり信用していない男だからだ。
　副総長である俺でさえも。
　将生さんは常に仲間の裏切りを警戒している。
　そして、その裏切りが発覚したときには、もちろんただでは済まない。
"元"仲間なんて情はさらさらあるはずもなく、非情なまでの制裁を加える。
　だから俺は、細心の注意を払ってこの場所を選んだ。

　ここはちょうど、煌龍と鷹牙の境目にあたる路地裏で、もともとはたくさんの小さな飲食店の密集地帯だったらしい。
　その証拠に、夜だというのにつくはずのない壊れた看板

がいくつもそのままになっていて、ビール瓶用のラックなんかも積み重なったまま放置されている。
　いまではすべて空き家になっているようで、物音ひとつしない。
　この辺りの二大勢力を隔てる境目に足を踏みいれたら、当然無事に帰ってこられる保証はないわけで、わざわざ用もないのに、こんな場所を訪れる者なんてそうそういるはずもなかった。
　栗山は、壁に寄りかかって屈んでいる俺のとなりに並んで、腕を組んで立ったまま同じように壁にもたれかかった。
『まさか、本当にひとりで来るとはね。もう俺が誰だかはわかってるんだろ？』
　栗山は、落ち着いた様子でフッと笑うが、その目は少しも笑っていない。
　なんとなくだけど、茉弘がいたときとは様子が違うように思う。昨日感じた優男オーラは薄れていて、代わりに近よりがたい黒のオーラをまとっている。
　昨日と違ってメガネをかけているけれど、その鋭い瞳を隠しきれてはいなかった。
『鷹牙の副総長さんが、俺になんの用？』
　射抜くように向けられたその瞳に、俺は空気が張りつめるのを感じた。
　昨日見たこいつはなんだったんだよ？
　これがこいつの本性ってわけか。
"頼りない"だなんて、まんまとだまされたもんだ。

俺は、安心したのと同時に新たな不安がよぎった。
　こんなに冷たい目をするやつだ。それに頭もキレる。
　こんなやつが茉弘を姫にするとか……なにか裏があってもおかしくはないじゃないか。
　こいつに……茉弘を託せるか？
　確かめる方法は、ただひとつ。
『秋月茉弘は、俺の姉貴だ』
　こいつに真実をすべて打ちあける。
　栗山は一度目を見開くが、またすぐに元の表情に戻った。
　そんな栗山に、俺はさらに残酷な真実を突きつける。
『これがどういうことかわかるか？　あんたの大切な姫は……鷹牙のスパイだよ』
　どんな反応をするのかと思った。
　でも栗山は、今度は表情ひとつ変えず俺の目をまっすぐと見据える。そして、ふっと笑ったかと思うと目を伏せた。
『……そうか。なるほどね。そういうことか』
　そして、なにかを悟ったようにそうつぶやく。
『で？　なんでそれを俺に教える必要があった？　目的は？』
　やっぱりこいつは相当頭がキレる。
　栗山はまるでもう、俺の言いたいことを悟ったかのように次の言葉を促してくる。
『茉弘は、まだあんたらの情報を俺らに流すことはいっさいしていない。これからもさせない。だから、あいつに手出しはしないで解放してほしい。たとえ姫という立場だと

しても、あいつを近くに置いておくメリットはもうあんたらにはないだろ？』

『それは、葛原の意向？　茉弘をスパイとして送り込んでおいて、情報をなにも得られないことを許すようなやつには思えないけど』

『……将生さんは、このことを知らない。いまも、茉弘があんたらの情報をごっそり持って帰ってくるのを期待して待ってるよ』

『……じゃあ、いまお前は鷹牙を裏切ってることになる。いまお前のしてるこの行為にいったいなんのメリットがある？』

　栗山はそう言うと、俺の目をまっすぐ見つめてくる。

　これはこいつの癖なのか、それともあえてなのか。

　その目は、嘘や偽りでごまかせるようなものじゃない。

　本音を言わない限り、逃してはくれない。

　心の内側まで入り込んでくる。そんな目だった。

　俺は、自然と一歩後ろに引いてしまう。

　人を怖いと思ったのは、もしかしたらこれが初めてかもしれない。

『……メリットとか、そういうんじゃない……。ただ俺は、茉弘に幸せになってほしいだけだ。だからあのときも、俺が葛原家の養子に行けばいいと思った。茉弘をヤクザの娘なんかにさせたくなかったから。茉弘には、普通の幸せを手に入れてほしかったから……。たとえすぐには見つからなくても、俺らに無関心な叔父と叔母に寂しい思いをさせ

られても。堅気でさえいれば、きっといつか幸せを手に入れられる。そう思ったから……』
　俺は、座り込んだまま自分の額に手をあてる。
『でも、茉弘を思ってした行動が、結果茉弘を苦しめることになるなんて……』
　そう。そのときの俺は知る由もなかったんだ。
『俺は高校入学と同時に、将生さんに半強制的に鷹牙に入れられた。たまたまそれを知った茉弘が鷹牙の倉庫に怒鳴り込んできて……』
　茉弘は言ったんだ。
　自分のために、俺が犠牲になるなんておかしい。
　俺の笑顔を取りもどすためなら、自分はなんでもするって。
『それで、葛原との契約を結んだ』
『……契約？』
『茉弘が煌龍に潜入して栗山の気を引き、煌龍の情報を洗いざらい手に入れてくる。その情報と引き換えに、俺を解放する。たとえ茉弘が自分を裏切ったとしても、栗山の女にさえなれば、栗山をつぶすのは簡単だと……そのあと、将生さんが言ってた』
　なぁ栗山……。
　あんたはこれを聞いてもなお、茉弘をそばに置いておくのか？
『茉弘はその契約のために、あんたの姫になったんだ』
　それでもあんたは、茉弘を守るって言えるのか？

メリット、デメリットで言えば、デメリットでしかない。
　茉弘をそばに置いておくことの意味が、あんたにはもうないだろ？
　利用する価値すらないんだよ。リスクが大きすぎる。
　すぐに手放すのが、利口な選択なんだ。
　それなのに……なんであんたは、そんな穏やかに笑ってるんだ？
『茉弘らしいな』
『は？』
『誰かを犠牲にして、自分が幸せになることは望まない。そのくせ、自分は犠牲になってでも人の幸せを願う……本当、どうしようもない子だ』
　栗山は、楽しそうにクスッと笑う。
『初めからあぶなっかしくて見ていられなかった。俺が突きはなせば、どうせほかの方法で無茶をするだろ？　危険だとわかっていても、俺の目の届くところにいてほしかった』
　——え？
『あ……んた……もしかして……？』
　もしかして……最初から全部、知っていたのか？
　茉弘が鷹牙のスパイだと？
　栗山は、『確信はなかったけど』と言って、申し訳なさそうに笑った。
『それなら、なんでっ‼』
　なんで、茉弘をそばに置いておいた？　茉弘を姫にし

た?
　自分たちを破滅に導くかもしれない存在を、なぜすぐに突きはなさなかった?
　俺は栗山の胸ぐらに掴みかかっていた。
　そんな俺の手をゆっくりと外しながら、栗山はハッキリと微笑んだ。
『理由なんてない。"茉弘といたかった"ただ、それだけだよ』
　そう言って栗山は、俺の肩をポンッとあやすように叩く。
　その途端、俺の中になんとも言えない安心感が広がった。
　思わず涙が出そうになって、鼻の奥がツンと痛かった。
『安心しな。お前の姉ちゃんは、俺が守ってやるから』
『……っ……。あんたってさ……自意識過剰なの? 姉ちゃんは、あんた自体好きでもなんでもないかもしれないんだぞ? ある日突然あんたを裏切って、逃げるかもしれない』
　栗山は『たしかにっ』と言って、すっとんきょうな顔をする。
　こいつ本当は、頭悪いのか?
『だいたいさ、俺のことだって信用できんの? 全部嘘かもしれないよ? きょうだいってことすら……』
『いや? まちがいなくきょうだいだよ』
『は?』
『お前ら、すげぇ似てるじゃん』
『?……昔から顔はあんまり似てないほうなんだけど……』
　こいつ目まで悪いのか? メガネはダテか?

『顔じゃなくてな』
　そう言って意味深に笑う栗山は、俺の向こう側に茉弘を見ているようだった。
『あとさ、言っとくけど』
『……なに？』
『俺はさ、茉弘をみすみす逃がす気はないんだわ』
『……え？』
『茉弘が俺をどう思ってるかなんて知らない。でも、俺にとって茉弘はなくてはならない存在。それだけわかってりゃ、茉弘をそばに置くには、十分な理由だろ？』
　栗山は空をあおぎながらそんなことを言う。
　意外に自己中なやつなんだな。
　そんなことを思いながらも、この男の茉弘への想いはきっと、なににも揺さぶられることはないんだろう。
　そう思うと、すごい心強かった。
　この男は、信用できる。そう思ったんだ。
　俺は、この男に妙な期待をしてしまっている。
"もしかしたらこの男が、俺らきょうだいをまた光の元へ連れ出してくれるかもしれない" なんて。
　大げさかもしれないけど、本気でそんなことを考えてた。
　俺にひとつ微笑みかけて、片手をあげながら暗闇の中に消えていく栗山を見ながら、俺は頬を伝った温かいものに、そっと触れた。

伸ばした手のその先に

　いま……なんて言ったの？
　全部……知ってるって言った？
　ドクン、ドクンと脈打つ心臓に合わせて、体も一緒になって震え始める。
"じゃあ、なんで？　どうして？"
　疑問ばかりが、頭の中をぐるぐると駆けめぐっていて、答えにたどり着くはずもない。
　混乱するあたしを見兼ねてか、恭があたしの肩に触れてなにかを言おうと口を開いた。
　でもその言葉は、悪寒がするほどに憎いそいつの言葉によって遮られてしまった。
「……なんで……ここがわかった？」
　振り返れば、そこには怒りで震えている葛原の姿があった。
　もともと悪い人相がさらに悪くなり、その顔は真っ赤で、額には血管が浮き出ている。
「ここは……うちのもんでも幹部と幹部に近い一部のやつらしか知らねぇ隠し倉庫だぞ!?　てめぇらが必死こいて探したからって、そう簡単にここがわかるわけがねぇんだ！」
　そんな葛原の様子を、蔑むように恭は冷たい目で見据えていた。
「誰か……ここを知ってるうちのやつが教えない……かぎ

り……」
　そう言いながら、葛原の顔色がみるみる青くなっていく。
　なにかひどく恐ろしいものでも見たかのように。
「まさか……お前……」
　……え？
　ゆっくりと葛原の顔が移動する。
　その憎しみたっぷりの視線の先にいたのは、潤だった。
　潤は、そんな葛原と一度目を合わせると、何事もなかったかのように視線を恭に戻した。
「意外に遅かったんじゃない？　茉弘を引きとめとくの、どんだけ大変だったと思ってんの？」
　そんな潤を見て、恭は眉を下げて申し訳なさそうに微笑む。
「これでも、相当急いだんだけどな。昨夜の奇襲で立て直すまでに思いのほか時間をくった」
　え？　どういうこと？
　あたしが、潤と恭の顔を交互に見ていると、そんなあたしに潤が先に口を開いた。
「栗山にここを教えたのは、俺だよ」
「なっ……！」
　――ダァンッ!!!!
　その瞬間、潤は葛原によって壁に叩きつけられる。
　胸ぐらを掴んだ葛原の手は、いまにも潤の胸にめり込みそうなほど押しつけられている。
「潤!!!!」

ふたりの間に飛び出していこうとするが、恭の腕によって阻まれてしまった。
「おい、潤……これは完全なる裏切りだぞ？　それが、なにを意味するのか……わかってるんだろうな？」
　そう言う葛原の眼球は、もう尋常じゃないくらい血走っていて、あたしの中の警告音がうるさく鳴り響いていた。
「……俺は、言ったはずですよ。茉弘を傷つけるやつは、どんなやつだろうと許さない……と」
「……のっ……シスコン野郎がっ！」
「潤っ!!!!」
　葛原の拳が潤の左頬にめり込む。
　潤はそれをよけようともせず、そこらのものを巻き込んで勢いよく吹っ飛んだ。
「潤っ！　潤っ!!」
　潤は気を失っているのか、ピクリともしない。
　嘘っ！　なんでっ!?　こんなの……嫌だよっ！
「茉弘っ！　落ち着いて！」
　恭の手を振りきろうとするあたしを、恭は必死になって押さえつける。
「離してよっ！　離してっ!!」
　潤を助けなきゃ！　このままじゃ……潤がっ……!!
「滝沢っ!!!!」
　葛原がそう呼ぶと、スキンヘッドでガタイのいい男が姿を現す。たしかこの男も鷹牙の幹部だ。
「こいつらを……殺るぞ」

背筋が凍るって、きっとこういうことを言うんだろう。
　血走った葛原の目と、滝沢の細くてナイフのように鋭い目が、あたしたちを貫く。
　その瞬間、全身に嫌な汗がにじみ出てきて、まるで金縛りにでもあったかのように、体が震えて動かない。息苦しささえ感じる。
　目で人を殺すってよく言ったものだ。
　葛原と滝沢の目に、あたしの心臓は貫かれたんだ。
　ヒュッヒュッという自分の浅い呼吸が聞こえてくる。
　怖い……。
　そのとき、突然視界が真っ暗になって、大好きな香りがあたしの鼻をかすめた。
「大丈夫。俺がいる」
　恭の声……。
　恭が手であたしの目をふさいでいる。
　心地いい恭の声が聞こえて、くすぐったい息が耳にかかる。
　……恭。
　あなたの"大丈夫"は、やっぱり魔法なんだね。
　恭の胸に、顔をうずめる。恐怖で凍りついた体が、ほぐれていく。
「なにが大丈夫なんだ？　煌龍の総長さんよぉ？　言っとくけど、相手は俺らだけだと思うなよ？　ここをどこだと思ってんだ」
　ザッザッという足音とともに、恭が入ってきた扉からた

くさんの武器を持った集団が入ってくる。ざっと20人はいるだろう。
「まず、茉弘を渡せ。お前の目の前で、めちゃくちゃにしてやるよ。お前を殺るのは、それからだ」
　徐々に間合いをつめてくる、葛原と滝沢。
　それに、後ろからは武器を持った鷹牙のやつらが迫っている。
　こんなの、逃げ道がない。
「っもう……いいから！　あたしのことはいいから、恭は逃げて！」
　そう恭に懇願しても、恭はあたしを見もせず、あたしの肩を抱く腕に力が込められただけ。
　～～っもうっ！
　なんで聞かないのよバカ！
　いったいどうすればいいの？
　前には、鷹牙の幹部がふたり。
　このふたりの強さと非道さは、この世界では有名で……あたしだって耳にしたことがあるほど。
　いくら恭だって、あたしを守りながらこのふたりを相手にして、その上、後ろからやってくるあの大人数までも相手にするなんて……絶対に無理だ。
　せめて、あたしがいなければ……。
　恭ひとりならどうにかなったのかもしれないのに……。
　──ポンポン。
　恭があたしの背中をあやすように叩く。

「……恭？」
　あたしは不思議に思い、その場で恭を見上げた。
「少しは俺を信じてよ」
「え？」
「こんなとこでやられるほど、俺は柔じゃないよ」
　そう言った恭の顔は自信に満ちあふれていて、いまのこの状況を恐れている様子はみじんも感じられなかった。
　それどころか、笑みさえ浮かべて優しくあたしに微笑みかけるもんだから、この人に怖いものなんてあるのだろうか。そんなことさえ、思ってしまう。
「余裕かましてんじゃねえぞ!!!!　栗山ァァァァ!!!!!!」
　完全にキレた様子の葛原が襲いかかってくる。
　もう……ダメだっ!!!!
　そう思って、恭にしがみついた。
　――そのとき。
「ウワァァ!!!!」
「ギャアァ！　だっ……誰だ!?」
　外が異常に騒がしい。
　悲鳴やら、なにかがぶつかりあう音やらが鳴り響いている。
　その現状をいち早く目のあたりにした葛原と滝沢の手が止まり、みるみる顔色が変わっていった。
　なに？　なにが起きてるの？
　恐る恐る、その方向に顔を向けると……。
「うっせーんだよ。ギャーギャー騒ぐんじゃねえよ雑魚が」

──え。
「ほーら。そこで寝てたほうが身のためだよー」
　──嘘。
「おら。うちのかわいい天使ちゃんに少しでも触ったやつ、自己申告しろっつってんだよっ！　あーもう面倒くせっ。テメーら全員殺っとくか」
　──嘘だ……。
　だって……。
　だって……あたしは……。
　その人たちは、あたしたちの姿を見つけると、「いた──っ!!　茉弘ちゃ──ん!!」ものすごくうれしそうにこちらに手を振ってくる。
　その間にも鷹牙の連中が攻撃を仕掛けてくるが、それを簡単にかわしては、その場に沈めていく。
　──強い。
　この人たち、こんなに強かったんだ……。
　太一……。春馬……。直……。
　ねぇ？　なんで、ここにいるの？
　そう思っているのは葛原も同じようで、
「あいつらっ……なんでこんな裏切り者のために……っ」
　そう言ってギリギリと歯を鳴らす。
　葛原……。これに限ってはあたしも同感だよ。
　こんな裏切り者のあたしなんかを助けに来るなんて、どうかしてるよね？
「……さて、と。雑魚はあいつらに任せとくとして」

あたしたちの後ろに迫っていた鷹牙の連中は突然現れた3人にかかりきりになっている。
　いまなら相手は葛原と滝沢だけ。
　恭は、スッとあたしの前に立つと、着ていたダウンを脱ぎ捨てる。そして、目をつぶったまま深く息を吐き出すと、またゆっくりと目を開けた。
　その開かれた目は、もういつもの恭じゃない。
　一瞬、空気が揺れた気がした。
「これで、気兼ねなくお前らの相手できるわ。おら、かかってこいよ」
　ビュンッと風が吹いたかと思った。
　恭が動いて吹いた風と同時に、葛原と滝沢のふたりを相手にした戦いが始まっていた。
　……なにこれ……。
　見たこともないような光景に、心臓がずっとドクンドクンと脈を打っている。
　葛原と滝沢のふたりからの攻撃を恭は華麗にかわしていく。
　葛原と滝沢は、決して弱いわけじゃない。
　うわさ通りほかのやつらと違って、圧倒的に強いことがわかる。
　それなのに恭は、その攻撃をひらりひらりとかわしては、攻撃を繰り出していく。
「っく……!!」
　恭の回し蹴りを、葛原がなんとか膝で防いだ。だけど、

その威力に眉間にしわが寄る。持ちこたえるが、バランスを崩したのか少しよろめいた。
　その一瞬のすきをついて、恭が葛原の髪を掴んで勢いよく地面に叩きつける。
「ぐっ……!!!!」
　葛原は嫌な音とともに地面に沈んだ。
「総長っ!!!!」
　鷹牙の連中の焦った声が倉庫内にこだまする。
　やった!!!!　恭すごいっ!!!!
　あの葛原が、いとも簡単に!!!!
　その目の前の現状を、冷たい目で見下ろすひとりの男。
　滝沢……？
　あれ？　おかしいな。
　この人、よく見たら一度も恭の攻撃をくらっていない。
　それどころか、息さえも大して上がっていなくて……あたしはなんだか妙な胸騒ぎを覚えた。
　滝沢の唇が、ゆっくりと奇妙な弧を描く。
「やっぱり強いですね。うちの総長があっさりこの様だ」
「……どーも。でも、さっきから俺の動きを分析しながら、余裕ぶっこいて戦ってるようなやつにだけは言われたくねーな」
「ふ。よくわかりましたねぇ。どうやらうわさ通り、頭もキレるようだ」
　恭と滝沢はにらみあいながら間合いを取る。
　──ヒュッ！

恭と滝沢が同時に駆けだした。
　どちらも攻撃を仕掛けているようで、まっすぐ相手にぶつかっていく。
　恭の右の拳が滝沢を捕らえるが、ほんの数ミリのところで、滝沢の頬をかすめただけ。
　滝沢に、うまくかわされてしまう。
　嘘っ！　恭の攻撃がよけられた!?
　そして、「危ないっ!!」そうあたしが叫んだときにはもうすでに遅かった。
　——ガシャ————ン!!!!
「恭っ!!!!」
　恭の攻撃をよけてすぐ、滝沢の左ストレートが恭の右頬にめり込む。
　ガタイのいい滝沢のストレートはかなりの威力だったようで、恭は軽々と吹っ飛ばされてしまった。
「恭っ！　恭っ!!」
　あたしが恭のところに駆けよると、そこにはグッタリとした恭の姿。
　あたしは、そんな恭の体をギュッと抱きよせる。
　もうやだっ!!
　やだっ!!　こんなの!!
　なんで恭がこんな目に……遭わなくちゃいけないの!?
　ザッという足音がして、あたしの背後から滝沢が近づいてくる。
　あたしは、そんな滝沢を振り返り、キッ！と思いきりに

らみつける。
「……っもうやめてよ!!　この人たちに、手を出さないでっ!!!!」
　たぶんあたし、いま涙で顔ぐしゃぐしゃだ。
　手の震えも止まらない。
　こんなみっともない姿で、こんなささいな抵抗しかできない自分が悔しい。
　恭は、体を張ってあたしを守ってくれているのに……あたしはこんなことしかできないんだ。
「……あーいってぇ。おい。なに言ってんだバカ女。乗り込んできたのは、そいつらだろーが」
「総長……おはようございます」
「うるせぇ。滝沢」
　葛原が目を覚まし、頭を押さえながら起きあがってくる。
　神様はなんでこんなに意地悪なの？
　あたしあなたになにかしましたか？
　葛原は、あたしの腕の中で動かない恭を見ると、ニヤリと不気味な笑みを浮かべた。
「へぇ。滝沢。よくやった。そんじゃ予定通り、フィナーレといきますかね。ひひっ」
　葛原が、あたしにゆっくりと近づいてくる。
「茉弘。こっちにおいで？」
　背筋の凍るような薄気味悪い笑みを浮かべて……。
　……やだ……。
「優しく……はできそうにねぇな。でも、気持ちよくはし

てやるよ」
　葛原の手があたしに伸びてくる。
　……やだ。怖い……。
「栗山が目を覚ましたとき、お前が俺にめちゃくちゃにされてたら、どんな顔するんだろうなぁ？　やべぇ。すげー興奮するわ。ひひっ」
　……触らないで……気持ち悪い……。
　完全に硬直するあたしの体。
　葛原は、そんなあたしの腕を取ると、シャツのボタンに手をかける。
　い……や……。
　──ガシッ！
「人のもんに触んじゃねーよ。カスが」
　葛原のその手を押さえたのは、意識が戻った恭だった。
　守るように、あたしを胸に押しつける。
「目え覚めたようだが、栗山よぉ。よく見てみ？　いまお前、相当不利よ？　戦局はどっちが有利かわかるか？」
　葛原は、いやらしい笑顔であたしたちの後ろを指さす。
「ちっ！　なんだこいつら！　次から次へとわいてきやがる！」
　さっきまで優勢だったはずの太一たち３人は、完全に制圧されていた。よく見ると、敵の数が圧倒的に増えている。
「いやぁ。さっきお前がこっちに向かってるって報告があった時点で、仲間に召集かけといて正解だったわ。お陰で、もう隠し倉庫じゃなくなっちまったけどなぁ」

ひひっと笑う葛原。
「さぁどうする？　お前のお仲間は助けに来られそうにないぞ？」
　葛原は、恭を見下ろす。
「あーでも俺、お前と真っ向戦うのはやめたんだわ。やっぱりお前とまともに戦うより、こっちのが楽しいって気づいちゃったんだよね」
「キャッ!!」
　葛原に思いきり腕を引かれる。
　不意をつかれ、その勢いで前のめりになったあたし。
　その瞬間、唇に気持ちの悪い感触が走った。
「……っんん!!」
　まるで、すべての時間が止まったかのようだ。
　脳みそが追いつかない。
　気づいたときには、恭が葛原を殴りとばしていて、そんな葛原に尋常じゃない様子で馬乗りになっていた。
　全部スローモーションに見える。
「……ってめぇ……」
　恭の肩が怒りで震えている。
　目は真っ黒に曇っている。
　あたし……──。
　いま、葛原に……キス……されたの？
　それを理解したと同時に、体中に虫酸が駆けめぐった。
　気持ち悪い。吐き気がする。
「おっと。たかがこんなことですきができまくりですよ」

「……っ！　茉弘！　逃げろっ!!」
　滝沢が不敵な笑みを浮かべながら、あたしに向かってくる。
　恭は、葛原ともみあっているせいであたしを助けるには到底間に合わない。
　逃げなきゃって思うのに、恐怖で足がすくむ。
　恭……ごめんなさい。
　あたしは結局、足手まといにしかならなかった。
　恭の姫になって、少しでもあなたを支えられたらって。あなたの力の源になれたらって……そう思ってた。
　なのに、結局はなにもできなくて、それどころかあたしは裏切り者で。あたしになにかあれば、傷つくのはいつもあなたで……。
　あたし、覚悟が足りてなかったのかな？
　こうなることもあるって、わかってたはずなのに……。
　あたしは、あなたが傷つくのが……怖いの。
「……いで……」
　恭のために命を落とした、恭のお母さん。
　助けることができなかった、恭のお父さん。
　それを自分のせいだと責めて、大切なモノを守れなかった苦しみ抱えている恭。
　もうこの人に、同じような苦しみを味わわせたくない。
　あたしは、その苦しみの根源になんて、なりたくない！
「来ないでよっっっ!!!!」
　自分でも驚くほど大きな声が倉庫にこだまする。

その瞬間、大きく空気が揺れて、あと数センチのところであたしに触れそうだった滝沢の手が、また離れていく。
　滝沢の目は驚いたように見開かれ、そのまま顔面を勢いよく地面に叩きつけられた。
「……っ潤……」
　ポタポタと滴る血。
　そこには、さっきやられたときにけがをしたのか、額から血を流し肩で息をしている潤がいた。
　よかった……意識が戻ったんだ……。
　だけど、まだ意識がもうろうとしているようで、滝沢を押さえ込むのでやっとの様子。
　滝沢は潤の攻撃をものともせず、押さえ込む潤に激しく抵抗をしている。
「……っはぁ……。……栗山」
　顔面蒼白の葛原といまだにらみあいをしていた恭の肩がピクリと揺れる。
「ここは俺に任せて、あんたは茉弘を連れていったん引け」
　え!?
「いくらあんたでも、女守りながらこのふたりを相手にするのは無理だ」
「じ、潤！　……なに言って……」
「茉弘」
　あたしの言葉を遮るように呼ばれる名前。
　嫌な予感がした。
　あのときと同じなんだ……。

離ればなれになったあのときと、いまの潤は同じ顔をしている。自分を犠牲にして、あたしを守ろうとしているときの……顔。
「茉弘。わかってるよね？　ここに茉弘がいたら、みんな全力では戦えない」
「……っでもっ！　それなら潤も一緒にっ……」
「俺はこのふたりを止めなくちゃいけないんだ。それが、鷹牙の副総長である俺の責任でもあるから……」
「それじゃ、あとで潤がなにされるかっ！」
　あれだけ葛原に楯突いておいて、葛原が潤を許すはずがない。せいぜい裏切り者扱いされて、ひどい目に遭わされるに違いない。
　潤だって、わかっているはずなのに……。
「俺は大丈夫」
　そう言ってまた、潤は優しく微笑むんだ。
　あのときと同じだ。
　行かないで、と手を伸ばしても届かない。
　まるで、運命がこうと決まっていたかのように、いつだってあたしたちきょうだいは引きはなされる。
「栗山っ！」
　そう潤が叫ぶと、恭はすぐさま葛原から離れ、あたしの腕を掴む。
「やっ！　恭っ！　離して！　まだ潤がっ……！」
　潤を見ると、葛原と滝沢の前に立ちはだかって、あたしたちを追わせないようにしている。

「だめっ！　だめ恭っ‼」
　その場を離れたがらないあたしの腕を、引きずるように出口まで引っぱっていく恭。
　その力に抗おうとしても、かなうはずがない。
「恭っ‼」
　太一たちもあたしたちのあとに続いて出口へと向かう。
「だめっ！　やだっ！　離してっ‼」
　潤に掴みかかる葛原と滝沢。
　潤は、殴られても殴られても葛原と滝沢の服を掴んで離さない。
　絶対にあたしたちを追わせまいと、抵抗をするわけでもなく、ただただふたりの前に立ちはだかった。
「潤っ……潤っ‼」
　光へと飛び出す前、最後に見えたのは、傷だらけの顔であたしたちを振り返り、安心したように微笑む潤の姿だった――。

　涙って、こんなに出るものだっけ？
　泣いたってどうにもならないことはわかっているのに、それでもあたしはなぜ涙を流すんだろう？
「茉弘っ‼」
「茉弘さんっ‼」
　鷹牙の連中の手から逃れたあたしたち。
　抵抗することすらやめたあたしを、恭は近くに止めていたバイクに乗せ、『お星さま』まで連れてきた。

店の前に着くと、心配な顔をしてたたずむ百合さんと俊太が待っていて、ふたりはあたしがバイクから降りるなり、すぐに駆けよってきた。
「茉弘っ！　大丈夫っ!?　けがはっ!?」
　そう言って、あたしの顔を両手で包み込むと、確認するようにまじまじとあたしの瞳を覗き込む百合さん。
　だけど、あたしの顔を見た百合さんは目を見開き、なにか言いたそうに恭に顔を向けると、恭に首を振られ、言葉をのみ込んだ。
　百合さんが心配してくれているのはわかってる。たくさん、話さなきゃならないことがあるのも……。
　だけど……なにも考えられない。考えたくない。
　まるで、心が空っぽだ。
　ただ、最後に見た潤の姿が何度も何度も繰り返し浮かぶだけ。
　あたしはまちがっていないと、そう言ってくれた、潤の笑顔が浮かぶだけだ。
　やっと、やっとあの大好きな笑顔を見ることができたのに……。
　あたしは次から次へと地面へこぼれ落ちる涙を、ただただ無気力に見つめていた。
「……とにかく中に入ろう」
　そんなあたしを百合さんは優しく店の中に誘導した。

「茉弘ちゃん！」

店に入るなり、駆けよってきた柚菜さんがあたしを強く抱きしめた。
　理さんは、相変わらずの無表情でただそれを見ている。
「よく頑張ったね！　よく頑張ったよ茉弘ちゃん!!」
　そう言ってあたしの頭を優しくなでる柚菜さん。
　温かい……。でもいまは、その温かさが……苦しい。
　あたしは、そんな柚菜さんを強く引きはがす。
「……なんなの？　……あなたたち……おかしいんじゃないの？」
　自分の声とは思えないほど、低くてかすれた声に、自分でもゾッとする。
「なに助けてんの？　バカじゃないの？　あたしが、何者か……まだわからない？」
　みんなの視線があたしに注がれているのはわかってる。
　だけど、あたしの視線はあえて地面に向いていた。
「あたしは、あなたたちの仲間なんかじゃない！　あたしは、鷹牙のスパイなんだよ!?」
　自分の目的のために、あなたたちをだましてた、最低なやつなんだよ!?
　握りしめた拳が、震えているのがわかった。だけど、手のひらに爪を食い込ませて、なんとか自分を保った。
　もっと憎んでよ。軽蔑（けいべつ）してよ。
　心配なんか、しないでよ。
「……茉弘。ごめん。みんな知ってたんだよ」
　百合さんの大きな瞳が揺れている。

「……え?」
「あたしたちも茉弘が連れさられる前から、茉弘が鷹牙のスパイだって知ってたんだ」
　……知ってた?
「俺が、教えたんです」
　恭は、カウンター席のテーブルに寄りかかり、まっすぐあたしを見ながら口を開く。
「茉弘の弟が、全部話してくれました。茉弘が鷹牙のスパイだということも、なぜそんなことをしているのかも」
　潤……が?
「いつ……から知ってたの……?」
「俺はわりと最初の頃から。その頃すでに仲間内から反乱分子が出ていたのは知ってますよね?　さすがに身元のわからない者をそばに置くわけにはいかなかった。だから、悪いけど調べさせてもらいました」
　よく考えたらそうだ。
　頭のいい恭が、まんまとだまされるはずがない。
　それじゃなきゃ、こんなに大きな族の総長が務まるはずがないんだ。
「茉弘が鷹牙のスパイだということは、すぐにわかりました。でも、なぜそんなことをしているのか。なぜ、危険をおかしてまであの日俺に会いに来たのか。それはどうしてもわからなかった。鷹牙のスパイだとわかっても、茉弘みたいな子が鷹牙に加担しているということ自体が、俺にはどうも腑に落ちなかったんです」

シーンとしている部屋に恭の話し声だけが響く。
　恭は、深刻な顔から一瞬ふっと笑うと、話を続けた。
「そして、その謎が解けたのがこの前の大暴走の次の日。俺は茉弘の弟に呼び出されました。そこで、やっと謎が解けたんです。茉弘が、危険をおかしてまで俺に会いに来た理由が……。とても納得できる内容でした。茉弘はやっぱり茉弘なんだと、正直うれしかった。だから俺は、百合や俊太や幹部のやつらだけにでも、茉弘のことは話すべきだと思ったんです。こいつらなら、俺と同じように思うと確信していましたから」
「最初はそりゃ驚いたよ？」
　百合さんは、仕方ないでしょ？と言って笑う。
「まさか、よりにもよって、あの鷹牙のスパイなんだからさ。でも理由を聞いて、"あー茉弘ならそうするよな"って。てかむしろ、"そうしない茉弘は茉弘じゃないよな"って思ったんだ。大切な弟のためなんだろ？　たとえ茉弘があたしたちを葛原に売ったとしても、あたしは茉弘を憎めなかったと思うんだ」
　百合さんは、優しく微笑んでそう言った。
「そうだよ茉弘ちゃん。俺らは全然怒ってなんてないんだ。仕方ないよ！　きっと俺でもそうしてたよ」
　春馬もあたしの顔を覗き込んで、優しく微笑んでくれる。
「そーだよ！　俺なんて女の子のためだったら1回や2回は簡単に裏切れるね！」
　そう言って、直はウインクしてみせるけど、

「あんたが裏切ったら、即刻抹殺するけどね」
　と百合さんに厳しいツッコミを入れられ、直の顔は青く染まる。
「だいたいよ。ちんちくりんのくせに、一丁前にひとりで面倒くせーこと抱えてんじゃねーよ。お前にいろいろ情報チクられたくらいで、俺らがやられるとでも思ったのか？なめんなよ？」
　太一までそう言って意地悪な顔であたしを見る。
　柚菜さんも、理さんも、俊太も。
　みんな、優しい瞳であたしのことを見るから、あたしの胸はさらに痛んだ。
　でも恭だけは、あたしの心の中を見透かしていたんだと思う。ただひとり、カウンター席のテーブルに寄りかかったまま表情を変えず、じっとあたしのことを見ていたんだ。
　みんな……ありがとう。
　でも、ダメなんだよ。
　それじゃあたしはあたしを許せない。
　あたしはいままで、どこか頭の片隅で、みんながそう言って許してくれるんじゃないかって思ってた。
　みんなは優しいから、受けとめてくれるかもって……。
　最低だよね。
　みんなの優しさに甘えてしまいたいと思ってる自分がいる。
　これからも、何事もなかったかのように、みんなと一緒にいられたらいいのにって……。

でも、そんなのだめだよ。
　あたしは、自分の大切なモノのために、平気でみんなをだまし続けた。
　その代償（だいしょう）は払わなくちゃいけない。
　それがあたしにとってのケジメなんだ。
　もうこれ以上みんなを巻き込むわけにはいかない。
　あたしがいたら、きっとまたさっきみたいに足手まといになる。また恭を傷つける。
　それだけは……嫌なんだ。だから……。
「……ふっ。なに言ってんの？」
　あたしは、離れなくちゃならない。
　あたしはゆっくりと顔を上げると、みんなをあざ笑ってみせた。
「あなたたちがどう思ってるか知らないけど、あたしはみんなが思ってるような人間じゃないよ。あたしはあなたたちを利用しようとしたの。あなたたちなんて、潤のためならどうなったっていいと思ってた。自分たちが幸せになるためなら、あなたたちなんてどうでもよかったんだよ」
　淡々とそう言うあたしに、みんなは目をむく。
「でも、それは……！」
「なに？　それは仕方のないことだって？　バカ言わないでよ。そんなこと言ったら、世の中の悪いことは全部そう言って正当化できるじゃない」
「……っ」
　春馬は、顔をしかめて押し黙る。

ごめんね。春馬……。
「"弟を助けるために、自分を犠牲にして敵方のスパイになった、健気(けなげ)な女"？　どうやらそれが、あなたたちが思うあたしへのイメージみたいだけど。とんだ勘違いね。あなたたちの都合のいい妄想(もうそう)だわ。あたしはそんな悲劇のヒロインなんかじゃない。私はただ、私利私欲のために人を利用する最低な女よ」
　みんなは、うつむき黙ってしまう。
　それでいい。
　気づいて。
　こんなやつ、優しい言葉をかけてやる価値もないんだよ。
　あきれて、軽蔑して、憎んでくれればいい。
「あたしは、あなたたちの仲間でもなんでもなかったのよ」
　あたしを見限って、『もうお前なんか仲間じゃない』とののしってくれたらいいんだ。
「たしかに茉弘がしたことは、許されることではないですね」
　恭のその言葉に、みんなは驚いて恭のほうを見る。
　恭は、みんなとは対照的に冷たい表情を浮かべていた。
　その表情に、あたしの心臓がドクンと跳ねる。
「今回の件で、茉弘のためにどれだけの仲間が犠牲になったか……。鷹牙の奇襲で、煌龍は甚大(じんだい)な被害を受けました」
「恭！　いまはそんなこと言わなくても……っ！」
　春馬が止めようとするが、それを太一が制止する。
「いまだから言うんです」

そう言って恭は、あたしを見据えながら、一歩一歩近づいてくる。
　あたしは反対にジリッと一歩後ろへと下がる。
「茉弘が鷹牙のスパイだと知って、どれだけのやつらが落胆したか」
　近づいてくる冷ややかな瞳に、背筋が凍る。
　息すらもうまくできない。
「茉弘のせいで、どれだけのやつらが傷ついたか」
「……っ」
　恭に冷たいまなざしを向けられただけで、こんなにも胸の奥が締めつけられるなんて……。
　覚悟していたのに、予想をはるかに上回っていた。
　こんなにも、恭に嫌われることが怖いだなんて。
　悲しくて、胸が押しつぶされそうになるなんて……。
"茉弘のためにたくさんのやつらが傷ついた"。
　あたしは、震える手をギュウッと握りしめる。
　その手にはうっすらと血がにじんでいた。
　あたしがスパイになんてならなければ……すぐに鷹牙に戻っていれば……鷹牙が煌龍に奇襲をかけることなんてなかったのに……。全部……あたしのせいだ。
「それなのに茉弘は、まだ自分は仲間なんかじゃなかったと言う」
「……え？」
「全部自分のせいにして、俺たちから離れていこうとする」
「きょ……」

声を発する間もなく鼻をかすめる、あたしの大好きな香り。
　なんで、こうなってるのか理解できない。
　思考がうまく回らない。
　あたしはなんでいま、恭に抱きしめられているのだろう？
「……茉弘の罪は、自分がどれだけ愛されているかわかっていないことだ」
「恭……？」
「みんな、茉弘を信じてるから傷つくんだ。茉弘が大切だから、傷ついてもいいと思えるんだよ」
　……なに……言ってるの？
「茉弘がさらわれたあと、みんな茉弘を取りもどそうと戦った。嘘じゃない。じゃなきゃ、誰もけがなんかせずに鷹牙から逃げることは容易にできた」
　いくら不意打ちだとしてもね。恭はそうつけくわえる。
「それでもあいつらは茉弘を助けようとしたんだよ。信じていたものに裏切られ、なにを信じていいのかわからなくなっても、それでも助けたいと思った」
「なん……で……だって……あたし……」
「仲間だからだよ」
「……っ!!」
　恭の胸から離され、恭の真剣な瞳が、あたしの瞳をまっすぐ捕らえる。
　こんなふうに恭の瞳を見たのはどれくらいぶりだろう？

そうだ。あたしは、このまっすぐな瞳が大好きなんだ。
　あたしの頬を温かいものが伝ってくる。
　とめどなく。
　溶かされた心が、あふれてくるかのように。
　それを見た、恭の表情が和らいで、またあたしを胸の中に押し込めた。
「ねぇ茉弘？　この世の中に、生まれてから死ぬまでに誰ひとりにも頼らず生きていける人間は、どれだけいるのかな？　俺は、そんなやつひとりもいないと思う。ひとりで生きていこうとするのは勝手だ。だけど、人は誰しもひとりでは生きられないときがある。そんなときに手を差しのべてくれる人間がいるのなら……」
　恭は、血のにじむあたしの手を取ると、その手に優しくキスをした。
「その手を取ったって、いいんじゃないかな？」
　あたしが伸ばした手の先にあるのは、優しく微笑む恭の姿。
　大好きな恭の笑顔。
　大好きな恭の体温。
　その頬にそっと触れると、恭もそれに応えるようにあたしの手に触れ、頬を寄せる。
「俺は、茉弘がいたから強くなれたんだよ。茉弘がいたから、自分の過去と向きあう覚悟ができた。ずっとそれまで、誰かが自分のために傷つくのなら、ひとりでいたいと思ってた。自分で自分を守れる強い者だけしか受け入れず、自分

を守った」

　恭は、あたしの涙を優しくすくう。
「でもあの日、もう茉弘とはいられないと伝えたあの日、茉弘は笑ってくれただろ？　自分だってつらいのに、俺につらい思いをさせないように笑ってくれた。それと、一緒だよ。俺も茉弘がつらいときには、茉弘に大丈夫だと言って笑ってやりたい。俺のすべてを賭けて、茉弘を心から笑顔にしてやりたい」

　なんで……この人は……。こんなにも……。
「……っ……ふぅっ……」

　止まらない涙に、もうおえつまで漏れてくるあたし。

　きっと顔はグシャグシャで見られたものじゃないだろう。

　それでも恭は、あたしから目をそらすことなく、あふれる涙をひと粒ひと粒優しくぬぐってくれる。

　その恭の優しさが、次々にあたしの心の凍った部分を溶かしていくから、涙はいっこうに止まってはくれない。
「茉弘……俺が前に言った言葉、覚えてる？　『もっと、ワガママ言ったり頼ったりしてくれてもいいのに』って。俺は、いまもそう思ってるよ」
「……っ」

　あたしは、思いきり首を振る。

　そんなのしたことないもの。

　仕方がわからない。

　あたしのワガママが恭の負担になったりするのが怖い。

そうなったときの責任の取り方なんて知らないもの。
「じゃあ、俺が言ってみせようか？」
　そう言って恭は、あたしの両頰を包み込む。
「茉弘。俺を信じて。頼って。俺は、茉弘がなんと言おうとずっとそばにいる。ほかの誰にも触らせたくないし、誰にも傷つけられたくない。茉弘を笑顔にするのは、いつだって俺でありたい」
　……恭。
「茉弘を苦しめるすべてのことから、茉弘を守りたい」
　すごいワガママだろ？　と言って恭は苦笑する。
　あたしは、また思いきり首を振る。
　恭のバカ……。
　そんなのワガママでもなんでもないよ。
　全部、全部、あたしの喜ぶことじゃない。
　でも、恭はそれを望んでくれるの？
　あたしがそれに応えれば、それは恭の幸せにもなるの？
　そんな都合のいいこと、あってもいいの？
　でも、もしそれが許されるのなら……――。
　あたしは、恭の手に自分の手を重ねる。
　そして、頰に触れるその温もりに頰ずりをする。
　そこにはもう、躊躇する気持ちなんかなくて、ただただ、この人の優しさに身を預けてしまいたいと、いまならそうできると、心から思うから……――。
「恭……助けて……」
　恭は、一瞬切なげな表情をすると、涙がたまったあたし

の瞳に優しいキスをした。
　そして、またあたしに向けられたその顔は、どこか力にみなぎった表情をしていた。
「なにも心配すんな。茉弘も、茉弘の大切なモノも、全部俺が守る」
　頼れる誰かがいるということは、こんなにも心強くて幸せなことなんだ……。
　またあたしをきつく抱きしめる恭の腕の中で、そんなことを思いながら、いつまでもその幸福にすがっていたくて。
「恭……ごめんなさい……好き……大好き……」
　あたしは、貪るように、恭にしがみついていた――。

覚悟

「どうぞ。汚いところですが」
　なんだか妙にうれしそうな恭を前に、どうも足がすくんでしまうあたし。
　あたしはいまなんと、恭の家の玄関前に立っている。
　部屋の中へと促す恭は、動こうとしないあたしを見て、不思議そうに首をかしげている。
「入らないんですか？　こんなところにいたら、体冷えますよ？」
「……あっあたしっ……やっぱり自分ちに帰るからっ！」
　そう言って、踵を返してきた道を戻ろうとするあたしは、腕を掴まれすぐに引きもどされてしまった。
「こらこらこら。なに言ってるんですか。今日は自宅でひとりで過ごすのは危険だって言ったでしょう？　そうでなくても、茉弘の家はセキュリティーのセの字もないんだから」
「……悪かったわね。ボロアパートで……」
　ジロッと横目で恭をにらむが、「今日の夜だけでも、おとなしく俺んちで過ごしてください。心配しなくても取って食いやしないですよ」と、ニヤリとした笑みを向けられ、うっ、とたじろいでしまう。
　うぅっ……。なんかいろいろ読まれてる……。
「あー!!　もうっ!!　お邪魔しますっ!!!!」

「はい。どーぞ」
　あたしばっかり緊張してて、なんか腹立つのよね！
　もう知るかっ!!　どうにでもなれっ！
　あたしは半ば投げやりに、玄関をくぐった。

「……広っ」
　玄関を入って廊下を行くと、そこは驚くほど広いリビングだった。
　恭らしく、シッカリ整理整頓されていて、落ち着いた色合いでまとめられている。おしゃれな観葉植物まで置いてあり、ちょっとしたモデルルームみたい。
　どこをどう見回しても、高校生がひとり暮らししているような部屋には到底思えない。
　そういえば、通ってきた共有玄関もシッカリしたオートロックだったし、どう見ても新築マンションでしょ、コレ。
　家賃とかすっごく高そう……。
　いったいなんでこんな立派な家に住んでいるのか……。
　恭って何者なんだろう？って思うときがたまにある。
　そういえば、恭のお父さんってなにをやっている人か知らないな。
　ひょっとして、恭ってものすごいおぼっちゃんだったり!?　それはそれで似合ってるけど……。
「茉弘。先にシャワーどうぞ」
「はい」と言って、バスタオルをあたしに差し出す恭はやっぱりどことなくうれしそう。

って、シ、シシシシシャワー!?
「い、いいっ!!　きっ、恭が先に入って!!」
　そう言ってバスタオルを突き返せば、「いや……でも」と、恭はあたしの服へと視線を移した。
「あ」
　見ると、あたしはみごとに泥(どろ)だらけで、動くたびに乾いた砂が床(ゆか)へと落ちるような状態。
　そういえば、さんざん地べたに転がったもんな。
　あの倉庫すごい汚かったし……。
　これじゃ恭の部屋が砂だらけになっちゃう。
　ううっ。ここは仕方なく……。
「……お先にいただきます」

　あれからあたしたちは、今後についての話をしながら『お星さま』で夜まで過ごした。
　結構(けっこう)な時間恭の胸の中で泣いていたあたしが、ようやく泣きやみ振り返ると、みんなは涙ぐんだ目であたしに笑顔を向けてくれていた。その様子を見ると、せっかく止まったはずの涙がまた込みあげてきて……。
　受けとめてくれる人がいると、涙って枯れたりしないんだ……。
　泣きすぎてぼーっとしている頭でそんなことを思った。
　そしてあたしは、もう自然とみんなに頭を下げていた。
『たくさん、たくさんひどいこと言って……ごめんなさい。みんなを……だましていて、ごめんなさい！　あたし……

本当は、これからもみんなと……一緒にいたいっ』
　まだ、そんなに都合のいい願いを口にするのは、正直抵抗があった。
　どの口がそんなこと言えるんだって、自分でも思うよ。
　だけど、まちがいなくそれがあたしの"望み"だった。
"これからもみんなと一緒に"。
　ずっとのみ込んできたあたしの望み。
『あたり前でしょ』
　百合さんは涙でキラキラした目を細めて微笑むと、あたしを強く抱きしめてくれた。
　春馬はあやすように背中をさすってくれて、直は頭をなでてくれて、そんなあたしたちを、太一と恭が優しく目を細めて見守っている。
　あたしって、なんて幸せ者なんだろう……。
　こんなに温かいものに満たされた気持ちになったのは、お父さんとお母さんが生きていたとき以来かもしれない。
　ついこの間まで、あたしは真っ暗闇をひとりで歩き続けていた。ただひとり、あるかもわからない出口を探しながら……。
　まだ出口が見つかったわけじゃない。潤を取りもどすまではなにも終わらない。
　だけど、"一緒に出口を探せばいい"と言ってくれる人たちがいる。
　真っ暗闇も、"手を取りあって歩けば怖くない"とあたしの手を取って歩いてくれる人がいる。

あたしはもう……ひとりじゃない。
　ねぇ、潤。
　きっといまのあなたは、いままでのあたしと同じで、ひとり真っ暗闇を歩いてる。
　でもね、必ずあなたの闇にも光が射し込むときがくる。
　絶対にあたしが、あなたの手を取ってみせる。
　だってまた、あなたの笑顔が見たいから……。
　だからどうか、どうか、無事でいて――。

　――ジャ―――……。
　冷えきった体に、シャワーの温かさが染みる。
　言われるがまま、恭の家までついてきちゃったけど、これでよかったのかな……。
　あたしは、ボーッとする頭でそんなことを考えていた。
　恭とふたりきりなんて、幹部室ではざらにあったことなのに、恭の家となると妙に緊張してしまう。
　だからと言って、自分の家に帰ってひとりで過ごすことはできるだけしたくない。ひとりになったら、潤への不安や寂しさで押しつぶされてしまいそうになるから……。
　頼れる人ができたからだろうか。
　ずいぶん弱くなったな、とひとり苦笑する。
　それに、今日はなんだか恭と離れたくないんだ。
　本当はもう恭のところに戻ってこられるなんて思っていなかったから、頭ではわかっていても、なかなか実感できなくて……。離れたら、今度こそ恭に会えなくなってしま

うんじゃないかって……変な不安がつきまとってくる。
　だから、そばにいられるのはすごくうれしい。
　とは言っても……ひと晩中ふたりきりって……。
　顔が熱くなってくるのがわかって、思いきりシャワーを浴びた。
　っだぁぁぁ!!　なに考えてんのあたし!!
　ないから！　絶対にないから！
　──トントン。
　ドッキーン!!
「はっ……ははははいい!?!?」
　浴室のドアを叩く音に、いま絶対口から心臓出たってくらい驚いたあたしは、ものすごくうわずった声で返事をした。
「あ。驚かせてすみません。着替え、渡すの忘れたと思って。俺のしかなくて大きいと思うんですが、ここに置いておきますね」
「うっ、うん！　ありがとう!!」
　ビ、ビックリした!!
　着替えか!!
「…………」
　ん？　なんだ？
　なんとなくまだ恭がいる気配。浴室のドア越しに、うっすらと影が見える。
「……恭？」
「ねぇ、茉弘」

「は、はいっ！」
「一緒に入ろっか？」
「……は……」
　はぁぁぁ————!?!?
「開けるよ？」
「ちょっ……まっ……だっ」
　ダメダメダメダメ!!
　なに言ってんの恭————!?!?
「ダメ？」
「ダ、ダダダダメってそりゃ……！」
　あたり前でしょー!?
　てか、なんで一緒に!?　一緒に入ってどうする気!?
　ひとり浴室で大パニックを起こし、ワタワタしていると、クスッと恭の笑う音が聞こえる。
「なーんて。嘘。ごゆっくり」
　パタンと、脱衣場のドアが閉まる音。
　恭が出ていったことがわかると、あたしは腰が抜けてその場にヘナヘナと座り込んだ。
　……なにがしたいんだあいつは……。
　出しっぱなしのシャワーが体にあたる。
　さっきよりぬるく感じるのは、あたしの体が熱いせいだろうか。
　あたしは、ほてりまくった顔を両手で覆う。
　うぅ……もう……やっぱり帰りたい……。

「……シ、シャワー、ありがとうございました」
　脱衣場のところから顔だけ覗かせると、テレビを見ていた恭があたしに顔を向ける。
「早かったですね。少しは温まれましたか？」
「うっ、うん……」
「よかった」と言って微笑んだあと恭は、ん？と首をかしげる。
「なんで出てこないんですか？」
「ちょっ！　こっち来なくていいからっ……」
　なにかあったのかと、近よってくる恭。
　必死に止めるのもむなしく、恭はあたしのところまで来て脱衣場に入ると、あたしを見て大きく目を見開いて固まってしまった。
「あのっ……恭のズボン大きくてっ……はくとどうしても落ちてきちゃって……。Ｔシャツも大きくてワンピースみたいになるし、これでいいかなって……」
　あたしは恭の白いシャツを、下着の上からワンピースになるように着ていた。
　髪の毛は一応乾かして、おだんごにまとめあげた。
　いつもより足の露出度が高い気がして、恭の前に出るのに少し躊躇してしまう。
　うっ……ほら。やっぱり恭固まってるし……。
　脚太っ！とか思われてるんだろうな。きっと。
　恭は大きなため息をつきながら、片手で顔を覆う。
「……マジかよ……」

ボソッとなにか言ったように聞こえたけど、よく聞きとれない。
　そ、そんな落胆するほど脚太いですか!?
　あたしがショックで青くなっていると、「俺も入ってきますね」と言って、恭はあたしを脱衣場から出し、あたしの頭をクシャッとなでて、パタンとドアを閉めた。
　……なんか……ちょっと距離を取られた？
　いや、恭は意識してやったわけじゃないのかもしれない。
　だけど、こんな小さなことが寂しいと思うなんて……。
　あたしはいま、どれだけ恭を欲しているんだろう？
　ひとりになった部屋には、恭の見ていたテレビの音だけが響いていた。恭が座っていたソファに、あたしも腰をかけ、パタンと横になる。
「……はぁ」
　今日は、本当にいろんなことがあった。
　まさか、潤を置いて葛原から逃げてくることになるなんて……。
　あのときと同じだ。
　あたしは、また潤に助けられてしまった。
　テレビから視線をずらすと、ハンガーにかけられた潤のダウンがカーテンレールに引っかけるようにかかっていた。きっと恭がかけてくれたのだろう。
　あたしはソファから立ちあがり、そのダウンのところまで行くと、そっとそれに触れる。
　そのダウンは今日の出来事のせいで、ところどころ汚れ

たり破けたりしている。
　潤……。
　葛原にひどいことされてないかな？
　葛原だけじゃない。潤が葛原を裏切ったとわかれば、葛原の父親……三豪会の組長がどう動くのか……。
　前に恭が三豪会は鷹牙に干渉はしていないと言っていた。だけど、潤はいま葛原と家族なんだ。
"葛原と家族"。そんな響きに胸くそ悪くなるけど、それが事実。
　その家族を裏切ったと知っても、葛原の父親は本当に干渉などせずにいられるのだろうか。
　あたしは、かかっているダウンをハンガーから外す。
　そして、顔をうずめるようにそれを抱きしめた。
　ずっとあたしが着ていたのに、まだ潤の香りが残っている。そのなつかしい香りに、胸がしめつけられる。
　いますぐにでも、潤を助けに行きたい。
　すぐにでも葛原から解放してあげたい。
　それができない無力なあたしが、あたしは憎い。
　さっきよりも力強く、潤のダウンを抱きしめる。
　失いたくない。
　もう、誰も失いたくない。
　大切な人がいなくなるのは、もう嫌だよ。
　たったひとりのあたしの家族なの。
　生まれる前から一緒にいて、生まれてからもいつも一緒だった。

お父さんとお母さんがいなくなっても、潤がいたから生きてこられたんだよ。
　潤のいない世界なんて……。あたしは……。
　——トン。
　肩に優しい衝撃が走って、あたしの意識は元の場所まで引きもどされた。
　振り返るとそこには、濡れた髪の毛に憂いを帯びた表情の恭が立っていて、振り返ったあたしの頬に優しく触れた。
　あたしは、恭の顔を見た途端、ひどくそれにすがりたくなって、恭の胸に顔をうずめて、恭の香りのするTシャツをキュッと握る。そうすると、恭もあたしに腕を回して、優しく抱きしめてくれる。
　恭ってあたしの心が読めるのかな。
　いつも、あたしがしてほしいことがわかっているかのように動いてくれる。
　ポタポタと恭の髪の毛から滴り落ちる水滴が、くすぐったい。
「……恭、出てくるの……早い」
「……うん。なんかひとりにしとくの心配で、急ぎました」
「案の定ですね」と言って、恭は抱きしめる腕に力を込める。
「弟君が、心配ですか？」
　あたしは素直にコクンとうなずく。
「大丈夫。こうしてる間にも、みんな弟君を助けるための最良の手段を探してくれています。聖蘭だって動きだしてるんです」

「聖也さん……たちも?」
「無事だった煌龍の下のやつらも、事情を知ってすぐに動いてくれたそうです」
　みんな……。
「みんな茉弘と弟君のために動いてる。茉弘は、安心してここにいたらいいんです」
　恭は腕をほどくと、今度はあたしの頭を優しくなでた。
　そして、あたしに顔を近づけて、
「それとも俺らが信じられない?」
　と、意地悪な笑みを浮かべるもんだから、あたしは涙のしぶきが散るくらい首を横に振った。
「じゃあ、もうひとりで泣くの禁止」
　そう言って恭は、あたしの瞼にキスを落とす。
「もう、茉弘はひとりじゃないんだから、泣くときは必ず俺の前で泣いて?　じゃないと、こうやってぬぐってやれない」
　頬に流れた涙を、恭はまた唇ですくった。
　その温かさが、あたしはひとりじゃないということを実感させる。
　恭の触れたところから、じんわりと体が温まっていく感じ……。
　とても寒いところから帰ってきて、ようやくストーブにあたったときのような、身震いのするような幸福感。
　さっきまでの不安が嘘のよう。
　あたしは、恭の服の袖をキュッと掴むと、ありったけの

思いを込めて、「恭……ありがとう。大好きっ」と笑ってみせた。
　恭は、驚いたように目をむく。
　それからすぐに細められた目は、少し潤(うる)んでいるようだった。
「初めて、なんの迷いもない、本当に本当の笑顔が見られた」
「え？」
「破壊力が半端ない。俺の前以外でソレ禁止ね」
「……？　また禁止事項が増えた……」
「………俺、意外に独占欲強かったんだなぁ……」
「……??　なにしみじみしてんの？」
「ふっ。茉弘が好きすぎるって話」

「茉弘。眠い？」
　リビングのソファで、恭が入れてくれた紅茶を飲みながらふたりでテレビを見ていた。
　……はずなのに、あたしはいつの間にかウトウトしていたらしい。
　コツンと恭の肩にぶつかったところで、手放しかけていた意識を取りもどした。目をこするあたしの顔を覗き込むと、恭はクスリと笑って立ちあがった。
「そろそろ寝ましょうか」
　その言葉で、あたしの脳みそは一気に覚醒(かくせい)する。
「寝るって……あのっ……」
　慌てるあたしに恭は、ん？と微笑むと、

「俺はここのソファで寝ますから、茉弘は俺のベッドを使ってくださいね。部屋に案内します」と言ってあたしに手を差し出した。
　あ。なんだ。そうだよね。
　一緒に寝るわけないか。
　なんなのこれ。安心したはずなのに、少し寂しく思ってるあたしがいる。
「恭？　あたしがソファで寝るから、恭がベッドで寝て？」
　あたしの手を引いて歩く恭に、止まって抵抗するあたし。
　恭だって相当疲れてるはずなのに、あたしが恭のベッドを奪うわけにはいかない。
　あたしは慎んでソファを使わせていただきます！てな感じで心の中で敬礼すると、ソファに戻るべく踵を返した。
　だけど……。
「ちょいちょいちょい」
　恭に手首を掴まれ動けない。
「女の子をソファで寝かせられるわけないじゃないですか」
「？　平気だよ？　うちのベッドよりずっとフカフカだったし」
「……て、そうじゃなくてっ」
　いま一瞬納得しかけたくせに……。
「……ひっ！　きゃあっ！」
　恭はやっぱりリビングに戻ろうとするあたしを制して、今度は軽々と抱きあげる。あたしは、恭の腕に座るように縦抱っこされたまま、恭の寝室に連れていかれた。

──ドサッ。
「わぷっ！」
　少し乱暴にベッドの上に放られるあたし。
「もうっ！　もっと優しくっ……」
　と、途中まで言ってグッと言葉をのみ込む。
　恭が、ものすごく優しい顔であたしを見ていたから。
　毛布をあたしにかけながら、恭は言葉を落としていく。
「茉弘は、俺にとってすごく大切な女の子なんです」
「……っ」
「そんな子をソファで寝かせるような男にだけは、なりたくない。だから、大人しくここで寝て？」
「ね？」とそんな優しい顔でさとすの……ずるいよ。
　納得せざるを得なくなるじゃん。
　あたしは、しぶしぶコクンとうなずいた。
「いいこだ」
　と言って恭は頭をクシャッとなでて、「おやすみ」と言って立ちあがる。
　そのとき、あたしの中に不思議な感情が生まれる。
「あっ……！　待ってっ！」
　とっさに、本当にとっさに、恭の服の裾を引っぱっている自分がいた。そんな自分に自分でも驚いて、思わずそのまま石のごとく固まってしまう。
　なに"待って"？
　ねぇあたし。なに"待って"!?
　恭も驚いたのか、目をパチクリさせている。

「……どう……しました？」
「……あ。……や、その……」
　この気持ちはなんだろう？
　うまく表現しようとしても、しっくりくる表現が見つからない。ただわかるのは、恭があたしに背を向けた瞬間に感じた……寂しさに似た感情。
「……恭、もう寝ちゃう？」
「……一応そうしようかと……」
「……そっか」
　ほら。またキュウッと胸の奥がうずく。
　あたし、どうしちゃったのかな？
　恭は、いつだってそばにいてくれるのに。
　もう、恭と離れ離れにならなきゃいけないとか、考えなくてもいいのに。
　前よりもずっと近くに感じるはずなのに、なんだかあたしはまだ物足りなくて……。
　ずいぶん欲張りになってしまったと、自己嫌悪さえ感じてしまう。
　こんなあたし……嫌だ。恭に見られたくない。
　恭からふっと顔をそらす。
　でも、すぐに恭の手によって元に戻されてしまった。
「……きょ」
「その顔は……誘ってるようにしか見えないんだけど」
　……へ？　さ、さそっ⁉⁉
　あたしの目をまっすぐ射抜くその瞳に、思わず息をのむ。

「……な、なにソレ！ またそうやってからかうっ！」
　そう言って布団に潜り込もうとしたあたしの手首を、恭は掴んで離さない。
「冗談で……済ますこともできるよ」
「……っ」
「茉弘は、どうしたい？」
　あた……し？
　手首から伝う恭の体温。
　恭が触れているところは満たされるのに、ほかのところは恭の体温を欲してる。
　そっか……。あたしは……恭で満たされたいんだ。
「あ……たし……なんか変で……」
「うん」
「やっと恭に、本当の自分で接することができるのに……。前よりずっと近くにいるのに……前よりずっと、寂しいの……」
「うん」
「もっと……もっと恭と離れられなくなって……恭の一部になっちゃえばいいのに……って……」
「うん。でも、それは困るな」
　そう言って、恭は笑う。
　そして、恭の手があたしの頬に触れたかと思うと、恭の唇が、あたしの唇と重なった。
「……っん」
「俺の一部になったら、こうやってキスもできなくなるだ

ろ？」
　一気に熱を帯びていく体。
　ほら。恭に触れられると、こんなにも満たされていく。
「茉弘は、なにも変じゃないよ」
「え？」
「俺は、こうやって茉弘に触れるたび、同じようなことを思ってる」
「……っふ」
　また恭の唇が落ちてきて、焦らすようにすぐに離される。
　そして、今度はあたしの耳にキスをしたかと思うと、恭は少しかすれた声でささやいた。
「"茉弘の全部、俺のにしたい"ってね」
　……あ。
　言葉の意味を理解して、自分の顔がカァッと熱くなるのがわかった。
　あたしのこの感情って……そういうことだったの……？
　でも、なんだか妙に納得してしまう。
『あたしの全部を恭に……』
　その言葉がストンとあたしの胸に落ちてきて、しっくりと収まった。
　でも……それってつまり……。
「いっ……！」
「どうしました？」
　恭が握っていた手首が急に痛んで、思わず顔をしかめる。
「……傷？」

痛んだ場所を確認すると、そこにはすり傷と一緒に内出血を伴ったあざがあった。
「あはは……さっき葛原に突きとばされたときかな。シャワー浴びてるときも、いろんなところ傷だらけで洗うの手間取った……よ!?!?」
　恭の唇が、あたしの傷の上をなぞる。
「……っう……恭、痛いっ……」
「あとは？」
「……え？」
「あとの傷は？　どこ？」
　恭の瞳に……逆らえない。
　あたしは緊張で震える手で、お腹の辺りに触れる。
　恭は、それを見逃さない。
「そこ？」
　──ギシッ。
　ベッドが軋む音。
　恭が、ベッドに手をついたからだ。
　あたしは、恭に誘導されるまま、ベッドに横たわる。
　あたしの上にまたがる恭。
　恭はおもむろにメガネを外す。
　すると、恭の手がスルリとシャツの中に潜り込んできて、シャツをまくりあげた。
「……ちょっ！　恭っ!!!!　〜〜〜っ!!」
　ちょうどみぞおち辺りのアザに、恭の唇が這うように動くから、くすぐったくて身をよじる。

「……ここも」
「……あっ！」
　も、本当にっ!!　なにが起きてるの!?
　頭の中は混乱してるのに、決して恭を拒めない。
　葛原がつけたひとつひとつの傷に、恭は唇を這わせた。
「………首、絞められたの？」
「……う……ん？」
「痕ができてる……」
　恭は顔をゆがめて、その痕に触れた。
　さっき葛原に首を絞められたときの痕だ。
「ムカつく……さんざん人のもんに痕つけやがって……」
　なんだか、子どもがふてくされてるみたい。
　こんな状況なのに、ちょっとキュンとしてしまったよ。
「ふふっ」
「なに笑ってんの？」
「ううん。なんか、愛しいなって」
「……なにそれ」
　あ。照れた！　恭が照れるとか、レアだ!!
　あたしは、そんな恭がもっと見たくて、調子に乗ってしまった。
　手の甲で口もとを押さえ、顔をそらす恭の頬に、軽くキスをする。
　頬を押さえ、驚いた顔であたしを見る恭。
　へへん。どうだっ！
　いつも、やられっぱなしだと思うなよ！

……て、あれ？
　ドヤ顔を向けるあたしに、恭はニヤッと妖艶な笑みを浮かべると……。
　あれ？　アレ⁉　あれぇ———⁉
「ん———っ！」
　予想に反して、ふさがれた唇。
　深く、溶けてしまいそうなキスに、イタズラ心はどこへやら。
　恭の胸を叩いて止めようとしても、余計に激しくなる一方。
　抵抗をやめた頃に、ようやく唇が離された。
「……はっ……恭っ……」
「唇も消毒」
　——ドクン。
　そうだ。あたし、葛原にキスをされたんだ。
　背筋に冷たいものが走る。
　青冷めたあたしを見て、恭があたしを抱きしめた。
「……次は、絶対に守るから」
　葛原への恐怖心は消えない。
　だけど、あたしにはこの人がいる。
「……うん」
　恭がいてくれるから、なにも恐れることはないんだ。
「恭……？」
「ん？」
「して……いいよ」

「え……？」
　抱いていた体を離し、恭は目を見開く。
「聞き……返さないでっ」
　どうしようっ！　すごく恥ずかしい！
　まさか、自分がこんなことを口走る日が来るだなんて……。
　顔を隠すあたしの手を、恭は優しくどかす。
「本気で言ってるの？」
　そう言ってあたしの瞳を覗き込んでくる恭の瞳はまっすぐで、あたしの心の中をくまなく探ってくる。
　そんな恭に、あたしはゆっくりとうなずいた。
「……あたしの……全部……恭のにしてください」
　ありったけの、勇気を振りしぼってそう伝えると、
「……っ」
　恭は、あたしの上で力なくうなだれた。
「……人がどうにか……抑制してたってのに。まったく……」
「恭？」
　顔を上げた恭は、熱っぽい瞳をあたしに向けていた。
「覚悟は……できてるの？　たぶん……途中でやめてって言われても、俺やめられる自信ないよ？」
　……もちろん怖くないわけがない。
　手も足も震えてるし、息の仕方も忘れそう。
　でも……それでも……。
「……っ……できてるっ」
　あたしの全部を恭でいっぱいにしてほしい。

「……そっか」
　目を伏せて、あたしの髪に触れる恭。
　すくったあたしの髪にキスをする。
　そして、ゆっくりとあたしを捉えた瞳は、"男の人"そのものだった。
「……っん……」
　あたしに触れていく恭の手は、ひどく優しくて、あたしを心底大切に思ってくれているのが伝わってきた。
　キスのたびに混ざり合う吐息も、重なり合う肌と肌も、つながれたその手も。
　すべてが思いを伝えあう。
「……大丈夫？」
「……ん……。でも、恭ばっかり余裕で……ずるい……」
「……余裕なんかじゃない。タガが外れたら、一気に理性失いそうで、これでも必死に保ってる」
「……外して……いいよ？　タガ……。余裕ない恭が……見たい」
「……あおりすぎ。いま言ったこと、後悔しても知らないよ？」
　抱えた痛みも。ようやく知った温もりも。
　すべてをふたりで分け合って、ひとつにして。
「茉弘……愛してる」
「……っあたしも……愛してる」
　あたしたちはどこまでも、溺れていった──。

君との約束

　ずいぶんと長い夢を見ていた気がする。
　温かくて、心地いいところに落ちていく。
　そんな夢——。
「……ん……」
　鳥のさえずりに誘われるように、ゆっくりと目を開けた視線の先には、カーテンのすき間から射し込む冬の日射し。
　雲ひとつ見当たらない澄んだ薄い青の空が、窓にできた結露の水滴の間から少しだけ覗いていた。
　まだ虚ろな頭を起こすように、ゆっくりと瞬きをしてから、あたしは気だるい体をゆっくりと起こした。
「寒……」
　あれ？　ここどこだっけ？
　あたしの部屋？……とは違う？
　あたしの体からスルリと毛布が滑り落ちる。
　それを確認したと同時に、あたしは目に写るその光景に固まらざるを得なかった。
　あたし……スッポンポン……!!
　ポンッ！と頭に浮かんだスッポンが走りぬけていくと、徐々に蘇ってくる昨夜の記憶。
　……そうだ……あたし……恭と……。
　ボンッ！と音を立てるように顔が赤くなったのが自分でもわかった。

やり場のない気持ちを、枕に顔をうずめてなんとか処理しようとするが、そんなの到底無理な話で……。
「〜〜〜っ！」
　断片断片に蘇ってくる記憶に、恥ずかしさでそのままベッドの上をのたうち回る。
　無理っ!!
　あたし昨日、大胆なことばっかり言ってた気がする!!
　うわぁ〜!!　どんな顔して、恭の顔を見ればいいのよ!!
　うわぁぁぁぁぁぁぁぁ!!
　そう頭の中でパニックを起こしていると、あることに気づいて、再び体を勢いよく起こした。
　あれ？　そういえば、恭は？
"あれ"のあと、あたしを抱きしめるように、たしかに横で眠ったはずの恭がいない。
　あたしも恭の香りと体温が心地よくて、すごく満たされた気持ちになって、いつの間にか眠りに落ちてしまっていた。
「……っ！」
　嫌な胸騒ぎがして、あたしはベッドから飛び起きる。
　急いでベッド下に落ちていた下着とシャツを着て、寝室を飛び出た。
　まさかっ……まさか、あたしになにも言わず、葛原のところに……!?
　廊下を駆けぬけて急いでリビングへ。
　勢いよくそのドアを開けた。

「……っ」
「……あぁ。……わかった。……頼んだ」
　そこには、ダイニングテーブルの椅子に片足だけをのせ、立て膝で座る恭の姿。
　色の薄い細身のデニムに、真っ白なシャツをはだけたまま羽織っているだけの恭の姿は、部屋の窓から射し込む光を浴びながらいつにない色気をただよわせている。
　空いているほうの手でメガネをもてあそびながら、恭は息を切らして立っているあたしに気がつくと、電話の相手に相づちを打ちながら器用にあたしに微笑んだ。
　なんだ……。よかった。いるじゃない……。
　ホッとしているにも関わらず、いまだにバクバクと音を立てている心臓に、「静まれ！」と胸の辺りをぎゅっと握ってなだめる。
「……あぁ、うん。いま起きてきた。……あぁ。わかった。なにかあったらまた連絡頼む」
　電話の相手にそう言うと、通話を切って恭はスマホをテーブルに置いた。
「おはよ。よく眠れましたか？」
　そう言って手にしていたメガネをかけ、ニッコリと微笑む恭。
　いつもの優男スマイルが妙にホッとする。
「……お、おはよ。すごいぐっすり寝た気がする」
「それはよかった」と安心したように微笑む恭は、あたしの様子に気づいたのかすぐに首をかしげて、「……どうか

しました? 体つらい?」と今度は心配そうな顔になる。
　う……体つらい?ってさ……。けがだらけだからなのか……それとも、そういうことをしたからなのか……。
　どっちの意味にも取れるそのセリフに、みるみる恥ずかしさがぶり返してくる。
　熱くなった顔を隠すように恭から顔をそらして、「だ……大丈夫っ!……」とだけ返事をすると、恭がクスッと息を漏らす音が聞こえた。
「茉弘、かわいい」
「……っな……!」
「よ、い、しょっと……ハイ。おいで」
　恭は、ダイニングテーブルの椅子から立ちあがると、あたしの前を通ってリビングのソファに座りなおす。
　そして、あたしに向けて両手を広げてニコニコしながらウェルカムと言わんばかりの態勢に。
「……んなっ!　意味わかんないっ!!　行かないよっ!!」
「えー。少しくらいいいじゃないですかー」
　いったいどうした!　そのキャラは!!
「よ、よくないからっ!」
「照れてるの?　いまさらいまさらー」
　こ、こいつ……日に日に押しが強くなってきてる気がする……。
「ほら。ね?」
「……っ」
　恭はやっぱりずるいと思う。

そんな、愛しいものでも見るような瞳で見つめられたら、あたしが逃げられないの知ってるんでしょ？
　あたしは座っている恭の前までしぶしぶ移動する。
　そして、遠慮がちにちょこんと恭の膝の間に座った。
　その瞬間、いつものあの香りがやってきて、あたしのとはまるで違う、ゴツゴツして硬い、男の人の腕があたしに回された。
「リクエストは対面だったんだけど」
　耳もとでそうささやく恭。
　恭の息が耳にかかってくすぐったい。
「む、無理っ。ただでさえ顔見るの……恥ずかしいのに……」
「そうなの？」
「……っあ……」
　小さく笑うと恭は、あたしの首筋にキスを落とす。
　ふぎゃ————!!
「ちょっ！　恭ーっ！　ストップ!!」
　そんな恭の顔を両手で押しやるあたし。
　すいませんっ！　あたしもう、昨夜からとっくにキャパオーバーなんですっ！
「昨日の積極的な茉弘はどこに行ったんでしょうか……」
「はがぁっ!?」
　わざとらしくふてくされた顔でボソッとそんなことを言う恭は、どれだけあたしを動揺させれば気が済むんだろう。
　とにかく落ち着けあたしっ！　話題を変えようっ！
「さ、ささ、さっきの電話、潤の件だったんじゃないの!?」

「ん？　あぁ。聖也からです。葛原たちの居場所が特定できたみたいで、朝一で連絡くれました」
「ホ、ホントッ!?」
　思わぬ朗報に身を乗り出せば、恭は口もとに笑みを浮かべて、ゆっくりとうなずいた。

　昨夜、恭とテレビを見ているときにかかってきた聖也さんからの一本の電話。
　それによると、あのあとあたしが連れていかれた鷹牙の隠し倉庫には、人ひとりいなくなっていたらしい。
『まぁ、はなからあの場所に残るとは思ってなかったけど、案の定ですね。とりあえず、場所を突きとめるところから聖也に動いてもらっています』
　そう恭は言っていた。
　聖也さんたちにかかれば、造作もないことだと恭は言うけれど、潤がどこにいるかわからないという事実は、あたしにさらなる不安を与えたのは言うまでもない。
『あたし、こんなことしてていいのかな？　この間にも、みんなは潤を助けるために動いてくれてる。なのに当のあたしはこんな……』
『いいんですよ』
　恭は、となりに座るあたしの頭を自分の胸に引きよせて言葉を続ける。
『茉弘はずっと、癒えない心の傷を抱えたままひとりで戦ってきたんです。その傷が少し乾いたくらいじゃ、また次の

『戦いに挑んだって自滅しに行くようなものです』
　恭は、あたしの頭をポンポンと優しくなでる。
『だから、俺はあえてこうやってふたりで過ごす時間を作ったんです。茉弘に少しでもホッとしてもらいたくて。たとえ不安に襲われてしまっても、俺がすぐに支えてやれるように』
『ま。単に俺が茉弘とふたりの時間が欲しかったってのもあるけど』そう言って恭はいたずらっぽく笑う。
『みんなにもそう伝えてあるから、茉弘はなにも気にする必要はないですよ』
　恭は、いつだってそうやって先回りしてあたしに安心をくれるよね。
　前も見ず突っ走るあたしが転ばないように、傷つかないように、いつだってさりげなく守ってくれる。
　いまはこの人にすべてを託そう。
　この人を信用することが、いまあたしがこの人にできる唯一のことなのかもしれない。
　あたしは強く口を結ぶと、力強くうなずいた。

「今日の夜から、本格的に動きだそうと思っています」
「……っ！」
　身を乗り出すあたしの腰に、恭はそっと手を回す。
「絶対に弟君を取り返してみせますから」
　そっとあたしの頬にふれる恭。
　その真剣なまなざしが、あたしの心を揺らす。

一刻も早く潤を助けたい。
　だけど、恭が危険な目に遭うのは嫌だ。
　そんな矛盾が頭の中で、グルグルと駆けめぐる。
　葛原だけじゃなく、滝沢も完全に要注意人物だ。
　ううん。ひょっとしたら葛原よりもたちが悪いかも。
　昨日の光景が蘇ってくる。
　あたしは、恭の右頰の傷にそっと触れた。
　恭が傷つくのは……嫌だ。
「お願い……。くれぐれも、気をつけて」
　そう言ってうつむいたあたしの顔を、恭は覗き込みながらひときわ優しい笑みを浮かべる。
「心配いりませんよ。いまの俺、誰にも負ける気がしないんです。ホント最強。ホント無敵」
　そう言うと、恭は力こぶを作っておどけてみせる。
「全部、茉弘の力だ」
「え？　あたし？　なんで？　あたし、なんにもしてない……」
　恭はまたあたしの額に自分の額をくっつけると、
「なんでか、わかんない？」
　そう言って艶っぽい表情をするから、あたしはすぐにその理由にたどり着いてしまう。
　……昨日の夜、あたしを抱いたから……？
「あはは！　茉弘顔真っ赤！」
「っだぁ！　うっ、うるさいなっ！」
　——グイッ！

「……っん！」
　唐突に重なった唇。
　恭の唇の熱さに、不安を忘れてとろけそうになる。
「……っは……」
　その唇がちゅっと音を立てて離れたかと思うと、恭が熱っぽい瞳であたしを見ていた。
「……そうそれ。そうやって、俺に身を任せといてよ。そうすれば俺は、そんな茉弘を守りたくて、いくらでも無敵になれるんだ」
　そう言って、今度は優しいキスを落とす。
　……そういうものなのかな？
　でも、あたしが少しでも恭の原動力になれているのなら、うれしい。
　あたしは、頼りっぱなしでなにもできないから。
　自分の無力さに泣きたくなるくらいなにもできないから。ただのお荷物でしかないって、そう思っていたから。
　こんなあたしでも少しは役に立ってるのかなって。少しは恭の役に立ってるのかなって。
　そう思うと……すごくうれしい。
「う〜ん」
　唇が離れると、恭は顎に手をあて考えるような仕草。
「ど、どうしたの？」
「……なんか、またしたくなってきた……」
「は!?!?」
「うん。もう１回したら俺、無敵どころか不死身になるかも」

「…………」
　　──バッチ─────ン!!

「恭。それどうしたの？　なんか新しい傷増えてるけど」
　恭の頬にできた平手の痕をマジマジと見ながら、春馬が首をかしげる。
「ほっといて……」
　そう言って、ホワイトボードの前でふてくされたように腕組みをする恭をあたしはじっとにらんでいた。
　まったくもう！
　相変わらずデリカシーのないやつなんだから！
　こっちは、いまだに昨夜の出来事が夢でも見てたんじゃないかってくらい実感がわかないのに。
　こいつはと言うと、も、もう１回って……。
　それもそうだし、やっぱりあたしばっかり余裕がないっていうのも、なんか腹立つのよね！
　そんなあたしの視線に気づいた恭が、ご機嫌を伺うような笑顔でニコッと微笑んできたけど、あたしは、首が一回転するんじゃないかってくらい思いきり、フン！とそっぽを向いてやった。
「ぷ。恭、お前なにやったんだよ」
　太一がおもしろそうにニヤニヤしている。
　いや、太一だけじゃない。
　百合さんも生ぬるーい目であたしたちを見てくる。
　直に至っては、なぜか恭に殺気立ってるし……。

なんだか居たたまれない気持ちでいると、会議室の入り口から柚菜さんと理さんが軽食のサンドイッチとドリンクを持って入ってきた。
「うおー！　ちょうど腹減ってたんすよ！」
　太一がいまにもヨダレを垂らしそうな顔で言う。
　きっとあたしも負けてない。
　そういえばあたし、まともに食べ物を口にしたのっていつだっけ？　昨日はそんな精神状態じゃなかったからな。
「ふふ。だと思ったんだ！　たんとめしあがれっ」
　柚菜さんがそう言うと、みんなワラワラとサンドイッチに群がった。
　あ！　あたしもたまごサンド食べたいのに！
　みるみるなくなっていくたまごサンド。
　最後のひとつもあっという間にさらわれていく。
　なくなっちゃった……。
　しぶしぶほかのものに手を伸ばそうとすると、
「ん」
「え？」
「たまごサンドです。食べたかったんでしょ？」
　恭がそう言って、たまごサンドをあたしの前に突き出している。
　むむ……たまごサンドで釣られると思うなよ……でも、たまごサンド……たまごサンド……釣られて……なる……ものか……。
　そう思いつつも、食い気にはかなわない。

「……ありがと」
　しぶしぶたまごサンドを受け取ると。
「どういたしまして」
　恭は、うれしそうに朗らかな笑みを見せた。
　なんだか、餌づけされた気分だ。
　でもまぁ。たまごサンドに免じて許す！
「ところで、ずっと気になってたんですけど、なんでこんなところにこんな大きな会議室があるんですか？」
　あたしは、たまごサンドを頬張りながら、さり気なくずっと胸のうちにあった疑問を投げかけてみた。
　だって、カフェにこんなに大きな会議室って……どう考えても不釣り合いなんだもん。
　すると、柚菜さんはポットでみんなの分のコーヒーを入れながら、
「ここはね、もともと風雅の倉庫だったんだよ」
　そう言って、コーヒーの注がれたカップをあたしに差し出した。
「え!?」
「いまは別のところに移転して、ここは理君のお店に改築したの。この会議室はもともと幹部室として使ってたんだけど、改築するときにどうしても残しておきたくて、いまでは理君が承諾した人だけが好き好きに使ったりしてるの」
　そっか……。だから、妙に使い勝手がいいんだ。
　差し出されたコーヒーカップを受け取りながら、あたし

は辺りを見回した。
　よく見れば、ホワイトボードは使い古された感じだし、置いてあるソファやテーブルなんかも年季が入っている。
「昔は、もっと生活感があったんだけどね。理君がほかの子たちが出入りしやすいように、いろいろ片づけちゃったんだ。前はベッドやなんかも置いてあったんだよ」
　と言って、柚菜さんはなつかしそうに目を細めた。
　柚菜さんと理さんにとって、ここはどんな場所だったんだろう？
　このふたりが風雅の要だったのは、何年も前の話で、いまでは結婚をして、柚菜さんのおなかには新しい命が宿っている。
　それでも、このふたりにとってはいまでも残しておきたいほどに、ここは大切な場所だったんだ。
　あたしは、あっという間にサンドイッチを食べ終わって、コーヒーをすすっている恭に目を向ける。
　すぐに目が合って、慌てて目のやり場に困っていると、恭はそんなあたしに優しく微笑んだ。
　それを見て、あたしの胸の奥のほうがキュウッと音を立てる。
　あたしたちは、この先どうなっていくんだろう？
　柚菜さんや理さんみたいに、恭と一緒に、いつかいまをなつかしむ日が来るのだろうか？
　そんな日が来ればいいと思うのに、未来なんて誰にもわからなくて、それでいてもどかしくて。

それを願うことすら途方もなくて。
　いまあたしにできるのは、あたしがこの場所にいるという小さな奇跡を大切にして、明日もこの人のそばにいるために、いまを精いっぱい生きること。
　恭だけじゃない。
　煌龍のみんな。
　それに潤。
　あたしの大切な人たちがいる未来を、あたしはもう絶対にあきらめたりしない……。
　もう決めたの。もうなにも怖くない。
　ただ、前だけを見て、あたしは望む未来に向かって、まっすぐ手を伸ばす。
「さぁ、では、そろそろ本題に入りましょうか」
　恭のそのひと言を待ってましたとばかりに、みんなは顔を見合わせた。
　その表情は、みんなどこかやる気に満ちあふれていて、本当の意味でみんなの心がひとつに通った気がした。

「茉弘……いいですね？　もし、俺らになにかあったら絶対に……」
「わかってるって。恭たちを置いて、全力で逃げればいいんでしょ？」
　バイクに乗るためにヘルメットを被ろうとするあたしは、その手を止めて眉間にしわを寄せる。
　これで何度目だと思ってるんだろ。

相変わらず恭の心配性っぷりは健在だ。
　恭は、何度確認してもし足りないといった様子で、なにか言いたげにあたしを見つめてくる。
　まったく恭も潔くないな。
　こうすることを承諾したのは恭なのにさ。

　さかのぼること数時間前——。
『というわけで、居場所の特定はできたので、今夜遅くに奇襲をかける予定です』
『わかった。すぐに無事だった下のやつらにも声をかけてみる』
『お願いします。そっちのほうは春馬と直に任せますね。俺と太一は、聖也のところに声をかけてみます』
『わかった。じゃあ、いまから少し時間をもらうね。集合時間は？』
『23時で』
『了解』
　そんなやり取りのあと、春馬は直と『お星さま』の会議室から出ていった。残った恭と太一は、深刻そうな顔でまだなにかを話し合っている。
　この人たちのいざってときの団結力と行動力には、いつも驚かされる。みんなそれぞれがまったく違った性格をしているのに、同じ方向を向いた途端にこれだもん。
　こればかりはあたしが立ち入るすきもなくて、なんか少し……。

『うらやましい？』
『……え？』
　ニヤリとしてあたしの顔を覗き込む百合さんに心の声が漏れていたのかな。なんて、あたしは思わず口を押さえた。
『あたしもいつもうらやましいなって思うよ』
　百合さんは、おくれ毛を耳にかけながら、また目の前の光景に目を移す。
『あたしも男だったらよかったのにっていつも思う。そしたら、ああやって一緒になって戦えるもんね。本当はあたしも、あいつらの無事を祈って待ってるだけなんて性に合わないんだよ。だけど、足手まといになるのはもっとごめんだからね。ここでひたすら待って、帰ってきたあいつらの手当てをしてやる。それがあたしの役目なんだっていまは思ってる』
『……うん』
　……そうだよね。
　好きな人の無事を祈ってただ待つだけなんて、もどかしいに決まってる。
　でも、あたしや百合さんみたいに、自分の身すら自分で守ることができない人間が一緒に行動をすれば、みんなの負担になるのはまちがいない。
　昨日のがいい例だ。
　あたしを守りながら、葛原と滝沢のふたりを相手にする恭は、戦いづらそうで仕方がなかった。
　あのとき、もし潤が助けてくれなかったら、正直どうなっ

ていたかわからない。
　あたしは、つくづく足手まといな自分に腹が立った。
『茉弘は？　自分の役目はなんだと思う？』
　自分の役目……か。
　あたしは、百合さんに向けていた目を、今度は地面に落とした。
『……なんだろう。あたしの役目って……。いままでそんなこと考えたことなかった。だってあたしは、いつかみんなの前からいなくなるって、必ずそれが根底にあって。だから、なるべくそういう考えは持たないようにしてたんだ。煌龍の一員であればあるほど、みんなと離れがたくなるし、それが嫌だったから……。だけど……』
　そうか。いまは違うんだ。
　あたしが、みんなにとってどういう存在になるか。
　それは、あたししだいなんだ。
『茉弘はどうしたいの？　足手まといになるとかそんなの抜きでさ。茉弘は、いまどうありたい？』
　あたしは……。
『あたしも、恭たちと一緒に潤を助けたい。だって、あたし約束した。必ずあたしが潤を助けるって。必ず笑顔を取りもどすって』
　そうあたしが答えると、百合さんは満足そうにあたしの頭をポンとなでる。
『うん。それでいいんじゃない？　前にも言ったけどさ、茉弘はしおらしく旦那の帰りを待っていられるようなやつ

じゃないって』
『どうせ、しおらしさの欠片もないですよ』
　口をとがらせるあたしを見て、百合さんはククッと喉を鳴らして笑った。
　百合さんの言う通りだ。
　あたしは、ここで恭たちの無事を祈ってただひたすら待っているなんてできない。なにもできないし、ただの足手まといになるだけだけど、それでも一緒に戦いたいんだ。
　だけど、それじゃこの間の二の舞いになる。
　それに"超"のつく心配性の恭のことだ、そう簡単に納得してはくれないだろう。
『ハーイ！　みんなー！　生きてるー？』
　突然会議室のドアが勢いよく開いて、そこに現れたのは……。
『聖也さん！　光輝さん！』
　ソファから立ちあがるあたしを見つけて、聖也さんがあたしにツカツカと近づいてくる。
『ほぶっ!!』
『いい加減その呼び方やめろっつってんでしょーが！こーむーすーめー！』
　そして、いつものごとく両手で思いきり頬を挟まれた。
　うん。もう、お決まりのパターンだね。
　それを見ている光輝さんが、楽しそうにカラカラ笑ってる。
　少しは止めてっ！

顔が変形しちゃうんじゃないかってくらい絞られたあと、聖也さんの表情がふっと和らいだのを見た。
『あんたにしては、いろいろと頑張ったみたいじゃない』
『聖也さん……』
　目を細めて笑う聖也さん。それを見たらまた涙が込みあげてきて、あたしは唇をぎゅっと結んでそれを耐えた。
『あれ？　聖也と光輝、来た？　いま連絡しようと思ってた。とりあえずこっち』
　さっきまで太一と話していた恭が、ふたりを呼ぶ。
『あーら恭。めずらしく、ずいぶんこっぴどくやられたんじゃない？』
『うるさい。早く座れ』
『聖ちゃん、いきなり恭の地雷踏まんといてやー！　恭も普段こんなことあらへんから、涼しい顔して結構悔しいんやで！』
『……光輝もうるさい』
　聖也さんと光輝さん……絶対わざとだ。
　なんか楽しそうだし。
『普段完璧なヤツがミスするのって、なんかうれしいわよねー』
　そう言って、うれしそうな聖也さんを恭は横目でにらむ。
『茉弘と百合は、店のほうで待ってられる？』
『オッケー』
　と言って、会議室を出ていこうとする百合さんに対して、あたしはその場から動かなかった。

すると、恭は首をかしげて、『茉弘？　どうしました？』と心配そうに聞いてくる。
　あたしは、恭たちと一緒になって行動したところで、なんの役にも立たない。それどころか、足手まといになるだけ。そんなのは重々わかってる。
　だけど……。
『あたし、潤と約束したんだ……。あたしが、必ず潤を助けてみせるって』
『茉弘？』
　うつむくあたしのそばまでやってきて、恭はあたしの顔を覗き込む。いまあたしは、あたしの中で最も苦手なことをしようとしているのかもしれない。
　握りしめた手はひどく汗ばんでいるし、うまく唾が飲み込めなくて、喉がゴクリと嫌な音を立てた。
『あ……たしも……、一緒に戦いたいっ……』
『茉弘……』
『潤を助けたい……』
　恭は、一瞬驚いた表情を見せると、すぐ困ったようにあたしから目線を外した。
　わかってる。困るよね？
　こんなワガママ言う自分が嫌だよ。
　こういうの、本当に苦手なんだよ……。
　だって、よく言えたもんだと自分でも思う。
　本当は恭たちのためにも、あたしは百合さんと一緒に恭たちの無事を祈りながら帰りを待ってるべきなんだ。

それが一番恭たちも動きやすい。
　あたしを守りながら戦うより、ずっと効率がいい。
　だけど……あたし、恭と一緒に戦いたい。
　あたしが潤を助けたい。
『わかってる』
『……え？』
『わかってるけど、それでいいのかとも思ってる。正直、俺も自分の気持ちと戦ってるっていうか……』
　恭は、頭をクシャクシャッとかきながらばつの悪そうな顔をする。
　……なにが言いたいんだろう？
　小首をかしげるあたしを見て、恭は大きなため息をひとつつくと、なにかを決心したような強い視線をあたしに向けた。
『今夜、茉弘にもついてきてもらうつもりでいます』
『……え？　でも、それじゃあ昨日の二の舞いにっ……』
　恭は、苦しそうな笑みを浮かべると、『正直、もう二度と茉弘と葛原たちを会わせるのはごめんなんですが……』そう言って、あたしの頭をクシャリとなでた。
　そりゃそうだよね。
　捕まれば、あたしは葛原にひどいことをされるわけで。
　恭だってそれを気にしながら、あたしを守りながら戦うなんて、自分の持ってる力の半分も出せないはず。
　だから、昨日は泣く泣く潤を残して引いたのに。
　それなのに、わざわざ敵の陣地にあたしを連れていくな

んて……。
『茉弘は、この日のために頑張っていたんでしょ？　弟君を助けるために、なにもかも捨てる覚悟で』
『ちょっと弟君にやけますね』と言って、恭は困ったように笑った。
『でも、あたし役に立たないし……むしろ恭たちの足手まといに……っ！』
　そう言ったところで、恭が指の背で優しくあたしの唇に触れる。
『それでも、茉弘がやり遂げなきゃ意味がない。茉弘が、弟君を助けるんだ』
『……っ』
『俺たちが、全力でサポートします』
　あぁ……。本当にこの人は、なんでいつも、こんなにも……。
『ありがとう……恭……』
　あなたの優しさに触れて、流した涙はこれで何回目になるだろう？
　たとえ役立たずでも、足手まといでも、せめて心だけは強くあろう。
　どんなことがあっても、あたしはもう動じたりしない。
　この人が、あたしに揺るぎない優しさをくれるように、
　せめてこの人の前ではいつだって、凛としていたいから。
　あなたのその優しい瞳に映るあたしを恥じないように。

「絶対に聖也たちから離れないでくださいよ？」
「だぁー！　もうしつこいっ！　早く自分のバイクに乗りなよ！」
　回想から戻っても、まだそんなことを言っている恭を無視して、あたしはバイクにまたがった。
「いい加減腹決めなよ！　恭！　あたしたちがついてるのに、なにがそんなに心配なのさ！」
「……いや、お前だから心配なんだよ……聖也」
　いま、あたしがまたがっているバイクは、恭のものではなくて聖也さんのものだ。
　作戦上、鷹牙と対峙する際、恭は前衛の先頭に。
　あたしは、後衛の一番後ろという配置になった。
　形からすると、恭を筆頭にその後ろが太一、直、春馬。
　その後ろに集まってくれた煌龍の子たちと聖蘭の特攻部隊。さらにその後ろに、聖也さんと光輝さんがあたしの盾になってくれる。
　つまり、葛原たちとの戦いの最中、あたしはなるべく前線から距離を取る形になる。
　恭は、葛原たちからできるだけあたしを離れたところに置きたかった。でも、そうなると恭自身があたしの身まで守ることはできない。
「本当は、俺のそばに置いておきたいです」
　あからさまに肩を落とす恭に、カラカラとした笑い声で、
「無茶言うなや恭！　わざわざ敵の目の前に獲物持っていってどうすんねん！」

と光輝さんの鋭いツッコミが入る。
　恭は、少しムッとした顔で、「そんなのわかってる……」とつぶやいた。
　うっわ。恭、すねてる！
　なんか……かわいすぎるっ……！
　もうこんなの反則だよ……。
　思わず笑みがこぼれてしまって、恭にじろりとにらまれた。
　心配で仕方なさそうに見える恭とは対象的に、あたしがこんなにも落ち着いた気持ちでいられるのは、自分のことなんかそっちのけで、この人を愛しいと思うから……。
「あたしは大丈夫だから。恭もくれぐれも気をつけてね」
　あたしはそう言うと、そっと恭の頬に触れる。
「あのね……」
　そして、恭をグイッと引きよせて、耳もとでそっとささやいた。
「……好き」
　こんなひと言で、どうしてこんなにも想いがあふれてしまいそうになるんだろう？
　体中が熱をもって、涙が出そうになる。
　たとえば、この感情に名前をつけるとしたら、これが、"愛"ってやつなのかもしれない。
　そんなあたしに、恭は一度憂いを帯びた笑みをこぼすと、強くあたしの体を引きよせて、強引なキスをした。
「ちょっ!?　ありえないっ！　こんな人前でっ!!」

「安全祈願(きがん)ですよ。ヤル気もらったんでお返しです」
「いらないから！」
　さっきまでのかわいさはどこ行きやがった!!
「ちょっとさー。人のバイクの上でイチャつくのやめてくんない？　恭。あたしには？」
「するかバカ」
「ちょー！　見てみい！　あっちもやっとるで!!　なんやこのエロチームは!!」
　あたしたちの前方では、太一と百合さんのいつもの儀式が交わされている。心なしか、いつも強気な百合さんの瞳が潤んでいる気がした。
　太一も、百合さんに優しくなにかを言いながら、愛おしそうに頬に触れている。
　ふと、百合さんの言葉が蘇ってくる。
『あたしも男だったらよかったのにっていつも思う。そしたら、ああやって一緒になって戦えるもんね』
　本当は、百合さんだってついていきたいに決まってる。
　きっと、ここで帰りを待つほうが何倍も何十倍もつらいだろう。
　それでも、それが自分の役目だと言った百合さん。
　やっぱり、とても、とても強い人だ。
「それじゃあ、出発しますか」
　恭は、先頭にとめてあったバイクにまたがると、大きなエンジン音をとどろかせ、走りだした。

終わりと始まり

「ここ、知ってる……」
　着いたのは、とても見覚えのある場所。
　暗くて、冷んやりとした身震いのする寒さと、ひどく埃っぽいにおい。
　ところ構わず、乱雑にバイクが置かれ、そのすき間すき間に食べ物の空き容器などが散乱している。
　すべてが始まった、あたしの大嫌いな場所。
　ここは、あたしが始めに葛原と契約を交わした場所。
　鷹牙の本部の倉庫だ。
「こら。急く気持ちはわかるけど、あたしたちから離れるんじゃないよ」
　聖也さんは、足早になるあたしの腕を掴んで自分の背後に引きもどした。
　そんなあたしの背中を、光輝さんがポンと優しく叩く。
「すぐにやつらのお出ましや。いくら一番安全な配置にいるからって、油断しちゃあかんで」
　いつになく真剣な面持ちのふたりに、あたしはコクリとうなずいて気持ちを落ち着かせる。
　暗い倉庫に砂利をこするような音が響きわたると、現れたのは数人の黒いフードを被った男たち。
　鉄製のパイプを地面に打ちつけながら、恭たちを威嚇するように冷たい金属音を響かせた。

「ずいぶん物騒ですね。おたくの総長に話があります。そこを通していただけませんか?」
「なに言ってんだ? ここには俺たちしかいねーよ?」
　黒いフードのやつらの中の、リーダーらしき男が、わざとらしく「なぁ?」と投げかけると、ほかのやつらもクスクスと笑いながらうなずく。
「しらじらしいっ! さっさと出せっつってんだよっ!!」
「太一」
　いまにも相手に飛び込んでいきそうな太一を、恭が冷静に制止する。
「調べはついているんです。もう一度言います。余計な体力は使いたくない。そこを通してもらえませんか?」
　恭がただ冷静にフードの男を見据えているだけなのに、男の顔は緊張感に染まっていく。
「……やだと言ったら?」
　コンッ!と一度音を立てて鳴りやんだ金属音。
　辺りはシーンと静まり返った。
　あ。この感覚。
　恭と一緒にいるようになってわかってきた、恭の周りを取りまく空気が変わる、この瞬間。
「"やだ"?」
　恭は、額に手をあてクスクスと笑う。
　その乾いた笑いが止まり、そっとその手を下ろした恭の瞳は、鋭い光を放っていた。
「ほざけ。てめぇらにその選択肢はねぇよ」

低く、冷たく響く恭の声。
　あぁ……これは……。
「完全にスイッチ入ったわね。ただでさえ、イラついてんのに……早くどいておけばいいものを」
　あたしのとなりで聖也さんがため息をつく。
　男たちは、恭の一変した様子に息をのんで一瞬たじろぐ。
　そこに追いうちをかけるように、恭が一歩一歩男たちに向かって歩きだす。
「どけ」
　黒いオーラをまとった恭は、リーダーの男の前に立つと、頭一個分は違うであろうその身長差で、男を冷ややかに見下ろした。
　正直、遠くからそれを見ているあたしでも、背筋が冷たくなるほどの空気。
　眼前でそれを見ている彼らはたまったものではないだろう。
　現に、さっきまで調子に乗った様子だった男たちは、すっかりヘビににらまれたカエル状態だ。
「……クソがっ……！　なめんなよっ!!」
　恐怖に耐えかねてか、とうとう男が鉄パイプを振りあげる。
　こっちは丸腰なのに卑怯だ！
「……恭っ!!」
　ブンッ！という空気が切れる音。
　恭は、男が振りおろした鉄パイプを優にかわす。

ホッとしたのもつかの間、せきを切ったように男たちが恭に襲いかかっていく。
　恭は、そのすべての攻撃を華麗にかわすと、最後にかわした男の鉄パイプを器用に蹴りあげて、自分の手中に収めた。
　その一連の動きが、あまりにも優美で、あたしは不謹慎にも胸が高鳴ってしまった。
　あたし……もしかしたら、大変な人を好きになってしまったのかも……。
　恭は、男から奪った鉄パイプをわざとらしくまじまじと見回しながら、「こういうの持ってるやつに限って雑魚なんだよな……」と独り言のようにつぶやく。
　そして、悔しそうに歯を鳴らす男をまた冷ややかに一瞥すると……。
「5秒」
「ア"!?」
「てめぇら全員5秒で片づけてやるよ」
「なっ……」
　恭のあまりにも失礼な物言いに、男たちは怒りに震えている。
「でも、俺の時間が5秒も無駄になるんだ。しっかり責任は取ってもらうぞ？」
　その言葉と同時に、恭が鉄パイプを振るう。
　男たちは、よける余地もなければ立ち向かうこともできずに、次々と地面に沈んでいった。

最後のひとりをのすと、恭は鉄パイプを器用にクルクルもてあそんでいる。
「恭！　さすが！　きっかり５秒ですっ!!」
　そう楽しそうに叫ぶ春馬に恭はピースサイン。
「なんであの人たち楽しそうなわけ？」
　人の心配をよそになにやってんだ！
　あきれた顔で恭たちを見ていると、
「まぁまぁ、そう言わんといてやってや。男はみんなアホなんや」
　そう苦笑いでフォローする光輝さん。
「恭の動きは相変わらず素敵ねぇ！　あの鉄パイプさばき、久々に見たわ〜。あたしもアレで叩かれたい！」
「聖ちゃん死ぬで。やめとき」
　まったく……。
　なんでこの人たちはこんなに緊張感がないんだろう？
　あたしだけハラハラしてバカみたいじゃん。
「なんだよ。時間稼ぎにもならねぇなぁ」
　倉庫に響く、低く身の毛のよだつその声に、ドクッと大きく心臓が跳ねる。
　すぐにその声の出どころを探せば、２階の手すりに寄りかかり、あたしたちを見下ろす葛原の姿。
　怪しい笑みを浮かべながら、あたしたちを見ている。
　その顔を見ただけで、止められない怒りがあたしを支配し始めて、気づいたときには、声を張りあげている自分がいた。

「葛原っ!!」
「よぉ。茉弘」
「潤を……潤を返してっ!!」
「茉弘！　落ち着きなさい！」
　聖也さんが、いまにも飛び出していきそうなあたしの腕を掴んで止める。
　そんなあたしの前に守るようにスッと立つ光輝さん。
「怒りに支配されちゃあかんで茉弘ちゃん。あいつの思うツボや」
　わかってる。
　あいつは、こっちの弱点があたしだということを知ってる。
　だから、あたしを挑発してくるんだ。潤を使って……。
　ここに来る前にそうミーティングしたはずなのに、どうしても冷静ではいられない。
　挑発に乗っちゃダメだ。落ち着くのよ。
　あたしは、歯を食いしばり必死に急ぐ気持ちと戦った。
　恭は、そんなあたしからゆっくりと葛原に目を戻した。
「秋月茉弘の弟を返せ」
　恭の声とは思えないほど冷たい声。
　恭と葛原の鋭い視線がぶつかりあう。
「ひひっ……あはははは！」
「なにがおかしい？」
　狂ったように笑いだす葛原。
　そんな葛原に、恭はなおも顔色ひとつ変えず冷たい視線

を向けている。
「だって、おかしいだろ？　潤は、もう茉弘の弟じゃないのに！」
「……っな！」
「茉弘!!」
　初めて恭が荒らげたその声に、あたしはビクッと肩を揺らした。恭はあたしに目を向けると、どうしても葛原の言葉にいちいち心を乱されてしまうあたしに、"大丈夫"と言うように、うなずいてみせた。
「潤は、葛原家の人間だ。もう、茉弘の弟じゃない。俺の弟であり、じきに三豪会の組員になる」
　葛原はニヤリと嫌な笑みを見せてくる。
「そうだろ？　茉弘。お前が約束を果たさなかったんだ。全部お前のせいだろ？　潤はこれから、次期組長である俺の下で死ぬまで俺の手足となってもらわなきゃ。それが約束だもんな」
　腐ってる……。この人は、人の人生をめちゃくちゃにすることを楽しんでいるんだ。
　怒りで震える体を自分じゃどうすることもできなくて、爪が食い込むほど握りしめたその手に、意識を向けようと必死だった。
　そのとき、その手に温もりが触れる。
　驚いてゆっくりと左右を確認すれば、そこには聖也さんと光輝さんがいて、手をつなぐように握ってくれているその手は、ふたりのものだとすぐにわかった。

聖也さん……光輝さん……。
　前方では、太一、春馬、直も優しく笑みを向けてくれている。
　みんな……。
　みんなの優しさが、温もりが、あたしを守ってくれている。
　あたしが、揺れてちゃダメなんだ。
　あたしはひとりじゃない。
　あたしには、みんながいる。
　葛原の思い通りになんか、絶対にさせない。
　大丈夫。あたしは、大丈夫だ。
　スッと息を吸い込み、ゆっくりと顔を上げる。
「潤は、あたしの弟よ」
　葛原の表情から余裕の色が消える。
「あなたの好きにはさせない。あたしは、潤を必ず救い出す」
　握られた手に力を込めると、聖也さんも光輝さんも握り返してくれた。
「あなたなんかに潤の自由を奪わせやしない。あたしはもう、あなたに屈していた前のあたしじゃないから。もうあたしは、ひとりじゃない。あたしは……」
　恭が優しく微笑んだまま、小さくうなずく。
　恭……あたしやっと自信を持って言えるよ。
「あたしには、仲間がいるから」
　初めて口にしたその言葉は、思っていたよりもスッとあたしの胸に収まって、その中に温かい光を宿した。

あぁ……なんだろうこの感じ。
　昔、どこかで感じたことのある安心感。
　そうだ。あたしが小さかった頃。
　まだ、お父さんとお母さんが生きていて、潤もいつもそばにいた頃。
　そのときに感じていた…このなんとも言えない満ちたりた気持ち。
　いまならなんでもできる。そんな気がする。
「ちっ……栗山の犬に成りさがったな……茉弘……」
　葛原のその目には、もういっさいの余裕も感じられなかった。
　瞳は真っ暗な影を宿している。
「お前がその気なら仕方ないよな……」
　そう言って葛原がパチンと指を鳴らすと、葛原が立っているすぐ脇のドアがゆっくりと開く。
　その中から出てきたのは、無表情であたしたちに目を向ける滝沢と……。
「潤……！」
　たくさんの傷を負った潤の姿。
　傷だらけの顔。破けた服。
　力なくうなだれた頭からは、ポタポタと血が滴っている。
　滝沢に押されると、勢いよくその場に倒れ込み、動かない。
「……っ！」
　つないでいた両手を思わず離し、顔を覆う。

やられたんだ。
　葛原や滝沢に、裏切り者としての制裁を受けたに違いない。
　あのとき、一緒に逃げ出せていれば……。
「ほら。お前らの望み通り、連れてきてやったぞ？」
　葛原は、さも楽しそうにひひっと笑う。
「栗山……俺は、お前に初めて同情するよ。そんなコブつきの女を姫にしたがためにとんだとばっちりじゃねぇか。まさか、こんなのを助けるために勝ち目のねぇ戦いを挑まなきゃならねぇなんてな」
　地面に突っ伏する潤の頭を踏みつけ、葛原は薄ら笑いを浮かべる。
「お前は、最後の最後で気づくことになるんだよ。その女がいかに"厄病神"だったかってことにな！」
　葛原がそう叫ぶと同時に、ザッという靴と地面のこすれる音が響く。
　まさかと思って辺りを見回せば、
「恭！　囲まれてるぞっ！」
　あたしたちの陣営は、黒いフードの男たちに取り囲まれていた。
　いつの間にか、回り込まれてたんだ！
「恭。こっちのことは気にしなさんな。あんたの大事なお姫様には、指一本触れさせやしないわよ」
　聖也さんがあたしを守るようにゆっくりとあたしの後ろに回る。

「恭は、そのクソったれだけに集中しーや。茉弘ちゃんと弟君を救えるのは、お前だけなんやから」
 光輝さんもそれに合わせて背後に移動する。
「あぁ。頼んだぞ。聖也、光輝」
「まっかせてーっ」
「こういうの久々やなー！　腕が鳴るわ！」
 聖也さんと光輝さんは、腕や指をポキポキ鳴らしながら、まるでこの状況を楽しんでいるようだ。
「葛原。お前は大きな勘違いをしてるよ」
 相変わらず上階からあたしたちを見下ろす葛原に、恭はポツリと穏やかに言葉を紡いでいく。
「茉弘が厄病神？　悪いけど、それは違う」
 恭は、呼吸を整えるように一度目を閉じると、口もとにほのかな笑みを浮かべた。
「気が強くて、まっすぐで、頑固(がんこ)で、自分のことはそっちのけで人のことばかり」
　……恭？
「だからこそ目が離せなくて、気になって、手を差しのべてやりたくなる。うちの姫は、そんな子なんだわ」
 恭はゆっくりと目を開けると、なでるように手すりに手をかけ、葛原の場所まで続く鉄製の階段を一段一段上っていく。
「いま、ここにいるやつらも、俺たちの無事を祈って帰りを待ってくれているやつらも、みんなとばっちりだなんて思ってない」

「……く……来るなっ……」
　葛原は、滝沢を盾に後ろにおののく。
　それでも恭は冷静に続ける。
「みんな、望んで巻き込まれてるんだよ。彼女のためになにかしたい、と。その気持ちは個々を強くする。そして、全員の気持ちがひとつになる」
　恭の金属の上を歩く足音が止まる。
　葛原と、滝沢、倒れる潤の前で、その足は止まった。
「俺らはお前らには負けねぇよ。茉弘は厄病神なんかじゃない。俺たちをより結びつけ、強くする"勝利の女神"とでも言っておこうかな」
　前に百合さんが、言っていた。
　みんなに愛される聡明な姫を持つ族は、強大な勢力になるっていう神話。それは、そんな姫を守ろうと、その族の結束力が高まるから。
　そして、その族の総長自身が、すべてを賭けて姫を守ろうとするから。
　あたしはそんな姫になれたらと、ずっと心から願っていた。
　……ねぇ。少しはあたし、そんな姫に近づけたのかな？
「くっ……なにが……勝利の女神だ……。そのくだらねぇ恋愛ごっこのせいで、てめーらの仲間が何人犠牲になったか忘れたか!?」
　葛原は目をむいて、みっともなく怒鳴りちらす。
「お前ら全員そいつにだまされてんだよ!!　そうだ、いまこ

の状況も、全部俺の思惑通りなんだ!!　この状況を作り出してるのは誰だ!?　その女だろ!!　これも全部、その女と俺の計画通り!!　全部、お前ら煌龍をつぶすための……」
　——ダンッ!!!!
「往生際が悪い。いまさら、俺たちが茉弘を疑うとでも？」
　恭の右足が、葛原の背後の壁に突きささっている。
　自分すれすれに通ったその足に、葛原は死人のように青ざめている。
　葛原を見下ろす恭の目は、まるで汚いゴミでも見ているかのよう。
　あたしは、なんでこんなやつを恐れていたんだろう？
　汚い手ばかり使って、人を人とも思わないこの男。
　潤を人質に捕られ、ずっとこの男に支配されてるような気持ちでいた。
　なのに、いまはこの男がひどくちっぽけなものに思える。
　煌々と輝く龍の前に、身を縮めて震える鷹。
　ううん。こんなやつ、鷹ですらない。
　ちっちゃなちっちゃな、雛鳥(ひなどり)だ。
　雛鳥が龍に勝てっこない。
　……本当にこいつがこの鷹牙を支配する人間なの？
　ふと、嫌な予感がよぎった。
　……もしかして……違う？
　ドクンと脈が震え、冷や汗がにじみだす。
　影で、葛原を操っている者がいるとしたら……？
「……だめ……」

さっきから、沈黙を守るひとりの男。
　葛原が合図を出さない限り、下手な動きをするはずがないとタカをくくっていた。
　違う。こいつが黙っていたのは、恭のすきをうかがっていたから。
「だめっ!!　恭!!　離れてっ!!」
　ザクッと肉の裂ける嫌な音がする。
「っ!!　恭っ……!!」
　葛原じゃない。
　鷹牙を影で動かしている者。葛原さえも操っている者。
「……っ！　滝……沢……っ」
「勘違いしているのは、あなたのほうですよ。栗山さん」
　恭の右の脇腹から血が滴り落ちる。
　滝沢の右手に握られているのは、鋭利なサバイバルナイフ。
　滝沢に刺された恭は、地面に膝から崩れ落ちていく。
　あたしの全身の血が、引いていくのがわかった。
　目眩がした。耳の奥でキーンと嫌な音がする。
「……や……あ……」
　視界がぼやけて、涙と一緒に声にならない声がこぼれ落ちる。
「茉弘ちゃんっ!!」
　気がついたら、あたしは恭のいる前衛へと猛スピードで駆けていた。
「滝沢ぁぁぁぁ——っ!!」

階段を駆けあがろうとした瞬間、腹部に腕が回り強く引きとめられる。
「行くなっ!!　大人しくしてろバカッ!!」
　太一が、あたしを押さえながら必死でそう叫ぶ。
　だけど、そんなのまるで耳に入ってこなくて、心の中は滝沢に、恭にしたことと同じ目に遭わせてやる、とそんな真っ黒な気持ちが支配していた。
「離せっ!!　離せっ!!!!」
　恭がっ……恭が死んじゃうっ!!
　なんで恭がっ……あたしが……あたしがああなればよかったんだっ！　あたしが、葛原の言う通りにしていればっ。あたしが犯されでもなんでもされていればっ!!
「ふざけんなっ!!!!」
「……っ！」
「お前、恭とさんざん約束してたんじゃねーのかよ!!　恭はこうなったとき、お前に立ち向かえなんて言ったか!?」
　だって……だって……。
「お前が恭を大事にしてるように、恭もお前が大事なんだろ!?　わかれよっ!!　そんなお前にいまあいつが飛び込んできてほしいと思ってると思うか!?　それでお前になんかあったら、あいつは自分を責めなきゃならねぇんだぞ!!」
「……っ……うっ」
　そうだよ……？
　恭は……そういう人だよ……？
　だけどさ、じゃあ、あたしにはなにができるの？

こうして、動かなくなっていく恭を見て、ただ真っ黒な気持ちだけを増幅させながら、突っ立っているしかないの？
　ポタポタと地面に涙が落ちては、染み込んで消えていく。
　頭に重みがのって力なく目を移せば、ただ強く前を見据える、太一の姿。
「取り乱すな。強くいろ。お前は、伝説の男、栗山恭の姫だろ？」
　あたしの頭に置かれた太一の手は、少し震えていて冷たい。
　太一だって、あんな恭を目の前に動揺しないはずがないんだ。だけど、表面ではこんなにも堂々としている。
「煌龍は、恭だけだと思うなよ？　テメーもテメーの弟も俺らが守るっつってんだろ。恭なら心配すんな。バカみてーに信じてろ」
　……太一。
「……□……悪いよ……」
「うっせぇ」
　ありがとう。太一。
　まだ、目の前の光景を前にすれば体が震えてくるよ。
　□の中もザラついて、息も苦しい。
　だけど、こんなことで取り乱すわけにはいかないよね。
　あたしは、煌龍の総長を支える姫なんだから。
　たとえなにがあろうと目をそらさずに、凛としていなくちゃいけないんだ。

「あははははははは!!!!」
　狂ったように笑いだす葛原。
「よくやった！　滝沢!!　見ろっ！　俺らの勝ちだ!!」
「そのようですね」
「さぁ……終わりにしようぜ？」
　葛原と滝沢があたしに視線を向ける。
　気持ちの悪い笑みを浮かべながら。
「さぁ。茉弘、来い。こいつがどうなってもいいのか？ほら。優しくめちゃくちゃにしてやるから」
　こんなとき、前のあたしならどうしてたかな？
　恐れおののく？
　それとも、ふたりを守れるのならと自分を犠牲にする？
　じゃあ、いまのあたしは？
「茉弘ちゃん!!」
　あたしは、葛原の元へと歩きだす。
「おいっ!!」
　太一が腕を掴み、それを制止する。
　あたしは、その手にそっと手を置くと、
「大丈夫。信じて」
　そう言って、優しくその手をどかした。
　ゆっくりと階段を上る。
「ひひっ。やっとあきらめたか。早く来い。俺のものにしてやる」
　バカな人。そして、かわいそうな人。
　この人は、人を信じることを知らない。

ようやく階段を上がると、葛原があたしに一歩一歩近よってくる。
「来たな。さぁ、どう楽しもうか？」
　あたしの首筋から胸まで、人さし指でそっとなでる葛原。
「ずいぶんとおとなしいじゃねぇか。俺のものになる気になったか？」
　滝沢もさも楽しそうにその行為を見ている。
「……そうね。あなたのものになってもいいかも」
　あたしは、あたしに触れる葛原の腕に頬ずりをする。
「あんたが恭に、勝てたらね」
「ぎゃあっ!!」
　葛原の腕に、あたしの歯が食い込む。
　──カシャーン！
　上がった悲鳴と同時に金属が地面に落ちて滑る音。
　滝沢が持っていたはずのサバイバルナイフが、鉄格子の柵の間から１階へと落ちていった。
「っ……お前っ!?」
「さすが」
　あぁ……。あたしはなんでこんなにも……。
「さすが、俺の姫だ」
　この人に魅せられるのだろう──。
　恭は、畏怖を感じさせるほどのオーラをまとい立ちあがる。
　滴り落ちる血さえも、美しいと思った。
「栗山……なんでっ……」

葛原は恐怖の色を浮かべている。
　どこまでも、バカな男だ。
「恭は、あたしを守るって約束した」
「……は？」
「そんな恭が、刺されたくらいであんたたちなんかの前で簡単にひざまずくわけない」
「それだけで……？　そんなことでお前はここまで来たのか？　もしこいつが本当に意識がなかったら、お前は俺らにヤられんだぞ!?」
「あなたたちみたいに、人を信じたことがない人にはわからないでしょうね。あたしは恭を信じてる」
　恭は、たとえどんなことがあろうとあたしを守ってくれる。
　そう信じているから。
　ねぇ、恭。
　恭のお母さんが、恭のお父さんを信じていた気持ち、いまならわかる気がするよ。
　きっと、本当に守ってくれるかどうかなんて、どうでもよかったの。そんな理屈でものを考えていたわけじゃない。
　ただ無性に、そうだと信じていただけ。
　不運に不運が重なって、恭のお父さんはお母さんを助けることができなかったかもしれない。
　だけど、きっとお母さんは、幸せだったはずだよ。
　だって、そんなふうに心から信じられる人がいる。ただそれだけで、すごく幸せなことだもの。

「はっ！　そんな体でなにができるっていうんだ！　お姫様が犯されるのを突っ立って見学でもしようってのか!?」

　次の瞬間、葛原の顔がまたさらに青くなる。

　葛原の視線の先には、うつ伏せになり、力なく倒れている滝沢の姿。その横で恭が、指を鳴らしながらそれを見下している。

　さっきあたしが葛原に噛みついたとき、恭はあたしに気を取られた滝沢のすきをついて倒していたんだ。

「なっ……滝沢が……いつのまに……。栗山……お前立ってるのもやっとのはずじゃ……」

「あいにく、ナイフは胴体をかすっただけなんでね。出血はこっち」

　恭が、手のひらをこちらに向ける。

　そこには、深いナイフの傷があり、滴り落ちるほとんどの出血がこの傷からのものだとわかった。

　つまり、あのとき恭はナイフの刃を掴んで刃の軌道をそらしたんだ。

　体には刺さってなかった……。

　あたしは服の裾をギュッと握りしめる。

　よかった……。

「さぁ。これでやっと１対１になったわけだ……」

「……っ」

「昨夜といい、茉弘に触った罪はでけぇぞ？」

　葛原に、恭は一歩一歩つめよっていく。

　とうとう……ここまで来たんだ。きっと、これですべて

が終わる。
　真っ暗の中、差し込んだ光は、いままさにあたしの目の前で煌々と光輝いていて、"さぁ、ここが出口だ"と言うように、あたしに両手を広げている。
　ねぇ。
　あたし、そこに飛び込んでもいいのかな？
「茉弘。行け」
　葛原を追いつめている恭の口が、小さくそう言った。
　その言葉に背中を押されるように、あたしの足は自然と一歩踏み出す。
　恭と葛原の横を夢中で駆けぬけると、ようやくその場所に着く。あたしはその場でゆっくりと膝をついて、涙と一緒にあふれてくる言葉をゆっくりと紡いでいく。
「潤……お待たせ……。迎えに……来たよ」
　やっと……やっとたどり着いた。
　たくさん遠回りをして、ずいぶん遅くなってしまったけど、やっと……。
　潤の瞼が揺れ、ゆっくりとそれが開かれる。
「……ダサ。泣いてんの？」
「……っうるさいっ」
　潤は楽しそうに、ふはっ！と笑う。
　あたしの大好きなその笑顔で。
「姉ちゃん……」
「なに？」
「帰りたい……」

潤……。潤……。
「うん……。帰ろう。一緒に、帰ろう」
　こうやって抱きしめるのは、小さなとき以来かな。
　潤の体は昔なんかよりも、ずっとずっとたくましくなっていたけど、温もりは昔とはなんら変わっていない。
　やっと、取りもどしたのだと心から実感した。
　きっとこれからは、大好きな君の笑顔をそばで、ずっと、ずっと——。
「茉弘」
　葛原とにらみあいをしている恭が、少しだけあたしに目を向けて口角を上げる。
　そして、後手に腰の辺りで手をグーパーして見せたかと思うと、その手はピースサインを形作った。
「ぷ」
　だからさ、それは緊張感なさすぎなんだって。
　でも……。私は彼にこれでもかってくらいの満面の笑みを浮かべると、高く高くピースサインを掲（かか）げた。
「さぁ、これで目的は達成できたようだ」
　恭は、また葛原へと目を移す。
「本来なら、これで撤収（てっしゅう）……といきたいところだが、うちの姫に手を出すような悪い芽はつんでおかなきゃならない」
「……っ」
　恭から逃れようとする葛原。
　——ダンッ‼

だけど、恭がその進路を足でふさぐ。
「逃げんじゃねぇよ。お楽しみはこれからだ」
「……ひっ！」
「お前らっ!!!!」
　恭の怒鳴るような声がけに、煌龍と聖蘭一同同じように強く返事をする。
「ひとり残らず、ヤレ」
「「はいっっ!!!!」」
　ドッ！という音とともに、せきを切ったように人と人がぶつかりあう。
　下の階では、太一、春馬、直。
　そして、聖也さんと光輝さんに煌龍と聖蘭の部下の子たち。
　みんな戦ってる。
　強い……。うちが優勢なのは、明らかだった。
　私たちのいる２階のスペースでは、恭と葛原がいまだにらみあいを続けている。
「……っお前が、茉弘を姫にしたところでなにができる!?」
「…………」
「なぁ、栗山。俺は知ってるんだぞ？」
　葛原は、血走った目を見開き不気味に口角を上げる。
「お前は、俺と同じ穴の狢だってことをなっ!!」
　──バキャッ!!!!
　恭の容赦ない拳が、葛原を捉えた。
　葛原は、強く壁に打ちつけられると、その場で力なく意

識を失った。
　……恭？
　これで……終わったんだよね？
　それなのに、拳を握りしめたままその場に立ちつくす恭の後ろ姿は、なぜだかひどく弱々しく見えて……。いまにも消えてしまいそうな気がした。
　だからあたしは、彼の名を呼ぶ。
「……恭？」
　彼は小さく肩を揺らすと、ゆっくりとあたしを振り返って、少し寂しげに微笑んだ。
　――ギィィー……。
　金属の重い扉が開く嫌な音。倉庫内に光が差し込む。
　……ヘッドライト？
　その光がまぶしくて目を細めれば、その中に現れる黒い影。
　その影は、ゆっくりとあたしたちのほうへと向かってくる。
「あーあ。ひでぇありさまじゃねぇか」
　……誰？
　聞いたことのない、低くドスの利いた声。
　草履をすって歩くような音。
　近づいてくるほどに、徐々に姿が明らかとなってくる。
　恰幅のよい体つき。
　グレーの着物に黒の羽織を着た……中年の男性？
　よく見ると右の頬に傷痕のようなものが見える。

後ろにガラの悪い男ふたりを引きつれて、妙な威圧感を放っていた。
「てめぇらの頭はどこだ？」
　その男は、そう言って１階にいる聖也さんたちに鋭い目を向ける。
　みんな訝しげな顔でその男を見るも、男の堂々とした態度になんとなくなにかを感じとっているようで、みんなとまどいながらもゆっくりと恭に目を向けた。
「おぉ。いやがった」
　男は、右の口角だけを上げて笑う。
　そのとき、恭の足もとに倒れている葛原が、蚊の鳴くような声で発した言葉に、私は思わず耳を疑った。
「おや……じ……」
　……え？　いま、なんて……？
　自分の心臓の音が鼓膜の奥でうるさく響いている。
　葛原の……父親？　つまり……三豪会の組長？
　なんでこの人がここに……。
　私は、はっとして手で口を覆う。
　……ううん。理由はひとつしかないじゃない……。
　大切な息子のピンチに、手を差しのべにきたんだ。
　恭はそれをわかっているのかいないのか、一向に動く気配がない。それどころか、驚いた様子さえも見受けられない。
　あたしの背中をひと筋の冷や汗が伝う。
　男が、恭の目前に迫る。

ふたりの視線が絡みあう距離にまで来ると……。
　……え？
　あたしはその光景に目を見張った。
　恭が、男に向かって頭を下げたのだ。
「お久しぶりです」
「よぉ。でかくなったな。栗山んとこのどら息子が」
　──え？
　男は恭に笑みすら見せている。
　なんで？　どういうこと？
「あんなにちっさかったクソガキが、いまじゃいっちょ前に族の頭ってか」
「そうからかわないでくださいよ。清四郎さん」
　恭は、恥ずかしそうに眉を下げて笑っている。
　"清四郎さん"。
　そう親しみすらこもっているような口調に、わけがわからず、額を押さえるあたし。
　なんで恭が、三豪会の組長と知り合いなの？
　さっきこの男は、"栗山んとこの"って言ってた……。
　恭のお父さんとなにか関係してる……？
　飲み込んだ唾がゴクリと嫌な音を立てて食道を下りていく。
　恭は……何者？
　いま、私の目の前にいるのは……いったい誰？
「おや……じ……。俺を助けに来たんだろ？　そいつ……殺っちゃってよ。潤のことも、連れてくって言うんだ。俺

の族もメチャクチャにされたんだよ……」
「将生……」
　男は、ボロボロの姿で床を這う葛原に冷たい視線を落とす。
「おや……」
「甘えたこと言ってんじゃねぇっ!!」
　葛原は助けてくれるものだと思っていたその男の言葉に、大きく目を見開いた。
「このバカ息子が……。てめぇみてぇなバカが、頭張ろうなんざ、100年はぇぇ」
「っなっ……」
「さんざん俺の面子(メンツ)つぶしやがって……。てめぇ、どう落とし前つけんだ？　あ？　てめぇみてぇなやつがあと継ぎだと思うと、俺ぁ生まれて初めて恐怖ってのを感じるよ」
　男はわざとらしく困った表情をしながら、自分の息子の頬を手の甲でペチペチと叩いた。
　でも、目は真っ黒だ。葛原はひどく怯えている様子。
　そんな葛原をよそに、男はゆっくりとこちらを振り返ると、今度は、さっきのは見まちがいかと思うほど優しい笑みを向けてくる。
「あんたが、潤の姉ちゃんかい」
「……っ」
「潤と、よく似てるな」
　そう言って、よりいっそう柔らかく微笑むものだから、警戒しているこっちがバカみたいだ。

「よく……似てないと言われます……」
　あたしがまだ警戒心を残しつつそう言うと、男はふっと楽しそうに笑う。
「うちの息子はどうもできが悪くてな。姉ちゃんにはさんざん迷惑かけたみてぇだな。それに、お前にもな。潤」
　男は、潤の頭をクシャリとなでる。
「俺のあとを継ぐのがあいつってのは、正直俺も心許なくてな。だから、俺はお前を引きとった。もし将生があと継ぎとして機能しないのなら、お前をあと継ぎにするつもりだった」
　ドクッと脈が跳ねる。
　脈をひとつ打つたびに、嫌な感情がじわりじわりと込みあげてくる。
「そんな勝手な理由で……私たちきょうだいを引き裂いたんですか？」
　気づいたときには、そんな言葉が口をついて出ていた。
　お父さんとお母さんが亡くなって、孤独ながらもあたしたちは支えあって生きてきた。潤がいたから、どんな状況でも耐えてこられた。
　なのに……それなのにそんな理由で、あたしたちは引き裂かれたの？
　この人を責めることが見当違いなのはわかってる。
　だけど……だけど……。
「姉ちゃんの言いてぇことはわかる。大人の事情に巻き込んで、悪かったな」

なおも冷静な面持ちの男は、そうあたしに謝罪をする。
　そして、また冷たい目で放心状態でいる自分の息子を見下ろした。
「このバカ野郎は、栗山のとこのせがれにやられたんだろ？」
「そう……ですが……」
「姉ちゃんの願いはなんだ？」
「え？」
「栗山のとこのせがれは、なぜあんたのために戦った？」
　それは……。
「恭たちは……潤を取りもどすために一緒に戦ってくれたんです」
　そう言うと男は、「そうか」と言ってなにかを考えるように瞳を閉じた。
　そして、再び瞳を開けると、「それじゃあ、その願いをかなえよう」そう言って微笑む。
「おっ……親父！　そんな……だって　……」
「てめぇは黙ってろ将生」
「……っ」
　私の顔色を読み取ったのだろう。
　男は、なぜ？と問いたげなあたしにゆっくりと口を開いた。
「俺らが生きてる世界はな、強くなきゃ望みはかなわねぇ。強い者は得るが、弱い者は失う。そんな世界に俺らは生きてる」

男は、なぜか恭に目を向ける。
　恭は、なにも言わず瞳を落としていた。
「姉ちゃんには、人を惹きつける力がある。だからこそ、こいつらは姉ちゃんを助けたいと思ったんだろう。それは、姉ちゃんの力だ。その力を前に、うちのバカ息子は完敗だ。あんたは立派に"強い者"だよ」
　男は、また優しく微笑むと、あたしの頭にクシャリと手をのせた。
「だから、あんたの望み通り、潤はあんたに返すと約束しよう」
　目の前が涙でにじむ。男の顔がぼやけてよく見えない。
　だけど、あたしの頭に置かれたその手は、驚くほど温かかった。
「いろいろと大人の事情ってもんがあってな。すぐに籍を抜くことはできねぇ。18まではいままで通り、金銭面の面倒は見させてもらう。だが、18になったら好きなように生きればいい」
　潤は驚いたように目を見開く。
「……っでも……」
「潤。お前みてぇに最初から大切なもんがあるようなやつにゃ、この世界は似合わねぇよ。お前は、堅気の世界がよく似合う」
　潤はなにかを言いたそうにするが、ぐっと口をつぐんで、ゆっくりとうなずいた。
　この人……本気で言っているの……？

彼の様子を見ている限り、嘘を言っているようには思えない。だけど……。
「それは……本当に信じてもいいんですか？」
　つい疑いの目を向けてしまう。
　私は、ヤクザなんて知らないけどたくさんの裏切りがある世界だとは知っている。
　こんな口約束……、簡単に破ってしまえるんじゃないの……？
　それにこの人は、葛原の父親だ。正直、そんなところでも偏見で見てしまう。
「信じても、問題ない」
　そんな声がして、恭に顔を向ける。
「ヤクザは"約束"は破れない」
　恭の口ぶりは、まるでヤクザの世界をよく知っているようだった。
　胸騒ぎがした。
　ううん。あたしは確信していたのかもしれない。
「なんで……恭がそんなことを言うの？」
　恭は、影のある瞳を落とす。
　そして、ゆっくりとあたしに視線を戻すと、すべての答えを口にした。
「俺も葛原と同じ、ヤクザの組長の息子だからだよ」
　驚きは少なかった。
　やっぱり……という気持ちのほうが大きかったからだ。
　そういうことだったんだ。と、ひとつひとつの点がつな

がって、やがて一本の線となる。
　恭の瞳の奥に潜んでいる影の理由が、いまやっとわかった気がする。
　なんだろう？　なにがって言われてもよくわからない。
　自分だって自分がよくわからない。
　だけどいま、私はものすごくショックを受けている。
　私の前にいる男は、ふっと息を漏らす。
「お前を見てると、昔の"あいつ"を見てるみてぇだな。容姿は母親似だが、目は昔のあいつによく似てる」
　そう言われた恭は、とてもうれしそうには見えなくて。
　苦しそうな表情で瞳を落として、暗い笑みを浮かべた。
　男はそれを見て、ため息のような息を漏らしながらゆっくりと立ちあがる。
「そうあいつを恨んでやるなよ。栗山んとこのせがれや」
「……恨んでるわけではありません。ただ、俺はあの人みたいにはなりたくないと、そう心から思うだけです」
「……そうか」
　恭のその言葉に、寂しそうな笑みを浮かべながら、男はそうつぶやいた。
「お前がどう思おうと、あいつがどんなに腐ろうと、お前らが親子っていう事実は消えねぇんだ。たまには、実家に顔出してやれよ」
　そう言って葛原の父親は、恭の肩を強めに叩くと、そばにいたつき人らしき人に、
「バカ息子とその手下の片づけはてめぇらがしてやれ。あ

とは全員解散させろ」
　そう命令口調で言うと、つき人が威勢よく返事をして、その部下たちに指示を出し始める。
　それに促されるまま、わらわらと人がばらけていくのをあたしはぼうっと眺めていた。
「大丈夫？　茉弘」
　潤が心配そうにあたしにそう聞くけど、うまく頭が回らない。
　座り込んだままのあたしに、影がかかる。
　見上げれば、そこには寂しげな笑みを浮かべた恭の姿。
「……帰ったら……茉弘に話さなきゃいけないことがあります」
　恭は、あたしに手を差しのべる。
「聞いて……くれますか？」
　あたしはきゅっと唇を結び、ゆっくりとうなずく。
　いまにも涙があふれそうだ。
「帰ろう」
　あたしは、震える手で恭のその手を取った。
　恭の手は、驚くほど冷たかった。

ふたりならきっと

＊TAICHI side＊

「ねぇ。恭は？」
　幹部室のテーブルに集まって、百合、春馬、直と買い出しを賭けたババ抜きに奮闘していると、学校から直で来たのか制服姿の"ちんちくりん"が幹部室に入ってきた。
「恭ならさっき帰ってきたけど、またすぐに出てったよ」
　百合がそう言うと、あいつは眉をひそめたまま「またか……」とため息をこぼす。
　この光景も何度目かわかんねぇ。
「恭の行き先って、誰も知らないの？」
「それが、俺らもわからないんだよ。とくに用事があるわけじゃないとは思うんだけど、フラッといつの間にかいなくなってて……」
　春馬が、困ったようにそう返すのも無理はない。
　あの一件以来、恭はめっきり倉庫に寄りつかなくなった。というか、現れてもすぐ消えやがる。どこでなにやってんだかさっぱりわからねぇ。
　ただひとつわかるのは、恭はこのちんちくりんを避けてるってこと。
「お前こそなんか心あたりねぇのかよ？　あいつのことだ。人があんまいねぇとこで昼寝でもしてんだろ」

俺がそう言うと「人がいないところ……」と考えだすちんちくりん。
　それからなにか思いついたのか、はっとした顔で俺を見て「太一！　ありがとうっ！」と言って幹部室から駆け出していった。
　忙しねぇやつだな……。
　ツンと袖を引っぱられ目を向けると、百合が不安げな表情で俺を見ていた。
「あのふたり……大丈夫なのかな？」
「なにが」
「なにがって……。結局あれからふたり、まともに話もしてないんでしょう？」
　春馬と直も神妙な面持ちだ。
　たしかにあいつらは、鷹牙とのあの一件以来おかしい。
　顔を合わせりゃひと言ふた言日常会話はするものの、こっちがむせ返りそうなくらいぎこちないうえに、普段はずっと別々に行動してやがる。
　あいつの弟も助けたし、すべてまるっと解決！とはいかないのが、あいつららしいっちゃあいつららしいが、こっちからしたらまだゴチャゴチャやってんのかよ！と殴ってやりたくなる気持ちも否めない。
　頭がいいやつらの考えることはわかんねぇ！
「茉弘ちゃんはさ、どうするつもりなのかな？　まさか恭と別れて、姫も辞めちゃうとか……」
「縁起でもねーこと言うなよ！　春馬！」

「……うん。でも、直も見ただろ？　恭の秘密を知ったときの茉弘ちゃんの顔……あれは、はいそうですかって受けいれられた顔じゃなかったよ……」
　あのときのちんちくりんの顔が浮かぶ。
　顔は青ざめて、手は小刻みに震えて、ショックを隠しきれないって顔だった。
「茉弘ちゃんは葛原のせいで、ただでさえヤクザの息子ってのに偏見があるだろうし……。それに組長の息子って言ったら、恭はゆくゆくはヤクザの組長になるわけだろ？　そしたら茉弘ちゃんはどうなんの？　はい！　私は極道の妻です！　……だなんて、そんな簡単な話じゃないだろうし。そもそも恭が、そんなことさせない気がする。でもそれじゃさ、あのふたりにはまるで未来がないみたいじゃん！　そんなの……」
　シュンとする春馬のせいで、百合と直までシュンとするもんだから、俺は、盛大にため息をついてやった。
「お前らは？」
「え？」
「お前らはどうだったんだよ。百合はともかく、春馬も直も恭がヤクザの息子なんて知らなかっただろ？」
　恭と手を取りあったあの日、俺は恭のすべてを知った。恭の生い立ちも恭の過去もすべて。そのあと、百合と付き合うようになって、恭に承諾を得てから一応百合にも話はしてあった。
　だけど、春馬と直に関しては、煌龍統一の段階で他グルー

プから仲間になったメンバーだ。いわば既存メンバーじゃない。
　幹部になったのも煌龍を統一してからだから、俺なんかより恭との付き合いははるかに浅かった。
　そんなこいつらが、恭の深い生い立ちについて知るはずがないのは当然だ。
　あいつは別に隠してたわけじゃなかったんだろうが、わざわざ言うようなことでもないと思ったんだろう。
　まぁ、あいつもこの件については、もともと話したがらないからな。
「俺たちは……まぁ、知らなかったってのは多少なりともショックはあったけど……」
　春馬は、トランプをもてあそびながらうーんと考えている。
「むしろ、なんかいろいろ納得いったって言うか？」
　直は、自分のトランプを片づけながら言う。
「ていうかさ、恭も聞かなかったんだよ。一度も」
「あ？」
「俺らの過去のこと。なんで族なんかやってんのかも」
　そう言って、春馬が眉を下げて笑う。
「どこをどう信じたんだか。あいつは無条件で俺らを仲間にしやがった」
　直もあきれたように笑う。
　あぁ……。あいつってそういうやつだよな……。
　消えちまえばいいと思ってることや、思い出したくも

ねぇこと。口にも出したくねぇことや、人には話せねぇようなこと。誰にだって、ひとつやふたつくらいあって。
　春馬や直、俺や百合にだってそういうことはあって。
　でも、あいつはそんな俺たちから無理やりなにかを聞き出そうなんてしたことは一度だってなかった。
　俺たちにだけじゃない。下のやつらにだってそうだ。そんなことしてるところ見たことがない。
　あいつは、失うことも傷つくこともよく知ってるから。そういうやつらを見抜いては、なにも聞かずにただ寄り添ってきた。
　本当にただ無条件に。そいつらを信じて……。
　恭はいつも、煌龍がそいつらの居場所になればいい。そう言ってた。
　ただなにを話さなくともそっと誰かがそばにいて、過去やトラウマにとらわれず、ひとりじゃないと感じられる場所であれば……と。
　でも、一番それを欲していたのは、きっとあいつ自身なんだ。
　そいつの生い立ちや、過去なんてどうでもいい。
　ただそいつを信じて、そいつに信じてもらいたい。
　なぁ恭。そういうことだろ？
「そういう恭だから、恭が俺たちにその過去を隠してたんだとしても、責めたりなんかできないよ。恭自身が話してくれるまで、いくらだって待つ」
「そういうこと。まぁ、話したくないならそれでいいだろ。

過去や生い立ちとかどうでもよくね？　俺らは恭を信じてる。あいつがどんな人間だろうとな。だから気にしてねぇ」
　そう言って笑うふたりに、「お前ら気持ちわりぃな」なんて茶化したが、それはにやけそうになった顔を隠すため。
　おい恭。よかったな。
　お前の想い、しっかり伝わってんぞ。
　こいつらがこう言ってんだ。
　逃げんなよ。向きあえ。
　こいつらとも。お前の過去とも。
　そして、お前のことをバカみたいに好きなあいつとも——。
「ちなみに直。てめぇいまどさくさに紛れて、ババ片づけただろ」
「ギクッ！」
「アハハ！　直バレてやんの」
「ざけんな！　戻せっ！　つーかお前が買い出し行け！」
「……あのさぁ」
　あ。忘れてた。
　俺たちがじゃれあってるのを百合がじと目で見てくる。
「根本的になんにも解決してないんだけど……」
　うん？　そうか？
　あぁ。まぁそうか。
「あんたたち、もはや趣旨忘れてたでしょ？　あんたらの友情なんか、どうでもいいんだよ」
　おいお前。いま、結構ひどいこと言ってるぞ？

「なにはともあれさ、やっぱりあたしは茉弘と恭には別れないでほしいって思うよ……」

百合は、憂いを帯びた表情で窓の外に目を移す。

そこには、澄んだ冬の晴れ間が広がっていて、早くも藍色(あいいろ)が混ざり始めていた。

「俺たちがとやかく心配したってしょうがねぇだろ。どういう結果でも、あいつらの決めたことだ。俺らは受けいれてやるしかねぇ」

「うん……でも……それでもあのふたりは、一緒にいるべきだと思うんだ。ふたりには、笑顔でいてほしい……」

百合が願うように目を伏せると、春馬と直も静かに目を閉じる。

俺だってそう思ってる。

たとえこの先、あのふたりにどんなにつらい未来が待っていたとしても、あのふたりならきっと……。

今度は君の番

＊JUN side＊

　エンジン音がやたらと響く、暗くなり始めた住宅街。
　その中にひっそりと建っている寂れたアパート。
　その前の人気のない路肩(ろかた)にバイクを止めて、俺はおもむろにフルフェイスのヘルメットを外す。
　髪伸びてうざったいな。そろそろ切らなきゃな……。
　乱れた髪をかきあげながら目を移すと、そこには申し訳なさそうに眉を下げ、片手を上げて立っている人の姿。
「忙しいときなのに、呼び出しちゃってごめんね」
「別にいーよ。それにしてもめずらしいね。茉弘がバイクを出してほしいなんて言うの」
「……うん。ちょっと、連れていってもらいたい場所があるの……」
　茉弘の憂いを帯びた表情を見ていればわかる。
　きっと、あの人のところへ行くんだろう。
「決心はついたの？」
　そう問いかける俺に、茉弘は小さくうなずいた。
　俺は茉弘の案内の通り、バイクを走らせる。後ろでは茉弘が必死に俺にしがみついていた。
　相変わらず、乗り物が苦手なんだな。
　こういうところは昔と変わってない。

昔、自転車に乗れるようになるのにさんざん苦労してたっけ。
　だけど、茉弘はあきらめなかった。
　泥だらけで傷だらけになりながら、恐怖と悔しさで唇を噛みしめ、涙を流しながら、何日も何日も練習し続けた。
　結果乗れるようにはなったわけだけど、茉弘が自転車に乗るところなんて、それっきり見なかったな。
　昔から負けず嫌いで、こうと決めたらやり通す。
　どんなにつらくてもあきらめることだけはしない。
　頑固でまっすぐで、それが俺の姉ちゃん。
　俺の知っている数いる人間の中で、一番強い心の持ち主だと思う。
　信号が赤になりバイクを止めると、トンと背中を叩かれ、俺は茉弘の声が聞こえるように耳を寄せた。
「潤。最近どう？　鷹牙の再編はうまくいきそう？」
「まぁ、ぼちぼち……」
　そう。俺はあのあと、鷹牙の総長になった。鷹牙を一から作りなおすためだ。
　茉弘と恭（と呼べと言われたから呼んでる）には、煌龍に入るようさんざん誘われた。
　もちろん最初は俺もそうしたいと思っていたんだ。
　だけど、鷹牙の中にも悪いやつばかりじゃなくて、純粋に鷹牙を居場所にしてるやつらもいる。そういうやつらの中には俺なんかを慕ってくれているやつもいて、鷹牙が煌龍に敗れたいま、そういうやつらの行く末は真っ暗だ。ど

うしても放っておけなかった。
　鷹牙には、将生さんの思想を崇拝(すうはい)するやつらも多くいる。
　だから将生さんなきいま、残ったやつらを煌龍に吸収させようにも、そううまくはいかない。
　そんなことをしたら、のちのち内部から亀裂が入る恐れもある。
　それじゃ本末転倒だ。リスクを考えれば、このまま鷹牙抹消(まっしょう)が煌龍にとってベストなのはまちがいない。
　恭の総長としての判断は、まちがってはいないだろう。
　だけど、俺は元鷹牙の副総長だ。
　そんなに簡単に、あいつらを見捨てることはできない。
　だから俺は鷹牙に残り、一から鷹牙を立て直すことに決めた。
　煌龍と同盟を組むことを条件に。
　俺は、将生さんが作った闇が渦巻くようなものを作る気はない。煌龍が、茉弘の唯一の居場所であったように。
　鷹牙がひとりひとりの光になるようなそんな場所になれたなら。
「潤ならきっと、いい総長になれるよ。煌龍とは同盟を結んだんだし、いつでも恭を頼ればいい。きっと恭なら、潤の力になってくれるから。……もう潤は、ひとりじゃないんだからね」
　そう。もう俺はひとりじゃない。
「姉ちゃん。ありがとう」
「なっ……なに急に改まって!!」

「……伝えたかっただけ。ほら。もうすぐ着くよ」
　着いたのは、急な坂道を登った先にある細い小道への入り口。そこで、茉弘にバイクを止めるよう指示される。
「なにここ。まさかこの先に行くつもり？」
　思わずけげんな顔になってしまったのは、小道と言えどまるで舗装のされていない獣道が俺たちの前に立ちはだかっていたから。
　冬だというのにしぶとい草木がひどく生い茂っている。
　おまけに真っ暗ときたもんだ。
　姉と言えども、女子をひとりで歩かせるのには気がひける。
　そんな道。
「うん。たぶんこの先に、恭がいるはず」
　茉弘がなぜか寂しげな表情で、道の先を見つめるもんだから、余計に心配になってくる。
「俺もついていこうか？」
「ううん。いい。この先は、あたしがひとりで行かなくちゃ」
　……じゃあ、そんな顔するなよ。
　俺は、ねぇちゃんにそんな顔してほしくないんだよ。
「ねぇ茉弘」
「ん？」
「もう大丈夫だから」
「え？」
　不思議そうに目を瞬かせる茉弘を俺はまっすぐ見つめた。

「……もう俺は、いなくならないから。だから、もう茉弘はひとりぼっちになったりしない」
「…………」
「だからさ、もう誰かのためじゃなく、自分のために生きてよ」
　誰かの笑顔のために自分を犠牲にするんじゃなく、自分が笑顔でいられるように生きてほしい。
「選択をまちがえたっていい。誰かを傷つけてしまうことになったとしてもいいんだよ。だけど、茉弘は幸せになって。自分の幸せを一番に考えた選択をして」
　君はいつも、人の幸せばかりを願う人だから……。
　だから今度は、君の番。君が幸せを願われる番だ。
「たとえそれですべてを失ったとしても、俺はずっと茉弘のそばにいるから……」
　だからどうか、どうか幸せになって……。
　彼女の両方の口角が、ゆっくりと弧を描く。
「潤。ありがとう！」
　久々に見た姉の満面の笑みは、小さい頃から変わらない。
　俺が大好きな、温かい笑みだった。

君の笑顔が見たいから

　　＊KYO side＊

　煌々と光輝く夜景の中に、少しぼやけた黒の部分。
　俺は、ひたすらにその一点を見つめていた。
　ようやく俺は本当の意味で、あの地区のすべてを統一したんだ。
　小さく吐いた息は、一瞬白く濁るとすぐに闇に消えていった。
　望んでいたことのはずなのに、気持ちはまったく高揚してはくれない。理由は自分でもわかってる。
　あの頃の俺とは、もう違うからだ……。
　そばの茂みの葉と葉がこすれる音がして、俺は反射的に振り返った。そこに立っていたモノを見て、俺の体が硬直する。
「茉……弘……」
　なんでここに茉弘がいるんだ。
「……こ……」
「……え？」
「こわがっだぁぁぁぁぁ!!」
　頭に木の葉をたくさんつけながら、いきなりその場でうずくまる彼女。
　俺は一瞬あっけにとられたが、すぐに慌てて駆けよった。

「なんでここに!? ひとりで来たんですか!?」
　腕を掴んで引きよせると、彼女はフニャッとしたなんともいえない顔を上げて笑う。
「うんっ。ここだと思ったから！」
「……っ」
「思いのほか暗くて怖かったけど」と言って、えへへと笑う彼女を見ながら、俺は自分の理性と戦うはめになる。
"抱きしめたい"。そんな感情があふれてくるからだ。
　でも、ダメだ。いまの俺に、そんなことをする資格はない。
　茉弘にわからないようにグッと唇を結ぶと、俺の胸に収まっている茉弘からさり気なく距離を取った。
　一瞬茉弘の瞳が揺れた気がしたけれど、俺は気づいていないフリをする。
「あ、あのね。途中まで、潤に送ってもらったんだ！　どうしても、恭に会いたくて！　ほら！　最近全然顔を合わせてないでしょ？」
　俺は茉弘から視線をそらす。
「だからって、この真っ暗な中ひとりで歩いてくるなんて危険だと思わなかったんですか？　潤にここまでついてきてもらうとか方法はあったはず」
　あ。ヤバイな口調がキツくなる。
　傷つけたいわけじゃないのに、どう接していいかわからない。
　案の定、茉弘の顔色が変わる。

だけど、思っていたものとは違って、茉弘の顔からは笑顔が消えても、そのまっすぐな瞳は俺を見据えていた。
「ダメだよ。ここは恭が教えてくれた大切な場所だもの」
　そう言う彼女に、心が揺れる自分がいる。
「ねぇ。恭」
　だから、距離を取っていたのに……。
「ちゃんと話して。あたしの知らない恭のこと。それから、これからのことを」
　もう。逃げることは許されないんだな。
「……わかりました」
　彼女を失うかもしれない。いや、失うだろう。
　そう思って俺はこれまで逃げてきた。
　すべてが終わったあの日、彼女に聞いてほしいと言ったのは、自分自身なのに。
　だけど俺は、今度こそすべてを話す。
　まっすぐに俺を見る彼女の瞳に向きあわなければならないときが来たから……──。
「はぁ……」
　彼女は俺のとなりに座ると、小さな吐息を漏らした。
　よく見ると頬も鼻の頭も赤みを帯びている。
「寒いですよね」
　俺のしていたマフラーを彼女の首に巻くと、「大丈夫！ 恭のほうが寒くなっちゃうよ！」と頬を染めながら慌てだすものだから、本当ずるいなと思う。
　この子は本当に……わかってやってるのかね……。

だったら相当な小悪魔だ。
「俺は大丈夫ですから。気になるから巻いておいてください」
「あ…りがと。えへへ。恭のにおいがするね！」
「……っ」
　あーもう。
　最近まともに会ってなかったからか？　いや、そういうわけじゃないんだろうけど、茉弘が猛烈(もうれつ)に愛しく見えて困る。
　いや、事実、茉弘はすべてを打ち明けてくれてから、言動すべてが柔らかくなった。
　本人は気づいてないみたいだけど、いままで相当気を張っていたんだろう。気が強いのは相変わらずだけど、最近の茉弘は素直に感情を表現してくれる。
　まぁ、俺は茉弘だったらどんな茉弘だっていいんだけど、正直やっぱりどこかうれしくて、自分の理性との戦いに苦戦するようになってしまった。
「ここ……」
「え？」
「ここは、相変わらず綺麗だね。前にここで恭と線香花火やったとき以来だ」
「……そうですね」
　茉弘はなつかしそうに目を細める。
　あの日、線香花火に目を落とす茉弘の姿は、いまでも鮮明に覚えている。

ひどくはかなげで、線香花火の火種のようにいまにも消えてしまいそうだった。
　あのとき茉弘は、たくさんのことをひとりで抱えていたんだよな。
　誰にも言えない秘密を胸に抱えながら、覚悟をしていた。
　俺たちと一緒にはいられなくなることを——。
　俺のそばにいられなくなることを……。
　今度は、俺の番だ。
　俺だって、いつかこんな日が来ることを、覚悟していたはずじゃないか。
　それでも俺は茉弘といることを選んだ。
　だったら潔く、自分のけじめは自分でつける。
「茉弘……。俺の昔の話、長くなるかもしれませんが、聞いてくれますか？」
　じっと彼女の瞳を見つめると、彼女は一度目を見開いて、なにかを覚悟したかのように強くうなずいた。
　だから俺は、ひとつひとつ言葉を紡いでいく。

　俺は、斬龍会三代目組長、栗山洸四郎の長男として生まれてきた。
　俺の親父に兄弟はなく、俺は待望のあと継ぎ候補だったらしい。
　そのせいで、俺は小さなときからかなりの英才教育を受けてきた。勉強に関してもそうだけど、武術や護身術なんかはひと通り習わされたかな。

闇の世界で生きていく術を、ただがむしゃらに身につけていたのがその頃。俺はまだ幼かったし、それがあたり前だと思っていたから、自分の状況に疑問を抱くことは一度もなかった。
　親父は常に忙しくしていて、あまり家族と過ごす時間がない人だった。
　だけど母さんはいつも、『お父さんは、お母さんや恭を誰よりも愛しているのよ。恭が生まれる前から、お父さんはいつだってお母さんを守ってくれた。いまだってそう。お母さんや恭になにかあれば、すぐに飛んできてくれる。とってもとっても、強くてカッコイイ人なんだから』そう言って微笑むんだ。
　だから俺は、会えなくたって親父を尊敬していたし、母さんがそんなそぶりをいっさい見せないから、俺も寂しいだなんて思ったことがなかった。
　だけど、そのときは無情にも突然やってくる。
　俺が小学生になって間もないときだ。
　その日は、休日で母さんとショッピングセンターに買い物に行った。俺は、帰りに約束だったアイスクリームを買ってもらって、浮かれながら歩いていた。
　そのときだ。
　後ろからナイフを持った男が切りかかってきたのは。
　俺は、かろうじてそれをかわした。だけど、逃げる俺のあとをそいつは追いかけてくる。
　それに気づいた母さんは、俺の手を引いて必死に逃げた。

追いかけてくる男をまいて、俺を連れて物陰に逃げ込んだ母さんは、持っていた携帯電話に震える手で必死に親父の携帯の番号を押したんだ。
　だけど、かけてもかけても、鳴るのはコールばかり。
　結局、親父が出ることはなかった。
　そのときの母さんの顔は、いまでもよく覚えている。
　青ざめた顔に、額を伝う汗。
　必死に声を殺しながら『お願いっ……。出てっ……お願いよっ……』そう繰り返していた。
　そうしている間にも、男の足音が迫ってくる。
　靴と地面がこすれる、ジャリッという音がしたかと思うとその足音がやんだ。
　母さんが、俺の手を一度強く握る。
　顔を上げると、いつになく穏やかな母さんの顔がそこにあって、それから耳もとでささやくんだ。
『恭、誰よりも愛してる』って。
　それからは、一連の出来事がスローモーションのように見えたよ。
　母さんは俺に携帯を握らせると、俺の横からスッと立ちあがって、男の前に両手を広げて立ちはだかって、大きな声で叫ぶんだ。
『恭!!　逃げなさい!!!!』って。
　俺は、真っ白な頭でとにかく母さんの言うように一目散に駆けた。
　息が切れて、喉の奥に痛みを感じても、涙で前が見えな

くても、とにかく、足だけは止めずに。
　どれくらい走っただろう？
　そこがどこかもわからない。
　ふと足を止めて振り返る。
　男の姿も母さんの姿もない。
　急にひどく心細くなってくる。
　右手には、握ったままの母さんの携帯電話。
　親父の番号をリダイヤルする。
　コールが鳴り始める。
　1回、2回、3回。
　最後に見た母さんの顔が浮かぶ。ひどく胸騒ぎがした。
　4回、5回。
　涙が、ひとつふたつと地面に落ちる。
　母さんの声を思い出す。
　6回、7回……。
『助けになんか、来ないじゃないか……』

「……っ」
「親父に……裏切られたような気分だったよ」
　茉弘は口もとを手で覆い、肩を震わせながら、その目には涙をたくさんためている。
　こんな顔、させたくなかったんだ。
　君は絶対に俺の分まで涙を流すから……。
「そのあと、警察に保護された俺は3つのことを知ることになる。ひとつ目は、母さんが男に刺されて死んだという

こと。ふたつ目は、親父は母さんと俺がそんなことになっているとき、くだらない賭けごとをしていて電話に気づかなかったということ」
「……え？」
　茉弘の顔色が変わる。
　だけど、俺は言葉を続ける。
「3つ目は、母さんを殺した相手は、賭けごとで親父に負け、その腹いせに俺を襲おうとしたということ」
「それって……！」
　しがみつくように俺の腕を掴む彼女の手は、小刻みに震えている。
「そんな顔……しないでください……」
　俺の顔を見上げる茉弘の顔は、唇を噛みしめて苦しそうにゆがんでいた。
　俺は、茉弘の頭にそっと触れる。
　それから、またすぐ前に視線を移して、光の中に浮かぶ闇を見つめた。
「前に、いま煌龍のある地区がどんなだったか、話したことがありますよね」
「う……ん……。たしか、7つの暴走族や不良グループがあって、抗争が絶えない地区だったって……」
「そう。その当時、ヤクザ同士の遊びの賭けごとにあの地区がよく使われていたんです」
「……え？」
「"7つのグループの抗争が起こるたび、その勝ち負けを予

想する"というものです。親父は俺たちが襲われている間、ほかの組のやつらとそんなことをしていたんです」

　自分でも意識してるわけじゃないのに、はっと乾いた笑いが漏れる。何度思い出しても、気分のいい話じゃない。
「まだ幼かった俺は、そんなあの人を恨んでいたのかもしれません。あの人だけじゃない。俺が生まれ育った極道の世界も、母を見殺しにした自分自身も」

　あの頃の俺は、なにもかもなくなってしまえばいいと思ってた。だけど、まだ幼かった俺にはなにもできるはずもなく、ただただそこにある現実に押しつぶされそうになるのを必死にこらえるしかなかったんだ。
「親父は、母さんが死んでからまるで別人のようになりました。何事にもやる気がなく、腑抜けた状態がいまでも続いています。まわりの連中のお陰で、かろうじて組を存続させてはいますが、残ったのは親父を信じて、昔から慕ってくれていた連中だけ。親父はさぞ後悔したんでしょうね。自分のせいで大切な人を失ったんですから。まぁ、自業自得で同情する余地もありませんが……」

　話を聞く茉弘は、悲しげな表情で地面に目を落としている。
「俺はというと、親父とはまるで反対で、母さんを失ったそのときから怒りや悲しみが俺の原動力になっていました。そして、物心がついたときには、あるひとつの目標ができていた」
「目標……？」

「母さんが死にゆく間、親父が没頭していたあのバカな賭けごと自体を消滅させる。つまり、賭ける対象を消滅させるということです」
「っ！　それってつまり……」
「そう。あの場所にあった、7つのグループをすべて消滅させる」
　そう。それが俺の本来の目的。
　煌々と光輝く夜景の中に、少しぼやけた黒の部分。
　俺が腕を伸ばしてそこを指さすと、茉弘の視線もそこへと向かった。
　まるで茉弘の心の中を映すような澄んだその瞳に、一瞬目が奪われる。
　俺は一度だってあの闇の部分を、こんな瞳で見たことはないだろう。
　やっぱり茉弘は強いな……。こんな話を聞いても、彼女の瞳はあの闇には染まらないんだ。
「目標を持ったものの、そのときまだ俺はようやく中学に上がったばかりで、その術を知らなかったんです。ただひとりであの地区に挑むことばかりを考えていました。だけど、俺ひとりの力なんかじゃそんな簡単にいくはずはない。まぁ、そのもどかしさもあってか……その……」
「とにかく、喧嘩ばかりしてたのね」
　じろっと横目で見てくる茉弘に、居心地の悪さを感じながらも、不思議に思う。
「……あれ？　俺この時代の話、したことありましたか？」

「ううん。前に、柚菜さんと太一に聞いたことあるんだ」
　あのふたり……。いったいどこまで俺の黒歴史を話したんだ？
　考えただけで背筋がゾッとする。
　茉弘には、あまり俺の黒い部分は見せたくない。
　茉弘が信じられないとかそういうんじゃないんだ。
　ただ、茉弘のこの綺麗な瞳に映る俺が黒いものではありたくないと願っているだけ。
　俺は、茉弘にとってのヒーローでありたい。
　茉弘には全力で、優しい人間でありたい。
　と言っても、俺の中で飼っている黒の部分は時としてあふれ出てしまうわけで……。もともと黒の部分が多いからな。仕方ない。
　いくら敬語で取りつくろったところで、それが消えるわけにないのにな。だけど、俺にとって敬語は唯一のストッパーで、黒の部分をあふれさせないための堤防になっているから、茉弘の前だけはできるだけこうしていないと、自分を見失いそうで怖かった。
　絶対に……彼女を傷つけるようなことはしたくないから……。
「えっと……？　じゃあ、知ってるってことは……」
「うん。煌龍ができるところまではだいたい聞いた。恭の生い立ちとかについては、太一は伏せていたみたいだけど」
「……そうですか……」
「うん……」

ふたりの間に沈黙が流れる。
　真冬の夜は怖いほど静かで、冷たい風が葉を揺らす音だけが聞こえてきた。
「前にも話しましたが、母さんのこともあってか、守らなきゃならないものを作ることを俺はずっと恐れていました。大切なモノを失うくらいなら、いっそひとりのほうがずっと楽だったから……。まさか、暴走族の総長なんかやるはめになるなんて、太一に出会うまでの俺は思ってもみませんでした」
　あの日。
　太一と手を組んだとき、初めて誰かがとなりにいてくれる喜びを知ったのかもしれない。
　それでもいつだってつきまとっていた。"失う恐怖"が。
「高校に入って、俺は親父や組員の反対を押しきってすぐに家を出ました。いま思えば、それがいけなかったのかもしれません。家を出たことによって、俺は自分自身の運命から逃れた気になっていた。母さんを殺した、真っ黒な極道の世界から抜け出せた気でいた。バカですよね……。どうやったって俺の中には、あの世界の血が流れているのに。いま住んでいる家だって、生活費だって、全部、親父の金なのに……」
　わかっていたのに、考えないようにしていた。
　俺は、親父たちとは無縁の世界で生きている気になっていたんだ。
　ホント……自分のバカさ加減に腹が立つよ。

きっといまこの瞬間、すべてのツケが回ってきているんだろう。
「百合や春馬、直にも出会って、幹部以外のやつらも俺なんかについてきてくれて、どんどん守らなきゃならないモノが増えていった。……そして、茉弘。君に出逢いました」
　いま、茉弘を見る俺の顔は、どんな顔をしているかな。
　きっと、愛しい気持ちがあふれているに違いない。
　だってあの瞬間は、俺にとって奇跡以外の何物でもなかったんだ。
　少し怯えた様子で、だけど、強くまっすぐに俺を見るあの瞳。
　俺は、あの瞬間、君に捕らわれた。
　きっと俺はこの先なにがあろうと、君に出逢ったあの瞬間を忘れることはないだろう。
「茉弘に出逢って、いまなら少し親父の気持ちがわかる気がするんです」
　俺を一心に見つめる茉弘のその頬に、そっと触れる。
　茉弘はなにかを悟っているのか、その目は小刻みに揺れている。
「危険なことがたくさんある世界で、守れる保証もないのに大切な人といることをただ選んでしまった気持ち……」
　頬に触れていた手を茉弘の首の後ろに回して、引きよせる。
「……恭……」
　そして、彼女を強く抱きしめた俺は痛いほど実感するん

だ。
　茉弘が好きだ。
　そばにいたい。そばにいてほしい。
　離したくない。触れていたい。
　なによりも、この世界のあらゆるどんなものよりも、愛してる。
「だけど……俺は、親父のようには……なれない」
　俺は、ゆっくりと茉弘から体を離す。
「茉弘は、俺がヤクザの組長の息子だとわかったとき、もう悟っていたんだろ？　こうなることを……」
　だから、君はあのとき驚いた顔で声を失っていたんだ。
　決して、俺の出生の事実を軽蔑したわけじゃない。
　俺のことをよくわかっている君だから。頭のいい君だから……。
　きっと、こんな日が来ることを知っていた。
　見つめた彼女の瞳に涙がたまっていくのがわかって、胸の奥が締めつけられる。
　君を泣かせたくなんかないのに……俺が見たいのは、君の笑顔なのに……。
　それでも俺は、この選択をするんだ。
「茉弘……出逢ってくれてありがとう。俺の前に現れてくれて……ありがとう」
　茉弘の頬をひと筋の涙が伝う。
「茉弘がいたから、俺は強くなれたんだ」
　俺はその涙をぬぐう。

「最後にもう一度、茉弘を守らせて」
　たったひとつの俺の大切な人だから……。
「茉弘……。俺たち、別れよう」
　俺はきっと、親父のあとを継ぐことになる。
「俺に……茉弘との未来はないんだ」
　君をあの闇の中に連れていくわけにはいかないんだ。
　茉弘は光の中がよく似合うから……。
「酷(こく)なことをしてごめん。最初からこうなることがわかっているのなら、やっぱり俺の気持ちなんて伝えるべきじゃなかった。俺たちは……結ばれるべきじゃなかった。言い訳に……なってしまうかもしれないけど、こんなに茉弘に溺れるなんて自分でも予想していなかったんだ」
　君に溺れれば溺れるほど、君をあの闇の中には連れてはいけないと思った。
　君への想いは募(つの)るのに、君との未来は、消えていった。
「ごめん……本当に、ごめん」
「許さない」
　俺は、茉弘から返ってきた言葉に思わず下げていた顔を上げる。
「絶対に許さないっ……！」
　そこには、唇を強く引き結んで、怒りのせいか小刻みに体を震わす茉弘の姿があった。
　……そりゃそうだ。
　俺は恨まれて当然なことをしている。
「恨まれても……仕方ないと思う。許してもらおうと……

思ってるわけじゃない……」
「違うっ!!!!!!」
「……え?」
「恭はバカだ! 大バカだっ!! なんで全部ひとりで勝手に答えを出して、全部ひとりで決めちゃうの!?」
「茉ひ……」
　茉弘はドンッと俺の胸を叩く。
　何度も。何度も。
「茉弘……落ち着いてっ……」
「落ち着けるわけないっ!!!!」
「……っ」
「絶対に許さないっ! あたしのためだとか言って、そんな選択をする恭なんて、自己中のバカメガネだっ!!」
「バカメ……」
　いったい、なにがどうしてこうなったんだ?
　怒られている趣旨がわからなくて、目の前の茉弘にあたふたすることしかできない俺。
　あぁ。前にもこんなことがあったな……。
　そんなことを思う。
　茉弘が俺が思っていたものと違う反応を見せるときは、大概俺が彼女にとってまちがった選択をしているとき。
　彼女が望まない、もしくは彼女が納得のいかない選択をしてしまっているときだ。
「そうよっ! 恭が、こういう選択するなんてわかってたよ!! だけど、ひょっとしたら、あたしのことを信じてく

れるかもって……っ！　期待したあたしがバカだった!!!」
「なにを言って……」
　茉弘は俺から離れ、座ったままの俺を見下ろす。
「恭はそんなこと言われて、私がはいそうですかって別れると思ったの？」
「え？」
「あたしがそんな簡単に、離れると思ったの!?」
　怒りと悲しみの入り混じった茉弘のその表情が、俺の愚かさを物語っていた。
　俺のこの選択は、いつか彼女が傷つかないための唯一の選択だった。
　俺は、親父みたいになりたくない。
　茉弘を母さんのような目に遭わせたくない。
　茉弘との未来すら保証できない俺なんかのそばに、いさせるわけにいかない。
　これは全部、俺のエゴだ。
　茉弘の意思など関係なく、そうすることが茉弘のためだと……そう決めつけていたのは、全部俺じゃないか。
　茉弘がそれを望んだことなんて、一度だってあったか？
「あたしの幸せを恭が勝手に決めないで」
　あぁ……俺はなんて……。
「あたしは、いま恭がいるだけで……いま恭のそばにいられるだけで、幸せなのっ！　恭が何者かなんて関係ないっ！　未来になにが起こるかなんて知らないっ！　あたしが、未来の恭のお荷物になったとしても……そばにいら

れない日が来るかもしれなくても……それでもっ……一緒にいたい……っ」
　無意識に彼女に向かう感情を、もう俺は抑えることなんてできなかった。
　彼女を求めるように伸ばしたその手は、手加減などできるわけがなくて、荒っぽく彼女の腕を引くと、自分の胸の中にキツく拘束した。
「俺は……バカだ……。茉弘も……バカだ」
「バカでいい。……恭が……言ったんだよ。ワガママ言ったっていいって……」
「うん。言った……。たしかに言った」
　俺は茉弘を抱く腕にさらに力を込める。
　彼女もそれに応えるように、俺の背中に腕を回した。
　俺は、親父と同じ道をたどるのだろうか。
　先の見えない真っ暗な道に彼女を巻き込んで、母さんと同じような目に遭わせてしまうのか？
　わからない。まだ見ぬ未来を案じたって、答えなんか出るはずがないんだ。
　俺は彼女を守りたい。彼女を守るのは、俺でありたい。
　いまも。これからも。
　わかっているのは、ただそれだけ。
　母さんを失うことになるだなんて、考えてすらいなかったのが親父の過ちだとしたなら、俺は、親父のような過ちは絶対にしないと言える。
　俺は、彼女がいてくれることがあたり前だなんてこの先

も絶対に思わない。
　彼女が俺のそばにいてくれるのは、はかない奇跡だと思っているから。
　この先も、ずっとそう思い続ける。
　どんなことがあろうと、自分の命に代えても、彼女を守る。このはかない奇跡を守り続ける……と。
　たとえばこの先、彼女といられない未来が待っていようとも……。
　もし、そう思うことすら罪だと言うのなら、どんな罰でも受けてやるよ。それで彼女が、俺のそばにいることを幸せだと思ってくれるのなら。
　彼女が、笑顔でいられるのなら……。
「茉弘。好きだ」
「……っ……うん……」
「俺のそばにいて。この先、なにがあろうと絶対に守ってみせるから」
「うん……。あたしも……恭が大好き。守られてるだけなんて嫌だよ。あたしも、恭を守るから」
　茉弘のその言葉に、弾かれるように彼女を見る俺。
　そんな俺に、「なに？　あたしなんか変なこと言った？」と涙でぐしゃぐしゃの顔を傾ける彼女を見て、俺はははっと笑いが込みあげてくる。
　そうか……。茉弘はそういう子だったよな。
　ただ、守らせてくれるような子じゃなかった。
　そうか。俺たちは一緒に守るんだ。

この、はかないはかない君との奇跡を……──。
　わけもわからず笑い続ける俺を見て、「笑うところじゃないんだけど……」と言って茉弘はけげんな表情を浮かべる。
「本当、最高だよ。俺の姫は」
　風が吹く。
　柔らかい風だ。
　木々が優しく揺れて、彼女の柔らかな髪が舞う。
　彼女の少し赤くなった頬に触れると、彼女はその温もりに頬ずりをする。
　そんな彼女の顎を引き、悟ったのか少しとまどう彼女に一度微笑むと、その冷えた唇に、自分の唇を重ねた。
　その長いキスに耐えかねて、彼女が俺の胸を叩く。
「……っ。はっ……恭！　キス長いっ……」
「……そう？　茉弘不足だったからね。俺はまだ足りないけど？」
　俺はもう一度彼女にキスを落とす。
　今度はありったけの優しさを込めたキスだ。
「……なんで……そんなに優しいキスをするの……？」
　なんでって？　そんなの決まってるだろ？
「茉弘の笑顔が見たいから」
　俺がそう言えば、彼女は一瞬大きな目を丸くすると、すぐに目を細めて光が差すようなまばゆい笑顔を見せた。

End

あとがき

　はじめまして！　ひなたさくらです。
　このたびは、数ある作品の中から私のデビュー作となる【漆黒の闇に、偽りの華を】を手に取っていただき、誠にありがとうございます。
　最初にこのお話をいただいたとき、大きな驚きと喜びでとにかく手が震えました。それと同時にたくさんの不安もありました。「これでホントに大丈夫なのか？」と常にドキドキしながらの編集作業は、きっと一生忘れられません。そんな時支えてくださったのは、私の書いた本を手に取り、笑顔になってくださる想像の中の読者様の姿でした。ひとりでも多くの読者様に喜んでいただきたい一心で、編集作業にあたりました。
　さて、この作品。私の中でのテーマは"笑顔"です。
　誰かの笑顔を願うこと。私はそれを愛だと思っています。大切な人だからこそ笑顔でいてほしい。笑顔にしてあげたい。そして、そう願っている側も実は誰かがそう願ってくれている。"愛ってなんだろう？"と考えたとき、とても難解なことのように思えますが、実はとても単純で日常にあふれていることのように感じたのです。
　最初このお話を思いついたとき、まずすぐに決まったのが結末です。
　始め、潤の笑顔を取り戻すために心を殺し、自分を犠牲

にしていた茉弘が、恭を愛することで成長していき、ひとりではないことを知り、そして最後には、茉弘自身がみんなから笑顔を願われる存在になっている。そんな結末を思い描いていました。誰かを心から愛することができる人間は、自然と誰かから愛される人間なのかもしれません。

　このお話は、茉弘というヒロインを中心に、物語の中に様々な形の愛を散りばめています。茉弘と恭以外にも、キャラクター達それぞれのストーリーが隠れていることに気付きましたか？

　茉弘や恭、煌龍のみんなを通して、読者様に"愛"というものが何かを一緒に考えていける作品にしたかったのです。

　この物語を通して、日常にあふれているたくさんの愛を読者様にも再確認していただけたら幸いです。もしかしたら、すぐそばに、あなたのその笑顔を待っている人がいるもしれませんよ。

　最後になりますが、未熟な私にたくさんのことを教えてくださった担当編集者の相川様。何時間でも見ていられるような素敵なカバーイラストを描いてくださったよしのずな様。この本に携わってくださったたくさんの方々。そしてなにより、読者の皆様。
　そんな皆様の笑顔を心から願っております。

2017年4月25日　ひなたとさくら

この物語はフィクションです。
実在の人物、団体等とは一切関係がありません。
一部、飲酒、喫煙等に関する表記がありますが、
未成年者の飲酒、喫煙等は法律で禁止されています。

♥

ひなたさくら先生への
ファンレターのあて先

〒104-0031
東京都中央区京橋1-3-1
八重洲口大栄ビル7F

スターツ出版(株)書籍編集部 気付
ひなたさくら先生

漆黒の闇に、偽りの華を
2017年4月25日 初版第1刷発行

著　者	ひなたさくら
	©Sakura Hinata 2017
発行人	松島滋
デザイン	カバー　金子歩未（hive&co.,ltd.）
	フォーマット　黒門ビリー&フラミンゴスタジオ
ＤＴＰ	久保田祐子
編　集	相川有希子　八角明香
発行所	スターツ出版株式会社
	〒104-0031　東京都中央区京橋1-3-1　八重洲口大栄ビル7F
	TEL 販売部03-6202-0386（ご注文等に関するお問い合わせ）
	http://starts-pub.jp/
印刷所	共同印刷株式会社

Printed in Japan

乱丁・落丁などの不良品はお取替えいたします。上記販売部までお問い合わせください。
本書を無断で複写することは、著作権法により禁じられています。
定価はカバーに記載されています。

ISBN 978-4-8137-0238-2　C0193

ケータイ小説文庫 2017年4月発売

『好きなんだからしょうがないだろ?』 言ノ葉リン・著

三葉は遠くの高校を受験し、入学と同時にひとり暮らしを始めた。ある日、隣の部屋に引っ越してきたのは、ある出来事をきっかけに距離をおいた、幼なじみの玲央。しかも彼、同じ高校に通っているらしい！ 昔抱いていた恋心を封印し、玲央を避けようとするけれど、彼はどんどん近づいてきて…。

ISBN978-4-8137-0239-9
定価：本体590円+税

ピンクレーベル

『涙のむこうで、君と永遠の恋をする。』 涙鳴・著

幼い頃に両親が離婚し、母の彼氏から虐待を受けて育った高2の穂叶は、心の傷に苦しみ、自ら築いた心の檻に閉じこもるように生きていた。そんなある日、心優しい少年・渚と出会う。全てを受け入れてくれる彼に、穂叶は少しずつ心を開くようになり…。切なくも優しい恋に涙する感動作！

ISBN978-4-8137-0241-2
定価：本体590円+税

ブルーレーベル

『いつか、このどうしようもない想いが消えるまで。』 ゆいっと・著

高2の美優が教室で彼氏の律を待っていると、近寄りがたい雰囲気の黒崎に「あんたの彼氏、浮気してるよ」と言われ、不意打ちでキスされてしまう。事実に驚き、キスした罪悪感に苦しむ美優。が、黒崎も秘密を抱えていて——。三月のパンタシアノベライズコンテスト優秀賞受賞、号泣の切恋!!

ISBN978-4-8137-0240-5
定価：本体590円+税

ブルーレーベル

『彼に殺されたあたしの体』 西羽咲花月・著

あたしは、それなりに楽しい日々を送る一見普通の高校生。ところが、平凡な毎日が一転する。気づけば…あたしを埋める彼を身動きせずに見ていたのだった。そして今は、真っ暗な土の中で、誰かがあたしを見つけてくれるのを待っていた。なぜ、こんなことになったの？ 恐ろしくて切ない新感覚ホラー作品が登場！

ISBN978-4-8137-0242-9
定価：本体560円+税

ブラックレーベル

ケータイ小説文庫　好評の既刊

『俺の言うこと聞けよ。』青山そらら・著

亜里沙はパン屋のひとり娘。ある日、人気レストランのベーカリー担当として、住み込み修業してくるよう告げられる。そのお店、なんと学年一モテる琉衣の家だった！　意地悪で俺様な琉衣にお弁当を作らせられたり、朝起こせと命じられたり。でも、一緒に過ごすうちに、意外な一面を知って…？

ISBN978-4-8137-0224-5
定価：本体590円+税

ピンクレーベル

『俺のこと、好きでしょ？』＊メル＊・著

人に頼まれると嫌と言えない、お人好しの美月。その性格のせいで、女子から反感を買い落ち込んでいた。そんな時、同じクラスのイケメンだけど一匹狼の有馬くんが絵を描いているのを見てしまう。美しい絵に心奪われた美月は、彼に惹かれていくが、彼は幼なじみの先輩に片想いをしていて…。

ISBN978-4-8137-0223-8
定価：本体580円+税

ピンクレーベル

『好きになんなよ、俺以外。』嶺央・著

彼氏のいる高校生活にあこがれて、ただいま14連続失恋中の翼。イケメンだけどイジワルな蒼とは、幼なじみだ。ある日、中学時代の友達に会った翼は、彼氏がいないのを隠すため、蒼と付き合っていると嘘をついてしまう。彼氏のフリをしてもらった蒼に、なぜかドキドキしてしまう翼だが…。

ISBN978-4-8137-0208-5
定価：本体590円+税

ピンクレーベル

『他のヤツ見てんなよ』つゆ子・著

高2の弥生は恋愛に消極的な女の子。実は隣の席のクール男子・久隆君に恋をしている。放課後、弥生は誰もいない教室で久隆君の席に座り、彼の名前を呟いた。するとそこへ本人が登場！　焦った弥生は、野球部に彼氏がいて、彼を見ていたと嘘をつくけれど…？　ピュア女子の焦れ恋にドキドキ！

ISBN978-4-8137-0210-8
定価：本体570円+税

ピンクレーベル

ケータイ小説文庫　好評の既刊

『闇に咲く華』新井夕花・著

高1の姫乃は暴走族『DEEP GOLD』の元姫。突然信じていた仲間に裏切られ、楽しかった日々は幻想だったと知る。心を閉ざした姫乃は転校先で、影のある不思議な男・白玖に出会う。孤独に生きると決めたはずなのに、いつしか彼に惹かれていく。でも彼にはある秘密が隠されていた…。

ISBN978-4-8137-0160-6
定価：本体560円+税

ピンクレーベル

『愛して。』水瀬甘菜・著

高2の真梨は絶世の美少女。だけど、その容姿ゆえに母からは虐待され、街でもひどい噂を流され、孤独に生きていた。そんなある日、暴走族・獅龍の総長である蓮と出会い、いきなり姫になれと言われる。真梨を軽蔑する獅龍メンバーたちと一緒に暮らすことになって…？　暴走族×姫の切ない物語。

ISBN978-4-8137-0124-8
定価：本体580円+税

ピンクレーベル

『真実と嘘』うい・著

高2の日向は暴走族・青嵐の元姫。転校生で現姫の柚姫の嘘により仲間に裏切られ、姫を追い出されてしまったのだ。重い過去を受け入れてくれた大切な仲間を失い、学校中から無視される日向。絶望を味わう毎日だったが、見知らぬイケメン・茜に助けられて？　今、一番アツい暴走族の物語!!

ISBN978-4-8137-0053-1
定価：本体660円+税

ピンクレーベル

『一番星のキミに恋するほどに切なくて。』涙鳴・著

急性白血病で余命3ヶ月と宣告された高2の夢月は、事故で両親も失っていて、全てに絶望し家出する。夜の街で危ない目にあうが、暴走族総長の蓮に助けられ、家においてもらうことに。一緒にいるうちに蓮を好きになってしまうけど、夢月には命の期限が迫っていて…。涙涙の命がけの恋！

ISBN978-4-8137-0151-4
定価：本体580円+税

ブルーレーベル

ケータイ小説文庫　2017年5月発売

『狼彼氏×天然彼女（仮）』ばにぃ・著

可愛いのに天然の実紅は、全寮制の高校に入学し、美少女でしか入れない「レディクラ」候補に選ばれる。しかも王子様系イケメンの舜と同じクラスで、寮は隣の部屋だった!!　舜は実紅の前でだけ狼キャラになり、実紅に迫ってきて!?　累計20万部突破の大人気作の新装版、限定エピソードも収録!!
ISBN978-4-8137-0255-9
予価:本体500円+税

ピンクレーベル

『俺にしとけよ。（仮）』まは。・著

高校生の伊都は、遊び人で幼なじみの京に片思い中。ある日、京と女子がイチャついているのを見た伊都は涙ぐんでしまう。しかも、その様子を同じクラスの入谷に目撃されて、突然のキス。強引な入谷を意識しはじめる伊都だけど…。2人の男子の間で揺れる主人公を描いた、切なくて甘いラブストーリー！
ISBN978-4-8137-0256-6
予価:本体500円+税

ピンクレーベル

『あたしのイジワル彼氏様』みゅうな*・著

高２の千嘉の初カレは、イケメンでモテモテの恭哉。だけど彼は、他の女の子と仲よくしたり、何かとイジワルしてくる超俺様彼氏だった！　本当に付き合っているのか不安になる千嘉だけど、恭哉はたまにとびきり甘くなって…!?　最強俺様イジワル彼氏に振り回されっぱなしのドキドキラブ♥
ISBN978-4-8137-0257-3
予価:本体500円+税

ピンクレーベル

『この涙が枯れるまで』ゆき・著

高校の入学式の日に出会った優と百合。互いに一目惚れをした２人は付き合いはじめるが、元カレの存在がちらつく百合に対し、優は不信感をぬぐえず別れてしまう。百合を忘れようと、同じクラスのナナと付き合いはじめる優。だけど、優も百合もお互いを忘れることができなくて…。
ISBN978-4-8137-0258-0
予価:本体500円+税

ブルーレーベル

書店店頭にご希望の本がない場合は、
書店にてご注文いただけます。

恋するキミのそばに。
🍓 野いちご文庫創刊！ 手紙の秘密に泣きキュン

だから**俺と、付き合ってください。**

晴虹・著
本体：590円＋税

「好き」っていう、
まっすぐな気持ち。
私、キミの恋心に
憧れてる——。

イラスト：埜生
ISBN: 978-4-8137-0244-3

綾乃はサッカー部で学校の有名人・修二先輩と付き合っているけど、そっけなくされて、つらい日々が続いていた。ある日、モテるけど、人懐っこくてどこか憎めない清瀬が書いたラブレターを拾ってしまう。それをきっかけに、恋愛相談しあうようになる。清瀬のまっすぐな想いに、気持ちを揺さぶられる綾乃。好きな人がいる清瀬が気になりはじめるけど——？ ラスト、手紙の秘密に泣きキュン!!

感動の声が、たくさん届いています！

私もこんな恋したい!!って思いました。
/アップルビーンズさん

めっちゃ、清瀬くんイケメン…爽やか太陽やばいっ!!
/ゆうひ！さん

私もあのラブレター貰いたい…なんて思っちゃいました(>_<)♥
/YooNaさん

後半あたりから涙がポロポロと…感動しました！
/波音LOVEさん

恋するキミのそばに。
♥野いちご文庫創刊！

甘くて泣ける3年間の恋物語

スケッチブック

桜川ハル・著
(さくらがわ)

本体：640円＋税

初めて知った恋の色。
教えてくれたのは、キミでした——。

ひとみしりな高校生の千春は、渡り廊下である男の子にぶつかってしまう。彼が気になった千春は、こっそり見つめるのが日課になっていた。2年生になり、新しい友達に紹介されたのは、あの男の子・シィ君。ひそかに彼を思いながらも告白できない千春は、こっそり彼の絵を描いていた。でもある日、スケッチブックを本人に見られてしまい…。高校3年間の甘く切ない恋を描いた物語。

イラスト：はるこ
ISBN：978-4-8137-0243-6

感動の声が、たくさん届いています！

何回読んでも、感動して泣けます。
／trombone22さん

わたしも告白してみようかな、と思いました。
／菜柚汰さん

心がぎゅーっと痛くなりました。
／棗 ほのかさん

切なくて一途でまっすぐな恋、憧れます。
／春の猫さん

恋するキミのそばに。
♥ 野いちご文庫創刊！♥

大賞受賞作！

「全力片想い」
田崎くるみ・著
本体：560円＋税

好きな人には
好きな人がいた
……切ない気持ちに
共感の声続出！

「三月のパンタシア×
野いちごノベライズコンテスト」
大賞作品！

高校生の萌は片想い中の幸から、親友の光莉が好きだと相談される。幸が落ち込んでいた時、タオルをくれたのがきっかけだったが、実はそれは萌の仕業だった。言い出せないまま幸と光が近付いていくのを見守るだけの日々。そんな様子を光莉の幼なじみの笹沼に見抜かれるが、彼も萌と同じ状況だと知って…。

イラスト：loundraw　ISBN：978-4-8137-0228-3

感動の声が、たくさん届いています！

こきゅんきゅんしたり
泣いたり、
すごくよかったです！
／ウヒョンらぶ さん

一途な主人公が
かわいくも切なく、
ぐっと引き込まれました。
／まほ. さん

読み終わったあとの
余韻が心地よかったです
／みゃの さん